KB012150

로스트 헤븐

The Lost Heaven

I

박슬기 장편소설 로스트 헤븐

1

The
Lost
Heaven

D&C
BOOKS

로스트 헤븐·I

초판 인쇄 2017년 5월 16일
2쇄 발행 2017년 9월 1일

지은이 박슬기
펴낸이 신현호
편집국장 김은주
편집부장 예숙영
책임편집 박상희
편집디자인 디자인그룹 헌드레드
영업·관리 김민원 이주형 조인희
물류 이순우 최준혁 김명일

펴낸곳 (주)디앤씨미디어
주소 서울 구로구 디지털로 26길 111, 503호
출판등록 2002년 5월 1일 제117-90-51792호
전자우편 dncbooks@dncmedia.co.kr
디앤씨북스 블로그 http://blog.naver.com/dncbooks
디앤씨북스 로맨스 카페 http://cafe.naver.com/dnc2007
블랙 라벨 클럽 트위터 @blacklabel_c

ISBN 979-11-264-4127-3 04810
　　　 979-11-264-4099-3 (set)

I. 검은 낙원

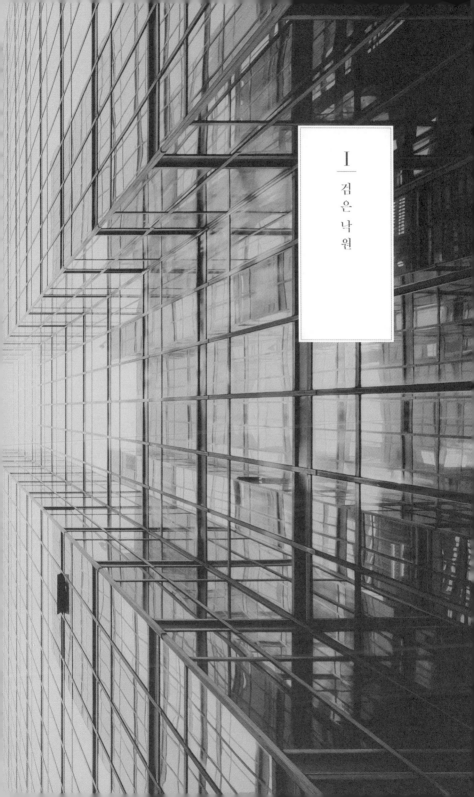

I

검은 낙원

인공 섬 '로스트 헤븐' 내 동쪽
에덴 타워 지하 4층
'왓슨 연구소'

절벽 근처에 위치한 첨탑의 최하층은 어둡고 조용했다. 비상 전기가 들어온 가운데 침입자를 저지하기 위한 붉은 레이저 광선이 복도에 사선으로 얽혀 있었다.

지상에서 하강한 엘리베이터는 누군가를 태운 채 육중한 문을 열었다. 그러자 허공에 부유하던 푸른 입자들이 좌우로 산개하며 직사각형 모양의 창을 형성했다.

손바닥만 한 안내 창에 나타난 홀로그램은 섬뜩한 붉은색으로 번뜩이며 침입자의 앞을 가로막았다.

− 경고: 제한 구역입니다.

소년은 허공에 뜬 경고 메시지를 쳐다보더니 낮게 중얼거렸다.

"보안 코드 AP01."

– 보안 코드 확인.

"제한 구역 보안 해제."

– 보안을 해제합니다.

지뢰처럼 지그재그로 얽혀 있던 레이저 빔들이 하나둘씩 사라지자 소년은 깨끗해진 복도를 가로질러 걸었다.

하얀 유리 바닥으로 이루어진 복도 끝에는 엑스x 자 모양의 두꺼운 걸쇠가 잠긴 쇠문이 굳게 닫혀 있었다.

문 앞을 지키고 있던 안드로이드 집무관이 앞으로 걸어 나왔다. 갈색 제복을 입은 집무관은 소년을 빤히 보더니 상냥하게 웃었다. 자신의 어깨만치 오는 그를 침입자라 인식하지 못하는 듯했다.

– 암호를 말씀해 주십시오.

투명한 눈동자를 고즈넉이 던지던 소년은 장밋빛 입술을 열고 담담한 어조로 말했다.

"E–V–E."

– 보안 질문에 답을 해 주십시오. 이브가 좋아하는 음식은?

잠시 말없이 서 있던 소년은 쿡 웃었다. 너무 쉬운 질문이라는 표정이었다. 그는 곡선으로 퍼지는 입매를 다잡으며 헛기침을 했다.

"카레."

그의 답이 떨어지자마자 쇠문이 육중한 소리를 내며 열렸다. 멸균 시스템이 자동적으로 작동되면서 소년의 몸을 하얀 연기가 에워쌌다.

천장부터 바닥까지 새하얗게 펼쳐진 방에는 수십, 수백 개의 스크린이 반짝이며 그에게 '안녕하세요!' 하고 환영 문구를 내보였다.

이곳은 '로스트 헤븐'의 두뇌에 해당하는 곳이었다. 에덴 타워를 포함해 로스트 헤븐 전체를 총괄하는 슈퍼컴퓨터 왓슨의 본체가 있는 장소였기 때문이다.

방 한가운데에 하얀 유리관으로 된 수면 캡슐 하나가 설치되어 있었다. 커다란 인큐베이터를 닮은 관 속에는 한 소녀가 잠든 듯 누워 있는 게 보였다. 검은 머리칼의 소녀는 우윳빛 피부에 긴 속눈썹이 인상적인 모습이었다.

소년은 홀린 듯 그녀를 바라보며 중얼거렸다.

"이브."

가을 햇살처럼 투명한 그의 눈동자가 슬픈 빛으로 번졌다. 그는 유리관 앞까지 걸어와 털썩 무릎을 꿇으며 고개를 숙였다.

"늦어서 미안해."

그의 뺨에서 눈물이 흘러내렸다. 붉어진 눈시울이 어색해 보일 정도로 감정이 절제된 눈동자였다. 그래서일까? 무표정한 얼굴로 눈물을 흘리는 그의 모습이 더 애절해 보였다.

수면 캡슐이 열리고 이브의 손과 팔에 채워져 있던 수갑이 해제되었다. 그는 조심스럽게 그녀의 팔을 어루만졌다. 소녀의 팔에는 여기저기 주삿바늘 자국이 남아 있었다. 그는 울컥 치밀어 오르는 화를 억누르며 이브를 품에 안아 올렸다.

잠시 후, 그는 이브를 안은 채로 엘리베이터에 올랐다. 그는 낮은 목소리로 중얼거렸다.

"이브에 관련된 모든 데이터를 폐기시킨다. 연구원 녀석들이 절대 찾지 못하게 완벽하게 삭제하도록 해."

– 기밀 파일 '이브'의 삭제를 수행합니다.

이브를 구출해 나오는 데까지 걸린 시간은 500초 남짓. 슬슬 거짓 급보를 받고 각자 집으로 달려갔던 연구원들이 수상한 낌새를 감지할 무렵이었다.

어둠에 휩싸인 에덴 타워의 정문이 열렸다. 두꺼운 유리문 사이로 모습을 드러낸 소년은 발소리를 죽인 채 주위를 경계했다.

그때 창공에서 타워를 포위하고 있던 에어쉽들이 일제히 환한 불빛을 비추기 시작했다. 지상을 향해 총을 겨눈 군인들의 지휘관으로 보이는 자가 소리쳤다.

"침입자에게 경고한다. 실험체를 내려놓고 양손을 머리 위로 올려라. 경고한다! 실험체를 내려놓고 양손을 머리 위로 올려라!"

한편 건너편 상공에서 상황을 지켜보던 남자는 놀라운 표정으로 소리쳤다.

"아직 어린 소년 아닙니까? 놀랍군요……. 대체 저 아이가 어떻게 에덴 타워의 보안 시스템을 뚫은 겁니까?"

그러자 옆자리에 앉아 있던 남자의 보좌관이 막 입수된 정보를 보고했다.

"침입한 소년은 페트로비치 박사의 장남이라고 합니다."

"페트로비치 박사요? 그렇군요……. 그래서 가능했던 거군요."

그는 보좌관의 말을 중간에서 자르며 흥미롭다는 듯 턱을 매만졌다.

'그 천재 박사에게 아들이 있었다니…….'

그때였다.

에어쉽들이 있던 상공에서 비명 소리가 터져 나오고 있었다. 조종사들과 군인들은 기체 안쪽의 문을 열고 황급히 뛰어내리기 시작했다.

- 자폭 시스템 가동.

- 자폭 시스템 가동.

- 비상 탈출 모드를 실행합니다.

- 이 기체는 곧 폭발합니다. 탑승자들은 모두…….

느닷없이 실행된 자폭 시스템에 모두 허둥지둥 탈출을 감행했다. 남자가 타고 있던 기체도 예외는 아니었다. 그는 재빠르게 낙하복을 활성화시킨 후 허공을 향해 뛰어내렸다.

어둠 속에 떠 있던 열두 기의 에어쉽들이 혜성처럼 바닥을 향해 곤두박질치기 시작했다. 이윽고 큰 폭발음과 함께 추락한 기체들이 화염에 휩싸였다.

바람을 타고 온 불씨들로 인해 주변의 나무와 풀에 불이 옮겨 붙었다. 날아오는 파편들을 피하라는 고함 소리도 울려 퍼졌다. 화염과 연기가 검은 하늘 위로 치솟고 삽시간에 에덴 타워 주변은 아비규환의 현장으로 돌변했다.

- 이쪽은 헌터3, 침입자는 실험체와 함께 해안가로 이동 중이다. 추격하겠다.

연기 속에서 걸어 나온 남자는 옷매무새를 고치며 뒤를 돌았다. 그는 짜증 섞인 시선으로 주위를 바라보더니 전자 담배를 물었다.

'생각한 것보다 훨씬 대단하군. 손해가 막심하겠어.'

남자는 차갑게 웃더니 고개를 저었다. 이래서 천재들은 장수하기 힘든 거다.

"죽이세요."

뒤따라오던 보좌관이 걸음을 멈추었다.

"남자아이는 필요 없습니다. 이브만 데려오면 됩니다."

그는 상관의 명에 흐트러짐 없는 표정으로 고개를 끄덕였다.

"알겠습니다."

감히 나의 이브에게 손을 대다니, 아무리 페트로비치 박사의 아들이라도 살려 둘 수 없다.

남자는 붉은 화염을 응시하며 희미한 미소를 지었다. 카리브 해의 바다처럼 푸르른 그의 눈빛은 흡사 마약이라도 한 듯이 황홀한 기색이었다.

"마치 검은 융단에 쏟아지는 핏물 같군. 흑黑과 적赤의 대비. 이브, 너를 떠올리게 해."

에덴 타워 뒤에 솟구친 절벽에는 거친 바닷바람이 몰아쳤다. 절벽 끝에 다다른 소년은 이브를 안은 채 뒤로 돌았다. 전투복을 입은 군인들이 천천히 그들을 에워싸고 있었다. 병사들 사이에 선 지휘관이 소리쳤다.

"마지막으로 통보한다! 실험체를 내려놓고 양손을 머리 위로 올려라! 불복 시엔 사살한다."

꽤 먼 거리를 뛰어왔음에도 소년의 호흡은 전혀 흐트러지지 않았다. 그는 오히려 아주 침착한 상태였다. 소년은 품에 안은 이브를 내려다보며 뒤로 천천히 물러섰다. 지휘관은 군인들에게 총을 들라는 시늉을 했다. 하지만 발포는 아직이라는 신호를 보냈다. 행여나 실험체에게 맞기라도 한다면 큰일이었다.

눈앞은 서늘한 총구.

등 뒤는 차가운 바닷물.

소년은 갈등 어린 시선으로 주위를 살폈다. 그를 바라보던 지휘관은 미간을 찌푸렸다. 어리석은 녀석 같으니. 그는 나직이 "사살해."라고 명했다.

명을 들은 저격수가 상공에서 기체의 문을 열었다. 그가 탄 '헌터3'은 운 좋게도 다른 에어쉽들이 모두 폭발한 직후 출격한 덕에 살아남았다.

어린애군.

아직 어린 소년에게 측은한 마음이 들었던 것도 잠시, 그는 냉혹한 눈초리로 단숨에 방아쇠를 당겼다.

탕!

그 순간이었다.

힘없이 안겨 있던 이브가 눈을 번쩍 뜬 것은.

그녀는 자신을 안고 있던 소년의 가슴팍을 거세게 밀치더니 탄환이 날아오는 쪽으로 달려들었다. 당황한 소년이 미처 대응할 틈도 없었다. 순식간에 벌어진 참혹한 광경은 소년의 망막에 늘어진 영상처럼 맺혔다.

"안 돼애애애!"

처절한 절규가 울려 퍼졌다. 소년은 덜덜 떨며 소녀의 몸을 끌어안았다. 그의 두 손이 붉은 피로 물들고 있었다. 병사들은 당황하며 지휘관을 힐끔거렸다. 지휘관 역시 사고 회로가 마비된 표정이었다.

소년의 오열 소리가 너무나도 참혹해서 몇몇 병사들은 서로를 바라보며 안타까운 눈빛을 지었다. 이브는 신음을 흘리며 눈꺼풀을 열었다. 양손을 피로 적신 채 어쩔 줄 몰라 하는 소년의 모습이 보이자, 그녀는 웃는 것인지 우는 것인지 알 수 없는 표정으로 그의 머리칼을 천천히 쓰다듬었다.

"도…… 망쳐."

뼈밖에 남지 않은 그녀의 몸은 마른 가지처럼 앙상했다. 그럼에도 소녀는 숨을 몰아쉬며 꿋꿋이 일어섰다. 비틀거리는 몸으로 소년의 앞을 막아선 이브는 퀭한 눈에 힘을 준 채 곁눈질로 재촉했다.

어서 도망쳐.

내가 시간을 벌게.

소년은 넋이 나간 표정이었다. 그는 피에 젖은 그녀의 하얀 옷을 바라보며 울음 섞인 신음을 삼켰다. 그는 끊어질 듯한 목소리로 외쳤다.

"그만둬, 이브! 제발……."

네가 죽고 말 거야.

소녀는 돌아서서 머리 위의 상공을 노려보았다. 스코프렌즈 너머로 그들을 겨누던 저격수는 흠칫 놀라 뒤로 우당탕 자빠졌다.

렌즈를 관통해 뇌리를 파고드는 소녀의 눈동자는 피처럼 선명한 붉은색이었다.

'아, 악마다! 저 아이는 악마의 딸이야!'

저격수는 파랗게 질린 얼굴로 자세를 고쳐 앉았다. 그는 입안의 껌을 퉤 뱉으며 재빨리 총탄을 장전했다. 그리고 그녀를 향해 총구를 겨누었다. 그 광경을 바라보던 조종사는 식겁해서 그를 말렸다.

"그만두십시오! 명을 못 들으셨습니까. 여자애 쪽은 다치게 하지 말라고……."

"시끄러워!"

그는 목에 건 차가운 금속 십자 목걸이에 짧게 입을 맞추며 기도를 올렸다. 그의 충혈된 눈은 렌즈 너머 소녀의 목덜미를 응시하고 있었다. 야들야들한 꽃사슴의 것처럼 가늘고 보드라운 목선이었다.

저격수 쪽을 바라보던 이브는 소년의 손을 잡고 뛰기 시작했다. 비틀거리며 뛰는 그녀의 그림자 위로 피가 뚝뚝 떨어져 내렸다.

"이브!"

"뛰어! 어서!"

소년은 하늘을 올려다보았다. 수송기 '헌터3'에서 무언가가 빛에 반사되어 반짝이고 있었다. 저격수가 겨누고 있던 스코프였다.

피슉.

두 번째 사격. 소리 없이 날아온 탄환은 여린 소녀의 몸을 꿰뚫었다. 이윽고 고막을 찢어발기는 듯한 비명 소리가 울려 퍼졌다.

그 순간, 소년은 시간이 멈춘 듯한 착각이 들었다. 눈앞에서 뿜어져 나오는 선혈들, 터질 듯한 심장 박동 소리와 목구멍을 막은 오열로 인해 고통스러운 호흡. 온몸이 부들부들 떨려 왔다. 부릅뜬 눈알은 튀어 나갈 것만 같았다.

마치 다리를 잘린 짐승처럼 흐느적거리며 넘어진 이브는 빠르게 땅을 짚고 일어섰다. 그녀는 흡사 언젠가 역사 시간에 들었던 영웅 잔 다르크 같았다. 비틀거리며 일어선 소녀는 소년에게 기대듯 안겨 재촉했다.

"뛰어!"

소년의 턱으로 눈물이 흘렀다. 지금 이 순간, 자신이 이렇게 무력하게 느껴질 수가 없었다.

이브, 나의 이브.

그녀는 늘 강인했다. 그보다 어린 나이였음에도 불구하고 방패의 역할은 항상 그녀 쪽이었다. 그가 그녀를 구하러 온 것인지, 그녀가 그를 구하고 있는 것인지 알 수 없는 지금 이 상황처럼.

철썩이는 파도 소리가 바람을 타고 그들의 귓가에 스며들었다. 초점을 잃은 소녀의 눈동자에 작은 희망이 차올랐다. 낭떠러지 끝에 다다른 그들은 나락처럼 깊은 아래쪽을 내려다보았다. 소년은 설마 하는 생각에 이브를 바라보았다.

곧이어 그의 동공이 휘둥그레 커졌다. 그녀가 그를 향해 거침없이 가녀린 양팔을 뻗어 오고 있었다. 이브는 그를 덥석 끌어안았다. 그리고 한 치의 망설임도 없이 절벽 아래로 훌쩍 뛰어내렸다.

— 혹시 기억하고 있어?

뇌리 속에 울리는 그녀의 속삭임. 허공에서 나풀대는 소녀의 옷자락이 소년의 시야를 가렸다. 그것을 떼어 내려고 팔을 움직이던 소년은 문득 자신의 손을 잡고 있던 그녀의 손이 사라졌다는 것을 깨달았다.

— 내가 이담에 크면 오빠의 신부가 될 거라고 했던 거.

첨벙!

소녀는 검은 바닷속으로 가라앉고 있었다. 어둡고 추운 수면 밑으로 아득하게 멀어져 가는 그녀의 하얀 몸이 보였다.

— 그랬더니 오빠가 참 바보 같은 소리를 했잖아.

아무리 발버둥을 쳐도 그녀와의 거리는 자꾸만 멀어져 갔다. 그녀의 주변으로 핏빛 아우라가 퍼져 나가고 있었다. 그것은 소녀가 잃어 가는 생명력이었다.

소녀는 힘없이 눈을 감으며 중얼거렸다.

"사랑해, 아담."

소년은 절규하며 팔을 뻗었다.

'이브!'

동시에 그의 이마에 떠오른 각인이 번쩍이며 빛났다. 절벽 위로 몰려들었던 병사들은 해수면을 가르고 뿜어져 나온 섬광에 질끈 눈을 감았다.

:서기 2023년 3월
뉴욕 맨해튼의 스카이 워크가 완공된다.

:서기 2031년 2월
마지막 석유 자동차가 폐기된다.

:서기 2045년 1월
미국이 달 식민지화를 선언. 선진국들은 앞다투어 우주 식민지 개척에 뛰어든다.

:서기 2051년 1월
아프리카 대륙에서 물 부족 현상으로 인한 최초의 물 전쟁이 일어난다. 세계 연합군
이 중재에 나서며 일단락되었지만 세계 곳곳에서 자원 전쟁의 조짐이 일고 있었다.

:서기 2052년 8월
제1차 자원 전쟁 발발.

: 서기 2055년 4월
제2차 자원 전쟁 발발. 평화 협정서 체결 및 국제 연맹국United Republic of Nations 출현.
제3세계를 제외한 전 국가가 가입한다.

: 서기 2056년 7월
에어쉽Air ship을 자가용 항공기로 정착시키기 위해 일반 보급형 모델이 양산되기 시
작한다. 시범 지역인 미국에서는 대규모 교통 시스템 개편이 이루어진다.

: 서기 2057년 1월
연맹국의 달 신도시 개발 발표.

: 서기 2068년 8월
우주 건설회사 스타시티가 화성 신도시 개발 계획안을 발표한다.

: 서기 2073년 12월 25일
전 세계에 이례적으로 수많은 유성우가 떨어지는 장관이 벌어진다. 지구 대기권에
돌입한 운석이 자체적으로 원인을 알 수 없는 폭발을 일으킨 것으로 밝혀졌다.

: 서기 2077년 12월
전 세계에서 원인을 알 수 없는 괴질로 인한 사망자가 속출하기 시작한다. 연맹국의
질병관리센터 CDCCenters of Disease Control는 이들 환자에게서 공통으로 발견된 바이
러스의 위험 등급을 최고 등급으로 분류하고 최초 발생 경로를 추적하기 시작한
다. 한편 연맹보건기구는 감염자가 발생한 국가들의 국경을 폐쇄하고 연구진을
파견한다.

: 서기 2078년 3월

신종 바이러스의 감염 경로는 혈액과 체액으로 밝혀졌다. 다행히도 이 바이러스는 공기 노출에는 매우 취약하다고 한다.

: 서기 2078년 5월

신종 바이러스 치사율 94%.

: 서기 2079년 1월

11일자 뉴욕 타임즈 헤드라인

"신종 바이러스, 정녕 외계에서 온 것인가?"

: 서기 2083년 12월

왓슨 제약회사는 신종 바이러스 치료제 개발에 거의 근접해 있다고 발표했다. 언론사들은 왓슨 제약회사가 신종 바이러스 감염에서 살아남은 여아의 몸에서 항체를 추출하는 데 성공했다고 보도했다.

: 서기 2084년 2월

신종 바이러스 치료제 지브G-eve 보급 시작.

: 서기 2085년 1월

왓슨 그룹은 본사를 남태평양에 건설한 인공 섬 '로스트 헤븐'으로 옮긴다.

: 서기 2085년 4월

신종 바이러스의 변형 출현.

: 서기 2085년 8월
23일자 뉴욕 타임즈의 헤드라인
"왓슨 제약회사의 본사와 연구소가 있는 '로스트 헤븐' 에덴 타워에 침입자 발생! 로스트 헤븐을 관리하는 슈퍼컴퓨터 왓슨을 해킹한 자는 누구인가?"
왓슨 그룹은 다행히도 아무런 피해가 없다고 발표했지만 훗날 각 분야의 전문가들은 왓슨 그룹의 추락이 바로 이날부터 시작되었을 것이라고 지적했다.

: 서기 2085년 10월
왓슨 제약회사가 신종 바이러스 변형에 대항한 치료제 지브제로 G-eve-zero 출시.

: 서기 2090년 6월
왓슨 그룹이 '로스트 헤븐'의 입주민 신청을 받기 시작한다. 로스트 헤븐의 거주 자격 조건은 신종 바이러스 감염 후 살아남은 생존자들. 신기하게도 신종 바이러스에 대한 면역체를 가진 자들은 모두 여성이라고 한다.

그리고
서기 2100년 2월 1일 현재

'로스트 헤븐' 내 에덴 타워의 하층부에 위치한 왓슨 연구소에서는 긴박한 일이 벌어지고 있었다.

"사, 살려 줘."

엉덩방아를 찧은 채 뒷걸음치는 남자는 사뿐사뿐 다가오는 그림자를 공포에 질린 눈으로 응시했다. 자객은 차가운 눈초리로 남자를 내려다보았다. 불룩한 배에 늘어진 턱살. 마치 도살 직전의 돼지 한 마리가 기어가는 것 같군.

"대체 내게 왜 이러는 거야! 도, 돈을 원하나? 얼마든지 주겠다."

무표정하던 자객의 얼굴에 경멸이 스쳤다.

"돈?"

냉정한 암살자는 우아하게 팔을 들었다. 그 손에는 한 자루의 총이 쥐여 있었다. 남자는 창백한 얼굴로 숨을 몰아쉬었다. 그러고는 두려움에 이성을 잃었는지 핏발 선 눈동자로 협박하기 시작했다.

"내가 누군지 알고 이러는 건가? 자네가 이곳에서 무사히 나갈 수 있을 것 같아? 내 심박동이 멈추면 그 즉시 '왓슨 3세'가 로스트 헤븐 전체를 수색할 걸세. 탈출할 새 없이 붙잡히고 말 거라고!"

남자의 겁박에 상대는 조롱 어린 곡선을 입가에 그렸다. 이내 크게 웃음을 터뜨리며 고개를 설레설레 젓는 모습에서는 여유로움까지 느껴졌다. 미소를 띤 얼굴로 남자를 바라보던 자객은 천천히 허리를 구부린 채 남자에게 나긋하게 속삭였다.

"왓슨 3세는 전혀 눈치채지 못할 거야. 여기 계신 모 연구원님께서 보안을 해제해 주신 덕에 아주 편안히 들어왔거든. 누가 알았겠어? 수석 연구원이란 녀석이 이렇게 연구 자료를 빼돌려서 제 잇속을 채우고 있었다는 걸."

남자의 등에선 식은땀이 흘렀다. 그는 엎드려서 두 손을 모으고 손이 닳도록 빌기 시작했다.

"자, 잘못했어요…… 다, 다신 안 그러겠습니다."

한 발 뒤로 물러선 자객은 총구를 겨누며 매혹적으로 웃었다. 섬뜩했다. 눈앞의 먹잇감을 두고 희열을 느끼는 듯한 맹수의 눈웃음.

"아, 안 돼……."

마치 한 마리의 표범처럼 아름다운 살육자였다. 목숨을 앗아 가는 상대에게 마음이 흔들리다니!

"살려 줘, 제발!"

연구원의 동공에 비친 자객의 그림자가 점차 커져 갔다. 얼어붙은 채로 공포에 휩싸인 그는 턱을 덜덜 떨며 어금니에 힘을 꽉 주었다.

탕!

날카로운 금속음이 울려 퍼지자 그는 외마디 비명 소리도 없이 털썩 쓰러졌다. 총알이 꿰뚫은 그의 이마에서는 검붉은 피가 흘러나왔다.

"토끼 제거 완료."

에덴 타워에 비상경보가 울려 퍼진 것은 그로부터 90초 후였다. 에덴 타워 수석 연구원의 죽음에 급히 평의회가 소집되었고 타워 앞에는 냄새를 맡은 기자들이 몰려들었다.

한편 멀리서 모든 상황을 지켜보던 그림자는 후드를 쓰며 조용히 뒤를 돌았다. 그는 차가운 눈빛으로 중얼거렸다.

"저 여자야?"

그러자 그가 손목에 차고 있던 스마트 워치에서 묵직한 음성이 울려 퍼졌다.

– 마음에 안 드십니까?

"글쎄…… 뭐, 네가 추천했을 땐 그만한 이유가 있겠지."

– 일단 직접 한번 보시죠. 그럼 진행하겠습니다.

• • •

총 면적 10,312제곱킬로미터의 인공 섬 로스트 헤븐은 오늘도 평온한 아침을 맞이했다. 푸른 하늘에 양떼구름처럼 공중에 떠 있는 아파트들. 이곳은 낙원 내 과반수의 주민들이 거주하고 있는 바람의 도시였다.

하얀 소라처럼 빛을 차단하고 있던 아파트들이 하나둘씩 투명한 유리 벽으로 바뀌기 시작하자, 그 속에서 주민들이 기지개를 펴며 창밖을 내다보는 모습이 보였다. 간혹 일찍 일어난 사람들은 이미 출근할 준비를 하고 있었다. 따로 현관문이 없는 바람의 도시 아파트들은 커다란 유리창으로 된 벽이 출입구의 역할을 한다. 출퇴근용 에어쉽Air Ship이 도착하면 유리 벽이 미닫이문처럼 옆으로 밀리면서 입구를 열어 주었다.

유리로 된 럭비공처럼 속이 훤히 보이는 아파트들 속에는 그녀도 있었다.

– 좋은 아침입니다, 정유림 소위님.

게슴츠레하게 눈을 뜬 유림은 하얀 잠옷을 배꼽까지 올리면서 하품을 했다.

"좋은 아침, 리사."

– 심박동 수 체크. 혈압 정상, 체온 정상, 혈당 정상. 생리 1일째, 철분이 부족합니다. 식단을 새로 조정합니다. 평소보다 수면 시간이 21분 짧습니다.

유림이 화장실로 향하자 활기찬 클래식 음악이 흘러나오기 시작했다.

– 지난주에 구입한 재스민 향으로 하시겠습니까?

"그래."

샤워를 하면서 여느 때처럼 뉴스를 듣던 유림의 눈이 멈칫 흐려졌다.

"리사! 볼륨 좀 키워 봐."

– 변사체로 발견된 사십 대 남성은 에덴 타워의 수석 연구원인 A씨로 밝혀졌습니다. A씨의 아내의 증언에 따르면 그는 어제 저녁 약속이 있다는 말을 한 뒤……

수석 연구원 A씨는 타살로 추정.
몸싸움의 흔적은 없어.
에덴 타워의 보안 시스템은 어떻게 뚫렸나.

헤드라인 뉴스들은 모두 어젯밤 일어난 끔찍한 사건을 다루고 있었다. 욕실 벽면 스크린으로 기사를 보던 유림은 샤워 부스 밖으로 걸어 나왔다. 자동 건조 기능이 그녀의 몸의 물기를 털어 내었다. 유림은 세면대 앞의 거울을 바라보며 흥얼흥얼 노래를 불렀다.

─ 오늘 기온은 섭씨 24도, 습도 34%입니다. 자외선 차단막을 형성합니다. 오전에 교관 회의가 있습니다. 유니폼을 착용하시겠습니까.

"평상복."

─ 새로운 디자인이 입고되었습니다. 확인하시겠습니까.

홀로그램이 형성되면서 눈앞에 옷들이 휙휙 지나가기 시작했다.

"ZEN3. 그게 좋겠어."

─ 소재와 특수 기능을 확인해 주십시오. 마지막 치수 측정일로부터 72일 경과하였습니다. 새 치수를 측정합니다. 가슴둘레 9㎜, 허리둘레 11㎜, 엉덩이둘레 8㎜ 증가하였습니다. 새로운 치수에 맞춰 프린트를 시작합니다.

"하의는 검은색으로."

─ 알겠습니다.

그녀와 대화를 나누고 있는 리사는 아파트 자체에 탑재된 인공지능이다. 집사이자 메이드이자 요리사라고 보면 되는 존재였다. 그들은 아파트에 거주하는 주민의 건강관리부터 시작하여 음식과 의복 취향, 즐겨듣는 음악과 쇼 프로를 체크하여 최적의 생활을 할 수 있도록 지원하는 것이 목적인 홈 AI였다.

─ 새로 도착한 메일이 있습니다. 확인하시겠습니까.

음식을 입안에 구겨 넣으며 급하게 옷을 입던 유림은 허공에 뜬 메일을 멍하니 응시했다.

"새로운 훈련병? 게이트가 열렸다는 이야기도 없었는데?"

남자의 모습이 홀로그램으로 형상화되어 나타났다. 흑갈색 머리에 연한 커피색 눈동자를 가진 그는 커다란 신장에 넓은 어깨를 가진 바람직한 체형이었다. 유림의 입가에 흥미로운 곡선이 떠올랐다.

"오호, 미남이네."

유림은 커피를 후루룩 마시고는 서둘러 옷을 갈아입었다.

– 에어쉽을 준비할까요?

"30초 후로 해 줘. 도착지는 모래의 도시로 세팅하고."

– 17분 후 에덴 타워에서 교관 회의가 있습니다.

유림은 귀찮다는 듯이 머리를 풀어헤쳤다.

– 이번 달의 벌점이 이미 100점을 초과한 상태입니다. 진급에 영향이 있을 수 있습니다.

"일일이 잔소리 좀 하지 마."

– 스트레스 수치 120% 상승. 피부 미용에 좋지 않습니다, 정유림 소위님.

"리사!"

소리를 지른 유림이 현관으로 향했다. 스마트 센서가 그녀의 몸 상태를 체크하자 옅은 안개처럼 펼쳐져 있던 뿌연 가루들이 투명하게 변했다.

현관 앞에 대기하고 있던 에어쉽이 풍뎅이 날개처럼 문을 위로 열었다. 그녀는 눈앞에 펼쳐진 푸른 하늘을 잠시 바라보았다. 여기저기 달팽이 모양으로 둥둥 떠 있는 하얀 아파트들이 보였다.

"출발해."

– 에덴 타워로 말입니까?

"모래의 도시로."

– 벌점 3점이 추가될 것으로 예상됩니다.

유림은 고개를 내저으며 짜증 섞인 눈빛을 지었다. 리사의 잔소리가 없으면 평화로운 아침이 아니지.

"새로운 훈련병이 왔다고 하잖아. 교관으로서 신병 훈련보다 더 중요한 것이 어디 있겠어?"

– 순전히 소위님의 사심에 의한 행동이라 여겨집니다만.

"잔말 말고 출발하라고."

유림은 차 안의 소파에 드러누우며 눈을 감았다. 에어쉽의 양 날개가 닫히자 자동 항공 시스템이 가동되었다. 안정적으로 부양한 에어쉽은 매끄럽게 움직이며 모래의 도시를 향해 날아가기 시작했다.

로스트 헤븐은 일찍이 거대한 제약회사였던 왓슨 그룹이 만든 인공 섬이다. 로스트 헤븐은 정치적 중립을 선포하고 자체적으로 용병 부대를 경영하고 있었다. 현재 신종 바이러스에 대한 치료제 지브제로G-eve-zero를 독점적으로 판매하고 있는 왓슨 그룹은 막대한 부를 축적했고 군수 산업에 진출할 정도로 성장했다. 그들이 운영하고 있는 용병 부대 '로스티아벤'은 현재 세계 최고의 용병군으로 그 위용을 떨치고 있는 실정이었다.

이곳 주민들은 '로스트 헤븐'을 '낙원'이라고 부른다. 그리고 낙원의 주민들은 지상 최고의 천국이라 불리는 로스트 헤븐에 입주한 것에 대해 큰 자부심을 가지고 살아가고 있다. 그러나 낙원에도 그늘은 존재했으니 '모래의 도시'는 낙원의 슬럼가라 일컬어지는 곳이었다. 낙원에서 살고 있지만 결코 낙원의 주민이 될 수 없는 이들이 모여 사는 곳. 환영받지 못하고 영원히 아웃사이더 취급을 당하며 사는 그들에게 있어 낙원은 빌어먹을 장소일 뿐이었다.

– 목적지에 도착하였습니다.

---

1 로스티아벤Los-Thea-Ven: 낙원의 용병 부대. 로스트 헤븐Lost Heaven과 스펠링이 같다.

섬의 동쪽 절벽에 위치한 모래의 도시 입구. 지하 도시인 모래의 도시는 수많은 출입구가 있는데, 이곳은 군 전용 출입구로 일반 낙원 주민들은 접근할 수 없는 곳이었다. 절벽으로 위장된 문이 열리고, 에어쉽을 탄 채로 이동하면 마치 개미굴처럼 오밀조밀하게 펼쳐져 있는 거대한 지하 도시가 모습을 드러낸다.

– 신병 훈련소로 가시겠습니까?

모래의 도시는 용병들의 도시이기도 했다. 이곳에 낙원의 용병 부대인 로스티아벤의 사령본부가 위치해 있기 때문이다. 새로운 에이전트들은 대개 훈련병 선발 캠프가 있는 하와이에서 신병 교육까지 마치고 오지만, 간혹 이곳 로스트 헤븐으로 오는 이들도 있다. 이 경우에는 보통 기술 사병이거나 스카우트되어 온 최우수 훈련생이다.

하얀 터널을 지나 에어쉽이 정차했다.

교관인 유림이 훈련소에 등장하자 사병들이 활기찬 목소리로 인사를 했다.

"좋은 아침입니다, 정 소위님!"

"안녕하십니까!"

유림이 대기실에 도착하자 군복을 입고 앉아 있던 두 사람이 일어나 거수경례를 했다.

"이 녀석이 새로 온 훈련병인가."

유림은 훈련병을 인솔한 부사관에게 물었다. 그는 절도 있는 목소리로 "예, 그렇습니다!"라고 대답했다. 유림을 따라온 안드로이드 집무관은 그녀에게 훈련병의 기록을 보여 주며 설명을 덧붙였다.

– 정확히 말씀드리자면 '새로 온' 훈련병은 아닙니다.

홀로그램으로 떠오른 그의 훈련 기록을 본 유림은 믿을 수 없다는 표정을 지었다.

"입대 테스트에서 여섯 번이나 떨어졌다고?"

세 사람 사이에 잠시 침묵이 내려앉았다. 정확히는 로봇인 집무관까지 포함하여 넷이었지만.

로스티아벤의 에이전트 공식 모집 기간은 일 년에 단 한 번뿐이다. 높은 봉급에 훌륭한 시설, 게다가 세계 최고의 용병이라는 명예까지 얻을 수 있으니, 이름 좀 날린다는 용병들은 모두 앞다투어 로스티아벤에 지원했다. 그러나 낙원의 문턱을 넘는 것은 결코 쉬운 일이 아니었다.

로스티아벤의 입대 테스트는 험난하기로 유명한데, 1차 합격률은 2할도 되지 않는다. 일단 기초 체력 검사인 1차에 합격하면 캠프에서 합숙을 하며 2차와 3차 시험을 치른다. 그리고 모의 전투인 최종 선발 시험까지 마치면 정식으로 로스티아벤의 용병이 된다. 3차와 최종 선발 시험은 통합하여 세 번까지 재시험을 치를 수 있다. 그러나 3번 이상 불합격 시 짐을 싸서 캠프를 나가야 한다.

단, 기술 병과에 지원한 자들은 횟수에 관계없이 재시험을 치를 수 있으며 1차와 2차 합격 기준점도 훨씬 낮다.

부사관은 한심하다는 표정으로 훈련병을 쳐다봤다. 아무리 그래도 그렇지, 여섯 번이나 낙방하는 놈은 처음이었다. 계속 도전하다 보면 적당히 받아 줄 거라고 여기는 것 같은데, 로스티아벤을 우습게 봐도 유분수지.

듣자 하니 2차까지는 무난히 패스한 것 같은데 사격, 잠수, 비행 테스트에서는 훈련생 중 각각 최하점을 받았고, 아군과 적군을 구별하여 쏘는 공포탄 테스트에서는 기가 막힐 정도로 완벽히 아군만 노렸다고 한다. 화룡점정은 마지막 정신력 테스트였는데, 1000m 상공에서 거꾸로 매달린 그는 게거품을 물고 졸도했다는 말까지 들려왔다. 어찌어찌하여 턱걸이로 합격한 셈이다.

"그러니까 이름이……."

유림은 눈에 힘을 준 채 훈련병의 기록을 꼼꼼히 들여다보았다. 잠시 후 기록을 덮은 그녀는 눈앞의 훈련병을 쳐다보며 중얼거렸다.

"케이 애덤슨 훈련병이군."

무표정한 얼굴로 서 있던 그는 유림을 바라보더니 빙긋 웃었다.

"웃어?"

유림이 싸늘하게 되묻자 그의 얼굴이 굳었다.

"머저리도 아니고, 남들 두세 번이면 붙는 시험을 여섯 번이나 떨어진 주제에 웃음이 나오나?"

오자마자 욕을 먹는 케이를 보면서 부사관은 고소한 표정으로 웃음을 터뜨렸다. 여태까지 네 녀석이 만나 왔던 교관님들은 소위님에 비하면 천사나 다름없을 거다. 어디 한번 '브루클린의 성녀'[2]에게 뼈가 가루가 되도록 터져 보시지.

"내게 온 이상 더 이상의 불합격은 없다. 근성과 오기를 보여라. 그렇지 않으면 시체가 돼서 훈련소 밖을 나가게 될 거다. 알아듣겠나, 애덤슨 훈련병!"

그는 말없이 그녀를 물끄러미 쳐다보았다. 그러고는 잠시 후 은은한 저음의 목소리로 짤막하게 대답했다.

---

2 브루클린의 성녀: 브루클린 전투에서 압도적인 승전을 거둔 유림의 별명.

"예."

고개를 돌리던 유림은 곁눈질로 흘끗 그를 바라보았다.

부드러운 눈매에 가을 햇살처럼 밝은 브라운 톤의 머리칼. 전체적으로 조각 같은 외모를 소유한 남자였다. 선이 아름답다고 해야 할까. 우락부락한 녀석들만 모여 있는 이곳과는 어울리지 않게 이지적인 분위기를 갖춘 데다가, 어딘지 모를 기품과 고상함까지 느껴졌다. 어째서 이런 녀석이 지옥의 용병 부대 로스티아벤에 있는 것일까?

"훈련병은 개인 물품을 정리하고 아홉 시 정각까지 A관 사격장에 대기한다."

"네."

케이는 짤막하게 대답한 뒤 하사관을 따라 걸어갔다. 그의 뒷모습을 보며 유림은 답답한지 머리를 마구 풀어헤쳤다. 미남이라고 좋아서 미팅도 불참하고 왔건만 맥이 탁 풀렸다.

"소위님, 상부로부터 내려온 지시 사항입니다."

유림은 심드렁한 눈빛으로 읊어 보라고 손짓했다. 집무관은 저장된 대령의 육성으로 실감나게 지시 사항을 전달하기 시작했다.

– 훈련병 케이 애덤슨의 담당 교관에게 전한다. 훈련병 케이 애덤슨은 특수 보직을 담당하게 될 예정으로 우리 군에게 있어 중요한 자산이 될 사병이다. 지금부터 귀관의 최우선 업무는 케이 애덤슨 훈련병을 책임지고 이번 달에 열릴 최종 선발 시험에 합격시키는 것이다. 귀관이 담당 중인 훈련병들은 모두 다른 교관들에게 배정되었으니, 귀관은 케이 애덤슨 훈련병의 교육에만 집중하길 바란다. 만에 하나 훈련병이 불합격 통지를 받을 경우에는 귀관에게 그 책임을 물어 벌점 50점을 부여할 예정이니 이점 유의하도록. 이상 전한다.

"뭐?"

유림은 말문이 막힌 표정으로 멍하니 집무관을 응시했다. 잘못 들었나 싶어 다시 재생을 해 보았지만 내용은 동일했다. 벌점 50점. 이 무슨 청천벽력 같은 소리란 말인가? 유림은 손목의 스마트워치에 대고 속삭였다.

"리사."

– 예.

"내 벌점이 지금 몇 점이라고 했지?"

– 소위님의 이번 분기 벌점은 총 103점입니다. 벌점 100점 이상은 감봉, 110점 이상은 면담, 130점 이상은 진급 누락, 150점 이상은 전선으로 강제 투입입니다.

"전선 투입? 잠깐만, 나는 부상이⋯⋯."

"담당 군의관의 보고에 따르면 귀관의 부상은 완벽하게 치료되었으며 재활 훈련 결과를 보니 당장 최전방에 투입시켜도 될 정도로 훌륭하더군."

느닷없이 등 뒤에서 들려오는 목소리에 유림은 경악한 표정을 지었다.

"대령님!"

"오늘 회의에는 또 불참했더군. 그게 다 신병 훈련에 대한 넘치는 의욕에서 빚어진 것이라 여기기로 했네만."

블랙 호크라는 별명으로 더 알려진 노아 호크 대령은 190센티미터가 넘는 거구에 까무잡잡한 피부를 가진 남자였다. 카리스마 넘치는 눈빛에 뺨에 길게 난 십자 흉터. 충분히 수술로 지울 수 있는 흉터였음에도 일부러 남겼다는 소문이 도는 것은, 아마도 의외로 단정하고 수려한 그의 용모 때문일 것이다. 생김새에 안 어울리게 낮고 걸걸한 목소리만이 아직 삼십 대 초반으로 보이는 그가 사십 대 중반이라는 사실을 입증하는 유일한 증거이기도 했다.

"대령님이시죠?"

유림이 눈을 세모꼴로 부릅뜨고 따졌다. 호크 대령은 팔짱을 낀 채 무슨 말인지 모르겠다는 표정을 지었다.

"애덤슨 훈련병을 제게 보내신 분이 대령님이시라는 것 다 알고 있습니다."

"그게 무슨 억측인가, 소위."

호크가 인상을 찌푸리자 유림은 날카로운 눈으로 그를 관찰하며 빤히 쳐다보았다. 워낙에 평소에도 시치미를 뚝 떼는 것이 특기인 사람인지라 의구심이 쉽게 가시질 않았다. 불만 가득한 유림의 표정을 보며 호크는 한숨을 깊게 내쉬었다.

"귀관을 지목한 것은 애덤슨 훈련병이네. 그가 꼭 자네에게 교육을 받고 싶다고 했지."

유림의 눈썹이 물결치며 일그러졌다. 도무지 이유를 알 수가 없었다. 게다가 훈련생 주제에 교관을 지목하다니, 건방지기 짝이 없지 않은가? 로스티아벤에 지원하는 자라면 그녀가 참전한 브루클린 전투에 대해서 한 번쯤은 들어 봤을 터인데 말이었다.

호크는 유림의 속마음을 읽기라도 한 듯 그녀의 어깨를 툭툭 다독이며 속삭였다.

"힘내게, 소위. 만약 애덤슨 훈련병이 테스트에 합격할 경우에는 상점 150점과 포상 휴가가 주어질 터이니 말이야."

"아이고 신나라."

유림은 영혼이 없는 대꾸를 던지더니 게슴츠레한 눈으로 허공을 응시했다. 잠시 후 그녀는 "교육이 있어서 먼저 실례하겠습니다."라는 말을 끝으로 거수경례를 하고 걸어가기 시작했다. 호크와 함께 왔던 잭슨 소령은 기가 막힌 표정으로 어슬렁어슬렁 사라지는 유림의 뒷모습을 바라보았다. 블랙 호크가 나타나면 잔뼈가 굵은 간부들도 오줌을 질질 싸기 마련인데, 감히 대령님 앞에서 먼저 등을 보이다니.

그는 얼굴을 찌푸리며 상관의 눈치를 살폈다. 필시 그녀를 향한 호크의 불호령이 떨어질 거라 예상한 표정이었다. 그러나 그의 예상과 달리 호크 대령의 입가에는 옅은 미소가 맺혀 있었다. 소령은 토끼눈이 된 채 떨떠름한 표정을 지었다.

호크 대령이 브루클린의 성녀를 각별히 여긴다는 소문을 듣기는 했지만 이 정도일 줄이야.

잭슨의 의문 가득한 시선을 감지한 호크는 그를 힐끔 응시했다.

"뭔가?"

"아, 아닙니다."

어느새 본연의 딱딱한 표정으로 돌아온 호크의 눈초리에 소령은 역시 잘못 본 것이라 중얼거리며 고개를 갸웃거렸다.

개미굴처럼 얽혀 있는 모래의 도시에서는 마주치는 사람의 80% 이상이 로스티아벤의 병사들이다.

모래의 도시는 고대 로마의 유적지인 콜로세움처럼 도시 형태가 원형으로 발전해 있었다. 중앙은 하늘을 향해 뻥 뚫려 있는 도넛 모양인데, 이곳은 군 시설 비행로로 활용됐다. 중앙 비행로를 중심으로 펼쳐진 도시 대부분은 군사 시설 구역이며, '왓슨 3세'의 시선이 닿지 않는 지하의 낙후 지역에서는 낙원의 은밀한 거래들이 이루어지고 있다.

중앙 비행로와 테처럼 둘러진 도시 사이에는 강화유리 벽이 설치되어 있어 주민들을 안전하게 보호한다. 이 강화유리 벽은 계란의 노른자와 흰자처럼 도시와 비행로를 구분하는 역할을 할 뿐만 아니라 화이트캡White Cab의 선로기도 했다. 벽면을 타고 이동하는 화이트캡은 군과 행정기관에 소속된 자들만이 이용할 수 있는 교통수단이었다.

– 준 위엔 하사, 케이 애덤슨 훈련병, 어서 오십시오.

화이트캡에 올라탄 두 사람은 말없이 중앙 비행로를 내다보았다. 잠시 후 준 위엔 하사관은 헛기침을 하며 유림에 대한 찬양을 풀어놓기 시작했다.

"자식, 행운인 줄 알아. 소위님께 교육받는 건 훈련병 모두의 꿈이라고. 소위님의 입대 테스트 성적은 아직까지도 최고 점수로 남아 있는 괴물 같은 기록이지. 너도 소문을 들어서 알겠지만, 소위님께서 델타 열 마리를 홀로 잡아 오신 브루클린 전투는 그야말로 전설이고 말이야. 들어는 봤지? 브루클린의 성녀. 그게 바로 우리 소위님이시다. 다만 그때의 부상으로 인해 신병교육대로 오신 것은 정말 로스티아벤에 있어서 크나큰 손실이 아닐 수 없지."

케이는 끝없이 조잘대는 하사관을 바라보며 지루한 듯 하품을 했다. 하사관은 그런 그를 매섭게 쏘아보았다. 그는 케이의 머리를 향해 손찌검을 날리며 일침을 가했다.

"네 녀석이 잘못하면 소위님께서 징계를 받게 되시니까 똑바로 하라고!"

'휙' 바람 소리가 허망하게 흘렀다. 어라? 하사관은 소리 없이 허공만 가른 손을 바라보며 어리둥절한 표정을 지었다. 눈앞에 있어야 할 훈련병의 얄미운 얼굴이 보이지 않았다.

"머리 맞는 건 좋아하지 않아서요."

하사관은 깜짝 놀라 오른쪽 어깨 쪽을 돌아보았다. 케이가 비스듬히 팔짱을 끼고 선 채 그를 내려다보고 있었다. 하사관은 이해가 되지 않는지 그를 빤히 응시했다. 어떻게 된 거지? 분명 저놈의 뒤통수를 노려보며 갈겼는데, 언제 오른쪽 뒤로 이동했단 말인가?

"글쎄요. 뒤통수에 눈이라도 달렸나?"

"뭐?"

하사관은 흡사 귀신이라도 보는 듯 그를 쳐다보았다.

— 제1훈련소에 도착하였습니다.

"여기서부터는 저 혼자서도 갈 수 있으니 부사관님께서는 그만 돌아가셔도 됩니다."

그는 석상처럼 굳어 있는 하사관을 뒤로 한 채 유유히 걸어 나갔다. A관에 도착한 케이는 입구를 지키는 안드로이드 헌병을 잠시 바라보았다. 겉모습만 봐서는 사람과 전혀 구분이 가지 않는 안드로이드들은 이따금 상대방의 감정을 분석해 미소를 짓거나 슬픈 표정을 짓기도 한다. 그러나 케이는 단 한 번도 그를 향해 웃는 안드로이드를 본 적이 없었다. 헌병은 딱딱한 목소리로 케이를 맞이하며 문을 열었다.

— 어서 오십시오, 케이 애덤슨 훈련병.

A관은 무기 전반에 대해 가르치는 훈련소였다. 사격장에 도착한

케이는 유리 벽 너머 멀리 위치해 있는 과녁판을 쳐다보았다.

후방의 벽 위에 위치한 시계가 아홉 시 정각을 알리기 무섭게 유림이 등장했다. 언짢아 보이는 걸음걸이로 나타난 그녀는 주섬주섬 일어선 케이의 앞에 우뚝 멈춰 섰다.

그녀는 긴 머리칼을 높게 질끈 묶은 상태였다. 커다란 눈망울로 케이를 빤히 보던 유림은 그의 어깨를 움켜잡더니 바짝 얼굴을 들이댔다. 좀처럼 표정 변화가 없던 케이의 눈이 흠칫 커졌다.

"오늘부터 네 녀석의 교육을 담당하게 된 정유림 소위다."

유림의 입술이 숨소리까지 들릴 정도로 가까웠다. 케이의 시선이 자연스레 그녀의 입술로 향했다.

"귀관이 나를 직접 교관으로 지목했다지? 대담한 안목만큼 훈련 역시 훌륭하게 따라와 주길 기대하겠다."

잠시 후, 케이의 가슴을 툭툭 친 유림이 천천히 뒤로 물러섰다. 그녀의 입술에 머물러 있던 그의 시선도 따라서 이동했다. 검은색 제복을 입은 유림은 가느다란 허리에 손을 얹은 채 그를 바라보고 있었다. 그녀는 자신에게서 시선을 떼지 못하는 케이의 모습에 흡족한 표정이었다.

'일부러 그런 건가?'

한 방 먹은 표정으로 웃은 케이는 흥미로운 시선으로 유림을 관찰했다. 상대에게서 주도권을 잡아야 만족스러워하는 여자라고 듣긴 했지만, 막상 당하니 뜻하지 않게 당황하고 말았다.

예측 불허의 돌발 행동을 하는 여자. 그녀는 사납고 예민한 고양이를 떠올리게 했다.

서로를 탐색하듯 바라보던 두 사람의 눈빛이 진지하게 얽혔다.

이윽고 가볍게 박수를 친 유림이 붉은 입꼬리를 말아 올리며 환영
인사를 건네었다.

"낙원에 온 것을 환영한다, 애덤슨 훈련병."

Chapter 1

유림의 교관 일지에 남겨진 메시지
2100년 2월 25일 목요일 오전 7시.
케이 애덤슨 훈련병의 개인 교습 4주차.
입영 시험 최종 관문 당일.

쾌청한 날씨였다. 알람을 싫어하는 유림은 리사에게 늦잠을 자든 몸이 안 좋든 절대 깨우지 말라고 신신당부하기 일쑤였다. 그런 그녀가 오늘은 평소보다 이른 시각에 벌떡 일어났다. 오죽하면 리사가 좀 더 수면을 취하라고 권했을 정도였다.

– 제가 깨울까요, 소위님?

"아니, 내가 하지."

우유를 한 잔 들이켠 유림은 서재에서 침실로 바꾼 건넛방으로 성큼성큼 향했다. 수면 모드인 방 안은 어둠에 잠겨 있었다. 침대 위에 어렴풋이 사람의 형체 하나가 보였다.

가볍게 몸을 스트레칭한 유림은 냉큼 침대 위로 올라탔다. 눈치 빠른 리사가 어느새 수면 모드를 해제한 모양이었다.

투명해진 벽은 아침 햇살을 가득 들여놓고 있었다. 긴 속눈썹에 반듯한 콧날 그리고 살짝 벌어진 조각 같은 입술. 유림은 잠든 케이의 얼굴을 빤히 내려다보더니 천천히 몸을 숙였다. 늘 생각하지만 그의 몸은 탄성이 흘러나올 정도로 완벽했다. 짐승으로 비유하자면 기품이 넘치는 표범 같다고 해야 하나. 넓은 어깨를 따라 뻗은 쇄골 뼈를 보고 있자면 배 속이 간질거리며 뒤틀리는 느낌이었다.

그런데 어째서 운동신경만큼은 그렇게도 한심한 수준인 건지. 괜히 심술이 난 유림은 다짜고짜 그의 귓불을 깨물었다. 그러고는 그의 목덜미를 다정하게 어루만지며 낮게 속삭였다.

"케이, 당장 일어나지 않으면 아래위로 홀딱 벗긴 채 사격장 과녁에 걸어 놓을 거야."

귓전을 울리는 달콤한 위협에 그가 눈을 번쩍 떴다. 이미 몇 번이나 당해 본 것이라서 위협의 효과는 일품이었다. 반사적으로 몸을 벌떡 일으킨 케이의 팔과 유림의 몸이 엉켰다. 당황한 유림이 그의 목을 끌어안자 두 사람은 '쾅' 하고 바닥을 굴렀다.

"유림?"

케이의 몸 밑에 깔린 유림은 침대에 다리를 걸친 채 니은ㄴ 자 모양으로 바닥에 누워 있었다. 그녀는 입술이 닿을 정도로 가까운 거리에서 자신을 내려다보는 그를 노려보더니 무릎으로 퍽 하고 그의 복부를 가격했다. 케이는 짤막하게 신음을 내뱉으며 배를 움켜쥐었다.

"상관의 이름을 멋대로 부르지 말라 했을 텐데."

"아…… 그랬죠. 그런데 일찍 일어났네요?"

잠이 덜 깬 그의 목소리는 깊게 잠겨 있었다. 부스스한 머리칼을 매만진 케이는 언제 맞았냐는 얼굴로 예쁘게 웃었다. 그러고는 유림의 불호령이 떨어지기 전에 얼른 호칭을 덧붙였다.

"……소위님."

유림은 눈을 가로로 쭉 찢은 채 못마땅한 기색으로 그를 쳐다보았다. 정확히 말하자면 매번 저 미소에 넘어가는 스스로를 탓하는 중이었다. 사실 케이의 목소리에는 설명하기 힘든 매력이 있었다. 그의 중저음 톤의 부드러운 음색은 귓가에 닿을 때마다 부드럽게 안긴 채 애무당하는 것처럼 머릿속을 흐릿하게 만들곤 했다.

"3차를 무사히 합격했다고 방심하지는 마. 반쯤은 요행으로 패스한 거였으니까."

"알고 있어요."

그가 3차 관문을 패스한 것은 교관인 유림조차도 예상하지 못했던 일이었다. 앞서 1차와 2차 관문을 패스하고 온 케이는 최종 합격까지 두 개의 허들만 남기게 되었다.

3차 관문은 휴식 없이 한 명씩 교체되는 다섯 명의 조교들과의 혹독한 싸움이었다. 전투 시간은 각각 10분씩 주어져 시험은 총 50분 동안 치러진다. 다행히 기술 병과일 경우엔 다섯 명 중 세 명까지만 버티면 합격이었다. 만약 상대를 제압할 경우 가산점이 주어진다. 물론 케이에게서 가산점을 기대하기란 무리였다. 훈련 기록에 의하면 그는 두 번의 3차 관문 테스트에서 모두 첫 번째 대전 상대에게 쓰러져 전투 불능의 상태가 되었다고 한다. 그것도 모두 시작한 지 120초를 채 넘기지 못했다고.

'이 남자가 과연 십 분을 버틸 수 있느냐'도 문제였지만 조교들 중 한 명이 STF[3] 특수 부대 소속이란 게 더 큰 장애 요소였다. 만약 STF 요원이 첫 번째 타자로 나온다면 후속 타자와는 만나 볼 겨를도 없이 전투 불능으로 실격하게 될 터였다.

고민하던 유림은 미리 상대 조교들의 프로필을 입수했다. 이는 군율에 어긋나는 행위지만 어쩔 수 없었다. 꼼수라도 부리지 않으면 도저히 합격시킬 길이 없기 때문이다.

— 첫 번째 대전 상대는 어려서부터 쭉 복싱을 해 왔던 녀석이야. 하체가 약하니 무조건 다리만 공격하도록 해. 두 번째 대전 상대는 날렵하지만 힘이 부족한 타입이야. 간격을 좁히면 불리하니……

유림은 무표정한 얼굴로 서 있는 케이를 보며 말을 멈췄다. 긴장을 한 것인지, 아니면 지극히 초연한 것인지 그의 눈동자는 흔들림 없이 평온했다. 덤덤할 리가 없지. 필시 극도로 긴장한 것이리라.

유림은 한숨을 가볍게 내쉬며 욕심을 털어 냈다. 그녀는 털털하게 웃으며 케이의 어깨를 잡았다.

— 그냥 가볍게 몇 대 맞고 온다 생각하자. 매일 접한 내 주먹에 비하면 간지러운 정도일 테니까.

— 제가 불합격하면 소위님께서 곤란해지시는 거 아니었어요?

유림은 돌아서며 대수롭지 않다는 표정으로 어깨를 으쓱했다.

— 훈련병 주제에 상관의 일을 걱정하는 게 아니야. 근성으로 버티고 와. 합격하면 상으로 키스라도 해 줄 테니.

그때 그의 입가에 짓궂게 피어오르던 미소를 그녀는 쉽게 잊지

---

3 STFSpecial Task Force: 특수임무부대로 로스티아벤의 최우수 정예 에이전트들이 소속되어 있다.

못할 것이다. 흡사 사냥에 무관심하던 맹수가 별안간 의욕 찬 눈초리로 몸을 일으킬 때의 표정과도 같았다.

그날, 케이는 가볍게 3차 관문을 통과했다.

시험 결과를 모니터한 교관들은 우연도 이런 우연이 다 있냐며 경악을 금치 못했다. 첫 번째 대전 상대는 5분이 지난 후 갑자기 배가 아프다면서 쓰러졌고, 두 번째 대전 상대는 혼자 미끄러져 뇌진탕으로 기절했다. 어찌 되었든 간에 두 상대 모두 대전 시작한 지 5분이 지난 후 전투 불능 상태가 되었으므로 시험 결과는 유효한 것으로 발표가 났다. 덕분에 이 운 좋은 사나이는 상처 하나 없이 무사 합격을 이루었다.

― 그래서.

시험장을 나온 케이는 유림을 보고 빙긋 웃으며 말했다.

― 상은 언제 주십니까?

유림은 떨떠름한 표정으로 그를 쳐다보았다. 목적이 분명한 눈빛으로 빤히 응시하는 그의 시선에 그녀는 고개를 회피하며 어색한 목소리로 대꾸했다.

― 내가 '최종 합격하면'이라고 하지 않았던가?

모르는 척 돌아서던 유림은 등 뒤에서 그가 쿡쿡 웃는 소리에 묘한 굴욕감을 느꼈다. 하지만 붉어진 뺨을 보일 수 없어 차마 뒤를 돌아보지 못했다.

– 좋은 아침입니다, 애덤슨 훈련병. 소위님의 지시에 따라 오늘 아침 메뉴에서 커피는 제외했습니다.

느릿느릿 거실로 나온 케이는 오늘 시험 일정을 보고 있는 유림을 흘끗 바라보았다. 그는 잇자국이 난 귓불을 만지작거리더니 입술을 피식 늘렸다.

"드디어 오늘 상을 받겠네요?"

오른쪽 귓가에서 들려온 나른한 목소리에 유림은 깜짝 놀라 고개를 들었다. 케이가 물 잔을 든 채 서 있었다.

"대체 그 자신감은 어디서 나오는 거야? 엊그제 훈련 기록을 보니 실격당하지 않으면 다행이겠던데."

"실전에 강한 타입이라서요."

마치 볼에 입을 맞출 것처럼 귓가에 속삭인 그는 유림의 주먹이 날아오기 전에 재빨리 욕실로 향했다.

─ 심박동 수가 150% 상승하였습니다.

꼭 이런 상황이면 촉새같이 등장하는 리사에게 유림은 눈을 흘겼다.

─ 129, 128, 127······.

유림은 뜨거운 뺨을 손등으로 문지르며 그가 두고 간 물 잔을 벌컥벌컥 들이켰다.

역시 저 녀석을 이곳에 데려오는 게 아니었는데. 그때만 해도 '저깟 가랑잎 같은 녀석이랑 잠시 지내 봤자 별일이야 있겠어? 벌점 50점이 중요하지.'라는 생각이었다.

'설마 이런 자충수가 될 줄이야.'

유림은 귓가에 남아 있는 그의 숨결을 느끼며 욕실을 흘끗 쳐다보았다.

3차 시험을 앞두고 케이를 집으로 데리고 온 건 그녀 자신이 내린 결정이었다. 집무관이 귀띔해 주기 전까진 전혀 몰랐다. 그가 다른 훈련병들과 사병들에게 괴롭힘을 당하고 있다는 사실을.

아마 그녀에게 개인 훈련을 받는다는 게 그들 눈에 밉상이 된 모양이었다. 혼자 특별 대우를 받는 것도 못마땅한데, 담당 교관이 브루클린의 성녀라니. 사내 녀석들의 질투가 그렇게 지독한 줄은 처음 알았다.

그런데 이 남자, 의외의 고집과 근성이 있었다. 꽤 심한 괴롭힘이 이어져 왔던 것 같은데, 정작 유림을 만날 때는 항상 느른하게 웃으며 여유를 부려 왔던 것이다.

그런 점은 꽤 마음에 든단 말이지. 훈련소 나와서 이쪽에 들어오라니까 변죽 좋게 냉큼 들어온 건 어이없었지만.

유림은 피식 웃었다. 하여간 뻔뻔하기는. 생긴 거는 되게 순진하고 유약할 거 같은데 도대체가 감을 못 잡겠단 말이야?

'그나저나.'

그녀는 방금 전 불쑥 등 뒤에 나타났던 그를 떠올리며 생각에 잠겼다. 기척을 전혀 알아차리지 못했다. 아무리 무방비 상태였다고 해도 그렇지, 숨결이 느껴질 정도로 초 근접한 간격이었다. 더욱이 상대는 운동치, 체력치, 반응치인 케이였는데.

유림은 소파에 누워 하얀 천장을 올려다보았다.

이성과 물리적으로 가깝게 지내는 것이 너무 오랜만이었던 탓일까? 지난 사 주간 묘하게 들떠 있었다. 로스트 헤븐에 온 본래의 목적을 잠시 잊고 지냈을 정도로.

그녀는 천천히 눈을 감으며 미간을 주물렀다. 아무튼 갑작스러운 훈련병 돌보기도 오늘로써 끝이다. 다시 평온하던 일상으로 돌아가겠지.

최종 선발 시험이 치러지는 시험장 G관은 나선형 모래 도시의 가장 깊숙한 곳에 위치하고 있다. 여긴 군전용 에어쉽과 안드로이드들을 정비하는 곳이기도 했다. 시험장에는 유림과 케이 외에 다른 교관들과 훈련병들도 잔뜩 와 있었다. 그들 대부분은 별다른 긴장감 없이 여유롭게 농담을 주고받았다.

"낙원에서 시험을 치르는 이들은 모두 스카우트된 최우수 훈련병들이야. 시험은 사실 형식상 치르는 것이고 이미 로스티아벤과 계약된 에이전트들이지. 저들 중 몇 명은 너와 같은 팀이 될 거야. 기죽을 필요 없어. 쟤네 페이스에 말리지 말고 훈련받은 대로 하면 돼."

케이는 그들을 쭉 훑어보더니 염려 말라는 듯이 생긋 웃었다. 그의 느긋한 태도에 비해 유림은 걱정 가득한 눈빛이었다.

"최종 시험은 실제로 큰 부상을 입을 수도 있어. 무리하지 말고 팀원들에게 적당히 묻어가도록 하자."

최종 시험의 유형과 난이도는 작년부터 새롭게 바뀌었다. 현재 전 세계에 파견된 로스티아벤 병사들 대부분은 '델타'라는 돌연변이들과 교전 중에 있었다.

델타는 신종 바이러스에 감염된 후 살아남았으나 바이러스로 인해 인격을 상실하고 신체에 이상 변화가 온 자들을 뜻한다.

왓슨 그룹은 자회사가 세운 용병대의 전력을 투입해 델타들을 포획하고 낙원으로 데려와 그들을 치료하는 데 힘쓰고 있었다.

따라서 최종 시험은 델타를 모델로 만든 안드로이드들과 모의 전투를 벌이는 것이다. 훈련병들은 일곱 명씩 한 조를 이뤄 시험을 치른다. 정해진 시간 내에 델타를 모두 쓰러뜨리면 합격이다.

단, 한 팀에 전투 불능이 된 팀원이 네 명 이상이면 팀 실격으로 전원 불합격 통지를 받는다. 세 명 이하일 경우는 전투 불능 상태에 빠진 팀원들을 제외한 나머지 훈련병들만 합격 통지를 받는다.

－ 조 배정이 완료되었습니다. 훈련병들은 소속된 조를 확인해 주시기 바랍니다.

안내 방송이 나오자 훈련병들은 제각기 손목에 찬 스마트 워치를 눌러 허공에 뜬 화면에서 배정된 조를 확인하기 시작했다.

"1조네?"

유림은 케이와 함께 배정된 조원들의 이름을 재빠르게 훑었다.

"나츠 시게노, 드레이크 앤더슨, 하워드 쿠퍼……."

팀원들 대부분이 세계 각지에서 내로라하는 용병대 출신들이다. 유림은 안심한 눈빛을 지었다. 최종 관문은 어느 정도 조 추첨 운이 따라 줘야 했다. 특히 케이처럼 보급병인 경우에는 더더욱 그랬다.

이제 열쇠는 그의 손으로 넘어갔다. 교관인 그녀가 할 수 있는 일은 관전실에서 그의 합격을 기원하는 일뿐이었다.

"케이!"

유림의 외침에 케이는 어깨 너머를 돌아보았다. 교관 유니폼을 입은 그녀가 달려오더니 그의 어깨를 잡고 뺨에 가볍게 입을 맞췄다. 뒤에서 병사들의 환호와 야유가 쏟아져 나왔다. 유림은 입 닥치라는 듯 곁눈질로 주위를 무섭게 쏘아보았다. 그러자 다들 흠칫해서 합죽이가 된 양 일제히 입을 다물고 딴청을 부렸다.

유림은 생긋 웃으며 케이에게 엄지를 척 치켜세웠다.

"행운의 여신이 주는 가호로 삼도록. 검은 베레모를 쓴 귀관을 기다리고 있겠다!"

말은 마친 그녀는 민망한지 황급히 돌아섰다. 그러자 케이가 뒤에서 재빨리 유림의 허리를 낚아채 안았다. 그는 그녀의 귓가에 비밀스럽게 속삭였다.

"합격 후 주시는 상은 이것과 별개입니다. 그건 행운의 여신께 직접 받아 가도록 하죠."

케이의 시선이 미리 점찍어 놓는 양 그녀의 입술을 지그시 바라보았다. 돌아선 그는 차가운 눈빛으로 돌변해 시험장 입구로 유유히 걸어갔다. 그 사실을 알 턱이 없는 유림은 꿀 먹은 벙어리가 된 채 그의 뒷모습을 빤히 지켜보았다.

제1조의 시험을 알리는 방송이 흘러나오고 시험장 문이 닫혔다. 시험장 내부 천장에 붉은 등이 들어왔다.

훈련생들은 모두 대기 상태.

시험 시작 5분 전이다.

회색 벽면의 대기실에는 여섯 명의 훈련병들이 먼저 도착해 있었다. 주위를 둘러본 케이는 빈자리로 향했다. 그때 덩치 큰 흑인 병사 하나가 그의 앞을 가로막으며 말을 걸었다.

"네가 브루클린의 성녀 이거냐?"

그는 검은 새끼손가락을 올리며 낄낄 웃었다. 팔뚝이 유림의 허리 두께만 한 녀석이었다. 케이는 말없이 그를 응시했다.

"그 여자와 같이 합숙을 한다며? 말이 합숙이지 둘이 매일 밤 재미 봤을 거 아니냐고! 이거 군율에 어긋나는 거 아닌가? 성녀도 성욕은 있는 모양이야. 그래도 그렇지, 이런 비실비실한 놈이랑 떡을 치고 싶을까? 그런데 성녀면 처녀여야 하는 거 아니야? 어이, 네이슨! 너 가톨릭이지?"

"군대에 성녀가 어디 있냐, 멍청아! 군은 성별로 나뉘는 게 아니야. 작대기와 구멍, 그 둘로 나뉘는 거지."

옆 의자에 다리를 올린 채 앉아 있던 네이슨이 콧방귀를 뀌며 대꾸했다. 그러자 흑인 병사는 다시 낄낄대며 웃었다.

"푸하하! 브루클린의 구멍이라니!"

케이의 시선이 물끄러미 천장으로 향했다. 보이지는 않지만 곳곳에 초소형 감시 카메라들이 설치되어 있었다. 대기실의 상황은 교관들이 모두 모니터링하고 있을 터였다.

"입조심해, 하워드. 상대는 네 상관이 될 사람이라고."

보다 못한 누군가가 경고를 날렸다. 하워드는 "쳇!" 하고 불만스러운 표정을 짓더니 다시 케이를 노려보았다.

"우리 팀은 너 때문에 여섯 명이 한 조가 된 거나 마찬가지야. 네 놈이 실격되든지 말든지는 상관없어. 우리 앞길에 방해만 되지 말라고! 알아듣겠어? 성녀의 개!"

그는 바닥에 가래침을 뱉으며 자리에 착석했다. 케이는 고요한 눈빛으로 그를 바라보더니 무표정한 얼굴로 벽을 응시했다.

잠시 후, 훈련병들이 앉은 의자들이 벽 뒤로 빨려 들어가기 시작했다. 갈라진 벽 안쪽에는 전투복과 전투화 그리고 무기들이 준비되어 있었다. 시험을 칠 훈련병들은 시험 전 간단한 건강검진을 받고, 이상이 없을 시 즉각 모의 전투로 투입된다.

– 검진을 시작합니다. 훈련병들은 정면에 준비된 침상에 천장을 바라보고 누워 주십시오.

모두가 긴장한 얼굴로 안면 근육을 수축시켰다. 부릅뜬 눈에는 굳은 각오가 어려 있었다. 잠시 후, 천장의 전등이 붉은색에서 녹색으로 바뀌었다.

제1조, 훈련병 전원 검진 완료.

모의 전투장으로 이동 조치 중.

최종 선발 시험 조별 모의 전투 확정 제1조

자레프1 : 드레이크 앤더슨 ㅣ 자레프2 : 하워드 쿠퍼 ㅣ 자레프3 : 네이슨 파커
자레프4 : 우딘 헤르만 ㅣ 자레프5 : 쟝 르노 ㅣ 자레프6 : 나츠 시게노
자레프7 : 케이 애덤슨

관제실에서 시험장 내부를 지켜보던 유림의 눈이 커졌다. 1조의 모의 전투장은 낙후된 지하 하수도가 배경이었다. 실제 존재하는 도시 하수도를 본 딴 시뮬레이션 방식이다.

얼마 지나지 않아 화면에 훈련병들의 모습이 나타났다.

"시작하게."

총감독인 허쉬 대위의 명령에 따라 제1조의 최종 관문 테스트가 시작되었다.

과제

델타를 모두 제압한 후, 하수도에 갇혀 있는 감염자들을 안전하게 후송하라.

1조는 두 팀으로 나뉘어서 작전을 수행하기로 했다. 수색대인 선발팀과 보급대인 후발팀이다. 케이는 후발팀 소속이었다. 선발팀이 적을 제압하면 후발팀이 뒤따라와 구조 작업을 실시한다.

20세기에 건설된 하수도 시설은 어둡고 음산했다. 물이 똑똑 떨어지는 소리, 쥐가 움직이는 소리 그리고 긴장한 사병들의 숨소리.

시궁창 냄새까지 완벽하게 재현한 전투장 속에서 훈련병들은 천천히 앞으로 나아가기 시작했다.

선발팀에서도 선두에 선 하워드가 또 바닥에 가래침을 뱉으며 소리쳤다.

"우리 조에서 낙오될 놈은 이미 정해져 있다는 것 다들 알고 있겠지? 퉤! 그 녀석을 제외한 사람들은 각자 알아서 살아남자고!"

그 말에 몇몇 사람들은 케이를 쳐다보며 비웃음을 지었다. 후발팀 마지막에 붙어 따라가고 있던 케이는 시끄럽게 울려 퍼지는 하워드의 웃음소리에 허공을 쳐다보며 하품을 쏟아 냈다. 멍한 눈빛의 그는 졸린 표정이었다.

"저렇게 소란을 떨면 적들이 모여들지 않을까요?"

조심스럽게 중얼거린 목소리의 주인공은 케이와 마찬가지로 후발팀 소속인 나츠 시게노였다. 그는 왜소한 체격의 일본인이었는데, 숨을 죽이고 걷는 모양새가 좋게 말하면 신중하고, 직설적으로 말하면 겁이 많아 보였다.

입구로부터 약 800미터 떨어진 지점.

세 갈래로 갈라진 길이 나타났다. 마침 선발대로부터 숨죽인 통신 메시지가 들려왔다.

― 이쪽은 자레프2. 포인트 201에 타깃 두 마리가 보인다.

― 자레프4다. 포인트 210에 타깃 발견.

― 자레프1이 모두에게. 전원 전투 준비! 적에게 틈을 보이지 마라. 한 번 방심하면 끝장이다.

선발대와 후발대 모두 총구가 긴 M7 소총을 양손에 움켜쥐었다. 적외선 탐지 모드에서 몸을 웅크린 채 이쪽을 노려보는 델타들이 보이기 시작했다. 마치 실전처럼 팽팽한 긴장감이 흘렀다. 하수도 천장을 기어 다니는 델타의 거친 숨소리에 아군들은 심호흡을 하며 서로의 등을 맞댔다.

키이익! 끼꺄갸걀!
끼이이이익!

하수도에 메아리치는 델타들의 울음소리를 신호로 '탕!' 하고 날카로운 총 소리가 허공을 갈랐다.

– 이놈들 꼭 도마뱀처럼 움직이는데?

– 으아아악!

누군가가 끔찍한 비명 소리를 내질렀다.

– 제길, 우딘이 당했다.

첫 번째 교전은 짧고 혼란스러웠다. 어둠 속에서 연기처럼 움직이는 델타들은 빗발치는 총탄들을 맞고도 끄떡없었다.

그들은 돌풍처럼 들이닥쳐 혼을 쏙 빼놓고는 순식간에 사라졌다.

– 다들 무사한가?

하워드는 총으로 벽을 치더니 발을 구르며 욕설을 내뱉었다.

"제길! 이게 입대 테스트 레벨이라고? 거의 날아다니는 수준이잖아! 저것들을 총으로 어떻게 맞혀?"

"어이, 우딘! 정신 차려!"

"쳇, 벌써부터 실격자 출현인가?"

조장인 드레이크는 쓰러진 우딘의 상태를 살피고 있었다. 잠시 후 그는 당황하여 일어서더니 망연자실한 눈빛으로 모두를 쳐다봤다.

"죽었어."

한순간 정적이 흘렀다.

"뭐?"

"그게 무슨 소리야!"

나머지 조원들은 놀라서 우딘의 곁으로 모여들었다. 쓰러진 그의 군복은 너덜너덜해진 채 핏물이 흥건했다.

우딘의 목덜미는 마치 짐승에게 물어뜯긴 것처럼 살점이 떨어져 나갔는데 눈대중으로 봐도 수차례나 당한 흔적이었다.

"맙소사!"

참혹한 광경을 본 훈련병들은 쇼크 상태에 빠져 잠시 말을 잇지 못했다.

"진짜로 공격당했단 말이야?"

이상했다. 고작 훈련병들이 치르는 입대 테스트치곤 너무 현실적이지 않은가? 아니, 이건 이미 모의 전투 수준이 아니었다. 실전에 가까운 감각이었다.

"부상은 입을 수 있지만 죽을 수 있다고는 안 했잖아. 델타를 모델로 한 로봇들이라면서?"

"시험은 어떻게 되는 거야, 계속하는 거야?"

"설마…… 사람이 죽었는데."

"젠장, 교관들은 대체 뭐하고 있는 거야!"

한편 관제실에 있던 교관들도 패닉에 빠진 건 마찬가지였다. 교전을 중계하던 화면이 갑자기 까맣게 꺼지는 돌발 상황이 벌어졌기 때문이다.

– 서버에 접속할 수 없습니다.

화면에 붉은 글씨로 커다랗게 떠오른 에러 문구는 번쩍이며 사라질 생각을 안 했다. 처음에는 여유롭게 상황이 해결되기를 기다리던 윌리엄스 대위의 표정도 서서히 굳어 갔다.

"대체 뭣들 하고 있는 거야! 빨리 복구 안 해?"

"죄, 죄송합니다!"

우왕좌왕하는 교관들 속에서 유림은 손톱을 깨물며 제자리를 맴돌았다. 왠지 예감이 좋지 않았다. 눈으로 좇기 힘들 정도로 빠르게 움직이던 시뮬레이션용 델타들. 그들의 공격은 단순히 잽싸기만 한 게 아니었다. 고막이 터질 듯 울부짖으며 조직적으로 움직이던 그들의 몸놀림은 훈련용 로봇들과는 차원이 달랐다.

유림은 총감독인 윌리엄스 대위에게 다가가 물었다.

"대위님! 대전 상대가 시뮬레이션용 로봇들인 게 확실합니까?"

"당연한 거 아닌가?"

"혹시 실수로 실제 델타들이 투입되거나 한 건……."

윌리엄스는 미쳤냐는 표정으로 유림을 쳐다보았다.

"그게 가능하다고 생각하나?"

유림 역시 말도 안 되는 소리라는 걸 알고 있었다. 그럼에도 그녀는 뇌리를 스치는 불길한 예감을 떨칠 수가 없었다.

그때 대전용 로봇 중앙통제실로부터 집무관의 보고가 올라왔다.

- 로버트 윌리엄스 대위님께 보고 드립니다. 현재 모의 전투장에서 훈련병들이 교전 중인 '델타'는…….

함께 보고를 받은 교관들의 표정이 경악으로 번졌다. 벌떡 일어난 윌리엄스는 얼어붙은 표정으로 넋을 놓으며 중얼거렸다.

"이, 이런 말도 안 되는 일이……."

모의 전투장은 여전히 공포의 도가니 속에 있었다. 훈련병들은 고함을 지르며 교관을 찾아 댔다. 그러나 상부에서는 아무런 움직임도 보이지 않았다. 그들이 차차 지쳐 갈 무렵, 누군가 침착한 목소리로 조원들을 달래었다.

"다들 진정하고 일단 우딘에게서 떨어져."

조장인 드레이크였다. 그는 구릿빛 피부에 굵은 눈썹 그리고 아몬드형의 새까만 눈동자를 지닌 이십 대 후반의 청년이었다. 드레이크는 조원들을 둥글게 불러 모으고는 차분한 목소리로 말했다.

"아무래도 우리는 오리지널 델타들과 싸우는 중인 것 같다."

누군가 손을 내저으며 헛웃음을 터뜨렸다.

"말도 안 돼. 교관들이 우릴 다 죽일 생각이 아닌 이상 그런 짓거리를 하겠어?"

"특수부대도 쩔쩔매는 게 델타라고."

드레이크는 바닥에 앉아 양손을 깍지 낀 채 턱을 괴었다. 그의 진중한 눈빛을 본 조원들의 얼굴에서는 차차 웃음기가 사라졌다.

"나는 뉴욕 출신이야. 맨해튼은 델타가 처음 발견된 지역이지. 난 실제로 몇 번이나 그들을 본 적이 있다. 빛처럼 빠른 스피드, 잔인한 공격 방식, 소름 끼치는 울음소리. 틀림없어. 저들은 오리지널이다."

드레이크는 잠시 고개를 숙였다가 들었다. 그는 사연이 많아 보이는 표정으로 턱을 쓸어내렸다. 한순간에 분위기가 전환됐다. 조원들이 심상치 않게 돌아가는 상황을 받아들이기 시작한 것이다.

"대체 어떻게 된 거야?"

"델타가 왜 여기에 있냐고!"

"잊었어? 로스티아벤은 정예 부대를 파견해서 델타를 포획한 후 낙원으로 수송해 오고 있어. 눈에 보이지 않을 뿐이지 실상 이 섬에는 엄청난 숫자의 델타들이 존재한다."

멀리서 끽끽거리는 울음소리가 들려왔다. 하워드는 흠칫 놀라 뒤를 향해 소총을 겨누었다. 쟝은 엉거주춤한 자세로 좌우를 경계하며 소리쳤다.

"또 몰려오고 있어!"

"뛰어!"

무리 지어 오는 델타들은 마치 박쥐처럼 움직였다. 기나긴 터널을 좌우로 펄쩍펄쩍 뛰어다니며 사냥을 하듯 그들을 몰아세웠다. 다시 세 개의 갈라진 하수로가 등장했다.

네이슨과 드레이크는 각각 좌우로 나뉘어서 도주했다. 하워드와 쟝은 미친 듯이 총탄을 갈기면서 정면을 향해 뛰었다.

탕!

고통스러운 신음 소리와 함께 뭔가가 털썩 쓰러지는 소리가 들려왔다. 돌연 당황한 듯 델타들은 움찔 추격을 멈추더니 어둠 속을 기어서 순식간에 모습을 감췄다.

헉, 헉.

하아, 하아.

– 갔나? 간 거야?

– 그런 것 같은데.

– 부상자는?

정신없던 두 번째 접전이 지나가자 모두 총구를 세운 채 주위를 경계하며 원으로 동그랗게 모였다.

"어이, 저기 좀 봐."

쟝이 가리킨 쪽 하수로 물 위에 뭔가가 둥둥 떠 있었다. 조심스럽게 다가간 이들은 그것이 델타의 시체임을 발견했다. 모두 의아한 표정을 지었다.

"죽은 거야?"

쟝이 내려가 시체를 뒤집자 하워드가 구역질을 하며 말했다.

"조심해! 감염될 수도 있다고."

한때는 아름다운 여성이었을 그녀의 몸은 툭 튀어나온 등뼈에 철갑처럼 단단해진 피부로 덮여 있었다. 그 흉측한 외관은 신화 속에서나 등장할 법한 괴물에 가까웠다.

두드러지게 발달한 턱과 어금니는 포식자의 잔인한 면모를 나타냈고, 네발로 뛰기 좋게 발달한 팔다리 근육은 먹잇감을 사냥하는 데 필요한 점프력과 스피드를 뒷받침했다.

"미간을 정확히 맞췄어."

쟝이 감탄한 목소리로 말했다.

"누가 쏜 거지?"

그가 주위를 돌아보며 묻자, 나츠가 우물거리며 걸어 나왔다.

"제, 제가 쐈어요."

남자치고는 조그마한 손에 커다란 저격 소총이 쥐여져 있었다. 작은 몸집에 소년 같은 외모를 지닌 나츠의 정체는 일류 저격수였다. 하워드는 의외라는 표정으로 그를 바라보다가 한쪽에 하릴없이 소총을 쥐고 있는 케이의 모습을 포착했다. 그는 험상궂은 표정을 짓더니 잇새로 으르렁거리며 다가와 소리쳤다.

"네놈은 구경만 하고 있던 거냐?"

"아니에요, 사실은 케이 씨가…….''

나츠가 변명을 하려 나섰지만 하워드는 들을 필요 없다는 듯 그를 밀쳐 냈다. 하워드는 케이의 어깨를 거칠게 움켜잡고선 시뻘겋게 충혈된 눈으로 으르렁대며 물었다.

"네 녀석, 통신병이었지? 관제실에 연락은 해 봤나?"

"시도해 봤지만 통신 서버가 먹통이다."

무표정하게 답하는 케이의 모습에 하워드는 흥분해서 그의 멱살을 쥐고 흔들기 시작했다.

"그럼 무슨 수를 써서라도 되게 만들어야 할 것 아니야! 엔지니어인 네놈이 할 일이라곤 그것밖에 없는데 그것도 못하겠다는 거냐? 차라리 여기서 뒈져 버려! 우딘이 아니라 네놈이 뒈졌어야 했어!"

하워드는 케이를 벽으로 밀어 넣더니 목을 조르기 시작했다.

"난 살아 나갈 거다. 반드시 살아남을 거야! 그리고 여기서 뒈질 네놈 대신 브루클린의 성녀의 엉덩이를 마음껏 맛봐 주지. 이미 걸레짝이 되었을 구멍을 아주 못 쓰게 만들어 버리겠어! 듣고 있는 거냐! 쓸모없는 녀석은 죽어 버려! 죽어 버리라고!"

나츠는 겁에 질린 표정으로 주춤거리며 물러섰다. 핏발 선 눈으로 이성을 잃고 소리치는 하워드도 무서웠지만, 차분한 눈초리로 그를 응시하고 있는 케이의 모습도 소름 끼치게 오싹했다. 나츠는 보고만 있는 쟝에게 다가가 그의 팔을 흔들었다.

"좀 말려 보세요. 저, 저 사람을 화나게 하면 안 돼요."

"괜찮아. 하워드가 성격은 괄괄해도 군율을 어길 놈은 아니니까."

쟝은 대수롭지 않게 대답했다.

"그, 그쪽이 아니고 제 말은 케이 씨를……."

"저놈도 대단하네. 폭발한 하워드를 상대로 눈 하나 껌뻑이지 않잖아. 아니면 너무 겁먹어서 굳은 건가?"

'겁먹었다고? 케이 씨가?'

나츠는 창백한 얼굴로 케이를 바라보았다.

"어이, 하워드! 그쯤 해 둬! 정말 죽이기라도 할 셈이야?"

하여간 다혈질이라니. 쟝은 투덜거리며 하워드를 말리러 걸음을 떼었다. 그러나 나츠는 불안한 표정으로 덜덜 떨고 있었다. 가슴이 쿵쾅쿵쾅 뛰었다. 하워드와 쟝은 눈치채지 못했지만 줄곧 평온하던 케이의 미간이 서서히 일그러지고 있었다. 아주 조용히, 그러나 불쾌함이 가득한 눈초리로.

"그년의 구멍 양쪽이 너덜너덜해질 때까지 박아 줄 테다! 그리고 안에다 시원하게 소변도 봐 주지! 볼만하겠지?"

하워드는 흰자위를 뒤집어 가며 케이를 죽일 듯 팔에 힘을 주었다. 브루클린의 성녀를 모욕하는 그의 발언은 수위를 넘어간 지 오래였다.

그리고 그다음 일은 아주 순식간에 벌어졌다.

"끄아아악!"

처절한 비명을 지른 하워드는 얼굴을 부여잡은 채 바닥을 굴렀다. 마치 입 주위가 불에 타는 듯이 고통스러웠다. 차마 입에 담을 수 없는 말들을 쏟아 내던 그의 입이 피에로처럼 옆으로 쭉 찢어져 있었다. 고통에 몸부림치는 그를 내려다보는 케이의 손가락에서는 핏방울이 똑똑 흘러내렸다.

그는 자연스럽게 하워드의 다리를 짓밟으며 걸어 나왔다.

우드득.

뭔가가 꺾이는 소리가 들려왔다.

"아아악! 그만둬!"

하워드는 고통에 찬 비명을 내지르며 흐느껴 울었다. 그의 왼쪽 발목이 옆으로 심하게 돌아간 채 꺾여 있었다. 쟝은 할 말을 잃은 채 그 자리에서 굳었다.

케이와 눈이 마주친 나츠는 부르르 몸을 떨었다. 아니, 전율일지도 몰랐다.

서늘한 눈매를 관통하는 붉은빛의 동공.

역시 잘못 본 게 아니었다. 그건 바로 방금 전 어둠 속에서 델타를 죽이던 눈빛이었다.

그 시각, 관제실은 여전히 먹통이 된 서버와 씨름 중에 있었다.

"지금 저 안에 오리지널 델타가 있다고!"

중앙 서버는 온전했다. 다만 모의 전투가 시행되고 있는 시험장만이 에러가 난 상태였다. 접속을 시도할 때마다 뜨는 에러 메시지는 동일했다.

– 관리자 권한이 필요합니다. 관리자 로그인을 해 주십시오.

이때 관제실 스크린에 별안간 아름드리나무의 의회 인장이 떠올랐다. 이어서 평의회의 의원들이 모습을 드러냈다. 놀란 윌리엄스 대위가 제일 먼저 벌떡 일어났다. 관제실 내 간부들과 사병들도 전원 기립하여 거수경례를 했다.

열두 명의 평의원들 중 여덟 명이 접속한 상태였다. 그들은 턱과 입술만 보인 채 엄숙한 음성으로 말했다.

– 윌리엄스 대위, 상황을 보고해 보게. 훈련병 선발 시험에 델타가 나타났다는 것이 사실인가?

평의원들 중 유일하게 군 제복을 입은 자가 두 손에 턱을 괴고 물었다. 그가 입은 제복의 왼쪽 가슴에는 로스티아벤 총사령관의 상징인 네 개의 별들이 박혀 있었다.

"사실입니다. 설상가상으로 현재 원인을 알 수 없는 에러로 인하여 시험장 서버와 연결이 되지 않고 있습니다."

평의회가 술렁였다. 에덴 타워에서 긴급회의를 소집한 그들도 이 상황이 당혹스럽긴 마찬가지였다.

– 어떻게 오리지널 델타가 시험장에 투입될 수가 있는 겁니까?

– 모래의 도시 불법 체류자들의 소행이 아닐지요?

– 일단 주민들의 안전이 우선입니다.

그때 시험장 입구 쪽을 카메라로 살피던 부사관이 벌떡 일어나며 소리쳤다.

"보고 드립니다!"

"또 뭐야!"

윌리엄스 대위는 평의회의 눈치를 살피며 부사관에게로 다가갔다. 부사관은 당혹스러운 표정으로 정면의 스크린을 가리켰다.

타이트한 제복을 입고 홀로 시험장 입구에 나타난 이는 유림이었다. 그녀는 흘끗 상단의 카메라 쪽을 올려다보더니 손에 쥔 것을 게이트 앞에 설치하기 시작했다.

"소위가 지금 뭘 하는 건가?"

부사관은 화면을 터치하여 확대했다. 그 역시 유림의 성미를 아는지라 못내 불안한 표정이었다.

"저건!"

대위는 너무 황당한 나머지 말을 잇지 못했다. 그녀가 게이트에 설치한 것은 소형 타이머 폭탄이었다. 아예 문을 부숴 버리고 진입할 생각인 것이다. 윌리엄스 대위는 창백한 표정으로 돌아서서 평의회 쪽을 쳐다보았다. 그들 역시 실시간으로 이쪽 상황을 지켜보고 있는 중이었다.

"아무래도 정 소위가 무력 진입을 시도하려는 것 같습니다."

"막아! STF는 어떻게 된 거야?"

그때 안드로이드 집무관이 다가와 보고했다.

"STF 요원들은 대기 상태입니다."

"뭐? 당장 출동시키라 하지 않았나! 누구 마음대로 대기야!"

"내가 지시했네."

묵직한 음성의 등장에 윌리엄스 대위는 난감한 듯 눈을 질끈 감았다. 슬그머니 뒤를 돌아본 그는 재빨리 눈썹 옆에 손을 붙이고 경례를 했다.

"대령님!"

뺨에 새겨진 선명한 십자형 흉터, 2m에 가까운 거구의 신장. 로스티아벤의 전설적인 인물, 노아 호크 대령이었다.

"정 소위 말에 따르면 본섬의 STF 요원들은 델타와의 교전 경험이 전무하여 오히려 걸리적거리기만 한다더군. 지원 병력은 필요 없으니 관제실에서 방해만 하지 않도록 해 달래서 말이야."

윌리엄스 대위는 "물론입니다!" 하고 물러서며 식은땀을 흘렸다.

교관들도 모두 뻣뻣하게 굳은 채로 거수경례 중이었다. 노아 호크의 등장으로 인해 관제실 내는 사병이고 간부고 할 것 없이 전원 기합이 잔뜩 들어간 상태였다.

관제실의 지휘권은 자연스럽게 호크 대령에게로 넘어갔다.

대위는 화면을 응시하는 호크의 눈치를 살피며 속으로 구시렁거렸다. 노아 호크가 정 교관을 각별히 여긴다고는 들었지만 이렇게 대놓고 감쌀 줄은 몰랐다. 이러다가 잘못되면 괜히 자신만 독박 차게 될 분위기였다. 호크야 평의회와 줄이 닿아 있지만 그는 뒷배도 연줄도 없어 자칫 끈 떨어진 연 꼴이 될 수 있었다.

그때였다.

'쾅!' 소리와 함께 화면 너머에서 섬광이 일었다. 집무관이 빠르게 상황 보고를 올렸다.

"제1모의 전투장 게이트 A에서 폭파 발생! 내벽 자동 복구 시스템이 실행 중입니다. 관제시스템 피해는 0.2%로 미비합니다. 인명 피해는 없습니다."

"저기, 정 소위님 아닙니까?"

돌풍과 같은 거센 바람이 불어닥치는 가운데 가녀린 인영 하나가 달려가고 있었다. 호크는 화면 속을 빤히 응시했다.

"대령님, 역시 지원 병력을 보내는 게 어떨까요?"

"그럴 필요 없다."

다른 교관들은 걱정이 가득한 표정이었다. 그런 그들 사이에서 호크는 피식 웃더니 팔짱을 꼈다.

"제군들은 그녀가 왜 브루클린의 성녀라 불리는지 아는가?"

전 STF 델타 포획반, 미 동부 팀의 에이스였던 유림. 로스티아벤 내에서 그녀의 이름을 모르는 자는 없다. 그만큼 재작년 브루클린에서의 유림의 활약은 전설적이었다.

"델타와의 교전에서 정 소위는 총이 아닌 검을 쓰기로 유명하지. 델타 포획용으로 만든 탄환과 같은 재질로 만들어진, 오직 소위만을 위해 맞춤 제작한 검이야. 은빛 칼날을 휘두르며 델타를 제압하는 그녀의 모습은 마치 죄인들을 인도하는 성녀처럼 성스럽고 아름다웠다는군. 당시 홀린 듯 그 광경을 바라보던 병사들은 그녀를 이렇게 불렀지. '전장의 성녀'. 후에 그녀가 참전했던 브루클린 지역의 이름이 덧붙여져서 자연스럽게 '브루클린의 성녀'라 불리게 된 걸세."

호크는 입가에 서늘한 미소를 머금으며 말을 이었다.

"전원, 지금부터 화면에서 절대 눈을 떼지 말도록! 눈이 휘둥그레질 정도의 진풍경이 펼쳐질 테니 말이야. 전장의 성녀가 휘두르는 검은 좀처럼 볼 수 없는 진귀한 것이니 부디 놓치지들 말게."

콰쾅!

멀리서 들려온 폭발음에 나츠는 놀라서 뒤를 돌아보았다.

– 이쪽은 자레프1이다. 폭발음이 들렸는데 다들 무사한가?

"드레이크 씨! 이쪽은 괜찮습니다. 그쪽은 두 분 다 무사하십니까?"

– 네이슨 쪽으로 한 마리가 따라갔어! 누가 가서 좀 확인해 봐. 나는 다리를 다쳐서…….

통신음이 불안정하게 치직거리기 시작했다.

– 포인트…… A에…… 후에…….

"드레이크 씨!"

가까스로 이어지던 말소리는 이내 뚝 끊기고 말았다. 나츠는 낭패 어린 표정으로 서 있다가 케이의 모습을 찾았다. 눈앞에 있던 그가 어느새 터널 안쪽을 향해 걸어가고 있었다.

"케이 씨!"

그는 강아지처럼 케이의 뒤를 쫓았다. 멀뚱히 서 있던 쟝은 뒤늦게 정신을 차리고 허둥지둥 두 사람의 뒤를 따랐다. 그때 바닥을 기어 오던 하워드가 쟝의 발목을 덥석 붙들었다.

"기다려!"

불안한 표정으로 돌아본 쟝은 당혹스러운 눈빛을 지었다. 하워드가 울며 손을 뻗고 있었다.

"날 두고 가지 마."

"하워드……."

"이대로 델타와 마주치면 난 죽은 목숨이야."

쟝은 망설이는 표정으로 케이와 나츠 쪽을 응시했다. 참 아이러니한 결과가 아닐 수 없었다. 가장 뒤떨어진다고 여겼던 두 사람이 선두에서 모두를 이끌고 있다니.

"미안하다, 하워드."

"쟝?"

저 두 사람과 함께 있으면 적어도 죽지는 않을 테지. 그는 단호한 표정으로 돌아섰다.

"날 죽일 셈이야? 기다려! 쟝!"

달려가는 쟝의 등 뒤로 절규하는 하워드의 울음소리가 울려 퍼졌다.

한편 케이는 폭발음이 들려온 쪽과 반대 방향으로 가는 중이었다. 나츠는 하수로 내부의 설계도면을 허공에 홀로그램으로 펼쳤다. 3D로 펼쳐진 지형이 굴곡진 길들을 입체로 나타내며 입구까지 탈출로를 붉은 선으로 나타냈다.

"네이슨 씨는 아마도 여기, 포인트 252쯤에 있을 거예요. 갈림길에서 우회전이요."

"미쳤어? 그쪽에는 델타가 따라갔다고 했잖아!"

어느새 뒤를 쫓아온 쟝이 숨을 헐떡이며 소리쳤다.

"입구로 돌아가자. 아까 났던 폭발음은 구조대일지도 몰라."

내 목숨 부지하자고 부상당한 전우까지 버리고 온 판국이었다. 한시라도 빨리 이곳을 탈출한 후 지원 병력을 요청하는 것이 우선이다.

"네이슨 씨와 드레이크 씨를 두고 가자고요?"

"별수 없잖아! 델타가 몰려오기 전에 빠져나가야 해. 우리라도 나가서 구조 요청을 해야 할 것 아니야!"

논쟁을 벌이던 두 사람은 약속이라도 한 듯 동시에 케이를 바라보았다. 무표정하게 서 있던 케이는 결론을 내려 달라는 표정의 두 사람을 보며 귀찮다는 눈빛을 지었다. 그는 하는 수 없다는 기색으로 입을 열었다.

"현재 이 안에 있는 델타는 총 열한 마리다. 네이슨이 있는 포인트 252에 두 마리, 드레이크가 있는 포인트 225 쪽에 한 마리, 우리가 들어왔던 게이트 쪽에 여섯 마리."

"게이트에 여섯 마리나 있다고?"

쟝의 얼굴이 사색이 되었다.

"자, 잠깐. 그런데 넌 그걸 어떻게 알고……."

"네가 하워드를 버리고 온 것보단 쉽게 알 수 있지."

의문을 제기하던 쟝의 동공이 바들거리며 커졌다. 그는 주춤거리며 물러섰다. 머릿속을 꿰뚫어 보는 듯한 케이의 눈빛에 숨이 턱막혀 오는 것 같았다.

"어, 어쩔 수 없었어! 어쩔 수가……."

쟝은 나츠를 향해 손사래를 치며 억울하다는 듯 외쳤다. 나츠는 비난하는 듯한 눈초리를 지으려다가 하워드가 남겨졌을 쪽을 쳐다보았다. 쟝에게 뭐라고 할 용기는 없었다. 자신이라도 그 상황에선 어떤 선택을 했을지 장담할 수 없었기에.

한편 케이는 울먹이는 쟝의 말 따위는 듣지도 않고 있었다. 그는 반쯤 뜬 눈으로 천장과 주위를 살피더니 이어서 말했다.

"그리고 지금 이곳에 네 마리."

쟝과 나츠의 눈이 동시에 커졌다. 그들은 얼어붙은 채 동공만 움직여 상하좌우를 살폈다.

그때, 뒤에서 그림자 하나가 바닥을 빠르게 기며 벽으로 점프했다. 그 소리에 놀란 쟝은 총을 겨누다가 발을 헛디뎌 물이 고인 하수로에 엉덩방아를 찧었다. 첨벙거리는 소리와 함께 쟝이 허우적거리는 게 보였다. 고작 가슴팍까지 오는 수심이었건만 그는 당황했는지 중심을 잡지 못하고 발버둥을 쳤다.

"*끄아아악! 아악! 아아악!*"

소름 끼치는 비명 소리였다. 나츠는 황급히 총구를 겨눴다. 몸을 일으킨 쟝이 사색이 된 채 울부짖고 있었다. 고래고래 소리를 지르던 그는 돌연 뭔가를 발견한 듯 수면 아래를 향해 시선을 고정했다.

"쟝 씨?"

가까이 다가서던 나츠는 움찔 걸음을 멈추었다. 물속에 뭔가가 있었다. 하수로 바닥에 납작 누워 있는 그림자. 나츠의 눈이 공포로 커졌다.

델타다!

델타 하나가 잠수한 채 숨어 있었다. 쟝은 파리한 안색으로 수면 밑을 향해 미친 듯이 총탄을 갈겼다.

타다다다!

물보라가 일었다. 수면 아래에서 몸을 뒤집은 델타가 커다란 턱을 벌린 채 어금니를 드러내며 사납게 울부짖었다. 쟝은 황급히 물을 헤치고 도망가기 시작했다.

탕!

조준 자세를 취하고 있던 나츠가 천장을 향해 발포했다. 재빠르게 피한 델타는 아치 모양의 터널 입구로 피하며 벽을 타고 사라졌다.

"살려 줘!"

하수구 밖으로 기어 나오던 쟝은 뭔가에 다리를 잡힌 채 허우적대고 있었다.

"아아악!"

비명을 지른 쟝은 순식간에 물속으로 끌려 들어갔다. 팔다리를 버둥거리며 살려 달라고 외치던 그는 꼬르륵거리며 수면 아래로 몇 차례 끌려갔다가 고개를 쳐드는 걸 반복했다.

수면 아래에서 악어처럼 벌린 입 사이로 번뜩이는 어금니가 으드득으드득 그의 관절을 물어뜯었다. 델타에게 하반신을 물린 쟝은 경련을 일으키며 눈자위를 뒤집었다.

하수로 물이 검붉게 물들고 있었다. 탁하게 번져 가는 핏물이 주는 상상은 섬뜩했다. 나츠는 새파란 입술을 떨며 뒤로 물러섰다. 풍덩거리며 접전이 일어났던 수면은 어느새 잠잠해져 있었다.

잠시 후.

물 위에 동그란 파동이 생기기 시작했다. 나츠는 바짝 긴장한 자세로 수면 아래에 총구를 겨누었다. 물속에서 무언가 올라오고 있었다. 방아쇠를 잡은 손가락에 천천히 힘을 주었다. 호흡을 내쉬면서 방아쇠를 당기던 그의 눈이 번쩍 커졌다.

'쟝 씨?'

한 발자국 다가서던 나츠는 굳어서 멈추었다. 숨진 쟝의 몸이 엎드린 채로 둥둥 떠올라 있었다. 그의 오른팔과 왼다리는 찢겨서 어디로 갔는지 보이지도 않았다. 쏟아진 내장은 오물처럼 뭉쳐서 물 위를 배회했다. 나츠는 참혹하게 죽은 전우의 모습을 차마 똑바로 바라볼 수가 없어 고개를 돌리고 말았다.

꼬르륵.

기체 방울들이 올라오는 소리였다. 그는 턱에 힘을 주고 정면을 노려보았다. 검은 수면 위로 기체 방울들이 점차 모여들고, 그 속에서 둥그스름한 무언가가 쑥 올라왔다.

해초처럼 엉켜 붙은 머리칼, 툭 튀어나온 눈썹 뼈 밑으로 움푹 들어간 눈동자, 살기와 광기가 번뜩이는 동공.

쟝을 죽인 델타였다. 수면 위로 고개를 내민 그녀는 나츠를 발견하자마자 발달한 광대뼈를 움직여 입을 벌렸다. 그러자 흉물스러운 어금니와 핏물이 흐르는 턱이 모습을 드러냈다.

이윽고 그녀는 사납게 울부짖기 시작했다.

쟝 르노 실격. 하워드 쿠퍼, 드레이크 앤더슨 부상. 네이슨 파커는 생사 불명.
시험 종료까지 남은 시간 54분.

나츠는 침착하게 숨을 골랐다. 그들은 포위된 상태였다. 좌우 천장에 델타가 두 마리, 배후에 한 마리 그리고 쟝을 죽인 델타가 정면 물속에 위치해 있다.

델타에 대한 이론 교육은 수차례 받았다. 시뮬레이션으로 모의 전투도 여러 차례 해 봤다. 이들은 지능이 낮아서 조직적인 행동력은 좀처럼 보이지 않는다. 언어와 지식을 상실한 그들의 학습 능력은 원숭이보다도 못한 수준이라고 했다.

그러나 실전과 이론은 달랐다.

"왜 공격하지 않는 걸까요?"

긴장했는지 목소리가 떨려서 나왔다. 그들은 마치 대기 명령을 받은 병사들처럼 꼼짝 않고 있었다. 리더 격으로 보이는 델타는 물속에 몸을 담근 채 여전히 머리만 내밀고 있었다.

그때였다.

키이익! 끼이이익!
캬캬캬캭!

나츠는 귀를 움켜잡았다. 델타들의 비명 소리였다. 그다지 멀지 않은 곳에서 연이어 들려오고 있었다. 동료들의 울부짖음에 델타들은 당황했는지 벽을 타고 움직이며 동요를 보였다.

탕!

타앙!

나츠는 빈틈을 보인 델타들을 향해 연달아 총을 쏘았다. 목뒤에 총탄을 맞은 델타 하나가 천장에서 미끄러지듯 굴러 떨어졌다. 그것을 본 하수로의 델타가 분노한 듯 울부짖으며 튀어나왔다.

그녀는 미끄러운 바닥에 납작하게 배를 붙인 채로 빠르게 달려왔다. 엄청난 속도로 다가오는 델타의 움직임에 나츠는 당황한 듯 뒤로 물러나다가 "우왁!" 하고 뒤로 자빠졌다.

단 한 번의 실수가 죽음으로 이어지는 법!

어느새 델타는 코앞으로 들이닥쳐 입을 쩍 벌리고 있었다. 뚝뚝 떨어지는 침을 본 순간, 나츠는 절망한 채 눈을 질끈 감았다. 죽음을 각오한 채 터질 것 같이 뛰는 심장 소리 위로 떠오른 건 하나뿐인 가족의 모습이었다.

'유메!'

꽉 깨문 입술 사이로 소리 없는 비명이 터져 나왔다.

"끼에에엑!"

귀청이 떨어질 듯한 울음소리가 메아리치며 벽에 부딪쳤다. 나츠는 멈췄던 숨과 함께 부들부들 떨던 손가락의 힘을 풀었다.

그는 슬그머니 실눈을 뜨고 정면을 바라보았다. 자신의 목덜미를 물어뜯고 있어야 할 델타가 고꾸라진 채 바닥에 머리를 처박고 있었다. 그는 아연한 표정을 지었다. 델타는 뭔가에 머리를 심하게 얻어맞은 듯 피를 질질 흘리고 있었다.

그리고 그 앞으로 천천히 걸어가는 인영 하나가 보였다. 케이였다. 그와 눈이 마주친 델타는 흠칫거리며 공격을 주저했다. 등을 둥그렇게 말아서 세운 그녀는 위협을 한다기보다 겁에 질린 것처럼 보였다.

천장에서 그녀의 동료들이 우두머리 델타를 향해 분노에 찬 울음소리를 보냈다. 그것에 힘입은 델타는 껑충 뛰더니 케이의 안면을 향해 으르렁대며 달려들었다. 케이는 한심하다는 듯한 시선으로 델타를 바라보더니 고요히 한쪽 팔을 들었다.

고즈넉하게 가라앉던 그의 눈빛에 섬뜩한 살기가 어렸다. 투명한 동공에 어린 붉기가 갈색 눈동자를 신비롭게 장식했다.

아름답다.

나츠는 홀린 듯 다시금 그를 바라보았다. 그는 무기 하나 없는 손을 흉기처럼 곧게 편 상태였다.

그때였다.

슈욱.

날카로운 무언가가 허공을 수평으로 가르며 움직였다. 가벼운 바람이 일기 무섭게 델타의 목이 댕강 하고 떨어졌다. 나츠는 반사적으로 케이의 손을 쳐다보았다.

케이 씨가 아니다.

그의 손은 여전히 허공에 떠 있었다.

"총은 어디에 떨어뜨리고 온 건가, 애덤슨 훈련병?"

낭창한 목소리가 터널에 울려 퍼졌다. 그 순간 짙은 석양빛으로 차갑게 얼어 있던 케이의 눈동자가 순식간에 본연의 갈색으로 돌아왔다.

"병사가 전장에서 총을 잃어버리는 것은 자살행위와 같다고 했을 텐데?"

싹둑 이등분된 델타의 몸을 걷어찬 주인공은 사뿐사뿐 핏자국을 피해 걸어왔다. 그녀는 은색 검에 묻은 델타의 피를 뚝뚝 떨어뜨리며 예리한 칼날을 허공에 털어 냈다.

"유림?"

"정 소위님, 이겠지."

유림은 화가 난 것이 분명했다. 그녀가 내뿜는 거친 호흡은 쉬지도 않고 달려온 상태임을 입증했다. 거기에 분노까지 더해져 호흡곤란이 일어나진 않을지 걱정될 정도였다.

그녀는 놀란 케이와 마주 보고 선 뒤 고글과 마스크를 벗어 던졌다. 땀방울이 밴 미간 양측에 살기등등한 눈빛이 모습을 드러냈다. 유림의 꽉 쥔 주먹을 본 케이는 본능적으로 주춤 물러섰다. 그는 다급하게 허공에 팔을 휘저으며 소리쳤다.

"자, 잠깐! 내 말부터……."

눈앞에 날아오는 주먹을 맞고 픽 쓰러진 그는 뺨을 부여잡으며 멍하니 그녀를 올려다보았다.

"달려드는 델타를 멍하니 쳐다보고 있으면 어쩌자는 거야? 개죽음이라도 당할 생각이었어?"

반면 유림에게 연속으로 얻어맞는 케이의 모습에 나츠는 충격을 받은 채 눈을 껌뻑였다.

― 시험장 내 훈련병들에게 알립니다. 돌발 상황으로 인해 입대 테스트를 긴급 중단합니다. 훈련병들은 교관들의 지시에 따라 안전하게 시험장을 벗어나 주십시오.

적색 알람이 울리기 시작했다. 대기시켜 놓았던 STF 요원들이

드디어 투입된 모양이었다. 유림은 자신을 방패 삼아 개미 떼처럼 줄지어 들어오는 구조대 쪽을 한심하다는 표정으로 바라보았다. 멀리서 비실비실한 총탄 소리들도 들려왔다.

'남은 델타는 서넛 정도이니 그쯤은 알아서들 진압할 수 있겠지.'

그녀는 뺨을 감싼 채 얼빠진 표정으로 있는 케이를 물끄러미 내려다보았다. 팔다리는 일단 멀쩡히 붙어 있는 것 같고, 전투복에 피가 좀 묻었는데 본인 건 아닌 듯하고, 어디 물리거나 긁힌 자국도 없고.

그녀는 비로소 안도의 눈빛을 지었다. 그런 유림을 바라보던 케이의 입가에도 곡선이 피어올랐다.

"걱정했어요?"

천연덕스럽게 생글생글 웃는 그의 표정을 보고 있자니 속에서 열불이 끓어올랐다. 그녀는 속편한 얼굴로 앉아 있는 그의 엉덩이를 세게 걷어차며 소리쳤다.

"언제까지 자빠져 있을 생각이야! 당장 일어나지 못해?"

STF와 구조반이 사태를 정리 중이라지만 여전히 교전 중인 상황이었다. 유림은 주변을 흘끗거리며 긴장의 끈을 놓지 않았다. 땅을 짚고 일어선 케이는 유림의 목을 끌어안으며 몸을 기댔다. 은근슬쩍 그녀의 목덜미에 입술을 가져다댄 그는 힘들다고 중얼거리며 눈을 감았다.

유림은 그런 케이를 어이없다는 눈초리로 쳐다보았다. 하지만 그녀의 손은 어쩔 수 없다는 듯 그의 머리칼을 부드럽게 어루만졌다. 갑작스럽게 맞닥뜨린 델타와의 교전에서 살아남은 것만으로도 장한 일이었다.

마침내 관제실에서도 시험장 서버를 복구한 모양이었다. 호크 대령에게 상황 보고를 하던 유림은 한쪽 구석에 떨떠름한 표정으로 앉아 있던 나츠를 발견했다.

"거기 훈련병! 이름이 뭔가?"

넋 나간 얼굴로 있던 나츠는 놀라서 벌떡 일어서며 소리쳤다.

"나, 나츠 시게노입니다! 뵙게 되어서 영광입니다, 정유림 소위님!"

유림은 눈을 가늘게 뜨고 그를 훑어보았다. 열여덟 정도 되었으려나? 아직 어린애 같은데.

"지금부터 구조대와 합류할 것이니 경계 태세를 늦추지 말고 잘 따라오도록."

"예!"

나츠는 앞장서는 유림을 좇으며 얼굴을 붉혔다. 피투성이의 그녀는 눈이 부셨다. 존재하는 것만으로도 빛이 나는 사람이 있다면 소위님 같은 분을 일컫는 말일 테지. 양손에 은빛 검을 쥔 그녀의 모습은 신화 속에서나 등장하는 전장의 여신이라 불리기에 충분했다.

유림의 등에 거의 업혀 있다시피 했던 케이는 몸을 떼더니 슬렁슬렁 그녀의 옆에서 걸었다. 하품을 하며 걷는 그의 모습은 무자비한 눈빛으로 델타의 숨통을 끊던 그 사람과 동일 인물이 맞는 것인지 의심이 들 정도였다.

그럼에도 두 사람이 나란히 걸으니 마치 한 폭의 그림처럼 잘 어울렸다. 나츠는 부러움이 가득한 시선을 던지며 근사한 한 쌍이라고 생각했다.

몇 분 지나지 않아 그들은 구조대와의 합류 지점에 도달했다. 곳곳에서 경계를 서고 있는 STF 요원들이 유림에게 경례를 하자, 나츠는 자신도 덩달아 거수경례를 하며 뻣뻣한 자세로 그들을 지나쳤다.

"나츠!"

멀리서 절뚝거리며 걸어오는 사람은 조장 드레이크였다.

"드레이크 씨, 무사했군요!"

그는 하마터면 죽을 뻔했다며 무용담을 털어놓다가 나머지 조원들의 생사를 물었다. 그때 구조대원들에 의해 실려 오는 사람이 있었다.

"맙소사, 하워드?"

드레이크는 입가를 부여잡은 채 신음을 흘리는 그를 보며 어안이 벙벙한 표정을 지었다.

"요즘 델타들은 죽이기 전에 상대를 고문이라도 하는 건가?"

하워드는 드레이크를 보고선 몸을 일으켰다. 욕설을 중얼거리며 인상을 쓰던 그는 드레이크의 어깨 너머로 뭔가를 보고선 공포에 찬 비명을 내질렀다.

"흐, 흐아아악!"

맞은편에서 걸어오던 유림은 하워드의 비명 소리에 불쾌하다는 듯 인상을 찌푸렸다.

"귀신이라도 봤어? 날 보고 왜 저렇게 놀라는 거야?"

그녀의 옆에 서 있던 케이는 하워드를 보더니 눈빛이 서늘해졌다. 그는 유림을 향해 생긋 웃으며 말했다.

"저 친구 말인가요? 브루클린의 성녀의 열렬한 팬이라 하더군요."

"그래?"

유림의 표정이 금방 밝아졌다. 그녀는 "그렇다면 인사라도 해 줄까?”라고 흥얼거리며 그를 향해 걸어갔다.

하워드는 유림의 뒤를 따라 자신을 향해 걸어오는 케이를 보더니 발버둥을 치며 소리를 질러 댔다. 살려 달라고 비명을 지르며 심지어 들것에서 굴러 떨어지기까지 한 그의 발작에, 구조대원들은 결국 강제로 진정제를 투입했다. 유림은 경기를 일으키며 거품을 무는 하워드의 모습에 걸음을 멈추고 안쓰러운 표정을 지었다.

“상태가 많이 안 좋은 모양인데? 감염이라도 된 거 아냐?”

“글쎄요.”

유림의 어깨를 잡은 케이가 그녀를 살짝 안으며 속삭였다.

“아름다운 소위님을 보고 너무 좋아서 흥분했나?”

유림을 데리고 돌아가던 케이는 흘끗 뒤를 돌아보았다. 시체처럼 늘어져 있는 하워드의 옆에 사색이 된 나츠가 서 있었다. 눈이 마주친 케이는 표정이 없는 눈으로 빤히 그를 쳐다보았다. 나츠는 침을 꿀꺽 삼키더니 하워드가 누워 있는 들것을 꽉 움켜쥐었다.

‘그래도 와서 인사 한마디 정도는 해 줄 줄 알았는데.’

나츠는 멀어져 가는 케이의 등을 보며 아쉬움이 가득한 얼굴로 씁쓸한 미소를 지었다.

“누가 괴롭히거나 하진 않았어?”

“브루클린의 성녀가 담당 교관이라고 했더니 다들 잘해 주던데요?”

“보는 눈들은 있어 가지고.”

유림이 콧대를 세우고 걸어가자 케이는 말문이 막힌 표정으로 그녀의 등을 쳐다보았다. 그는 곧 크게 웃음을 터뜨렸다. 총총 걸어가는 그녀의 귀가 민망함으로 빨갛게 물들어 있었다. 슬금슬금 유림의 뒤를 쫓아간 케이는 손가락으로 그녀의 귓불을 툭 건드렸다.

"더우십니까? 소위님 귀가 빨갛습니다."

"시끄러워."

속이 편한 건지 생각이 없는 건지. 유림은 곁눈질로 케이를 응시하며 생각에 잠겼다.

보통 델타와의 첫 교전을 경험한 병사들은 충격과 공포에 휩싸여 정신적 공황 상태에 빠지기 마련이다. 이를테면 아까 비명을 지르며 졸도한 하워드란 녀석처럼 말이었다.

그런데 이 녀석은 대체 머릿속이 어떻게 돼먹은 것인지 태연하다 못해 평화로워 보이기까지 했다. 혹시 생각보다 화려한 경력이 있는 것은 아닐까? 유림은 이내 '설마' 하며 고개를 가로저었다. 알면 알수록 아리송한 남자였다.

"난 회의가 있으니 먼저 돌아가."

뛰어가던 유림은 시험장 밖에서 기다리던 호크와 합류했다. 반대 방향으로 걷던 케이는 뒤를 돌았다. 호크와 담소를 나누고 있는 유림의 모습이 보였다. 케이의 시선을 눈치챘는지 호크가 흘끗 그를 향해 시선을 던졌다.

두 남자의 시선이 허공에서 교차했다. 잠시 후 먼저 돌아선 것은 호크 쪽이었다. 미소를 지으며 돌아서는 호크의 모습에 케이는 눈썹을 치켜세웠다. 그는 서늘한 눈빛으로 두 사람이 피라미드 모양의 건너편 건물로 사라질 때까지 눈초리를 떼지 않았다. 그의 집요한 시선이 따라붙던 대상은 정확히 말하자면 유림의 머리를 쓰다듬으며 웃고 있던 호크 쪽이었다.

피 묻은 전투복을 벗어 던진 케이는 성큼성큼 욕실로 향했다. 자동으로 입력된 물 온도에 맞춰 샤워 모드로 변경된 천장에서 물이 떨어지기 시작했다. 그때 욕실 스크린이 까맣게 변하더니 검은 화면 너머로 나직한 음성이 흘러나왔다.

ㅡ 오리지널 델타를 투입하실 줄은 몰랐습니다. 다음부터는 귀띔이라도 해 주시죠. 이번에는 저도 꽤 당황했습니다.

케이는 물을 끄더니 피곤한 눈빛을 지었다.

"무슨 소리를 하는 거지?"

상대가 잠시 침묵했다.

ㅡ 마스터께서 하신 일 아닙니까?

케이는 젖은 머리를 쓸어 넘기며 벽에 기댔다. 아무래도 이번 일의 배후를 밝히는 것은 쉽지 않을 듯했다.

"누군지는 몰라도 훌륭한 무대를 만들어 준 것에 대해선 감사해야겠군."

ㅡ 정 소위 말씀이십니까?

"그래, 덕분에 그녀의 실력을 제대로 확인할 수 있었어."

ㅡ 그렇군요.

"누가 한 짓인지 알아봐. 평의회 쪽 움직임도 살피고."

－ 알겠습니다.

잠시 후, 욕실에서 나온 케이는 하얀 셔츠에 검은 바지를 입었다. 커피 잔을 든 그는 창가로 다가갔다. 석양빛으로 물든 하늘에는 자개구름이 산개해 있었다. 그는 무미건조한 얼굴로 물끄러미 붉은 하늘을 바라보았다.

그때 리사가 유리창에 접속하여 반짝이더니 조용히 보고했다.

－ 정 소위님께서 회의를 마치고 귀가 중이십니다. 약 2분 후 도착하실 예정입니다.

2분의 휴식인가.

케이는 지그시 눈을 감고 벽에 기댔다. 따뜻한 커피 몇 모금을 마시니 멀리서 유림이 탄 에어쉽이 날아오는 게 보였다. 에어쉽이 도착하자 유리창으로 된 전면의 벽이 미닫이문처럼 열렸다. 하품을 하며 내린 유림은 케이를 보자마자 그의 커피 잔을 뺏어 후루룩 마셨다.

"왔어요?"

케이는 부드러운 음성으로 유림을 반기며 다가왔다. 그녀는 커피가 쓴지 이마를 찡그리더니 훌렁훌렁 옷을 벗기 시작했다. 허물을 벗듯 하나씩 떨어뜨리며 욕실로 향하는 유림의 모습에 케이는 그것을 하나씩 주우며 쫓아갔다.

"피 비린내 나는 것 같아서 찝찝해 죽겠어."

브래지어와 속옷만 입은 유림은 욕실로 들어서더니 "아!" 하고 다시 문밖으로 고개를 쏙 내밀었다.

"회의 결과 1조 전원, 최종 합격시키기로 했어."

"그래요?"

"목소리가 왜 그래? 별로 안 좋은가 보네?"

생각보다 무덤덤한 케이의 목소리에 유림이 오히려 아쉬운 소리를 했다. 문밖에 서 있던 케이는 들고 있던 유림의 옷들을 미련 없이 바닥에 버렸다. 그리고 그 즉시 욕실로 직행했다. 브래지어를 벗던 유림은 난데없이 욕실 안으로 들어온 케이를 빤히 쳐다보았다.

"뭐야?"

"받아 갈 것이 있어서요."

유림은 그게 뭐냐는 표정을 지었다.

"남들은 제가 이 정도의 상은 백 번도 더 받은 줄로만 알더군요."

이걸 받기까지 얼마나 힘든 여정이었는지, 오늘 피에로처럼 입이 찢어진 놈은 죽어도 모를 것이다.

짙은 갈색으로 물든 케이의 시선이 유림의 붉은 입술로 향했다. 노골적인 시선의 의미를 눈치챈 유림의 눈이 커졌다.

"나중에 해, 나중에."

그녀는 황급히 그의 어깨를 홱 밀치고 샤워부스 안으로 향했다. 반쯤 감은 눈을 한 채 서 있던 케이가 유림의 팔을 확 잡아당겼다. 의외로 엄청난 힘에 반 바퀴 돌아서 끌려온 유림은 그의 품에 쏙 갇혀 눈을 동그랗게 치켜떴다.

"나중이라면 샤워한 후에요?"

그는 천천히 몸을 숙였다. 그리고 잠긴 목소리로 속삭였다.

"그때는 키스보다 더한 게 하고 싶을 것 같은데."

그의 목소리가 이렇게까지 낮았나. 귓가에서 울리는 그의 나른한 울림이 척추를 타고 짜릿하게 흘렀다. 바닥에 그녀의 브래지어가 툭 하고 떨어졌다. 그것을 내려다보던 유림은 토끼 눈이 된 상태로 굳었다. 낯빛이 창백해진 유림이 뒤로 물러서자, 케이는 그녀의 허리를 꽉 잡고 몸을 더 밀착시켰다. 그러고는 고개를 비틀어 그녀의 입술에 입을 맞추었다.

바보처럼 후들거리는 다리에 힘을 주어 봤지만 몸이 점점 주저앉고 있었다. 유림은 반사적으로 케이의 어깨를 움켜쥐었다. 눈꺼풀을 살짝 든 케이는 눈웃음을 지었다.

솔직한 여자다. 몽롱한 눈빛도 야한 숨소리도 경박하기보다는 사랑스럽다고 할 수 있는 모습이었다. 남자로 하여금 흥분과 만족감이 교차하는 희열을 느끼게 하는 여자. 그래, 보통의 남자들이었다면 분명 그리 여겼을 것이다.

몇 분의 긴 입맞춤은 두 사람의 호흡과 타액을 뜨겁게 뒤섞었다. 어느새 케이는 벽에 기대앉은 채 그녀의 허리를 안고 있었다. 유림은 그의 허벅지에 올라타 그의 목을 끌어안았다. 그녀의 봉긋한 가슴이 그의 셔츠를 누르며 부딪쳤다. 유림의 허리를 어루만지던 그의 손은 서서히 올라와 그녀의 가슴을 움켜쥐었다.

"더…… 할까요?"

탁해진 눈빛. 그는 고개를 비스듬히 숙이며 물었다. 참을 듯 말 듯한 몸짓으로 고개를 숙인 케이는 유림의 가슴골에 입을 맞추었다. 마치 초대를 하는 듯한 부드러운 애무였다.

유림은 풀린 눈으로 멍하니 허공을 응시했다. 그런 그녀를 가만히 응시하던 케이는 잠시 생각하더니 은은한 목소리로 속삭였다.

"이제 아주 부끄러운 것들을 할 작정인데."

배꼽 밑에서 뭔가 짜릿짜릿한 느낌이 올라왔다. 허벅지 안쪽이 경련을 일으키며 흥분에 불을 지폈다.

그냥 느낌일 뿐일까, 아니면 그의 부드러운 손길이 그곳을 탐하고 있는 것일까. 흐느끼는 숨소리와 함께 쾌감이 목구멍에서 터져 나왔다. 무릎에 힘이 탁 풀린 유림은 케이의 머리를 꽉 안으며 그의 정수리에 얼굴을 묻었다.

퍼뜩 정신이 돌아온 유림은 굳은 얼굴로 밑을 내려다보았다. 봉긋한 가슴의 정점을 살짝 깨문 케이가 턱을 괸 채 웃고 있었다. 그는 입술에 묻은 타액을 혀로 훑더니 그녀의 허벅지 사이를 어루만졌다. 얼굴이 화끈 달아올랐다.

"씻어야겠어."

그는 벌떡 일어서는 유림의 손목을 덥석 잡았다. 쉬이 놓지 않는 그의 손아귀 힘에 유림은 인상을 쓰며 고개를 들었다.

깊은 눈매였다, 말없이 그녀를 바라보는 암갈색 눈동자는. 망설이듯 입술을 연 유림은 짐짓 냉정하게 말했다.

"내일 오전이면 자대 배치를 받게 될 거야. 너와 내가 이렇게 함께 있는 것도 오늘로써 마지막일 테고."

그것은 어쩐지 그녀 자신에게 못을 박는 것처럼 들렸다. 유림은 반대쪽 팔로 가슴을 모으며 가렸다. 조금 전까지만 해도 알몸을 보이는 것이 아무렇지도 않았는데, 지금은 부끄러워 미칠 것만 같았다.

"도가 넘는 행위는 징계감이야, 애덤슨 훈련병."

짐짓 무섭게 어르는 유림의 목소리에 그는 어쩔 수 없다는 듯 그녀의 손을 놓았다. 그러고는 그녀의 맨 등에 자신의 셔츠를 벗어서 걸쳐 주었다.

"마지막이란 말은 쉽게 쓰는 게 아니에요."

케이는 잠시 침묵하더니 음울한 눈동자로 중얼거렸다.

"미래는 결코 뜻대로 되지 않거든요."

유림은 그게 무슨 소리냐는 눈빛으로 그를 쳐다보았다. 그러나 그는 답을 회피하듯 고개를 돌리더니 갑자기 욕실을 휙 빠져나갔다. 너무 쉽게 물러서는 그의 태도에 유림은 맥 빠진 표정을 지었다.

· · ·

열기와 두근거림에 쉽사리 잠들지 못했던 밤이었다. 잠든 사이 혹시나 케이가 몰래 숨어 들지는 않을까, 슬그머니 침대 위로 올라오지는 않을까, 키스 후의 것들을 이어서 하지는 않을까 이런저런 망상을 하던 끝에 유림은 동틀 무렵에야 겨우 잠에 들었다.

그리고 정오가 다 되어서야 일어난 그녀는 텅 빈 그의 침실 앞에서 망연자실한 표정을 지었다.

인사는커녕 쪽지 하나도 없는 방.

유림은 당황한 표정으로 꿀 먹은 벙어리처럼 서 있었다. 리사의 목소리가 천장에서 흘러나왔다.

― 괜찮으십니까, 소위님?

"뭐가?"

― 스트레스 수치가 200% 상승하였습니다. 게다가 수면 부족으로 인하여 피부가…….

"그놈의 수치 이야기 좀 집어치워!"

애꿎은 화풀이 대상이 된 리사는 재깍 입을 다물었다. 도도한 눈매를 치켜세우며 쏘아 댄 유림은 쿵쿵대며 문을 박차고 나갔다. 밥도 거르고 나온 그녀는 곧장 모래의 도시로 향했다.

– '울부짖는 인어'에 오신 것을 환영합니다!

선술집에 들어선 유림은 눈앞에 자동으로 펼쳐지는 광선 메뉴를 응시했다.

"21세기의 추천 메뉴 1번."

– 21세기의 추천 메뉴 1번을 선택하셨습니다.

유림은 시퍼런 눈으로 허공을 노려보며 나이프를 움켜쥐었다.

'배은망덕한 놈, 음흉한 놈, 뻔뻔한 놈!'

괘씸하고 또 괘씸했다. 그런 무능력한 놈을 최종 관문의 합격 문턱까지 끌어 준 게 누군데. 그녀가 아니었다면 절대 불가능했을 일이었다. 단물 다 빨았으니 더 이상 볼일 없다는 건가? 그럴 거면 어제 그런 짓들은 왜 한 건데? 생각하면 할수록 울화통이 터졌다.

그때 그녀의 테이블 맞은편으로 누군가가 다가왔다.

"유림."

"메리!"

아담한 체구의 여자는 조심스럽게 주변을 살피며 출구를 등지고 앉았다. 그녀는 휴양지의 바다처럼 푸르른 눈동자에 한가득 미소를 담으며 유림을 쳐다보았다. 여자의 콧잔등과 뺨에 뿌려진 주근깨는 소녀와 같은 인상을 더해 줬다.

"무슨 일인데 그렇게 무서운 얼굴을 하고 있어?"

"별거 아니야."

유림은 손사래를 치며 콧방귀를 뀌었다. 황금 같은 휴가 첫날을 그 녀석 때문에 망칠 수는 없었다. 메리는 그런 유림을 보며 알 만하다는 표정으로 '풋' 하고 웃음을 터뜨렸다. 보나마나 또 짓궂은 신병대 녀석들이 그녀를 건드린 것일 테지.

"참아, 다 네가 너무 예뻐서 그런걸."

흑진주처럼 반짝이는 눈동자에 생기가 도는 도발적인 입술. 활동적인 유림은 언제나 몸매가 적나라하게 드러나는 옷을 입어 사내들의 시선을 한 몸에 받았다. 예쁜 가슴 곡선에서 잘록한 허리선 그리고 동그랗게 솟아오른 엉덩이까지. 긴 포니테일 머리칼을 찰랑이며 걷는 그녀는 보는 이로 하여금 한 마리의 앙칼진 검은 고양이를 떠올리게 했다. 그런 그녀가 메리는 늘 눈이 부셨다.

심드렁한 자세로 앉아 있던 유림은 다시금 떠오른 어제의 기억에 두 주먹을 꽉 쥐었다.

"마지막이란 말은 쉽게 쓰는 게 아니에요, 좋아하시네."

케이의 말투와 표정을 똑같이 따라한 유림은 콧방귀를 뀌며 다리를 꼬았다.

"나쁜 자식."

그녀의 붉은 입술이 분노로 씨근덕대는 것을 보면서 메리는 연신 웃음을 터뜨렸다. 대체 누가 브루클린의 성녀의 속을 이렇게 긁어 놓은 것일까.

유림의 분노는 음식이 나오고서야 가라앉을 기미를 보였다. 볼이 불룩하도록 꾸역꾸역 입안에 음식을 처넣던 유림은 배가 좀 부를 때쯤에야 메리의 안부를 물었다.

"별일은 없어?"

"늘 똑같지 뭐."

메리는 태양의 도시에서 살고 있었다. 태양의 도시는 선택받은 여자들만 살 수 있는 도시였는데 일명 '입실론⁴'이라 불리는 여성들을 위한 성역이었다. 그들은 신종 바이러스에 대한 항체를 가진 자들로 낙원에서는 특별한 취급을 받았다. 실상 이곳 로스트 헤븐은 철저하게 입실론 위주로 모든 것이 돌아간다. 어떤 사람들은 낙원의 주민이란 정확히는 입실론을 뜻한다고 정의하기도 했다.

신종 바이러스 치료제인 지브G-eve를 복용한 후 극소수의 여성들은 면역체를 가지게 되었다. 그리고 이후 그들에게서는 몇몇의 특이 사항들이 발견되었다. 가장 두드러지는 특징은 ESP⁵ 능력이었다. 입실론들은 크든 작든 모두 ESP 능력을 가지고 있다. ESP는 간단히 말해서 초능력을 뜻한다. 대부분의 입실론들은 정신감응 능력이 뛰어난데, 메리의 경우에는 신체 접촉을 통해 상대방의 기억을 엿볼 수가 있었다.

유림의 손을 가만히 잡고 있던 메리는 웃으며 손을 놓았다.

"안 돼?"

"어째서일까."

메리는 유림을 보며 신기한 표정을 지었다. 유림은 자신도 모르겠다는 눈치로 뺨을 긁었다. 메리는 턱을 괴며 나긋한 목소리로 말했다.

"넌 아주 강한 정신력을 지녔을 거야."

그녀의 능력이 유독 유림에게만은 결코 통하지 않았다. 물론 사람에 따라 적용되는 범위가 천차만별이기는 했지만 능력이 아예 통하지 않는 것은 유림뿐이었다. 유약한 사람일 경우에는 아주 오

---

4 입실론upsilon, Y,υ: 웁실론이라고 발음하기도 한다. 알파벳 입실론의 대문자Y 는 여자의 국부를 그린 그림이고, 소문자υ는 누워서 두 다리를 올리고 있는 여자의 옆모습을 나타낸다.

5 ESP Extrasensory Perception: 초감각적 지각, 초능력.

래된 기억의 조각까지 엿볼 수 있는 반면, 강인한 정신력의 소유자일 경우에는 바로 어제의 기억도 흐릿하게 보이고는 한다. 그러나 유림으로부터는 바로 1초 전의 영상도 보인 적이 없었다.

"말해 주는 걸 잊었는데 얼마 전에 오빠에게서 연락이 왔었어."

유림의 시선이 메리의 눈동자에 머물렀다. 부드러운 그녀의 눈매가 진중한 빛으로 돌변해 있었다. 메리는 오빠 이야기가 나오면 늘 이렇게 되고는 했다.

"오빠가 말이야, 얼마 전 비 오는 날에 집에서 기르는 고양이에게 장미꽃을 사다 주었대. 드디어 슬슬 미쳐 가나 봐."

"장미꽃을?"

"그것도 배달원까지 시켜서 말이지."

유림은 황당한 표정을 지었다. 그녀는 헛웃음을 짓더니 비아냥대었다.

"고양이가 과연 주인이 보낸 배달원을 알아볼라나?"

미소를 지은 메리가 말을 덧붙이려고 입을 떼던 찰나, 그녀의 등 뒤로 그림자 하나가 다가왔다. 그와 동시에 유림이 벌떡 일어났다. 그녀는 방어적으로 메리의 앞을 막아서며 상대를 노려보았다.

"정유림 소위님."

검은 제복에 검은 선글라스를 끼고 나타난 남자는 그다지 친절해 보이는 인상이 아니었다. 처음 보는 녀석이다. 유림은 메리를 뒤로 감추며 물러섰다. 그는 선글라스를 고쳐 쓰더니 흥미로운 표정을 지었다.

"뒤에 계신 분은 입실론이시군요. 몰래 빠져 나오신 겁니까?"

메리는 흠칫 놀라 유림의 어깨를 잡았다. 유림의 눈초리가 사납게 빛났다. 자신뿐만 아니라 메리의 신원까지도 알고 있는 남자. 군 소속인 그녀의 GPS를 간단하게 파악해 찾아올 수 있는 사람의 수는 많지 않았다.

"누구시죠?"

메리가 불안한 목소리로 물었다. 그의 선글라스가 메리의 망막을 스캔했다. 그러자 그녀의 신상 정보가 홀로그램으로 떠올랐다.

"입실론 메리 님의 일탈 행위는 이번 한 번만 눈감아 드리죠. 에덴 타워로 돌아가실 시간입니다. 소위님도 따라와 주시지요."

"나는 왜?"

유림이 의아한 표정으로 물었다. 그러자 남자는 흘끗 돌아보더니 사무적인 어투로 딱딱하게 대답했다.

"평의회의 소환입니다."

에덴 타워Eden Tower.

높이 300층가량의 타워는 첨탑 모양을 하고 있다. 이곳은 로스트 헤븐의 중심이며 왓슨 그룹의 본사다. 로스트 헤븐을 관리하는 것은 '슈퍼컴퓨터 왓슨 3세[6]'인데, 이 왓슨 3세의 본체가 바로 에덴 타워 어딘가에 위치해 있다고 한다.

에덴 타워는 크게 세 종류의 관으로 나뉜다. 하층부인 G그라운드관, 중층부인 M미들관, 상층부인 S스카이관.

하층부 G관은 왓슨 그룹의 본사 업무가 이루어지는 곳이다. 따라서 외부인이 많이 들락거린다. 반면 상층부 S관은 낙원 내에서도 극소수만 출입이 가능했다. 이곳은 낙원의 평의회가 열리는 곳이

---

6 슈퍼컴퓨터 왓슨 3세: 주민들은 줄여서 '왓슨'이라 부른다.

었다. 평의회는 낙원의 시스템을 관리 감독하는 로스트 헤븐의 자치 기구인데, 군사권을 쥐고 있기에 낙원 내 가장 강력한 권력 집단으로 통한다.

에덴 타워는 멀리서 보면 거대한 한 그루의 나무처럼 보이기도 했다. 이유는 타워 상층부에 존재하는 '태양의 도시' 때문이다. 타워 상층부는 둥근 고리 모양의 테를 두르고 있는데, 이 고리 모양의 테가 바로 입실론들이 사는 태양의 도시다.

거대한 고리 형태의 관은 외부와 철저하게 단절된 공간이었다. 이 고리 위에 솟아난 첨탑의 꼭대기에는, 소문이지만 낙원의 관리자가 거주하고 있다고 한다.

마치 노인의 지팡이처럼 휘어지고 구부러진 몸체에 솟은 타워. 유림은 이곳에 올 때마다 낙원의 상징이라는 이 건물이 흉물스럽다고 생각했다. 목을 젖혀 타워를 올려다보던 그녀는 찝찝한 표정을 지으며 정문 안으로 들어섰다.

정복으로 갈아입은 그녀는 모자를 고쳐 쓰며 초조한 표정을 지었다. 평의회의 호출이라니, 불길한 예감이 든다. 잘한 게 없으니 좋은 일로 불려 가는 건 아닐 것이다. 경질일까? 감봉? 아니면 징계? 설마 폭파한 시험장 게이트의 수리비를 청구하려는 것은 아니겠지. 리사가 적립된 벌점이 얼마라고 했더라. 평화로운 휴가 첫날부터 사람을 왜 이렇게 불안하게 만드실까. 하여간 높으신 분들 머릿속에 배려와 자비 이런 단어들은 아예 없는 모양이다.

"이쪽입니다."

평의회 서기관이라는 자는 아까부터 메리에게만 굽실거리고 있었다. 메리는 난감한 표정으로 유림을 챙기며 웃었다. 그녀 역시 예상치 못한 이 상황이 당혹스럽긴 마찬가지였다.

"평의회가 내게 무슨 볼일이라는 거죠?"

그는 침묵으로 일관했다. 유림 역시 더 이상 묻지 않았다. 더 물어봤자 답해 줄 위인이 아니었다.

그들은 하얀 유리 상자처럼 생긴 엘리베이터에 올라탔다. 엘리베이터를 타자 서기관은 선글라스를 벗었다. 그때 처음 그의 얼굴을 본 유림의 눈이 반짝이며 빛났다. 생각보다 젊고 핸섬했다. 그때 메리가 유림의 귓가에 속삭였다.

"안드로이드야."

유림은 대번에 인상을 쓰며 고개를 홱 돌렸다. 도대체 안드로이드는 왜 죄다 미남미녀로 만드는 건지 알 수 없었다.

— S관 3층. 입력되었습니다. 출발합니다. 승객 여러분은 손잡이를 잡아 주시길 바랍니다.

세 사람 모두 바닥에서 올라온 손잡이를 잡자, 엘리베이터는 안내 방송과 함께 상층부로 날아오르듯이 출발했다. 지상부인 G관에서 상층부인 S관까지 도달하는 데 걸린 시간은 고작 3초 남짓이다.

— S관 3층입니다. 태양의 도시 입구로 가실 분들은 이곳에서 하차하신 뒤 검역소로 향해 주시길 바랍니다.

에덴 타워의 최상부인 S관은 천장부터 바닥까지 크리스털로 이루어진 것처럼 반짝였다. 전면에서 투입되는 햇빛이 서로 빛을 반사해 내부를 환히 비춰 주는 구조였다. 높은 천장은 착시 효과인지 분명 막혀 있는데도 하늘이 투시되어 보이는 듯한 착각을 불러일으켰다. 반면 지상 쪽은 보지 않는 편이 건강에 이롭다는 평이다.

메리는 미리 나와서 대기하고 있던 코디네이터를 따라 태양의 도시로 향했다. 그녀는 떠나기 전 유림을 끌어안으며 귓가에 속삭였다.

"관제실에 뜬 에러 메시지는 관리자 권한을 요구했대."

마주친 두 사람의 눈빛이 한순간 날카롭게 빛났다. 그리고 동일한 추론이 그들의 뇌리를 스치고 지나갔다.

관리자 권한을 실행할 수 있는 자는 낙원 내 오직 한 사람뿐.

두 사람은 서로를 바라보며 동시에 떠오른 생각을 나직이 속삭였다.

"낙원의 관리자인가?"

"아마도."

굳은 표정의 그들은 서로의 손을 맞잡았다.

"조심해."

메리는 석연치 않은 표정으로 말했다. 유림은 메리의 뺨에 입을 맞추며 그녀의 손을 아쉬운 듯 놓았다.

"걱정하지 마."

메리가 사라지자 서기관은 유림을 이끌고 접견실로 향했다. S관에 온 건 이번이 두 번째인가? 아니, 세 번째인가? 마지막으로 왔던 것은 브루클린 전투 건으로 평의회로부터 표창을 받으러 왔을 때였다.

이곳의 모든 것은 부자연스러울 정도로 하얗고 깨끗해서 오히려 부담스러웠다. 그러나 이것은 빙산의 일각이다. 본인들이 청렴하다고 위선을 떠는 평의회의 가식적인 모습의 단면일 뿐.

– 정유림 소위가 도착했습니다.

유림은 시큰둥한 표정이었다. 그녀는 눈앞의 말발굽 형태의 단상을 올려다보며 손을 올려 경례를 했다.

"부르셨습니까?"

'U'자로 휘어진 단상에 실제로 앉아 있는 사람은 없었다. 그들 모두 홀로그램의 모습으로 그녀와 대면하고 있는 중이었다. 제 목숨이 천금보다 비싸서 실제 모습을 드러내기를 죽기보다 싫어하는 인간들이다. 열두 명의 평의원들 중 아홉 명이 접속한 상태였다. 맨 오른쪽에 앉은 중년의 남자가 먼저 말을 걸었다.

대머리에 배불뚝이인 걸 보니, 빈센트 의원이군.

– 정 소위.

"예."

– 어제 훈련병 선발 시험에서 큰 사고가 있었다고 들었습니다. 그런데 정 소위가 큰 활약을 했다고 하더군요.

"과찬이십니다."

또 형식적인 표창 수여와 독려인가. 아니면 특진일지도. 유림은 퉁명스럽던 표정을 지우고선 억지 미소를 지었다.

– 교전 영상을 보아하니 이제 실전으로 복귀하는 데에는 전혀 무리가 없어 보이던데 어떻습니까?

– 아주 훌륭한 솜씨였습니다. 과연 전장의 성녀라 불릴 법합니다.

– 그러게 말입니다.

그런데 이야기가 이상하게 흘러갔다. 중앙에 앉아 있던 아이작 의원이 자상한 얼굴로 입을 열었다.

– 실은 오늘부로 귀관은 평의회 직속 기관인 SITF로 발령받게 되었습니다.

"예?"

예기치 못한 상황에 유림의 입매가 굳었다.

─ 이번 사고 현장에서 보인 귀관의 활약을 미루어 짐작하건대, 실전 투입에도 전혀 문제가 없다고 판단한 바, 평의회는 귀관을 STF 내 수사 기관인 SITF로 영입하기로 결정하였습니다. SITF의 총지휘관은 노아 호크 대령이 맡게 될 것입니다.

호크 대령이란 말에 유림의 눈빛이 한층 누그러졌다. 그녀는 일단 들어나 보자는 표정으로 물었다.

"SITF란 뭡니까."

─ 로스티아벤의 정예특공대인 STF와 성격이 비슷한 특별수사대Special Investigative Task Force입니다. STF가 최전방에서 델타와 교전을 벌이는 데 반해, SITF는 로스트 헤븐 내의 특수 사건들을 담당하게 될 겁니다. 귀관은 이 신생 부대의 실전 지휘관으로서 실력 발휘를 해 주길 바랍니다.

보아하니 그녀에게 선택권은 없는 듯해 보였다. 그간 부상이니 뭐니 핑계를 대며 실전으로의 복귀를 미뤄 왔던 참인데, 어제 델타를 상대로 훨훨 날아다니는 모습을 보였으니 뭐라 변명도 궁색한 상황이었다.

"그래서 제가 맡게 될 일은 뭡니까?"

"귀관의 첫 번째 임무는 이번 최종 시험에 델타를 투입한 범인 및 배후 세력의 색출이다."

등 뒤에서 들려온 목소리에 유림은 뒤를 돌아보았다. 노아 호크의 모습을 확인한 평의원들은 고개를 끄덕이더니 눈치를 살폈다. 그들은 자신들의 직분은 끝났다는 태세로 전환하며 슬그머니 마침표를 찍었다.

─ 그럼 뒷일은 대령에게 맡기겠소. 그대들에게 이브의 가호가 있기를[7].

---

7 "이브의 가호가 있기를": 평의회와 로스티아벤의 공식 인사말.

사라질 때의 속도는 아주 광속이다. 그들은 짧은 인사를 마치고 순식간에 접속을 끊어 버렸다. 유림은 심드렁한 표정을 지었다.

"미리 언질도 없이 너무하신 것 아닙니까? 무엇보다 단비 같은 휴가 첫날부터 이게 웬 날벼락이냐고요."

"날벼락이라니, 공로를 세워 특진할 기회인데."

"전 공로보다 평온한 일상이 더 좋습니다. 애당초 수사 같은 건 맞지도 않고요. 차라리 최전방으로 보내 주시죠."

"귀관이 서 있는 이곳이 최전방이다."

호크는 엄숙한 목소리로 선포했다. 그는 주머니에 손을 찔러 넣은 채 단상 위에 걸려 있는 로스트 헤븐의 지도를 바라보았다. 조각배를 닮은 나뭇잎 모양의 섬. 이곳에선 지금 보이지 않는 전쟁이 일어나고 있었다.

"적은 이미 내부에 침투해 있다. 아주 치밀한 녀석이야. 도대체 언제 숨어든 것인지 꼬리조차 잡히질 않으니 말이지."

슈퍼컴퓨터 왓슨 3세의 비호 아래 철통같은 보안이 이루어지는 낙원에 쥐새끼라니.

"짐작 가는 대상이라도?"

"목적에 따라 누구든 될 수 있다. 로스트 헤븐을 노리는 자들은 한둘이 아니니까."

무표정일 때의 대령은 섬뜩할 정도로 차가워 보인다. 특히 그의 뺨에 길게 난 십자 모양의 흉터가 그런 인상에 한몫한다는 것은 부인할 수 없었다.

"다른 부대원들은 아직입니까?"

"이미 오전 중에 배치 발령을 받아 부대 이동 수속 중이다. 3인 1

팀의 원칙으로 임시 팀원들을 선발해 두었지만 최종 결정은 소위 에게 맡기도록 하지. 그간 신병교육대의 교관이었던 귀관의 경력과 능력을 높게 사고 있으니, 신입 대원들의 발탁 권한은 전적으로 귀관에게 부여하는 바다.”

여기서 평의회에 거절 의사를 밝히면 블랙 호크의 체면이 서지 않을 것이다. 비록 계급은 하늘과 땅 차이였지만 그들 사이에는 끈끈한 전우애가 존재하고 있었다. 다른 사람이었다면 어떻게든 뿌리쳤을 텐데.

“이놈의 악연.”

돌아선 유림은 모자를 벗으며 툴툴댔다. 둘만 있을 때는 가끔 계급장을 떼고 편안하게 대화를 주고받는 두 사람이었다.

“빨리 청산하든가 해야지.”

“이왕이면 운명이라 칭해 주었으면 하는데.”

호크가 입술을 늘리며 웃자 유림은 느끼해 죽겠다는 눈빛을 지었다.

“불혹을 넘긴 남자와 운명의 타래에 엮이기는 싫습니다만.”

물론 그의 곱상한 얼굴은 결코 사십 대로 보이는 편이 아니었다. 호크는 웃음을 터뜨리며 유림의 머리를 쓰다듬었다. 그녀는 가끔 보이는 그의 다정한 손길이 싫지 않으면서도 난감했다.

“먼저 실례하겠습니다.”

“팀원들 프로필은 보내 놓았으니 확인하고.”

“예예.”

유림은 손을 흔들며 접견실을 빠져나갔다. 엘리베이터에 올라탄 그녀는 지친 얼굴로 벽에 기댔다.

- 어서 오십시오, 정유림 소위님.

"에어쉽 승강장으로."

- 소위님은 금일부로 S관 승강장 이용이 가능합니다. 이용 가능한 승강장 중 가장 가까운 곳은 S관 1층 B승강장입니다.

이제 S관 출입 권한까지 주어진 건가. 유림은 귀신같은 일 처리 속도에 혀를 내둘렀다. 투명한 유리벽에는 물방울들이 맺혀 있었다. 그녀는 흘끗 바깥 하늘을 내다보았다. 잿빛 하늘에서는 추적추적 비가 내리는 중이었다. 유림의 낯빛이 어두워졌다. 이런 날씨는 싫다. 술이나 한잔 걸치고 갈까?

에덴 타워의 엘리베이터는 아래위 수직으로도 움직이지만 건물 내를 횡단하여 좌우로 이동하기도 했다. 특히 타워 내 에어쉽 승강장을 이용할 경우에는 엘리베이터를 타고 승강장 입구까지 이동할 수 있었다.

엘리베이터 안에서 꾸벅 졸던 유림은 문이 열리자 하품을 하며 내렸다. 에어쉽은 이미 그녀를 기다리고 있었다. 졸린 눈으로 걷는 그녀의 뒤로 검은 인영 하나가 스르륵 나타났다. 그림자는 기회를 엿보는 듯싶더니 갑자기 뒤에서 와락 그녀를 끌어안았다.

비명보다 손이 먼저 나갔다. 번쩍 눈을 뜬 유림은 팔꿈치로 상대의 명치를 가격했다. 그리고 번개처럼 뒤로 회전하여 상대의 안면에 주먹을 휘둘렀다. 퍽 소리와 함께 나가떨어진 인영은 신음을 흘리며 얼굴을 부여잡았다.

그제야 상대방을 알아본 유림의 눈이 커졌다.

"케이?"

그는 코피라도 터졌는지 끙끙대고 있었다.

"유림 주먹은 정말…… 잘못 맞으면 죽을지도요."

"여기서 뭐하고 있는 거야."

떨떠름한 표정을 짓던 유림은 미안한 표정으로 그에게 다가갔다. 그러자 그가 손에서 뭔가를 쑥 내밀었다.

붉게 핀 장미 한 송이.

얼떨결에 꽃을 받은 유림은 말없이 그를 응시했다. 그는 자리를 털고 일어서더니 바닥에 떨어진 모자를 고쳐 썼다. 그가 쓴 검은색 베레모에는 로스티아벤의 상징인 황금 방패가 금사로 박혀 있었다.

"자대 배치를 받았거든요."

"자대 배치?"

그는 눈을 휘며 예쁘게 웃었다. 불길한 예감이 들었다. 케이는 눈썹 옆에 손끝을 세워 붙였다. 그는 부드러운 울림이 있는 목소리로 경례와 함께 인사를 올렸다.

"케이 애덤슨 중사입니다. 오늘부로 특별수사대에 배치되어 소위님을 모시게 되었습니다."

유림의 시선이 흘끗 그의 제복 왼쪽 가슴으로 향했다. 그러자 선명하게 박혀 있는 마크가 눈에 띄었다.

SITF특별수사대.

그녀의 머릿속에서 아까 만났던 메리의 목소리가 오버랩되며 울려 퍼졌다.

— 비가 오는 날 고양이에게 장미꽃을 사다 주었대.

— 알아볼라나.

"······배달원."

멍하니 중얼거리던 유림은 실눈을 뜨고 그를 흘겨보았다. 그녀는 다짜고짜 그의 배를 걷어차며 목에 헤드락을 걸었다.

"너, 나한테 뭐 숨기는 거 있지?"

"유림?"

"바른대로 말 안 해?"

"정말······ 쿨럭, 어, 없어요."

케이의 얼굴과 목이 벌겋게 물들 쯤에야 유림은 서서히 팔에 힘을 풀었다. 그는 죽다 살아난 얼굴로 숨을 고르며 억울한 눈빛으로 쳐다보았다. 그러나 그녀는 여전히 의심스러운 눈초리를 거두지 못하고 있었다.

"그럼 이 꽃은 뭐야?"

그는 비밀스러운 목소리로 대답했다.

"어제 받은 상에 대한 보답."

유림은 말없이 손에 쥔 장미꽃을 내려다보았다. 붉다. 선혈처럼 새빨갛게.

위이잉!

그녀의 등 뒤로 에어쉽 하나가 쏜살처럼 빠져나갔다. 바람개비처럼 엇물린 활주로 입구가 회전하며 열리자 시원한 빗소리가 흘러들었다. 그러자 유림의 눈동자가 빗소리에 부딪치는 파도처럼 일렁였다. 먹구름 낀 하늘과 쏟아지는 비. 그것들은 좋지 않은 기억을 떠오르게 한다. 잡으려 하면 연기처럼 사라져 버리는 지독한 악몽.

"내가 말도 없이 가 버린 줄 알았어요?"

어느새 다가온 그가 조용히 그녀의 머리를 쓰다듬고 있었다. 한

겨울 얼어붙은 손을 녹이는 따뜻한 커피처럼 적당한 온기를 지닌 채로.

"어쩌면."

그가 생각에 잠긴 눈으로 시선을 옮겼다. 닫혀 가는 활주로가 천천히 빗소리를 차단해 주고 있었다.

"그냥 가 버린 편이 좋았을지도 모르는데."

'위잉' 하고 닫히는 활주로 입구 소리에 유림은 인상을 찌푸리며 그를 올려다보았다. 그녀는 "뭐라고?" 하며 되물었지만 케이는 아무것도 아니란 표정으로 생긋 웃었다.

"리사에게 오늘 저녁 메뉴는 무얼 하라고 시킬까요?"

"우리 집으로 오려고? 왜?"

"거주소로 소위님의 자택 주소를 기입했거든요."

유림은 황당하다 못해 말문이 막힌 표정으로 케이를 쳐다보았다.

"누구 마음대로 전입을 해?"

"유림도 그렇게 하는 쪽을 원하는 것 같아서요."

뻔뻔스러울 정도로 태연한 눈빛, 느른하게 걸린 미소, 투명한 가을 햇살로 빚은 조각상처럼 아름답고 우아한 선, 낮은 첼로의 선율처럼 듣기 좋은 목소리.

가끔은 이 남자가 그냥 져 주고 있다는 생각이 든다. 어쩌면 충분히 제압할 수 있음에도 느긋하게 자신의 앞마당에 상대를 풀어놓고 있는 느낌. 그런 이율배반적인 분위기를 감고 있는 남자.

유림은 새침한 눈으로 그를 흘겨보았다. 그녀는 에어쉽에 올라타며 쏘아붙였다.

"오늘 저녁은 카레야."

케이의 시선이 허공에 멈춰 섰다. 그는 고즈넉한 시선으로 유림을 응시했다. 그녀는 그를 염치없는 놈이라고 타박하면서도 문을 열어 둔 채 있었다. 잠시 오도카니 서 있던 케이는 유림의 옆에 탑승했다.

차량 내에서 재즈 선율이 흘러나왔다. 유림은 손에 든 장미꽃을 내려다보았다. 서막을 알리는 불길한 종소리처럼, 빗방울에 녹아 든 메리의 목소리가 계속해서 재생되고 있었다.

— 조심해, 유림.

— 왓슨은 늘 우리를 지켜보고 있으니까.

Chapter 2

　스테인드글라스로 장식된 돔 형식의 유리 천장은 아름답게 세공된 보석처럼 은은한 광채를 내뿜었다. 낮게 깔린 배경음악은 두 달전에 새로 제작된 로스트 헤븐의 공식 홍보 영상에 삽입된 멜로디였다. 아름다운 피아노 선율은 자연스럽게 평화로운 낙원을 떠올리게끔 했다.

　여자는 구불구불한 금발을 빗질하며 방 안을 천천히 거닐었다. 그녀는 자신이 출연한 광고 영상을 틀어 놓은 채 배경음악의 멜로디를 흥얼거리고 있었다. 여자가 있는 방은 널찍한 타원형으로 침실과 거실이 통 유리벽으로 구분되어 있었는데, 그녀의 취향을 고려한 듯 소파와 카펫 그리고 이불까지 한결같이 보라색으로 맞춰져 있었다. 그녀는 어두운 보라색 소파에 몸을 털썩 묻으며 허공에 검지와 중지로 '딱!' 하고 핑거스냅을 했다. 그러자 전면의 유리 벽에 틀어져 있던 광고 영상이 정지되었다.

"아까 그거 틀어 봐."

— 영상 자료 A1TEST5225를 실행합니다.

이윽고 어두컴컴한 화면에 군복을 입은 여자 요원이 등장했다. 날렵한 체구의 그녀는 양손에 은색 검을 쥔 채 하수로 내부를 달려가고 있었다. 잠시 후 그녀가 델타와 맞닥뜨렸다. 검은 머리칼의 여자는 은빛 쌍검을 얼굴 앞에서 엑스x 자로 교차시키며 날카로운 기합 소리와 함께 델타의 목을 그었다. 안면까지 베어 낸 그녀의 검에는 시뻘건 델타의 피가 흘러내리고 있었다.

"훌륭한걸?"

시청각 자료를 감상하는 금발 여인의 눈이 흥미롭게 반짝였다.

"저 여자 이름이 뭐라고 했지?"

"정 소위 말씀이십니까?"

측면에서 들려온 목소리에 여자는 미간을 구기며 옆을 돌아보았다. 커다란 키에 낯익은 얼굴을 한 남자가 들어오고 있었다. 그는 좌우에 장식된 책장을 구경하며 빙긋 미소 지었다. 그녀는 불쾌하다는 눈초리를 지으며 팔짱을 꼈다.

"숙녀의 방에 노크도 없이 들어오다니 무례하군요, 호크 대령."

여자의 질책에 남자는 웃음을 터뜨리며 능청맞게 대꾸했다.

"이거 실례했습니다."

"이래서 군인은 싫다니까요."

그녀는 연하늘빛 눈동자를 차갑게 번뜩이며 쏘아붙였다. 그러나 여자의 따가운 눈총에 이미 익숙한 호크 대령이었다. 그녀는 그런 호크의 뻔뻔한 태도가 늘 마음에 들지 않았다.

"모든 곳을 자유자재로 출입하다 보니 마치 본인이 타워의 주인이라도 된 듯 행동하는 모양인데, 착각하지 말아요. 그가 당신을 총애하긴 하지만 에덴 타워의 주인은 엄연히 '낙원의 관리자'인 그 사람이니까요."

"여부가 있겠습니까?"

그는 대수롭지 않다는 듯 어깨를 으쓱거렸다. 여자는 살굿빛 루주를 바른 입술을 삐죽거리며 불만을 표했다. 저 남자와 친구가 되는 일은 영원히 없을 거라 다짐하면서.

"그나저나 보시고 있던 영상은 기밀 자료인데 어떻게 접근하신 겁니까?"

호크 대령의 질문에 여자는 당황한 듯 눈을 크게 떴다. 기다란 속눈썹을 몇 차례 깜빡인 그녀는 헛기침을 하며 소파에 등을 깊게 기댔다.

"당신이 알 바 아니에요."

"군사 기밀입니다. 게다가 저런 끔찍한 장면은 낙원의 요정께서 볼만한 게 못 됩니다."

"저 여자가 전장의 성녀라 불린다면서요?"

호크 대령의 눈썹이 치켜세워졌다.

"실력은 있어 보이네요. 꽤 마음에 들어요."

"그렇습니까?"

괜히 질투심 많은 그녀의 반발을 살 수도 있으니 호크는 유림에 대한 불필요한 칭찬을 자제하기로 했다. 그는 단답형으로 답하며 뒷짐을 졌다.

"내 개인 경호병으로 두고 싶어요. 저 정도 실력이라면 당장 데려와도 손색이 없겠어요."

"그건……."

호크가 당황한 듯 대답을 망설이자 여자의 눈빛이 다시 사납게 돌변했다.

"뭐죠?"

"정유림 소위는 우수한 에이전트입니다. 특히 델타와의 근접 전투에 있어서 그녀의 실력은 타의 추종을 불허할 정도입니다. 그런 정 소위를……."

"한낱 내 경호병 따위로 쓰는 건 인력 낭비라고 하고 싶은 건가요?"

호크는 한숨을 삼키며 이마를 짚었다. 자기애와 자존심으로 똘똘 뭉친 낙원의 요정이 웬일로 타인에게 관심을 갖나 했더니 번거롭게 되었다.

"말해 봐요, 호크 대령. 낙원은 누구를 위해 존재하죠?"

그녀를 위해 존재한다고 대답할까? 그는 조용히 속으로 생각했다. 그러자 여자는 그의 속내가 빤히 보인다는 표정으로 코웃음을 치며 자답했다.

"에덴의 주인을 위해 존재하죠. 에덴의 주인인 '그 사람'을 보필하는 게 곧 로스티아벤의 사명이란 걸 잊은 건 아니겠죠? 따라서 그의 연인인 날 보호하는 것 역시 낙원을 지키는 이들의 최우선 과제인 건 당연한 이치 아니겠어요?"

"경호병이라면 더 우수한 병사들을 붙여 드리도록 하겠습니다."

호크 대령이 달래듯 말하자 여자는 벌떡 일어나 그를 향해 머리빗을 던졌다.

"됐어요! 난 내 경호병 하나도 마음대로 쓰지 못한다는 거예요?"

"제인!"

"그 이름으로 부르지 말아요."

독기 품은 눈초리를 마주 보던 호크 대령은 짧은 목례로 사죄했다.

"용서하십시오."

"나가요!"

히스테릭한 음성을 뒤로한 채 호크 대령은 뚜벅뚜벅 걸어 나갔다. 밉상스러운 거구의 그림자가 사라지자 제인은 팔짱을 낀 채 허공에 엄지와 검지로 다시 '딱!' 소리를 냈다. 그러자 화면이 바뀌며 광고 영상이 틀어졌다. 로스트 헤븐을 배경으로 하얀 실크 드레스를 입은 그녀가 에메랄드빛 바다에 발목까지 담그고 서 있는 모습이었다.

로스트 헤븐.
선택받은 이들의 낙원.
이브가 당신을 기다립니다.

그녀는 만족 어린 미소를 머금었다. 전 세계에 배포된 홍보 영상은 낙원의 모델 이브에 대한 신드롬을 일으켰다.

백옥처럼 깨끗한 피부, 은발에 가까운 애시드 블론드 헤어, 카리브 해처럼 깊고 맑은 푸른 눈.

낙원의 홍보 모델 이브의 효과는 대단했다. 그녀는 로스트 헤븐을 파라다이스화시키는 데 성공적으로 일조했다. 광고에는 이브의 뒤로 수십 명의 아름다운 입실론들이 등장했다. 에덴 타워의 상층부에서만 볼 수 있다는 에덴의 꽃 입실론들. 선택받은 여인들이 존재하는 지상 낙원 'The Lost Heaven'.

사람들은 너도나도 앞다투어 로스트 헤븐 투어 티켓을 예매했다. 향후 10년은 이미 예약이 꽉 차 있다고 할 정도였다. 그러나 게이트를 통과할 수 있는 것은 매년 한정된 인원뿐.

제인은 발레를 하듯 우아하게 양팔을 뻗으며 일어섰다. 그녀는 영상에 나오는 자신의 얼굴 표정처럼 몽환적인 눈빛을 지으며 차가운 비소를 입술에 걸었다.

'내가 낙원의 안주인이 되면 당신부터 잘라 버릴 거야, 호크 대령.'

제인은 기분이 좋아진 얼굴로 웃음을 터뜨리며 콧노래를 흥얼거렸다.

2100년 2월 28일 오전 8시
특별수사대SITF 비공식 훈련 시작.

모래의 도시 내 신병훈련소 사격장 제1관에서는 이른 아침부터 험악한 고성이 울려 퍼지고 있었다.

"25m다, 애덤슨! 표적 자동화 기능을 활성화시키고도 성공률이 고작 사십 퍼센트라는 게 말이 되나? 유치원생들이 갈기는 오줌 세례도 귀관의 총탄보다는 정확하겠다. 한심하기는!"

유림은 인상을 쓴 채 연신 호통을 쳐 댔다.

"무기 제자리에!"

케이의 얼굴이 굳었다. 그러나 앙칼진 눈초리를 치켜뜬 그녀는
인정사정없었다.

"얼차려 실시."

그는 유림의 눈치를 슥 살피더니 총기 보관함에 총을 내려놓았
다. 그리고 손을 머리에 댄 채 쪼그려 앉았다. 매정한 눈빛으로 그
를 내려다보던 유림은 팔짱을 끼고선 매몰차게 쐐기를 박았다.

"토끼뜀 열 바퀴, 십 분 준다."

"네!"

"정신 못 차리지? 열 바퀴 돌고 목표물은 하나도 빠짐없이 명중
시킨다. 두 번 말하게 하지 않는다."

"알겠습니다."

멀리서 토끼뜀을 하는 케이의 대답이 메아리치며 돌아왔다.

"다음에도 빗나가면 스무 바퀴다!"

짐짓 무거운 표정으로 서 있던 유림의 붉은 입술이 피식 하고 말
려 올라갔다.

"저렇게 운동 신경이 없어서야."

전장에 나갔다간 총알받이되기 십상이다. 어떻게든 제 몸 하나는
지킬 수 있게 만들어야 할 텐데. 골머리가 아프다는 표정으로 서
있던 유림은 사격장 출입구가 열리자 흘끗 시선을 던졌다.

"이게 누구야. 정 교관 아니신가? 애제자와 사랑싸움 중?"

불청객의 등장이었다. 낯익은 음성에 유림은 잇새로 못마땅한 소
리를 뱉으며 이마를 찡그렸다.

"필란 중위님."

호리호리한 체격의 사내는 흑발에 창백한 안색을 지닌 아일랜드

출신의 군인, 셰인 필란 중위였다. 그는 심한 매부리코와 툭 튀어 나온 광대뼈를 가졌는데, 그 때문인지 잔인한 인상을 안겨 주었다. 유림은 경멸조가 담긴 눈초리로 셰인과 뒤따라온 병사 둘을 쏘아 보며 귀찮다는 듯 대답했다.

"훈련 중입니다. 방해하지 말고 나가 보시죠."

"시간 낭비만 하고 있는 거 같던데? 아무리 기술 사병이라도 그 렇지 저런 머저리를 어디다 쓰려고?"

셰인이 큭큭거리며 웃자 양옆에 서 있던 병사들도 토끼뜀을 하 고 있는 케이를 보며 배꼽을 잡고 웃기 시작했다. 그 소리에 멀리 서 착실하게 토끼뜀을 하고 있던 케이가 의아한 표정으로 몸을 일 으켰다.

"평의회 직속인 신생 부대라. 게다가 총지휘관은 그 유명한 호크 대령이시고. 앞길이 탄탄대로시네, 전장의 성녀님?"

"누구처럼 평의회 늙은이들 엉덩이짝 닦아 주며 따낸 건 아니라 서 말입니다. 언제 먼지처럼 사라질지 모르는 파리 목숨 부대일 뿐 이죠."

유림이 짐짓 슬픈 어조로 말했다. 그러나 곡선으로 휜 그녀의 눈 웃음엔 명백한 조롱이 담겨 있었다. 셰인은 뺨을 실룩거리며 입매 를 일그러뜨렸다.

"앞으로 잘해 보자고. 평의회 직속 부대끼리."

그렇게 말한 셰인은 피식 웃으며 뒤에 서 있던 후임에게 눈짓을 보냈다. 그러자 부사관은 허리춤에서 재빨리 권총을 꺼내더니 제 지할 틈도 없이 순식간에 '탕!' 하고 발포했다. 총구에서 튕겨져 나 온 탄환은 유림의 콧등 위를 스쳐 나선을 그리며 날았다. 그리고 멍하니 서 있던 케이의 뺨을 칼날처럼 벤 뒤 하얀 벽에 콱 박혔다.

부사관은 권총을 빙그르 돌려 다시 허리춤에 꽂아 넣었다. 후임의 솜씨를 흡족하게 지켜본 셰인은 박수를 치며 웃음을 터뜨렸다.

"그래그래, 사격은 이렇게 하는 거지. 저런 가짜 모형으로 백날 연습해 봤자 소용없다니까."

유림은 하얗게 질린 얼굴로 서 있었다. 그녀는 뻣뻣한 목을 돌려서 케이를 쳐다보았다. 총탄이 스친 그의 뺨에서 붉은 피가 흘러내리고 있었다. 그는 뺨을 손등으로 슥 문지르더니 별거 아니란 듯 빙긋 웃어 보였다.

"정 교관, 지금이라도 늦지 않았으니 특별보안대로 들어오는 게 어때? 저런 녀석과 무슨 수사대를 꾸려 나가겠다는 거야? 델타는커녕 개미 한 마리도 못 잡게 생겼구먼."

"도를 넘으신 것 같습니다, 필란 중위님."

유림은 인내심의 한계에 다다랐다는 듯 싸늘한 표정으로 그를 노려보았다. 셰인은 코를 훌쩍이며 콧등을 손으로 문질렀다. 그녀가 폭발하기 직전임을 눈치챈 듯했다. 그는 이쯤에서 물러간다는 어조로 손을 흔들었다.

"어려운 일 있으면 언제든 말하고. 도우면서 살자고, 성녀님."

셰인 일행이 낄낄대며 사라지자 유림은 울화통이 터진다는 눈초리로 사격대에 올라 총을 잡았다. 그녀는 과녁을 향해 미친 듯이 총탄을 갈기며 거친 숨을 골랐다. 화가 쉽사리 가시지 않는 눈치였다. 케이는 그녀에게 다가와 조용히 물었다.

"뭐하는 사람이에요?"

"평의회가 기르는 충견들. 특별보안대라지만 의원들 친위대나 마찬가지야. 낙원의 꼭대기에 있는 녀석들 말이라면 뭐든지 할 놈들이거든."

두 사람이 소속된 SITF와 업무적으로 교집합이 많아 앞으로 많이 부딪칠 것으로 예상되는 부대였다.

케이는 조각 같은 얼굴을 살짝 기울이더니 생각에 잠긴 기색으로 물었다.

"평의회를 제외하고 낙원의 꼭대기에 위치한 사람들이라면……."

유림은 빈정거리듯 퉁명스러운 음성으로 덧붙였다.

"낙원의 요정인 이브라든지."

"모델 이브요?"

그가 즉각 알아듣고 반문하자 유림의 눈이 슬쩍 커졌다. 그녀는 검은 총을 던지듯 내려놓으며 사격대 아래로 내려왔다.

"너도 남자라 이거야? 하여간 사내 녀석들은 예쁜 여자라면 사족을 못 쓰지."

유림이 입술을 모으고 삐죽거리자 케이는 낮게 웃음을 터뜨렸다.

"질투하는 거예요, 유림?"

"시끄러워, 아직 훈련 중이야. 그리고 훈련 중에 상관의 이름을 멋대로 부르지 말라고……."

발끈한 그녀의 다음 말은 케이의 입술 사이로 먹혀 버렸다. 그녀의 입술을 삼킨 케이는 뜨거운 숨결 사이로 나긋하게 속삭였다.

"하여간 사내 녀석들은 예쁜 여자라면 사족을 못 쓰죠."

속눈썹이 참 길다. 반듯하게 뻗은 콧날도 아름답다. 이렇게 가까이에서 본 케이의 얼굴은 정말이지 아름답다고 생각하며 유림은 눈을 스르르 감았다. 입술에서 느껴지는 그의 혀는 부드럽게 춤을 추듯 진입해 치열 사이를 훑기 시작했다. 목 뒤에서 머리칼을 살랑살랑 어루만지는 그의 손길이 기분 좋았다.

"키스 이상은 언제 허락해 줄 거예요?"

그가 유림의 귓불을 잘근잘근 깨물며 물었다. 귓속으로 침투한 혀가 짜릿한 전극을 일으키며 척수를 타고 엉덩이 골 사이까지 파장을 내보냈다. 유림은 허벅지 사이에 힘을 주며 생긋 웃고 있는 케이를 노려보았다. 붉은 입술은 도톰하게 부풀어 오른 채로.

그녀는 홱 돌아서며 어깨 너머로 그를 향해 쏘아붙이듯 말했다.

"입술에 총구를 물려야겠군, 중사. 그럼 아주 기가 막히게 쏠 텐데."

"아쉽게도 여긴 소위님 전용이거든요."

그저 립 서비스라는 걸 알면서도 입매가 고물거리며 풀렸다. 유림은 애써 헛기침을 하며 엄중한 목소리를 꺼냈다.

"휴식 끝. 위치로."

상관으로 돌아온 그녀의 명에 케이는 사격대 위에 올라 헤드셋을 쓰고 총을 잡았다. 유림은 의자에 앉아 턱을 괸 채 그를 응시했다. 사뭇 진지하게 목표물을 응시하는 그의 모습에 그녀는 잠시 미소를 지었다.

케이는 놀랍게도 자세 하나는 누구보다 깨끗했다. 오랫동안 체조를 해 온 사람이라고 해도 믿을 정도로 곧고 우아하다.

하긴 생긴 것부터가 군인이라고 하기엔 너무 귀족적이지.

벌써 여군들 사이에선 유명인 뺨치는 인기를 얻은 모양이었다. 월간 밀리터리지인 『Victory』에서 인터뷰가 들어왔다는 소문도 있고. 그럴 법도 했다. 저렇게 총구를 겨누고 있을 땐 그림처럼 아름다운 남자였으니까. 투명한 갈색 눈동자가 햇살에 부서지는 듯한 신비로운 눈매도 한몫했다.

– 방금 전 그 키스는 뭡니까?

케이는 헤드셋 너머로 들려오는 목소리에 눈썹을 치켜세웠다. 그는 곁눈질로 사격장 천장에 달린 카메라를 확인하고선 불쾌한 눈초리를 지었다. 그는 유림이 듣지 못하게 목소리를 낮춘 뒤 잇새로 나직이 으르댔다.

"누가 멋대로 훔쳐보랬어?"

– 지금 그게 중요한 게 아닙니다. 설마 정 소위에게 진짜 마음이 생기신 겁니까?

"무슨 헛소리를……."

탕!

경쾌한 발포음이었다. 턱을 괸 채 꾸벅꾸벅 졸던 유림은 눈을 번쩍 떴다. 케이는 인상을 쓰며 중얼거리다가 정면에 쓰러진 목표물을 보고선 표정이 굳었다.

그는 총을 내려놓으며 슬그머니 곁눈질로 유림을 쳐다보았다. 그녀는 의자 팔걸이를 잡은 채 믿기지 않는다는 표정으로 천천히 일어서고 있었다. 케이는 헤드셋을 벗으며 말없이 모르는 척 표정 관리를 했다.

"케이, 너……."

유림은 경이롭다는 얼굴로 걸어오며 유리 벽 너머 제거된 목표물을 보고 또 바라보았다. 그녀는 케이의 어깨를 잡으며 활짝 웃었다.

"그것 봐! 집중하면 할 수 있잖아!"

미소로 가득하던 유림의 표정 위로 의아함이 번졌다. 그의 얼굴이 평소답지 않게 당혹한 기색으로 가득했다. 느른하게 웃으며 상이라도 달라고 입 맞춰 올 줄 알았는데 웬일인지 얼굴이 잔뜩 굳었다.

"아니, 이건 집중이 흐트러져서⋯⋯."

"뭐?"

그는 말실수라도 한 듯 하던 말을 멈췄다. 유림은 웃음을 터뜨렸다. 첫 명중이 부끄러운가 보지? 그녀는 그의 어깨를 툭툭 치며 격려했다.

"잘했어."

케이는 일단 그녀를 향해 예쁘게 웃어 보였다. 그는 고개를 돌리자마자 섬뜩한 눈으로 헤드셋을 노려보았다. 헤드셋 너머로 들려온 헛소리에 자신도 모르게 생각 없이 총구를 당긴 게 문제였다. 원래대로라면 목표물 근처에도 못 갔어야 할 총탄인데.

"25m 기본 사격 과녁은 가장자리도 못 맞추면서 80m 동체 사격은 어떻게 정확히 맞춘 거야?"

"운이에요. 소위님을 보다가 저도 모르게 방아쇠를 당겼거든요."

유림은 어이가 없다는 표정으로 그를 쳐다보았다. 그게 말이 되냐는 얼굴이었다. 뭐, 상관없다. 운이어도 좋다. 그녀는 기분 좋게 콧노래를 부르며 돌아섰다.

"어쨌든 계속해. 조만간 특보대 녀석들에게 본때를 보여 줘야 하니까. 오늘부터 특훈이다."

"네?"

"특별 훈련이라고."

유림은 몇 주 전 그가 훈련병 시절이었을 때 보였던 악마의 미소를 그리며 입꼬리를 씩 끌어올렸다. 그런 그녀를 바라보던 케이는 경직된 얼굴로 웃다가 복잡한 눈빛을 지었다.

그로부터 닷새가 지났다.

– 좋은 아침입니다, 애덤슨 중사님!

샤워를 마치고 나온 케이는 블랙커피가 든 머그잔을 들었다. 리사가 인사말을 건넸다.

– 일어나셨습니까?

"소위님은?"

– 아직 주무시고 계십니다.

케이는 커피를 마시며 유유히 식탁 앞으로 걸어왔다. 식탁에 놓인 유리 화병 안에는 시든 장미꽃 한 송이가 꽂혀 있었다. 그는 무표정한 눈초리로 말라비틀어진 장미를 잠시 바라보았다.

유림이 잠들어 있는 침실은 실내 채광과 온도가 여전히 수면 모드로 맞춰진 상태였다.

어제 케이는 처음으로 비행 목표물 사격에 성공했다. 유림은 크게 기뻐하며 집에 도착하자마자 리사에게 맥주를 대령하라 시켰다. 잠시 후 그녀는 소파에 앉아 차가운 맥주 캔들을 연거푸 원 샷하며 "내일 오전 훈련은 취소다! 대신 모래의 도시에 갈 거니까 준비하도록!"이라는 말을 던졌다.

취해서 발그레한 얼굴로 헤실헤실 웃던 그녀는 이윽고 속옷만 입은 채 곯아떨어졌다. 인사불성이 된 그녀를 업고 침대로 향하는 건 당연지사 케이의 몫이었다.

잠든 채로도 웃음꽃이 핀 유림의 얼굴을 보며 케이도 피식 웃고 말았다.

'뭐가 그렇게 좋은 건지. 이럴 줄 알았으면 좀 빨리 성공할 걸 그랬나?'

계산적으로 성공시킨 사격이었다. 이쯤 되면 한 발 정도는 맞혀야 그녀가 특훈에 집착하는 걸 그만둘 것 같았다. 아무리 운동 센스가 없는 녀석이라도 이런 무식한 훈련을 받으면 죽기 살기로 한 발 정도는 맞힐 듯했다.

그는 식탁에 앉아 테이블 위를 손가락으로 톡 건드렸다. 그러자 하얀 식탁이 스크린 모드로 변환되면서 푸른 도면 하나가 떠올랐다. 그는 머그잔을 내려놓고 다시 도면 위를 터치했다. 이번에는 스크린에 떠 있던 설계도가 입체 도식화되기 시작했다. 푸른색 홀로그램 영상이 허공에 펼쳐지고 리사가 음성 안내를 덧붙였다.

– 오늘 소위님과 함께 방문하게 되실 모래의 도시의 도면입니다.

거대한 나선형의 지하 도시. 상층부는 로스티아벤이 군 시설로 쓰고 있지만 하층부는 통제되지 않는 무법지대다.

이곳은 STF의 요원들도 가기를 꺼리는 지역이었다. 모래의 도시 최하층부에는 델타를 수감하는 수용소가 존재하는데, 입대 테스트에서 훈련병들을 죽인 델타들이 본래 감금되어 있던 곳이다.

델타의 운송은 잠수정으로 이루어지고 있으며 수용소 옆에는 활주로와 이어진 전투기 격납고가 자리하고 있다. 케이는 입체 도면을 360도 회전시켜 둘러보며 꼼꼼히 둘러봤다.

"사건 당일 수용소 내 영상 자료는 남아 있지 않을걸?"

등 뒤에서 '하암' 하고 하품하는 소리가 들려왔다. 어깨 너머로 돌아보자, 목젖이 보일 정도로 입을 크게 벌린 유림이 졸린 눈을 손등으로 비비며 서 있었다.

"증거를 폐기한 게 누군지는 모르겠지만, 우리보다는 접근 권한이 높다는 거겠지."

그녀는 또 속옷만 입은 모습이었다. 유림은 케이의 흘끗거리는 시선에도 아랑곳하지 않고 머리를 긁적이며 걸어왔다.

– 좋은 아침입니다, 소위님.

리사가 밝은 어조로 인사했다. 유림은 "그래." 하고 건성으로 대답하며 식탁 앞에 섰다. 그녀는 케이의 손에서 머그잔을 낚아채 식은 커피를 후루룩 마셨다.

케이는 피식 웃으며 식탁에 턱을 괴고 그녀를 바라보았다. 검은색 브래지어에 팬티만 입은 그녀의 몸은 육감적이었다. 적당한 탄력과 군살 없는 근육. 십일 자 복근에 풍만한 가슴과 엉덩이의 라인까지.

"뭘 그렇게 봐?"

유림이 허리를 숙여 케이의 코앞에 얼굴을 바짝 들이대며 물었다. 그는 커피처럼 흐려진 눈동자에 생긋 미소를 담으며 답했다.

"유림을 만지는 내 손이요."

그의 대답에 유림은 눈을 동그랗게 뜨더니 어느새 그녀의 허리를 감쪽같이 어루만지고 있는 그의 손을 재빨리 뿌리쳤다. 그녀는 눈을 흘기며 그의 맞은편에 앉아 말했다.

"해커가 아니라 소매치기를 했어야 해."

유림은 게슴츠레한 눈으로 스크린에 뜬 케이의 프로필을 훑었다. 전적이 화려했다. 보안을 뚫는 데에 있어서는 타의 추종을 불허할 정도. 세계 각국의 기밀 기관을 한 번씩은 털어 본 솜씨였다.

"이거 설마 왓슨 3세도 털어 본 거 아니야?"

"글쎄요."

농담으로 던진 말에 그가 모호하게 답하자 유림은 휘둥그레진 눈으로 케이를 쳐다봤다.

"진짜 해 봤어?"

"로스트 헤븐의 보안은 명실상부 세계 톱클래스예요. 발표를 안 해서 그렇지, 실제로 왓슨 3세가 여태까지 해커들로부터 공격받은 횟수는 상상을 초월할걸요?"

"그래서, 성공했어?"

그는 구렁이처럼 능글맞은 웃음으로 답을 회피했다. 유림은 벌떡 일어나더니 앉아 있는 그의 등 뒤로 다가왔다. 그녀는 다리로 그의 허리를 감고 등에 폴짝 업혔다.

"얼른 말하지 못해?"

"유, 유림!"

케이가 휘청거리자 유림은 그의 목을 끌어안고 귀를 깨물었다. 그가 "윽!" 소리를 내며 몸을 움츠렸다. 그녀는 웃으며 그의 허벅지 안쪽을 더듬었다.

그녀의 손가락이 벨트 버클을 열자 케이의 눈이 허공에서 움찔 정지했다. 그녀의 순진한 도발이 바짝 약 오른 이성의 끈을 탁 풀어냈다.

그는 등 뒤에 매달린 유림을 앞쪽으로 잡아당겼다. 케이의 팔에 잡혀서 빙그르르 끌려온 유림은 그와 마주 본 채 그의 무릎 위에 앉았다.

그녀의 눈이 동그랗게 커졌다.

그는 유림의 엉덩이를 식탁 위에 걸치고 두 허벅지를 벌려 그 사이에 자리를 잡았다. 그리고 고개를 천천히 기울여 깊게 입을 맞추기 시작했다. 처음에는 밀어내던 유림의 손도 차차 그의 목을 감았다.

달콤한 키스였다. 입술을 덮고 삼키며 다시 사탕을 머금듯 한입에 맛보는 입맞춤. 살결을 빨고 무는 소리가 숨소리와 함께 야릇하게 섞여 나왔다.

"이런 식으로 상대의 방어벽을 뚫나 보지?"

"잘 아네요."

"왓슨은 나처럼 키스로 녹일 순 없었을 텐데?"

"왓슨의 모델은 여성이에요."

순간 유림의 눈이 반짝이며 또렷해졌다.

"왓슨 3세가?"

"아주 순수하고 사랑스러운 소녀를 모델로 설계했죠."

"그게…… 누군데?"

케이의 눈빛이 어둡게 가라앉기 시작했다. 입술을 뗀 그는 뭔가에 홀린 듯 허공을 응시했다.

돌연 한없이 우울해진 그의 낯빛을 보면서 유림의 표정도 굳었다. 그녀는 직감적으로 자신이 그의 아킬레스건을 건드렸다는 걸 깨달았다.

유림은 눈동자를 좌우로 굴리다가 머릿속에 즉흥적으로 떠오른 말을 던졌다.

"그나저나 실체가 없는 인공지능에 모델까지 있다는 건 금시초문이야."

얼빠진 듯 있던 케이의 시선이 유림에게로 향했다. 그는 그게 무슨 소리냐는 듯 피식 웃으며 말했다.

"실체가 없긴 왜 없어요."

그의 얼굴이 원래대로 돌아왔다. 유림은 속으로 안도의 숨을 내쉬었다.

"소프트웨어에 관해선 하나도 모르지만, 나도 그 정도는 알아. 리사 같은 인공지능은 가상세계에서만 존재할 뿐이잖아. 청소형 로봇이나 메이드 로봇에 빙의하듯 탈 때도 있지만 그건 실체라고 할 수 없지."

"왓슨 3세는 로스트 헤븐 그 자체예요."

그는 고가의 조각품을 만지듯 그녀의 허리선을 어루만지며 속삭였다.

"또한 로스트 헤븐도 왓슨 3세 그 자체죠."

낙원의 먼지 하나까지도 완벽하게 통제하는 슈퍼컴퓨터 왓슨 3세. 그녀는 지배자처럼 군림하며 이 섬의 모든 것을 내려다보았다. 세상에서 가장 완벽한 정원을 손질하는, 높다란 사다리 위의 정원사처럼.

유림은 흥미롭다는 표정이었다.

어렵고 철학적인 이야기지만 이상하게도 그의 말이 무슨 의미인지 알 것 같은 기분이었다.

그녀는 식탁에 누운 채 천장을 바라보다가 그의 쭉 뻗은 팔과 단단한 가슴을 어루만지며 흡족한 눈빛으로 말했다.

"그래도 꾸준히 운동은 하나 봐? 몸은 STF 요원들 수준이야."

"유림의 몸도 환상적이에요."

케이가 그녀의 허리를 어루만지며 목덜미에 입을 맞추었다.

"만지지 않고선 견딜 수 없을 정도로."

조금 잠긴 듯 낮아진 그의 목소리가 귓가에서 육감적으로 울려 퍼졌다. 귓속을 간질이는 그의 혀가 움직일 때마다 엉덩이와 척추 사이에 짜릿짜릿한 자극이 흘렀다. 유림은 가슴을 향해 올라오는 케이의 손을 덥석 잡더니 그의 허리에 다리를 감고 상체를 일으켰다. 그리고 고양이처럼 올라간 눈초리를 반쯤 접으며 그의 얼굴에 바짝 다가와 유혹적인 미소로 속삭였다.

"신체적 교감은 내가 원할 때 해."

어련하실까. 어떤 상황에서든 고삐를 쥔 사람은 본인이어야 하는 여자였다.

"중사는 내가 원할 때 응해 주면 되고."

"아…… 예."

그가 떨떠름한 표정으로 대답하자 유림은 만족스러운 얼굴로 그의 입술에 짧은 키스를 날렸다.

그녀가 콧노래와 함께 욕실로 사라지자 케이는 허탈한 듯 벽에 비스듬히 기댔다. 그가 손목에 찬 스마트 워치에서 리사의 음성이 불쑥 튀어나왔다.

– 또 실패하신 모양입니다.

그는 피식 웃더니 싸늘한 음성으로 대답했다.

"실패라니, 아직 시작한 기억도 없는데."

리사는 침묵했다. 인공지능인 그녀는 비록 감정을 느낄 순 없지만 감정 측정 능력은 탁월했다.

그녀는 그가 단 한 번도 기쁨, 설렘, 행복 등의 온색 감정을 표현하는 걸 목격한 바가 없었다. 그는 늘 고요한 호수처럼 일정한 온도로 잔잔했다. 그와 안드로이드를 나란히 세워 놓는다면 겉보기 정보만으로는 구별하기 힘겨울지도 몰랐다.

절제력이 완벽하다 못해 지나칠 정도.

그런 존재가 눈앞에 있다는 건 인공지능인 그녀조차도 계산의 혼선을 빚게 만들었다.

케이는 짙어진 눈을 비스듬히 깔며 유림이 사라진 쪽을 곁눈으로 가리켰다.

"어젯밤부터 계속 방에서 뭘 하고 있는 거지? 설마 진짜 늦잠을 잔 건 아닐 텐데."

– 새로이 팀에 합류할 후보자들의 프로필을 최종 검토하고 있는 중입니다.

"흐음……."

그는 유리 표면처럼 매끄러운 눈동자를 반쯤 감은 채 잠시 생각에 잠겼다.

"후보자 정보를 교란시키도록."

– 좀 더 구체적으로 명령해 주시겠습니까?

"당분간은 내가 그녀와 단둘이 팀을 할 수 있도록 팀원 보충을 지연시키란 뜻이다."

케이는 답답하다는 표정으로 나직이 설명했다. 리사는 그제야 이해한 듯 재빠르게 답했다.

– 알겠습니다.

한편 욕실에서 나온 유림은 알몸으로 거울 앞에 서서 말했다.

"후보생들 프로필 열어 봐."

신생 부대인 특별수사대의 팀원은 현재 단둘뿐이었다. 인력이 전적으로 부족한 상태. 따라서 새로운 팀원을 선발하는 게 급선무였다. 되도록 유능하고 다방면에서 우수한 인재로 말이다. 따라서 유림은 일단 급한 대로 호크 대령이 뽑아 놓은 목록부터 검토하고 있었다.

리사는 거울을 에워싼 채 허공에 프로필들을 띄웠다. 유림은 젖은 머리를 틀어 올리며 한 병사의 프로필을 유심히 살폈다. 그리고 전투복을 입을 때나 착용할 법한 스포츠 브라를 입었다.

"이 녀석, 최근 전투 기록 영상들 좀 추려 놔."

– 알겠습니다.

거울 속에 비친 입술을 손으로 만지작거리는 그녀의 눈동자가 동요로 일렁였다.

성인 남녀가 폐쇄된 공간에서 함께 지내면 성적 접촉이 이루어지는 건 당연한 이치고 순리였다. 호르몬이 유도하는 끌림에 감정적인 소모를 하지 않는 게 효율적이라는 건 이미 그녀 자신도 잘 알고 있는 지론. 그럼에도 매번 그와의 접촉에 어린 소녀처럼 긴장하고 설레는 스스로의 모습이 못마땅했다.

그녀는 그의 상관이었다. 뭇 병사들이 우러러보는 전장의 성녀이며 로스티아벤 내 월간 잡지 『실드』에서 남성 에이전트들이 뽑은 '가장 섹시한 여자 1위'에 몇 번이나 오르기도 했다. 성적인 매력은 그녀에게 있어 우수한 전투 능력과 함께 또 하나의 무기였다.

군에서 여성이란 입장은 결코 호락호락하지 않다. 남성들은 호시탐탐 그녀를 성적 대상으로 볼 기회만을 엿보고 있었고, 그런 그들에게 놀잇감이 되지 않기 위해서는 선제압이 필수였다. 적당한 유희를 바란다면 기꺼이 응해 주겠다. 단, 고삐를 쥐고 흔드는 것은 그녀의 몫이어야 했다.

'그저 어수룩한 녀석인 줄 알았더니.'

처음에는 그저 욕구불만을 해소하기 위한 유희일 뿐이었다. 이 정도로 근사한 외모의 사병은 보기 드문 게 사실이니까. 그렇게 놀려먹는 재미가 있을 줄 알았는데, 오히려 늘 뻔뻔하게 생긋 웃고 있는 케이의 모습에 그녀가 점점 말려드는 기분이었다. 평소에는 불호령 하나에도 꼼짝 못하는 주제에, 야릇한 분위기만 되면 냉큼 주도권을 채 간다.

유림은 동그란 이마를 찌푸렸다. 그녀는 심기일전을 하듯 심호흡을 크게 한 뒤 방문 밖으로 나섰다.

통유리로 된 거실 벽이 활짝 열려 있었다. 그 너머엔 대기 중인 에어쉽이 보였다. 하얀 에어쉽 옆에는 케이가 집사처럼 곧은 자세로 서서 그녀를 기다리고 있었다. 유림은 에어쉽에 올라타며 명했다.

"출발해."

케이도 이어서 탑승하자 풍뎅이 날개처럼 열려 있던 에어쉽 문이 묵직한 소리를 내며 닫혔다. 리사의 얼굴이 전면 유리 위에 입체 형상으로 나타났다.

— 어서 오십시오, 소위님. 목적지를 지정해 주십시오.

"모래의 도시. 늘 가던 곳으로."

— 정거장 SC03으로 이동합니다.

리사는 에어쉽의 자동 항해 시스템의 목적지를 세팅한 후 잔잔한 클래식 음악을 틀었다. 유림은 눈을 감으며 시트에 몸을 기댔다. 그녀는 짧은 휴식을 취하는 게 익숙해 보였다.

케이는 물끄러미 밖을 내다보았다. 날씨가 좋았다. 서쪽 해안가에 위치한 삭막한 지하 도시로 가기에는 아까울 정도로 쾌청한 하늘이었다.

"이런 날에는 비키니를 입고 해변에서 선탠을 즐기며 술이나 들이켜는 게 정석인데."

유림이 팔베개를 한 채 중얼거렸다. 아쉽다는 어조와는 달리 그녀의 눈빛은 건조했다. 전쟁터를 앞둔 병사가 개머리판을 어깨에 대고 총구를 겨누듯 묘하게 비장한 각오가 어린 기색이었다.

"그래서, 오늘 방문의 목적은 언제쯤 말해 줄 생각이에요?"

케이는 부드러운 어조로 짐짓 자연스럽게 물었다. 유림은 방어적인 자세로 앉아서 팔짱을 낀 채 눈을 감았다. 그녀는 잠시 생각에 잠겨 있다가 고요히 입술을 열었다.

"모래의 도시 하층부는 일명 개미집이야."

로스트 헤븐 내 불법 체류자들과 범법자들이 암암리에 스며든 이곳은 심지어 왓슨 3세의 감시망에서도 권외였다.

'왓슨의 눈'은 기본적으로 스마트 더스트Smart Dust를 통해서 이루어진다. 스마트 더스트는 극도미세입자보다도 작은 나노소립자로 이루어져 인체에 무해한 에너지파 센서였다. 이 스마트 더스트는 낙원을 우산처럼 감싸며 왓슨의 눈 역할을 톡톡히 하고 있다.

"왓슨 3세는 낙원 내 존재하는 수많은 데이터를 실시간으로 수집하고 있어. 스마트 더스트가 미세한 정보 하나까지도 절대 놓치지 않기에 낙원의 치안이 이만큼 완벽할 수 있는 거야. 하지만 스마트 더스트가 통용되지 않는 곳들이 간혹 존재하는데……."

"이를테면 모래의 도시 하층부라든지?"

케이가 눈치채고 반문했다. 유림은 고개를 끄덕이며 설명을 이어 갔다.

"모래의 도시 하층부는 정식 정거장도 존재하지 않을뿐더러 에 덴 타워와 이어진 전산망과 통신망들은 모두 단절된 상태야. 이곳에 거주하는 고스트Ghost[8]들은 식량과 마약, 무기 등을 화폐로 이용하고 있지. 물물거래 시장과 비슷한 것 같아."

"바로 위인 모래의 도시 상층부에는 용병대인 로스티아벤이 있는데, 그들은 왜 고스트들을 내버려 두고 있는 거죠?"

케이가 물었다. 아직 낙원의 실정에 대해 잘 모르니 의문을 가질 법도 했다. 구구절절 설명하는 걸 귀찮아하는 유림이지만 웬일인지 이번엔 친절한 어조로 답해 줬다.

"고스트들의 숫자가 너무 많아졌어. 수는 많아졌는데 전보다 더 은밀하게 움직이고 있지. 그들은 로스티아벤 내부에도 잠복해 있다고 해. 뿐만 아니라 낙원 곳곳에 거미줄처럼 퍼져 있다는 것 같고. 말 그대로 유령Ghost이 돼 버린 거야. 모래의 도시 하층부에는 그들만의 룰이 생겨난 지 오래야. 낙원을 어지럽히지 않기 위해 우리가 할 수 있는 건 고스트들을 통제하는 집단과 우호적인 관계를 유지하는 것 정도가 돼 버린 거지."

"고스트들을 통제하는 집단이요?"

"나도 자세히는 모르지만 범법자들에게도 위계질서는 있는 법인가 봐. 그들의 목줄을 쥐고 있는 자들이 존재하는 건 분명해."

바로 이게 오늘 두 사람이 모래의 도시를 방문하는 목적이었다.

"그 녀석들이라면 아마 누가 델타를 시험장에 풀었는지 알고 있을 거야. 모래의 도시의 실질적인 주인인 '유령의 군주'라면 말이지."

---

8 고스트Ghost: 모래의 도시에 상주하는 불법 체류자, 범법자 등을 일컫는다.

유령의 군주.

유림은 실체를 알 수 없는 대상을 두고 그렇게 표현했다.

케이는 더 이상 아무것도 묻지 않았다. 고스트니, 유령의 군주니, 범법자들의 질서니 하는 얘기들이 그에게는 딱히 큰 문젯거리로 다가오지 않는 듯했다.

창밖을 내다보는 그의 눈빛은 무심했다. 권태에 젖은 채 세상을 굽어보는 무료한 이처럼 그는 공허한 눈으로 허공에 떠다니는 먼지를 응시했다.

빠르게 하늘을 주행하던 에어쉽이 하얀 터널을 지나 모래의 도시에 진입했다. 그들은 순식간에 모래의 도시의 다운타운이라고 할 수 있는 정거장 SC03에 정차했다.

― SC03입니다. 발판을 확인한 후 안전하게 하차해 주십시오.

유림은 평상복 차림이었다. 타이트한 회색 티셔츠에 청바지, 배지도 달지 않고 머리를 풀어헤친 그녀는 평범한 이십 대 여성처럼 보였다. 케이 역시 제복을 벗고 하얀 셔츠에 검은색 팬츠를 입은 채 모자를 눌러썼다.

"울부짖는 인어에 오신 것을 환영합니다!"

유림은 단골 선술집에 들어서자마자 거침없는 어조로 주문부터 던졌다.

"21세기의 추천 메뉴 B."

― 21세기의 추천 메뉴 B를 선택하셨습니다.

케이는 주머니에 손을 넣은 채 유유히 주위를 구경했다. 유림은 곁눈으로 그를 쳐다보았다. 그는 흥미로운 눈빛으로 내부를 관찰하더니 마지막으로 광선 메뉴를 유심히 바라보았다.

"이런 고전적인 느낌의 선술집을 좋아하나 보죠?"

"좋잖아. 옛 생각 나고."

"옛 생각이라면, 로스트 헤븐에 오기 전 말인가요?"

유림이 발걸음을 우뚝 멈췄다. 그녀는 선뜻 답을 하지 못한 채 그를 쳐다보았다. 케이는 왜 그러냐는 듯 그녀를 바라보았다. 유림은 그를 날카롭게 쏘아보며 슥 걸어갔다.

"유림?"

그의 중저음 목소리는 이따금 예상치 못한 타이밍에 정곡을 찌르곤 했다. 그것은 설명하기 힘든 케이만의 매력이기도 한데, 지금처럼 투명한 눈동자로 빤히 쳐다보다가 눈웃음을 칠 때 더 강하게 발휘되곤 했다. 부드럽고 예의 바른 어투. 그러나 묘하게 육감적인 음성.

유림은 케이의 시선을 회피하며 고개를 돌렸다. 멋쩍어진 그녀는 괜히 큰 소리로 웨이터를 불렀다.

― 주문하시겠습니까?

테이블에서 웨이터의 음성이 흘러나왔다. 케이는 잠시 생각하더니 간단하게 하우스 맥주를 시켰다.

― 다른 음식을 함께 주문하시겠습니까?

실물로 존재하는 웨이터나 바텐더는 없다. 선술집 자체가 거대한 인공지능이며, 손님 하나하나의 바이오데이터를 확인하여 서비스를 제공한다. 유림은 케이를 다시 흘끗 쳐다보았다. 웨이터가 음식 주문을 재촉할 때에는 이유가 있었다. 손님이 공복상태라는 의미다. 결국 케이는 유림이 아까부터 아쉬운 듯 바라보던 '21세기의 추천 메뉴 A'를 함께 주문했다.

음식이 나오자 유림은 말없이 손을 분주하게 움직였다. 반면 케이는 의자에 기대고 앉아 그녀를 가만히 쳐다보고 있었다.

"유림."

"왜?"

그녀는 고개도 숙인 채 대답했다. 속마음을 들킨 소녀처럼 툴툴거리는 기색이었다. 케이의 눈에 쿡 미소가 스쳤다. 그러다가 뭔가 발견한 듯 조심스럽게 속삭였다.

"뒤에 누가 와요."

유림은 흘끗 뒤를 돌아보더니 미간을 찌푸렸다. 그녀는 불쾌한 눈초리로 포크를 잡은 손에 더욱 힘을 주었다.

남자 둘이 건들거리며 걸어오고 있었다. 둘 다 커다란 덩치의 사내들이었다.

한 명은 백인으로 머리를 삭발한 채 관자놀이부터 목까지 문신을 새겼다. 적어도 6피트는 넘는 신장에 우락부락한 어깨와 팔 근육이 제법 험악한 인상을 선사했다.

다른 한 명은 흑인으로 한쪽 눈에 커다란 흉터가 있었다. 옆의 녀석보다 키가 한 뼘은 더 큰 데다가 팔다리가 비정상적으로 긴 거인이었다.

"어이, 형씨들."

마약상이다. 모래의 도시에선 종종 볼 수 있는 이들이었다. 유림은 냅킨으로 입가를 닦더니 그들을 빤히 올려다보았다. 울부짖는 인어에는 꽤 자주 얼굴을 비추는 그녀인 데다가 모래의 도시에는 군인들도 많이 돌아다녀서 가끔 안면이 있는 이들과 마주치는 경우도 적지 않았다. 그녀가 브루클린의 성녀란 걸 알면 애당초 접근

해 오지도 않았을 테지만, 어쨌든 이들은 유림에 대해선 전혀 모르는 눈치였다.

"좋은 게 있는데 흥미 좀 있나?"

"좋은 거?"

유림이 흥미가 동한다는 듯 눈썹을 치켜세우자 남자들은 하얀 이를 드러내며 웃었다. 그들은 주위를 슥 살피더니 허리를 숙이며 나직이 물었다.

"단속 나온 참새들은 아니겠지?"

"무슨 그런 실례의 말씀을."

유림은 콧방귀를 뀌며 너스레를 떨었다. 흑인 남자가 손목에 찬 스마트 워치를 올리더니 그녀의 망막을 재빠르게 스캔했다.

– 일치하는 주민 정보가 없습니다.

유림은 불쾌한 기색을 내비쳤다. 그러자 백인 남자는 오해하지 말라는 투로 손사래를 치며 호탕하게 웃었다. 그와 신장이 비슷한 케이는 눈을 반쯤 감은 채 조용히 시선을 내리깔고 서 있었다. 그러나 그의 손은 아무도 모르게 스마트 워치와 주머니 속을 오가며 바삐 움직이는 중이었다.

"요즘 단속이 심해서 말이야. 위에서 자꾸 짹짹이들을 보내거든. 너무 기분 나빠하지 말라고, 우리도 다 살자고 하는 짓이니까."

"대신 최상급으로 주는 거야."

"당연하지, 우리를 뭐로 보고."

그들은 어깨를 으쓱이며 따라오라는 눈치를 보냈다. 자리에서 일어선 유림은 케이에게 의아한 표정으로 휘둥그레 뜬 눈을 보였다. 케이가 어깨를 으쓱하며 웃자 그녀는 감탄한 듯 피식 웃었다.

대체 그 짧은 순간에 주민 정보는 어떻게 건드린 건지, 감쪽같은 솜씨였다.

마약상들을 따라 어두운 철거 구역 사이사이를 걸은 지가 이십여 분. 드디어 도착한 모양이었다. 그늘 아래에 사람들이 삼삼오오 모여 있는 게 보였다. 두 사람을 이끌고 온 대머리 문신의 사내는 누런 이를 내보이며 웃었다.

"이쪽이다."

후미진 뒷골목에 위치한 구식 철조 건물이었다. 전기마저 끊겼는지 사방을 둘러봐도 빛줄기 하나 없었다.

텁텁한 연기와 메스꺼운 쓰레기 더미 사이에는 험상궂은 인상의 사내들이 대마를 피며 그들을 주시하고 있었다. 신분 확인 절차는 비밀스럽지만 간단했다. 삐쩍 마른 남자가 잔뜩 엉킨 수염을 손가락으로 풀면서 쉰 목소리로 물었다.

"암호는?"

그러자 백인 마약상이 낮게 중얼거리듯 답했다.

"낙원의 여름…… 오베론의 꿈."

"통과."

유림은 얼핏 들은 암호 문구를 곱씹으며 무표정한 얼굴을 유지했다. 요즘에도 저런 출입구가 존재하나 싶을 정도로 낡고 오래된 쇠문이 수동으로 조작되어 열렸다. 마약상은 씩 웃더니 유림의 엉덩이를 두들기며 속삭였다.

"화이트 채플에 온 것을 환영한다."

그것을 본 케이의 눈초리가 날카롭게 빛났다. 그녀의 엉덩이를 주무른 사내는 잠시 기다리라고 말하더니 어디론가 사라졌다. 유림은 잇새로 욕설을 지껄이며 남자가 사라진 쪽을 노려봤다.

"망할 놈, 얼굴 외웠어. 다음에 와서 곤죽으로 만들어 줄 거야!"

"지켜보는 눈이 많아요, 유림."

케이는 그녀의 머리칼을 어루만지며 달랬다. 그리고 방금 전 사내가 사라진 쪽을 쳐다보며 투명한 눈동자를 무표정하게 식혔다. 유림은 다음에 올 필요도 없을 것이다. 녀석의 존재 자체가 먼지처럼 사라져 있을 테니까.

정말 마약을 사러 온 게 아니니 마약상들을 계속 기다릴 이유는 없었다. 두 사람은 곧장 화이트 채플 중심부로 들어섰다.

유림은 이마를 짚으며 '맙소사!'를 외쳤다. 범법자들의 원더랜드라는 화이트 채플. 소문으로는 익히 들어왔지만 눈으로 직접 실체를 보는 건 처음이었다. 눈앞에 펼쳐진 광경은 상상했던 것 이상이었다.

거대한 돔 형식의 철조 건물은 본래 종교상의 목적으로 설계된 것으로 보였다. 냄비를 엎어 놓은 듯한 모양의 천장은 반은 크리스털로 나머지 반은 허물어진 채 철골만 남아 있었다. 바닥은 하얀 대리석으로 깔려 있었는데 2층부터는 작업을 하다 말았는지 철골과 어설픈 판자들로 마무리해 놓은 상태였다.

중앙에서 도르래를 푸는 소리가 들려왔다. 반돔의 크리스털 천장에 이어진 도르래에서 철창 하나가 내려오고 있었다.

"와아!"

우레와 같은 함성이 쏟아져 나왔다.

거대한 철창 안에 델타가 갇힌 채 으르렁대는 게 보였다. 높다란 천장에는 수십 개의 철창들이 매달려 있었다. 각각의 쇠창살 너머에는 델타들이 손발에 쇠고랑을 찬 채 감금되어 있었다. 유림은 희열에 찬 목소리로 낮게 속삭였다.

"케이, 제대로 온 것 같아."

"조심해요, 유림."

그가 예리한 눈초리로 주위를 살피며 경고했다.

"이곳은 왓슨의 눈이 닿지 않는 공간이에요. 모든 게 21세기 초반의 방식으로 이루어지고 있어요."

그 말인즉슨 해커인 그가 할 수 있는 게 아무것도 없다는 의미였다. 유림은 말없이 고개를 끄덕였다.

별안간 분위기가 떠들썩하게 돌변했다. 두 사람은 군중이 모인 쪽을 바라보았다.

"다들 모이셨습니까!"

검은 턱시도를 입은 남자가 소리쳤다. 운두가 높은 마술사 모자에 연미복을 입은 남자는 기다란 지팡이를 휘두르며 2층 발코니에서 요란한 모습으로 등장했다.

"드디어 여러분께서 고대하시던 날이 돌아왔습니다. 여기 여러분께서 보시는 녀석이 바로 살육자라 불리는 '델타7'입니다!"

어디선가 팡팡 폭죽 터지는 소리 같은 게 들려왔다. 그 소리에 놀랐는지 낮게 내려온 철창 속의 델타가 울부짖으며 쇠창살을 잡고 흔들었다.

"오늘 밤 자정, 화이트 채플의 아레나[9]에서 살육자와 챔피언의 타이틀 방어전이 열립니다!"

"살육자!"

---

9 아레나: 고대 로마 시대 원형경기장을 일컫던 데에서 비롯되었다. 경기장을 의미한다.

"살육자!"

군중들은 발을 구르고 맥주잔을 부딪치며 환호했다. 그들은 델타7의 칭호를 소리 높여 외쳤다. 사회자가 지팡이를 휘두르자 철창 밑에서 화염이 솟구쳤다. 미리 준비되어 있던 무대인 듯했다. 쇠판이 뜨겁게 달궈지자 델타7은 괴로운 듯 펄쩍 뛰며 엄니를 드러내고 고통을 부르짖었다.

유림은 경멸 어린 표정으로 눈 밑 근육을 실룩거렸다. 그녀는 재빠르게 군중들을 훑어보았다. 헤진 옷을 입고 모자로 얼굴을 가렸지만 그녀의 눈을 속일 순 없었다. 그들은 로스티아벤 소속 병사들이었다.

"마약과 도박이라."

명백한 군율 위반이다. 갈증이 온 유림은 입맛을 다시며 주변을 훑었다. 그녀가 뭘 원하는지 간파한 케이는 부드러운 목소리로 설명했다.

"구시대적 주문 방식이에요. 웨이트리스가 펜과 메모지를 들고 직접 주문을 받는 거죠."

유림은 몇 미터 떨어진 곳에서 가슴골을 훤히 드러낸 채 사내들과 몸을 문대고 있는 여자를 발견했다.

그녀는 웨이트리스였다. 남자들은 허벅지까지 말려 내려간 여자의 스타킹에 팁으로 탄약을 꽂아 넣고 있었다. 낄낄대며 웃는 그들은 군인이었다. 군수자원이 지하수처럼 흘러 모래의 도시 사이사이로 빠져나간다. 평의회와 낙원의 관리자는 정녕 이 사실을 모르고 있는 걸까?

유유자적 걸어간 케이가 어느새 웨이트리스에게 다가가 말을 건

네고 있었다. 유림은 괜히 못마땅한 표정을 지으며 곁눈질로 그들을 관찰했다.

"브루클린의 성녀께서 화이트 채플까지 어인 발걸음이십니까?"

등 뒤에서 불쑥 낯선 목소리가 등장했다. 유림은 재빠르게 허리춤으로 손을 가져가 총을 움켜쥐었다. 그녀는 순식간에 몸을 반 바퀴 돌려 등 뒤 사내의 목에 총구를 갖다 박았다.

남자는 긴장한 기색이 역력한 표정으로 침을 꿀꺽 삼켰다. 그는 턱 바로 밑 피부에 차갑게 와 닿는 총구를 흘끗 내려다보고선 얼어붙었다.

"누군데 날 알고 있지?"

유림이 속삭이듯 위협했다. 인상을 쓴 그녀의 미간에는 힘이 잔뜩 들어가 있었다.

"워워, 진정하십시오. 이래 봬도 기자입니다. 전장의 성녀 얼굴쯤은 알고 있다고요."

"기자?"

"네, 낙원 뉴스 특별보도부 편집장 조셉이라고 합니다."

그녀가 의심스러운 눈초리로 쳐다보자 조셉은 해맑게 웃었다. 어두운 피부색과 흑발, 툭 튀어나온 매부리코는 중동계 쪽 유대인 이미지를 물씬 풍겼다. 마른 체격이지만 웃을 때 깊게 파이는 보조개가 선해 보이는 인상을 더해 주는 남자였다. 다만 미소가 어딘지모르게 인위적이라는 느낌을 제외한다면.

"그럼 조용히 가던 길이나 가는 게 좋아. 내 쪽에 기웃거려 봤자건져 낼 가십거리 따원 없을 테니까."

유림은 사나운 눈초리로 경고하며 총구를 거뒀다. 그녀는 기본적으로 정치인과 기자들한테는 알레르기 반응을 일으키는 편이었다.

한편 케이는 웨이트리스에게 직접 주문을 하고 돌아오던 중에 유림과 함께 있는 조셉을 보고선 걸음을 멈췄다. 그의 갈색 눈동자에 서늘한 빛이 감돌았다.

"입대 테스트의 사고, 오리지널 델타였죠?"

조셉을 무시하고 가려던 유림의 발걸음이 멈칫 주춤거렸다. 그녀는 걸음을 멈추고 침묵 어린 눈으로 그를 돌아봤다.

"게다가 시험장을 폐쇄하고 재접속하려는데 시스템이 '관리자 권한'을 요구했다고요."

그녀의 표정이 점차 안 좋게 변해 갔다. 유림은 싸늘함을 넘어서 험상궂게 변한 눈빛으로 그를 무섭게 노려보았다. 그럼에도 조셉은 아랑곳하지 않고 계속해서 불편한 곳을 긁어 댔다.

"대체 누가 델타를 푼 걸까요? 델타 수용소에서 빼돌린 건 확실한데 말입니다. 저 천장에 매달린 철창에 갇혀 있는 델타들은 또 어디서 온 걸까요? 소위님께선 궁금하지 않으십니까…… 크윽!"

조셉은 유림에게 멱살을 잡힌 채 쿨럭거렸다. 그녀는 오른손으로 그의 숨을 조이며 붉은 입술에 섬뜩한 미소를 그렸다.

"네가 군사 기밀을 어디서 주워듣고 왔는지는 궁금하지 않아. 하고 싶은 말이 뭔지 알맹이만 도려서 내뱉도록."

"정보를 드리겠습니다."

유림의 이마가 천천히 누그러졌다. 그녀는 이해할 수 없다는 눈빛으로 그를 물끄러미 응시했다.

"모래의 도시의 범법자들은 '오베론'이라는 조직이 관리하고 있습니다. 델타를 가지고 도박 경기를 벌이는 것도 오베론의 짓입니다."

오베론.

어디선가 들어 본 단어였다.

— 낙원의 여름…… 오베론의 꿈.

화이트 채플에 들어설 때 마약상이 문지기에게 건네던 암호.

유림은 조셉의 멱살을 잡은 손을 풀었다. 그녀는 유유히 팔짱을
낀 채 그를 빤히 쳐다보았다. 한층 풀어진 그녀의 눈빛은 비로소
대화할 마음이 생긴 기색이었다.

"그럼 오베론이 입대 테스트 시험장에 델타를 풀었다는 거야?"

"아마도요."

"왜?"

"누군가 시키지 않았을까요?"

"누가?"

"그걸 제가 알았다면 벌써 뉴스에 특종으로 보도하고 있겠죠."

정작 중요한 건 모른다는 소리잖아.

유림은 불만스러운 눈초리로 그를 노려봤다. 조셉은 의미심장한
미소를 지었다.

"왓슨 3세의 감시가 닿지 않는 곳은 모래의 도시만이 아닙니다.
낙원의 그늘 속에서 살아가는 이들은 서로 협력하며 공생 관계를
구축하고 있습니다. 이들 세력은 어느새 눈덩이처럼 불어나 왓슨
의 눈을 완벽하게 피하는 게 점차 어려워지고 있습니다."

유림은 흥미롭다는 표정을 지었다.

이 녀석은 지금 낙원의 불법 체류자들인 고스트들에 대해 이야기

하고 있었다. '카더라'로만 듣던 유령의 군주의 실체에 대해 이렇게 상세히 듣는 건 처음이었다. 이런 정보를 어떻게 수집했는진 모르겠지만 로스티아벤에서도 들을 수 없던 이야기다.

"에덴 타워 측에 이들의 조력자가 있는 건 확실합니다. 그게 누군지 그 숫자가 몇인지는 정확히 알 수 없지만, 오베론을 비롯한 어둠 속 세력들에게 도움을 주는 존재가 있다는 건 기정사실이나 마찬가지죠."

유림은 골머리가 아프다는 표정을 짓더니 짤막한 결론을 내렸다.

"일단 오베론의 수장을 만나야겠어."

"오베론의 수장은 만나기 쉬운 자가 아닙니다."

그는 검지로 뺨을 톡톡 치며 생각에 잠겼다.

"하지만 불가능한 건 아니죠."

"나는 불가능을 가능으로 만드는 사람을 좋아해."

그녀는 도발적인 눈빛에 미소를 그리며 말했다. 조셉은 크게 웃음을 터뜨렸다. 본능적으로 남자의 승부욕을 건드릴 줄 아는 여자였다.

"소문에 의하면 오베론의 수장은 화이트 채플에서 열리는 도박 경기에 매번 참석한다고 합니다. 물론 실제로 봤다는 사람과 얘기해 본 적은 없지만 어디선가 관람을 하는 건 맞는 것 같습니다. 그를 만날 수 있는 확실한 방법이 있긴 한데……."

"그게 뭔데?"

조셉이 능글맞은 눈빛으로 뜸을 들였다. 유림은 눈썹을 치켜세웠다. 하여간 기자와 정치인 놈들은 하나같이 음흉한 녀석들이다. 이들이 비싼 혀를 놀릴 땐 반드시 거래가 필요했다.

"공짜는 없다 이거군. 원하는 게 뭔지 말해 봐."

조셉의 입가에 싱글벙글 미소가 번졌다. 그는 그녀를 향해 한 발자국 더 가까이 다가오더니 목소리를 낮춘 채 비밀스럽게 속삭였다.

"노아 호크 대령님과 인터뷰를 할 수 있도록 연결해 주십시오."

"대령님과?"

"그리고 또 하나. 조력자의 윤곽이 드러나면 제가 단독 보도할 수 있도록 해 주십시오. 저 또한 소위님께 제가 가진 모든 정보를 공유해 드리도록 하겠습니다."

"그런 특종은 폭탄이야. 기자 양반이 다칠 수도 있어."

유림이 혀를 차며 경고를 섞었다. 그러자 조셉은 한바탕 크게 웃더니 미묘한 눈빛으로 허공을 응시했다.

"저희 두 사람, 이미 시한폭탄을 실은 배에 승선하고 있던 게 아니었습니까? 우리가 서 있는 이곳은 언제 가라앉을지 모르는 타이타닉 호와 진배없죠."

유림의 눈빛이 서서히 침몰하듯 일렁였다. 이 녀석, 그저 평범한 기자가 아니다.

예리한 눈썰미와 현 시대를 꿰뚫어 보는 통찰력, 무엇보다……이 남자는 낙원의 양면성을 고발하고 싶어 한다.

그녀는 별안간 그가 마음에 들었다. 낙원 뉴스의 조셉이라, 외부의 생쥐 한 마리 정도는 알아 둬도 괜찮지 않을까? 조만간 이자에 관해서 캐 봐야겠다는 생각이 들었다.

"두 번째 건은 약속할 수 없지만, 대령님과의 인터뷰는 한번 검토해 보도록 하지."

"검토가 아니라 약속을 해 주셔야죠."

"정보부터."

두 사람은 잠시 치열하게 눈싸움을 했다. 아니, 기 싸움이다. 조섭은 감탄했다. 고양이처럼 치켜세운 그녀의 눈초리는 고집스러웠다. 쉽게 물러서지 않는 뚝심이 담겨 있었다. 게다가 예쁘장한 눈매에선 전장의 성녀가 아닌, 전장의 마녀라고 봐도 무방할 독살스러운 기색까지 엿보였다. 그저 폼으로 거친 로스티아벤 병사들의 교관 노릇을 해 온 게 아니었다.

결국 그는 피식 웃으며 두 손 두 발을 들었다.

"오늘 열리는 도박 경기에 소위님께서 선수로 참여하시면 됩니다."

예상치 못한 제안이었다. 유림은 굳은 표정으로 생각에 잠겼다.

"챔피언이 되면 오베론의 수장 및 간부들과 만날 수 있다고 합니다."

"되지 못하면?"

조섭은 당연하다는 듯 너털웃음을 지으며 어깨를 으쓱했다.

"델타의 엄니에 갈기갈기 찢기겠죠?"

유림은 철창에 갇혀 있는 '델타7: 살육자'를 쳐다보았다. 평범한 녀석은 아니었다. 몸집도 비정상적으로 큰 데다가 굉장히 흉포했다. 고문과 조롱으로 잔뜩 흥분해 있는 상태인 걸 보니, 본경기 땐 눈이 뒤집혀서 상대에게 덤벼들 것이다.

"챔피언이 되면 어마어마한 상금을 획득하게 됩니다. 게다가 오베론의 간부가 될 자격까지 주어진다고 하니, 여기에 목숨을 거는 고스트들의 수가 적지 않습니다. 일단 선수 등록을 하는 게 우선입니다."

유림은 그게 뭐냐는 표정을 지었다.

"델타와의 경기에 나가는 선수들은 대개 고스트들 사이에서 이름만 대면 알 만한 녀석들이죠. 다들 이 바닥에서는 제법 인정받는 주먹들이란 소립니다."

"고스트들에게 인정받아야 경기에 참여할 수 있다는 뜻이야?"

유림은 '흐음' 하고 팔짱을 꼈다. 병사들이나 건달들이나 힘의 우열을 가리는 섭리는 비슷했다. 일명 동물의 왕국이다. 강한 자가 살아남고 약한 놈은 지배받는 세계. 그녀로서는 친근한 방식이었다.

"나쁘지 않네."

그녀의 입가엔 이미 자신만만한 미소가 떠올라 있었다.

조셉은 턱짓으로 델타7이 갇혀 있는 철창 아래를 가리켰다. 그곳에는 유난히도 많은 군중들이 몰려 있었다. 거칠어 보이는 남자들이 맥주잔을 든 채 환호하며 원을 그린 게 보였다.

"벌써 시작된 것 같군요."

조셉이 손을 내밀었다. 그는 마치 에스코트를 하듯 정중한 자세였다. 그가 내민 손을 내려다보던 유림은 마지막 확인차 물었다.

"그런데 호크 대령님은 왜 만나고 싶다는 거야?"

조셉은 느긋한 음성으로 대답했다.

"간단히 말씀드리자면 정치적인 이유에서죠. 지난 몇 년간 최전선에서 화려한 실적을 올린 호크 대령은 최근 군부 쪽에서 신세력의 핵심 인물로 떠오르고 있는 상황입니다. 기자로서 줄을 연결해 놓고 싶은 건 당연한 거 아닐까요?"

군부의 신세력.

유림은 조셉의 말을 곱씹으며 속으로 헛웃음을 흘렸다.

"정 힘드시다면 브루클린의 성녀와의 단독 인터뷰도 좋습니다."

그는 그녀를 향해 고개를 기울이며 비밀스럽게 속삭였다. 불쑥 가까워진 그의 얼굴을 동그란 눈으로 쳐다보던 유림은 콧잔등을 찌푸렸다. 조셉의 입술이 코앞까지 다가와 있었다.

그때, 그녀의 등 뒤에 나타난 그림자 하나가 불쑥 팔을 뻗어 둘 사이에 차가운 맥주잔을 들이댔다.

"주문하신 기네스 두 잔 나왔습니다."

남자는 유림의 손을 낚아채듯 잡아당겼다. 그녀가 뒤로 주춤 끌려가자 그는 재빨리 두 사람 사이를 파고들었다. 그러던 와중에 그가 들고 있던 맥주잔에서 맥주가 왈칵 쏟아져 내렸다.

"이런, 죄송합니다."

조셉은 축축해진 등을 더듬으며 고개를 들었다. 조각상처럼 아름다운 남자가 빈 맥주잔을 든 채 생긋 웃고 있었다. 그의 등에 쏟고 남은 맥주가 투명한 잔 위에 방울방울 맺힌 게 보였다.

"이봐, 조심해야지!"

조셉이 못마땅한 눈초리로 소리쳤다. 웨이터인가 싶어 돌아본 유림의 눈이 커졌다. 부드럽게 흔들리는 갈색 머리칼 사이로 보이는 투명한 눈동자. 케이가 방긋방긋 웃으며 서 있었다.

"괜찮으십니까, 손님? 화장실은 저쪽입니다."

그는 쏟아진 맥주로 인해 끈적끈적해진 조셉의 손을 잡고 거의 등을 떠밀다시피 쫓아냈다. 조셉은 맥주로 엉망이 된 자신의 손을 내려다보더니 불쾌한 표정을 감추지 못했다. 그는 일단 유림에게 정중히 양해를 구했다.

"잠시 실례하겠습니다. 이야기는 잠시 후 이어서 할까요?"

"그러죠."

유림은 고개를 끄덕였다. 조셉은 순식간에 인파 속에 섞여 사라졌다.

그녀는 높다란 테이블에 팔을 올린 채 기댔다. 그리고 비딱한 눈으로 케이를 응시했다. 그는 테이블 위에 누가 두고 간 물수건으로 손을 닦으며 조셉이 사라진 방향을 바라보고 있었다. 그는 조셉과 부딪쳤던 팔을 만지작거리며 섬뜩한 눈초리를 지었다. 유림은 그의 낯선 모습에 입을 막 떼려다가 다시 다물었다.

"낙원 뉴스의 기자래."

"기자요?"

케이는 기자가 그녀에게 무슨 볼일이냐는 표정으로 되물었다. 유림은 석연치 않은 얼굴로 그를 물끄러미 응시했다. 방금 전 조셉을 향하던 그의 살기 어린 눈초리가 못내 마음에 걸렸다. 그녀의 표정이 심상치 않다는 걸 눈치챈 케이는 언제 그랬냐는 듯 생긋 웃으며 화제를 돌렸다.

"그래서 무슨 얘기를 하고 있었어요?"

"내가 누군지 알아보더라고. 의도적으로 접근한 것 같기도 하고. 이런저런 정보를 주는데, 확인해 볼 가치는 있을 것 같아."

"기자인 건 확실한가요?"

"글쎄. 지금 당장은 확인할 수 없으니……."

유림은 그런 건 중요하지 않다는 표정으로 넘겼다. 그녀는 빈 잔을 내려놓으며 손등으로 턱을 훔쳤다.

"따라와."

"유림? 어디 가는 거예요?"

느닷없이 성큼성큼 움직이는 유림을 보며 케이는 그녀의 손을 저지하듯 잡았다. 그러자 유림은 걱정 말라는 듯 이를 드러내고 개구쟁이처럼 웃었다.

"선수 등록하러."

그녀가 곁눈질로 가리킨 곳에서는 흡사 싸움판과 비슷한 장면이 펼쳐지고 있었다. 맥주잔을 들고 모여 있는 관중들의 중심에선 두 남자가 혈투를 벌이는 중이었다. 케이의 얼굴이 굳었다. 유림은 잔뜩 얼어 있는 그의 어깨를 치더니 앞장서서 걷기 시작했다.

"유림, 설마……."

"걱정 마, 너보고 하라고 하지 않을 테니까."

그녀는 주위를 두리번거리더니 뭔가를 발견했는지 눈을 빛냈다. 엉덩이에 꼬리를 붙이고 고양이 귀를 한 웨이트리스 하나가 손님과 지분거리며 깔깔대고 있었다.

옆 테이블에는 그녀가 벗어 놓은 고양이 가면이 뒹굴고 있었다. 가슴골을 훤히 내놓은 웨이트리스는 근육질 남자와 키스를 하며 몸을 비비느라 가면을 도둑맞는 것도 알아채지 못했다. 유림은 고무 밴드로 된 고양이 가면을 얼굴에 쓰고선 어깨를 스트레칭하며 유유히 걸어 나갔다.

그녀를 말리다가 슬그머니 뒤로 물러난 케이는 쓴 미소를 머금었다. 점차 예상하지 못한 시나리오로 흘러가고 있었다. 즉흥적으로 행동하는 여자인 줄은 알았지만 이 정도일 줄이야.

그는 흥미로운 눈빛으로 서서 팔짱을 꼈다. 그러다가 문득 감지된 시선에 고개를 돌려 슥 왼편의 발코니 쪽을 올려다보았다. 붉은색 벨벳 커튼 틈새로 아른거리는 그림자가 보였다.

"자자, 오늘 밤 화이트 채플을 대표할 기사는 이대로 '블랙 피스트'가 되는 걸까요?"

발코니 위에 선 사회자가 양팔을 쫙 펼치며 고양된 어조로 소리쳤다. 격투가 벌어지는 건 그의 발밑이자, 델타7이 갇혀 있는 철창 아래였다.

벌써 연달아 세 명의 남자를 쓰러뜨린 거구의 사내는 거의 어린애 머리통 크기만 한 주먹을 내보이며 울부짖었다.

관중들은 환호성을 질렀다. 주먹 하나로 상대의 턱을 부숴 버리는 그의 괴력에 사람들은 더욱 열광했다. 피를 흘리며 쓰러진 상대를 걱정하거나 동정하는 이는 찾아볼 수 없었다.

"블랙 피스트는 과연 새로운 챔피언이 될 수 있을까요? 살육자는 만만한 상대가 아닙니다. 하지만 블랙 피스트의 주먹을 피하기란 쉽지 않을 듯하군요."

거인처럼 커다란 사내는 검게 그을린 주먹을 내보이며 발을 굴렀다. 테이블과 술잔들이 흔들릴 정도로 땅이 울리고 바닥의 먼지가 일었다.

"흐음, 검은 주먹이라서 블랙 피스트?"

낭창한 목소리가 울려 퍼지자 군중은 놀란 얼굴로 파도처럼 갈라졌다. 그곳엔 잘록한 허리를 내보이며 선 유림이 쿡쿡 웃으며 걸어나오고 있었다. 입술 옆에 마이크를 장착한 사회자가 박수를 치며 그녀를 맞이했다.

"이런, 새로운 도전자의 등장 같군요. 화이트 채플에선 처음 보는 얼굴인데요? 이렇게 예쁜 고양이가 있었나요?"

누군가 술에 취해 낄낄대는 소리가 들려왔다. 휘파람을 불며 희롱하는 이들도 있었다.

"여자는 들어가!"

"대신 우리가 예뻐해 줄게."

사내들은 가냘프지만 탄력적이고 육감적인 그녀의 몸에서 눈을 떼지 못했다.

"예쁜 고양이님, 당신을 뭐라고 불러 드리면 될까요?"

기다란 운두모를 쓴 마술사가 발코니 위에서 묻자, 유림은 그를 올려다보던 시선을 거뒀다. 그녀는 땅을 짚고 제비 돌아 무대의 중심으로 살포시 착지했다. 마치 리듬체조를 하듯 가볍고 아름다운 몸놀림이었다.

일순 관중이 조용해졌다. 누군가 침을 꿀꺽 삼키며 숨을 내뱉었다. 정적과 긴장 속에서 그녀는 여유롭게 다리를 쭉 찢어 스트레칭을 하듯 허공에 올려 보냈다. 그리고 웃음기 밴 목소리로 나긋하게 답했다.

"데드캣."

한편 반대편 발코니에는 단 한 명의 관객을 위한 의자가 마련되어 있었다. 남자가 자리에 앉자 웨이터가 다가와 물수건을 건넸다. 그는 맥주로 끈적끈적해진 손을 닦아 내며 발코니 아래를 내려다보았다. 얇은 입술이 곡선을 그리며 만족스럽게 웃었다. 그녀는 예상대로 행동해 주고 있었다.

"이봐, 보수는?"

걸쭉하게 쉰 목소리가 벨벳 커튼 뒤에서 들려왔다. 유림과 케이를 이곳에 데려온 마약상들이었다.

"옆에 준비해 뒀으니 챙겨 가세요."

남자가 손으로 바닥에 놓인 가방을 가리키자 마약상들은 굳은 미간을 풀었다. 그들은 냉큼 사각 케이스 가방을 열었다. 안에는 마약 봉지들이 빽빽하게 차 있었다. 사내들은 그제야 입가에 흐물흐물한 미소를 그렸다.

"고맙수, 일거리 있으면 언제든 또 불러 주쇼."

그들이 나가자 남자는 옆에 서 있던 웨이터에게 눈짓을 보냈다.

"처리해."

"알겠습니다."

기계적인 톤으로 대답한 웨이터는 반듯하게 몸을 일으키더니 바람처럼 커튼 뒤로 사라졌다.

그러나 그는 30초도 채 지나지 않아 되돌아왔다. 남자가 의아한 눈으로 그를 쳐다보았다. 왠지 불길한 예감이 들었다. 그가 눈빛으로 묻자 웨이터는 조용히 보고를 올렸다.

"죄송합니다. 목표 대상을 추적할 수가 없습니다."

"그게 무슨 소리야? 추적할 수가 없다니?"

"시야에서 사라졌습니다."

"방금 전에 나간 놈들이 사라지긴 어디로 사라져?"

"죄송합니다."

잠시 계산을 하던 웨이터는 그에게 다시 보고했다.

"아직 화이트 채플 내에 있다면 300초 안에 찾는 게 가능합니다."

"찾아와. 그리고 확실히 처리하도록."

"알겠습니다."

남자는 다시 발코니 아래를 내려다보았다. 검은 고양이 탈을 쓴 유림은 어느새 거구의 사내와 대치를 하고 있었다. 조금도 긴장하지 않은 그녀의 모습에선 여유까지 느껴졌다. 델타들을 섬멸하던 전장의 성녀에게 있어 저런 건달을 상대하는 건 애들 장난 수준이 겠지.

커튼 뒤로 나간 웨이터는 좌우를 둘러보더니 재빠르게 계단을 통해 발코니 아래로 사라졌다.

웨이터가 사라지자 발코니를 덮은 천장 위에 잠복해 있던 인영 하나가 몸을 일으켰다. 그는 미처 완공되지 않은 철골들 사이에 걸터앉아 남자와 웨이터의 대화를 엿듣고 있던 중이었다.

"들었어? 주어진 시간은 300초라는데."

그의 말에 백인 마약상은 입술을 바들바들 떨며 양팔로 우람한 몸을 감쌌다. 그는 십자로 교차된 철골 위에 무릎을 꿇은 채 앉아 있었다. 그의 코앞에는 동료인 흑인 남자가 입가에 거품을 문 채 죽어 있었다. 시체의 목에는 목 졸린 흔적이 퍼런 멍으로 남아 있었다.

모든 것은 눈 깜짝할 새에 일어났다. 두 마약상은 커튼 밖으로 나오자마자 누군가에게 멱살을 잡힌 채 허공으로 몸이 붕 뜨는 걸 느꼈다.

둘 다 6피트를 넘는 신장에 각각의 몸무게만 200파운드가 넘는 덩치들이었다. 갑자기 나타난 괴한은 그런 두 사람의 목덜미를 한 손에 하나씩 잡은 채로 구석에 버려진 철재와 목재, 판자 등을 밟고 천장까지 이동했다.

번개 같은, 아니, 가히 빛의 속도와 비견될 만한 움직임이었다. 그들은 몸부림 한 번 칠 겨를 없이 질질 끌려갔다.

마약상은 악마를 쳐다보듯 눈앞의 남자를 훔쳐봤다. 남자의 겉모습은 어느 예술가가 혼신을 다해 빚은 조각상처럼 아름다웠다.

투명하고 밝은 갈색 눈동자, 크리스털 조명에 반사되어 반짝이는 머리칼, 신화에 등장하는 남신처럼 완벽한 미모의 괴한은 해사하게 웃었다. 사람의 혼을 쏙 빼놓는 그의 미소에 등골이 오싹해졌다. 섬뜩한 눈으로 순식간에 동료를 목 졸라 죽이던 모습과는 빛과 그림자처럼 다른 모습이었다.

"당신은……."

마약상은 그제야 눈치챈 듯 동공이 커졌다. 그는 울부짖는 인어에서 검은 머리칼 여자의 맞은편에 앉아 있던 남자였다. 군인이라고는 생각할 수 없을 정도로 유약하고 멍해 보이던 자였는데.

천사의 탈 아래 숨어 있던 건 사탄보다도 무자비한 악귀의 모습이었다.

"300초."

나직하고 부드러운 울림에 마약상은 퍼뜩 정신을 차렸다.

"그, 그러니까 뭘 말하라 하시는 건지……."

"방금 전 너희들에게 이걸 준 남자에 관해서."

케이는 하얀 플라스틱 가방을 눈앞에서 흔들었다.

"저, 정말 모릅니다. 그냥 보수가 두둑한 일거리가 있다고 해서 온 건데……."

퍽 소리와 함께 안면에 주먹이 날아왔다. 코가 우드득 부러지는 소리가 나고 입안에선 피가 줄줄 터져 나왔다. 마약상은 부러진 이빨을 뱉으며 울먹였다.

"사, 살려 주세요."

"250초."

그는 흠칫하며 겁에 잔뜩 질린 얼굴로 어떻게든 기억을 더듬기 시작했다.

"기, 기억의 도시에서 온 사람 같았습니다."

"기억의 도시?"

"옆에서 시중을 들던 웨이터 놈이 안드로이드입니다. 기억의 도시에서나 볼 법한 고가품이었어요. 화이트 채플에선 절대 볼 수 없는 기종이라고요. 군납용도 아니고요."

그는 필사적이었다. 태어나서 이렇게까지 머리를 굴려 본 게 처음일 정도로, 아는 건 뭐든 쏟아 냈다.

케이의 눈초리가 가늘게 흐려졌다.

'안드로이드라.'

와아아!

커다란 함성이 들려왔다. 케이는 철골 사이로 지상을 내려다보았다. 유림이 블랙 피스트를 발아래 꿇린 채 갈채를 받고 있었다.

그는 피식 웃었다. 보아하니 제대로 실력 발휘를 할 필요도 없이 가뿐하게 쓰러뜨린 모양이었다.

케이는 다시 마약상 쪽으로 시선을 던졌다. 그는 시체의 목을 쥐었던 손으로 마약상의 어깨를 쥐며 물었다.

"그자가 우리를 불러오라 한 이유는?"

"저, 정확히 말하면 서, 선생님께선 목록에 없었습니다."

남자는 창백한 얼굴로 눈을 질끈 감으며 말했다. 어깨를 쥔 케이의 손이 곧 자신의 목을 조르진 않을지 무서워 죽을 지경이었다.

"군 소속이라는 검은 눈의 여자만 데려오라고 지시를 받았으니까요."

"왜?"

케이의 눈초리가 휙 아래로 향했다. 화이트 채플을 꽉 채운 인파 속에서 마약상들을 찾아 헤매는 웨이터의 모습이 눈에 들어왔다. 그는 정자세로 서서 좌우 90도로 움직이며 동공으로 주변을 스캔하고 있었다.

좀 전에 발코니를 순식간에 빠져나갔던 움직임을 볼 때 마약상 말대로 그는 안드로이드가 맞는 듯했다.

"모, 모릅니다. 자세한 건 말해 주지 않았어요. 그냥 여자만 유인해서 데려오라고 했어요."

"나에 관한 언급은 없었고?"

케이의 눈초리를 보던 남자는 직감적으로 뭔가를 예감한 듯 울먹였다. 그는 케이의 발치에 넙죽 엎드리며 목숨을 구걸하기 시작했다.

"선생님에 대해서는 절대 함구하도록 하겠습니다. 이 시간 이후로 기억을 아예 지워 버리겠습니다. 정말입니다. 시, 시키는 일은 뭐든 할 테니 제발 목숨만은⋯⋯."

"안타깝게도."

케이는 무표정한 얼굴로 손목에 찬 시계를 확인하며 말했다.

"300초가 지나 버렸네."

숨을 들이켜던 마약상의 눈자위에 충혈된 핏대가 섰다. 케이는 손을 일렬로 모은 채 검을 휘두르듯 허공에 채찍질했다. 눈앞에 긴 손가락들이 칼날처럼 절도 있게 지나간 건 아주 찰나의 순간이었다.

숙.

남자는 눈을 부릅뜬 채 철골 위로 쓰러졌다. 그의 머리통은 냄비 뚜껑처럼 매끈하게 잘려 나갔다. 수평으로 잘린 정수리에서 피와 뇌수가 흐르듯 쏟아졌다.

그 모습을 감흥 없이 보던 케이는 다시 천장 아래를 내려다보았다. 유림은 어느새 산처럼 쌓인 채 쓰러져 있는 사내들 위에서 신경질적으로 발길질을 해 대고 있었다. 그녀를 인정하지 못한 몇몇이 홧김에 덤벼든 모양이었다.

"데드캣!"

"데드캣!"

그녀는 군중의 환호성을 당연하다는 듯 받아들였다. 블랙 피스트의 허리를 의자처럼 깔고 앉아서 맥주를 마시는 유림의 모습은 여왕처럼 거만했다.

그런 그녀를 반구형의 천장 위에서 지켜보던 케이는 어이가 없어 웃고 말았다. 그는 격자무늬처럼 놓여 있는 철골 사이를 걸으며 손끝에 묻은 핏방울을 공중에 털어 냈다.

고의였을까?

보란 듯이 허공에 혈흔을 흩뿌린 것은.

그는 천천히 이동하며 곁눈질로 먼지에 뒤섞여 가는 핏방울들을 느긋하게 응시했다. 어둠 속으로 퇴장하는 그의 눈초리엔 위에서 떨어지는 핏물을 포착한 웨이터가 달려오는 모습이 잡혔다.

케이의 입가에 냉소가 스쳤다.

주변 사람들을 밀치며 거칠게 달려온 웨이터는 손을 뻗어 가까스로 핏방울을 받아 냈다. 손끝에 묻은 피를 본 그는 황급히 천장 위를 올려다보았다. 하지만 그곳에는 이미 아무도 남아 있지 않았다.

아까부터 케이의 모습이 보이지 않았다. 유림은 티 나지 않게 흘 끗거리며 그의 종적을 찾았다. 그러나 쥐도 새도 모르게 사라진 녀석은 나타날 기색조차 없었다.

"오늘 밤 경기, 기대하고 있겠습니다."

사회를 보던 마술사 복장의 남자였다. 유림은 입을 삐죽거렸다. 그녀의 눈엔 그가 마술사가 아닌 조련사로 보였다. 관중들의 호응을 끌어내기 위해 우리에 갇힌 델타들로 서커스의 무대를 장식하는 맹수 조련사.

"출전 자격이란 게 원래 이렇게 얻기 쉬운 거야?"

유림이 코웃음을 치며 말했다. 사회자는 빙그레 웃으며 과장스러운 몸짓으로 축배를 치켜들었다.

"대중은 서프라이즈를 좋아합니다. 또 대중은 스타를 좋아하죠. 당신이 오늘 나타난 건 아무도 예상하지 못한 일입니다. 아름다운 여성이 실력까지 겸비하고 있으니, 모두가 열광하는 건 당연합니다. 오늘 밤 아레나를 장식할 주인공은 당신입니다, 데드캣!"

유림은 미심쩍은 표정을 지었다. 그녀는 내키지 않는다는 눈초리로 그와 맥주잔을 부딪치며 관중을 훑었다.

'케이는 대체 어디로 사라진 거야?'

왓슨의 통제를 받지 않는 화이트 채플 내에서는 스마트 워치를 통해 그와 연락을 주고받을 수도 없었다.

유림은 무심코 반대쪽 발코니를 바라보았다. 오페라 극장의 부스처럼 벨벳 커튼이 쳐져 있는 발코니는 비밀스러운 성역처럼 보였다. 그녀는 의심스러운 기색으로 그곳을 빤히 응시했다.

유림의 눈이 흠칫 커졌다. 공중에 매달린 철창들 사이에서 무언가 획 추락하고 있었다. 심연처럼 어두운 그녀의 동공에 먹물이 똑 떨어진 것처럼 파문이 일었다.

"꺄악!"

경악 어린 비명이 울려 퍼졌다. '쿵!' 소리가 난 곳엔 사람의 형상으로 보이는 사체가 너부러져 있었다.

털썩!

또 하나의 시체가 떨어졌다. 다들 입을 막은 채 끔찍하다는 표정으로 몰려들었다.

가까이 다가간 유림의 안색도 굳었다. 죽은 두 사내의 얼굴은 그녀도 낯이 익었다. 그중 한 명은 정수리 부분이 절단된 채 피와 뇌수가 흘러나와 엉망이었다. 유림은 그가 누군지 바로 알아봤다. 그녀와 케이를 화이트 채플로 안내한 마약상들이었다.

"주, 죽었어!"

"살인이다!"

그때 어디선가 회색 후드를 입은 자들이 군중을 뚫고 나타나더니 순식간에 시신들을 둘러싸고 벽을 만들었다.

수군거리던 사람들은 눈치를 보며 입을 다물었다. 그들은 시체보다도 회색 후드를 입은 자들을 더 두려워하는 듯 눈 마주치기를 피했다.

"오베론의 기사들이군."

"유령의 군주가 보냈나 봐."

사람들은 손으로 입가를 가린 채 쑥덕거렸다. 유림은 얼굴에 쓴 고양이 가면을 고쳐 썼다. 눈구멍 사이로 바라본 회색 사내들의 얼굴은 머리에 쓴 후드 때문에 잘 보이지 않았다. 모자 아래, 일자로 굳게 다문 입술만이 언뜻 보일 뿐이었다.

그들은 잠시 시신을 살폈다. 뒤쪽에서 회색 기사 두 명이 들것을 가져왔다. 관중들은 알아서 그들에게 길을 터 주었다.

유림의 눈초리가 회색 기사단의 손목으로 향했다. 그들의 손목 안쪽에는 성배 모양의 문신이 새겨져 있었다.

가시덩굴에 휩싸인 술잔 형태의 성배.

그녀는 숨은 의미라도 찾으려는 듯 눈에 힘을 준 채 문신을 노려보았다.

"오베론을 상징하는 문장이죠."

친절한 속삭임이 낮은 목소리로 답을 일러 줬다. 유림은 인기척을 미처 알아채지 못했던 어깨 너머로 날카로운 시선을 던졌다. 조셉이 빙긋 웃으며 뒷짐을 진 채 서 있었다.

"화려한 선수 등록식은 잘 봤습니다. 역시 제 기대를 저버리지 않는 솜씨더군요."

레몬처럼 톡 쏘며 받아칠 줄 알았던 유림이 예상외로 미지근한 반응을 보이자 그는 의문 어린 눈빛을 지었다. 가면을 쓴 그녀의 표정은 볼 수 없었지만 왠지 초조해 보이는 기색이었다. 자신이 뒤에 다가와도 모를 정도로 그녀는 다른 곳에 주의를 뺏겨 있었다.

"윌리엄 셰익스피어의 희극인 「한여름 밤의 꿈」을 아십니까?"

유림은 여전히 딴 곳을 보며 침묵으로 일관했다. 애초에 대답 따위는 기대하지 않던 조셉은 자연스럽게 자문자답을 이어 갔다.

"오베론은 「한여름 밤의 꿈」이란 작품에 등장하는 요정왕의 이름입니다."

그제야 가면 속 유림의 눈동자가 흘끗 그에게로 돌아서며 반응했다.

"의외로 꽤 낭만적인 조직명이지 않습니까?"

조셉은 다시 죽은 마약상들의 이야기로 화두를 돌렸다.

"말단이지만 저들도 일단은 오베론의 관리하에 있었을 겁니다. 사건 조사도 뒷수습도 그쪽에서 행하겠죠. 사실 미들 타운[10] 내에서는 범죄 사건이 워낙 빈번하게 일어나는 터라 크게 놀랄 일도 아닙니다. 특히 화이트 채플에선 방심하면 갈취당하고, 약하면 목숨마저 잃는 게 당연하다는 분위기죠. 힘의 논리가 지배하는 세계에서 명예로운 죽음이란 존재하지 않습니다. 저들은 방심했을 뿐이고, 상대보다 약했을 뿐입니다."

매일매일이 치열한 전쟁터와 다름없는 삶.

고스트들이 사는 도시는 그렇게 본인의 작은 잇속을 위해 상대의 목숨을 연기처럼 앗아 가는 곳이었다. 유림은 팔짱을 낀 채 의심 섞인 목소리로 물었다.

"낭만적인 오베론과 유령의 군주는 잘 매치되지 않는데?"

"요정왕 오베론은 태어날 때부터 주술에 걸려 요정치곤 전혀 아름답지 않았다고 합니다. 오히려 흉측한 외모로 알려져 있죠. 개인적인 의견으로 오베론은 요정왕보다 유령왕이라는 칭호가 더 어울리는 것 같습니다만."

"흐음."

유림은 미심쩍은 표정을 지우지 못했다. 거칠고 무식한 범법자들의 지배자에게 낭만적인 면모가 있다는 건 흥미로웠지만 거기에 무슨 의미가 깃들었는진 알 수 없었다.

어느덧 회색 기사단이 사고 현장을 거의 마무리하고 있었다. 그

---

10 미들 타운: 모래의 도시 중하층부로 고스트들이 거주하는 지역 전체를 일컫는다. 미들 타운 내에서도 화이트 채플은 고스트들이 정보를 교환하거나 거래를 주고받는 곳으로 가장 번화한 장소다.

들은 잘 교육된 병사들처럼 일사불란하게 움직였다. 시신들을 들 것에 옮긴 기사단은 병정 인형들처럼 두 줄로 열을 맞춰 이동했다. 한 치의 오차도 없이 열 맞춰 걷는 그들의 발걸음은 퍼포먼스처럼 인상적이었다.

그때 사회자가 다시 나타나더니 유림과 조셉의 어깨에 양팔을 걸 쳤다. 그는 마술 봉을 돌리며 유쾌한 어조로 두 사람의 대화에 끼 어들었다.

"자, 이만 아레나로 이동하실까요?"

"벌써?"

"대기실에서 잠깐 눈이라도 붙이시죠. 긴 밤이 될 테니까요. 혹 은 마지막 밤이 될지도요."

순간 모골이 송연해졌다. 구밀복검. 입에 꿀을 바르고 배 속에 칼을 감춘 듯한 남자였다. 분장을 지운 광대처럼 불현듯 돌변할지 도 몰랐다. 유림은 가면 속에 감춘 입술을 사리물었다.

"아직 시간이 꽤 남았는데."

"혹시 일행이라도 있으십니까?"

조셉이 관중을 훑으며 넌지시 물었다. 가오리처럼 쭉 찢어진 그 의 눈초리는 가면 속 그녀의 속내를 헤집어 보려는 듯 꿈틀거렸다.

"그런 건 아니지만."

유림은 잠시 그를 쳐다보더니 어깨를 으쓱했다. 그녀는 잡념을 툴툴 털 듯 가면을 살짝 코끝에 걸치며 가벼운 어조로 말했다.

"알았어, 이만 이동하지."

"가시죠."

사회자와 조셉은 서로 안면이 있는지 농담을 주고받으며 걸었다.

그들을 따라 걷는 유림의 손에서는 진땀이 흘러내렸다. 검을 들고 싸울 때보다 묵직한 피로감이 관자놀이를 짓눌렀다.

미소 뒤로 보이는 그들의 하얀 치아가 델타의 덧니보다 날카롭게 느껴지는 것은, 갑작스레 케이가 사라진 것에 대한 불안함이 빚어낸 감각일지도 몰랐다.

유림은 온몸의 신경을 날카롭게 곤두세운 채 홀을 가로질러 걸었다. 그녀는 두 사람과 함께 웨이트리스 무리에 감춰져 보이지 않던 작은 복도의 입구로 향했다.

화이트 채플의 명물인 아레나는 한 층 아래 지하에 위치하고 있었다. 웅장한 아레나의 첫인상은 체스판을 연상하게끔 했다. 아레나의 바닥에는 흑과 백의 격자무늬가 타일처럼 깔려 있었는데, 하얀 대리석의 화이트 채플 인테리어와 잘 어울렸다. 아레나의 양쪽에는 오래된 성당에서나 볼 법한 대리석 관과 그 옆을 지키는 중세 기사단의 석상들이 세워져 있었다. 몸 한가운데에 창칼을 세우고 선 그들의 모습은 엄숙하지만 패배자를 석관으로 인도할 사자使者처럼 보이기도 했다.

그때 석상들이 90도로 끼릭끼릭 움직이며 창칼을 높이 쳐들었다. 그러자 경기장 바닥에서 불꽃이 튀어 오르고 화염 폭죽이 수직으로 솟구치며 '펑!' 하고 터졌다.

"아레나에 오신 여러분, 환영합니다!"

연미복을 입은 사회자는 천장에서 도르래에 감겨 내려오는 철창들과 함께 등장했다. 그는 정 가운데에서 내려오는 철창 위에 서 있었다.

천장에서 화려한 조명들이 불을 밝혔다. 군중들은 환호성을 외치며 밀물처럼 쏟아져 입장했다. 그들은 화려한 아레나의 개장에 흥분을 감추지 못하고 열광했다.

개중에는 얼굴과 몸에 분장을 한 이도 있었고, 마약과 술에 취해 옆 사람과 성적 행위를 나누는 이들도 있었다. 짐승처럼 엉키는 이들을 보며 낄낄대는 관중들이나, 점잖게 서서 독한 술을 삼키는 이들이나 피를 갈구하는 광기 어린 눈빛을 품고 있는 건 동일했다.

"오늘 화이트 채플 아레나에서는 챔피언의 타이틀 방어전이 열립니다. 자, 여러분! 화이트 채플의 챔피언을 맞이해 주십시오. 우리들의 챔피언 '작은 전사 다윗'입니다!"

소개말과 함께 우레와 같은 함성이 터져 나왔다. 아레나 왼편 석상 뒤로 챔피언 다윗이 등장했다.

그는 작지만 단단한 근육질의 체구에 은색 투구를 쓰고 등장했다. 아레나 위로 날렵하게 뛰어오르는 챔피언을 보며 관중은 목이 터져라 소리를 질렀다.

"다윗!"

"다윗!"

한편 대기실에서 기다리고 있던 유림은 새로운 가면과 의상을 보면서 머리카락을 삐죽삐죽 잡아당기고 있었다. '데드캣'에 어울리는 의상을 급조해서 준 듯했다.

좀비 고양이를 연상시키는 가면은 눈이 퀭한 고양이가 입을 꿰맨 그림으로 바뀌어 있었다. 잠수복처럼 몸에 딱 달라붙는 의상은 전투복 기능을 하기에 재질이 형편없었다. 델타의 발톱이 스치기라도 했다간 그대로 살점까지 딸려 나갈 판국이었다.

엉덩이 사이에서 넘실넘실 움직이는 꼬리와 머리 양쪽에 단 고양이 귀는 움직이는 데 상당히 거슬렸다. 유림은 출입구 옆에 달린 거울을 들여다보며 허공에 겁을 주듯 맹수처럼 '어홍' 하고 손톱을 휘두르는 시늉을 해 봤다.

'이게 뭐야, 핼러윈 분장도 아니고.'

턱이 무너진 좀비가 허기져서 덤비는 모습 같다.

유림은 머리를 높게 올려 묶으며 거울 앞에서 한 바퀴 빙그르르 돌았다. 그래도 여전히 의상이 마음에 들지 않는지 그녀는 미간의 주름을 지우지 못했다.

의상은 포기한 채 몇 시간 동안 머무르던 대기실이나 슥 훑어보았다. 7평 남짓의 대기실은 의외로 아주 훌륭한 시설을 갖추고 있었다. 특히 의료 장비가 두드러졌다. 단순한 수면실이 아니라 웬만한 의료 처치가 가능할 정도의 수준이었다.

유림은 손목을 내려다보았다. 이곳에서도 여전히 스마트 워치는 작동하지 않는다. 당연히 케이로부터 연락도 없었다.

'무사히 아레나에 와 있으려나?'

마약상들의 죽음이 가슴 한구석을 불편하게 만들었다. 설마 위험한 일에 휘말린 것은 아니겠지? 영 미덥지 못한 녀석이라 불길한 생각이 가시질 않았다.

밖에서 관중들에게 불을 지피는 사회자의 목소리가 계속해서 들려왔다.

"……그리고 기대하셔도 좋습니다. 오늘 아레나에 처음 등장하는 아름다운 여전사! '데드캣'이 챔피언에게 도전장을 내밉니다. 두 사람 중 살육자의 목을 먼저 베는 자는 누구일까요?"

"데드캣!"

"데드캣!"

관중들의 호응은 엄청났다. 이미 블랙 피스트를 때려눕힌 유림의 소문을 들었는지 그들은 목청을 높여 그녀를 불러 댔다.

유림은 출입구로 향했다. 하얀 소독 연기가 뿜어져 나오며 안면을 강타했다. 그녀는 쿨럭거리며 인상을 쓰고 천장을 노려봤다. 암만 봐도 선수 대기실이라기보다는 환자들을 격리시키는 병동에 가까웠다.

아레나에 오르기 전, 무기가 진열된 가판대가 보였다. 총기와 도검, 둔기 등이 종류별로 나열되어 있었다. 유림은 그중에서도 날이 잘 선 일본도를 골랐다. 쨍 하고 빛나는 예리한 칼날에 그녀의 얼굴이 반사되어 비쳤다.

고양이처럼 올라간 눈초리에 흐르는 서늘한 살기. 검을 잡으면 마음이 고요해지고 주변의 소리는 노이즈처럼 수면 아래로 잠긴다.

유림은 총기류를 선호하지 않는 편이었다. 사격 실력이 떨어지는 편은 아니었지만, 전장에서 그녀는 늘 양손에 날렵한 검을 쥐었다. 피로 물든 은날의 검은 그녀의 정체성을 정립하는 하나의 심벌이었다.

경기장 앞에는 개미 떼처럼 모인 사람들이 허공에 손을 높이 든 채 그녀를 기다리고 있었다.

유림은 번쩍이며 어지럽게 움직이는 조명들 사이로 군중을 훑었다. 맨 앞줄, 최고의 명당자리에서 술잔을 쥔 채 웃고 있는 조섭의 모습이 보였다.

'썩어 빠진 기자 새끼.'

그녀는 당당하게 무대 위로 등장했다. 무대를 장식하는 화염 때문에 공기가 뜨거웠다. 가면을 쓴 얼굴과 목에 벌써부터 땀이 나기 시작했다.

무대 중앙으로 온 유림은 가면을 다시 고정하며 정면을 응시했다. 그곳엔 작은 전사 다윗이 그녀를 기다리고 있었다.

"오늘의 아레나 룰을 설명해 드리겠습니다. 잘 보시면 바닥이 체스보드처럼 흰색 타일과 검은색 타일로 교차되어 있지요? 데드캣은 검은색 타일을, 다윗은 흰색 타일만 밟을 수 있습니다. 반대되는 색상의 타일을 밟으면 각 선수들이 신고 있는 신발 밑창으로 전기 충격이 가해집니다."

정사각형 모양의 타일은 가로세로 보폭으로 서너 걸음 정도의 넓이였다. 사회자의 설명을 듣던 유림은 앙다문 잇새로 거친 욕설을 흘렸다. 천장에서 내려온 철창들이 바닥에 착지하고 있었다.

적은 델타7만이 아니었다. 아레나에 풀린 흉폭한 괴수들은 총 일곱 마리. 델타7, 통칭 살육자는 그 가운데 하나일 뿐이었다.

"자, 여러분은 어느 쪽에 승부를 거시겠습니까?"

아레나와 관중들이 서 있는 지면 사이로 두꺼운 쇠창살 벽이 내려오기 시작했다. 무대 왼쪽과 오른쪽 허공에는 각각 '데드캣'과 '다윗'의 얼굴이 그려진 가상 스크린이 형성되었다.

"살육자를 먼저 쓰러뜨리는 쪽이 오늘의 챔피언! 화이트 채플의 명예 기사직 타이틀은 과연 어느 쪽이 거머쥐게 될 것인가! 그럼 지금부터 베팅을 시작합니다!"

대리석으로 된 기사 석상들이 창칼로 바닥을 찍었다. 시작을 알리는 신호였다. 그러자 뿔 나팔과 비슷한 소리가 아레나 전체에 울려 퍼졌다. 관중들은 환호하며 각자 응원하는 선수 쪽으로 우르르 몰렸다.

다른 델타들보다 몸집이 두 배는 커 보이는 델타7. 살육자라 불리는 그녀는 우람한 턱을 벌린 채 고인 침을 뚝뚝 흘리고 있었다. 몸집이 크기도 했지만 특이한 건 그녀의 복부 쪽이었다. 아랫배 부분이 풍선을 불어 넣은 양 불룩하게 튀어나와 있었다.

갈기처럼 자라서 해초처럼 엉킨 머리칼 사이로 핏대가 선 채 부릅뜬 눈이 보였다. 그곳에 인성人性은 남아 있지 않았다. 괴수가 되어 버린 그녀의 동공에는 살육의 본능만이 남아 영원히 충족되지 못할 허기에 퍼덕이고 있었다.

"끼아아악! 캬악!"

살육자의 울부짖음에 다른 델타들이 동조하며 괴성을 부르짖었다. 그들이 드러낸 누런 엄니가 선홍색 잇몸 위로 번뜩이자, 관중들은 그들 못지않게 광기로 뒤덮인 눈을 희번덕거리며 "와아!" 고함을 내질렀다.

"죽여라!"

"싸워라!"

그들은 광신도처럼 소리 질렀다. 검투사가 된 유림과 다윗은 각각 맹수들을 향해 무기를 뽑았다.

일본도를 높게 든 유림은 빠른 속도로 도마뱀처럼 기어 오는 델타의 사지를 정확히 베었다. 그녀는 다리를 세로로 찢어서 땅을 짚고 뒤돌며 측면에서 다가오는 델타의 안면을 눈 깜짝할 사이에 두 동강 냈다.

'이런, 하얀 타일!'

흠칫한 유림은 반사 신경을 발휘해 지면 대신 델타의 시신을 밟고 높이 뛰어올랐다. 공중에서 몸을 동그랗게 말고 빙글빙글 돌며 바닥에 착지한 그녀는 체조 선수처럼 놀라운 균형 감각을 보였다.

유림의 반듯하고 잘록한 몸처럼 우아하게 뻗은 일본도가 조명에 아름답게 빛났다.

"데드캣이 순식간에 델타 두 마리를 베어 냈습니다. 한 마리는 아직 숨이 붙어 있는 것 같군요. 우아하고 날렵한 그녀의 움직임은 관능적이기까지 합니다. 한편 이에 맞서는 다윗은…….."

유림의 시선이 하얀 타일 위에서 격투 자세를 잡고 있는 다윗에게로 향했다. 그는 특이한 장갑을 끼고 있었다. 그가 주먹을 쥘 때마다 장갑에서 쇠창이 솟아나와 번뜩였다.

다윗은 번개처럼 빠른 속도로 델타의 안면을 향해 주먹을 날렸다. 그는 작은 공처럼 튀어 올라 델타의 어깨와 팔을 잡더니 그녀의 몸에 달라붙어 급기야 어깻죽지까지 뼈째로 뿌드득 잡아 뜯었다.

"놀라운 괴력입니다. 저 작은 체구 어디에서 저런 힘이 나오는 것일까요? 전설 속 다윗과 골리앗의 싸움을 눈앞에서 보는 것만 같습니다!"

구강과 턱이 무너져 내린 델타는 고통에 울부짖으며 어쩔 줄 몰라 했다. 그르렁대던 그녀는 한쪽 팔로 허우적거리며 다윗을 잡으려 애썼다. 그러나 그는 이미 생쥐처럼 빠져나간 뒤였다.

뒤로 우회해 온 그는 델타의 척추 뼈를 사정없이 주먹질로 때려 부수기 시작했다.

'잔인하다.'

어느 쪽이 인성을 잃은 괴물인지 알 수 없을 정도로 무자비하고 가혹한 공격이었다. 유림은 일자로 굳게 다물린 다윗의 입술을 쳐다보았다. 투구로 반쯤 가린 그의 얼굴에서 드러나는 건 무표정한 그의 입매뿐이었다.

"동료가 당하는 모습에 화가 난 것일까요? 살육자가 앞으로 나옵니다!"

그녀는 불룩하게 부푼 아랫배 아래로 발을 구르며 몸을 일으켰다. 고개를 처든 델타7은 장내가 쩌렁쩌렁 울릴 정도로 괴기한 비명을 지르기 시작했다. 벽이 울리고 조명이 덜덜거리며 흔들렸다.

유림의 눈이 불길한에 젖었다.

'뭐지?'

그녀는 여타 보았던 다른 델타들과 달랐다. 크게 울부짖은 델타7의 시선이 유림을 향했다. 둘의 눈빛이 허공에서 교차했다. 유림은 흠칫 몸을 떨었다.

고요한 시선.

분노와 광기로 혼탁하게 얼룩진 괴수의 눈이라고 하기엔 맑은 물처럼 또렷하고 깊었다.

델타와 시선을 교환하다니. 저들과 교감이 가능하다고 생각했던 적은 한 번도 없었다. 그러나 그녀와 눈이 마주친 순간, 분명 가슴에 작은 파도가 일었다.

유림이 잠시 묘한 감각의 여운에 빠진 사이, 군중들은 술렁이며 동요하기 시작했다.

"뭐야!"

"벼, 벽이……."

기이한 일이 벌어지고 있었다. 퍼뜩 정신을 차리고 주위를 둘러본 유림의 눈이 놀란 듯 커졌다.

아레나와 관람석 사이를 막아 두었던 쇠창살 벽이 어째서인지 위로 올라가고 있었다. 그것을 본 델타7이 엄니 사이로 침을 흘리며 관중석 쪽을 돌아보았다.

몸을 낮춘 채 다윗과 유림의 빈틈을 노리던 다른 델타들도 끼릭끼릭 올라가는 쇠창살 벽을 노려보고 있었다.

제일 앞줄 관람석에 있던 사람들은 코앞에서 벽이 올라가자 넋이 나간 듯한 표정이었다. 그들은 입을 쩍 벌리고 엉금엉금 다가오는 델타를 멍하니 쳐다보았다.

망연한 얼굴로 서 있던 유림은 뒤늦게 검을 들고 움직였다. 빠르게 군중을 훑던 그녀는 사람들 사이에 옴짝달싹 못한 채 껴 있는 조셉의 당혹해하는 모습도 발견했다.

철창 위에 서 있던 사회자는 지팡이를 떨어뜨리며 주춤거렸다. 경기장의 델타들이 거친 숨소리를 내며 천천히 관중석을 향해 내려오고 있었다.

"여, 여러분, 피하십시오!"

델타7은 천천히 주위를 둘러보더니 찌그러진 철창 위로 훌쩍 뛰어올랐다. 그녀는 앞발로 불룩한 배를 움켜쥔 채 안정적으로 착지했다.

이윽고 맹수가 포효하듯 거친 울음소리가 퍼져 나갔다. 그것은 단순한 효포가 아니었다. 그녀는 다른 델타들을 고무시키듯 상반신을 앞으로 내밀고 고개를 쭉 빼 들었다. 마치 지휘관이 전투원들에게 '돌격' 명령을 하는 것처럼 진취적인 모양새였다.

그와 동시에 숨을 죽인 채 바닥에 엎드려 있던 델타들이 개구리처럼 몸을 움츠렸다가 뒷다리 힘으로 허공을 향해 훌쩍 뛰어들었다. 엄니를 드러내며 입을 벌린 그들은 관중들의 머리통을 삼키고 사지를 나뭇가지처럼 뚝 부러뜨려서 입안에 구겨 넣었다.

와드득 와드득.

두개골이 부서지는 소리가 뒷목을 서늘하게 적셨다.

"아아악!"

"살려 줘!"

한 여성이 뺨 쪽이 움푹 파인 채 델타에게 잡혀서 질질 끌려가고 있었다. 델타가 우물거리는 이빨 사이로 그녀의 살점이 엉킨 채 끼어 있었다. 여자는 생선처럼 파닥거리며 몸부림을 쳤다. 이미 얼굴의 반이 두부처럼 으깨졌지만 그녀의 팔다리는 여전히 심한 쇼크로 경련을 일으키고 있었다.

"아흑, 아악!"

백인 남자는 누워서 허우적대며 눈깔을 뒤집었다. 그는 산 채로 내장까지 파헤쳐지고 있었다. 델타는 돼지 창자처럼 이어진 그의 내장을 입에 물고 흔들었다. 그것을 눈앞에서 고스란히 바라보던 남자는 흐느끼며 비명을 질렀다. 온몸의 관절을 튕기며 고통과 충격으로 부르르 떨기를 몇 차례, 그는 결국 도살된 가축처럼 숨을 거뒀다.

그 바로 옆에는 한 동양인 남자가 양팔이 뜯긴 채 배로 바닥을 비비며 기어 가다가 결국 다리마저 뜯어 먹히고 있었다.

"시, 싫어! 흐, 흐흑…… 살려 줘!"

그는 울부짖으며 눈앞에서 끔찍한 몰골로 죽어 가는 여자를 바라보았다. 그녀는 머리통이 으깨진 수박처럼 반쪽으로 쪼개진 채였다. 여자는 미약하게나마 붙은 숨으로 금붕어처럼 입만 뻐끔거렸다.

델타의 뒷목에 검을 박아 넣던 유림은 정수리에 걸친 가면을 벗어 던지며 천장을 올려다보았다. 불안정하게 깜빡이던 실내조명이 벼락 맞은 것처럼 오락가락하고 있었다. 뭔가를 눈치챈 그녀는 황급히 델타의 사체에서 검을 뽑았다. 그러나 미처 대응책을 강구할 새도 없이,

훅.

주위에 어둠이 내려앉았다.

'암전?'

바로 옆에서 귓가를 스치는 바람 소리가 들렸다. 유림은 움찔하며 옆으로 몸을 피했다. 아비규환의 현장을 덮친 암흑 속에서 델타들은 물 만난 고기처럼 날아다니고 있었다.

그들은 어둠 속에서 더 강한 포식자였다. 야행성 짐승처럼 낮보다는 밤에, 햇살보다는 그늘 아래서 사냥하는 것에 최적화된 몸이었다.

"키이익! 키아악!"

유림은 바닥을 기며 다가오는 델타의 움직임을 감지했다. 다행히 델타의 공격은 피했지만 미처 생각하지 못한 게 있었다.

그녀는 '아차!' 싶은 깨달음에 황급히 타일에서 발을 뗐다. 그러나 이미 한발 늦은 시점이었다.

'흰 타일!'

매섭게 덮친 전기 충격은 그녀의 입에서 '악!' 하는 단말마의 비명을 뽑아내었다.

손 안에서 칼자루가 스르르 빠져나가는 게 느껴졌다. 귓가를 멍멍하게 울리는 델타의 울음소리는 뇌리를 강타하며 전신을 집어삼

킬 듯 덮쳤다. 다리가 흐느적거리고 무릎이 푹 꺾였다. 뿌옇게 흐려져 가는 시야 속에서 몸이 휘청하고 뒤로 넘어갔다.

"유림!"

멀어져 가는 의식 속에 들려온 다급한 음성.

낮고 부드러운 음색의 그것은…… 익숙한 누군가의 목소리였다.

같은 시각, 연맹군 전략국 남태평양전대 지휘 본부에서는 갑작스러운 소란이 일었다.

"중령님! 밀러 중령님!"

벌컥 열린 사령실 문 앞에 한 남자가 창백한 얼굴로 등장했다. 전략국의 정기 회의에 참석 중이던 금발의 남성은 굳은 얼굴로 돌아서며 물었다.

"무슨 일입니까?"

잠시 후 긴급 보고를 전해 받은 밀러는 충격받은 표정으로 이마를 짚었다.

"그게 무슨…… 배달원이 실종되었다니?"

"보고가 끊긴 지 벌써 수일째입니다."

밀러의 눈이 일렁였다. 그는 초조한 기색으로 주먹을 쥐락펴락 움직이며 물었다.

"데드캣은?"

부사관은 머뭇거리다 침묵했다. 선뜻 대답을 하지 못하는 그의 모습에 밀러의 입술이 미세하게 떨렸다.

"나의 고양이는 무사한 겁니까?"

"아직 별다른 일은 없으신 것 같습니다. 그랬다면 마리아 쪽에서 소식을 전했을 겁니다."

밀러는 초조한 발걸음으로 사령실 내를 왔다 갔다 움직였다. 침착하려 애쓰던 그가 나직이 물었다.

"배달원이 위장한 신분은 뭐였습니까?"

부사관은 대답 대신 화면에 사진 하나를 띄웠다. 홀로그램 스크린에 젊은 남자의 프로필 하나가 상세히 펼쳐졌다. 밀러는 그의 이름을 읽으며 되물었다.

"우딘 헤르만. 저자인가?"

"예, 본명은 알리 무하마드입니다."

전직 실력파 용병으로 이번에 자진해서 잠입 수사에 지원한 인물이었다. 부사관은 밀러의 눈치를 살피며 망설이다 말을 꺼냈다.

"아무래도 작전 중 사망한 것 같습니다."

"사망? 설마 발각된 겁니까?"

"그런 것 같지는 않습니다만, 경위를 파악 중에 있습니다. 마리아의 보고에 따르면 얼마 전 낙원에서 훈련병들의 입대 테스트 도중에 큰 사고가 있었다고 합니다."

"사고?"

"시험장에 델타가 나타나 훈련병 중 몇이 목숨을 잃었습니다. 무하마드도 현장에 있다가 휘말린 게 아닐까 추측하고 있습니다."

밀러는 잠시 침묵했다. 슈퍼컴퓨터 왓슨 3세의 철통 보안으로 유명한 낙원에서 델타 관리에 구멍이 생기다니. 아무래도 낙원 내에서 뭔가 심상치 않은 일이 일어나고 있는 듯했다.

그쪽도 우리 쪽만큼이나 시끄러운 집안이었다.

밀러가 몸담고 있는 연맹군은 국제 연맹국 소속으로 각국에서 병사들을 모병제로 뽑아 선출하고 있다. 연맹군은 크게 정보국과 전략국으로 나뉘는데, 둘 사이가 그리 좋지는 않아서 작전을 함께 수행하는 일이 드물었다. 기본적으로 안보에 관한 정보국장과 전략국장의 견해 차이가 크기 때문이다.

그리고 밀러는 전략국의 핵심 간부 중 하나로서 전략국 산하 작전부장이자 잠수함 '헤벨Abel'의 함장직을 겸하고 있었다.

"그런데 이상한 점이 있습니다."

"이상한 점?"

"오늘 아침 데드캣으로부터 암호문이 하나 도착했습니다."

밀러의 눈동자가 불길하게 일렁였다. 그는 초조한 음성으로 부사관을 재촉했다.

"내용은?"

"해독된 내용은 다음과 같습니다."

고양이는 꽃보다 가시를 경계한다.

돌연 밀러의 얼굴이 굳었다. 그는 홀로그램으로 떠 있는 보고서를 빤히 바라보더니 주먹 쥔 손을 부들부들 떨기 시작했다.

"……누굽니까?"

부사관의 뺨에서 식은땀이 흘러내렸다. 천사 같은 얼굴로 늘 미소 짓던 상관의 눈초리에서 무시무시한 살기가 뿜어져 나오고 있었다.

"죽은 배달원이 유령이 되어 지령을 완수하기라도 했다는 겁니까? 대체 누가 그녀에게 장미를 전했느냔 말입니다!"

밀러는 분노로 일그러진 얼굴로 고함치며 이를 바득 갈았다. 그는 흥분을 가라앉히며 허공을 무섭게 노려봤다.

"유림이 정체를 들켰어."

누군가 중간에서 그들 사이를 교란시키고 있다. 유림과 메리는 아직 그 사실을 모르고 있고, 상대는 장난치듯 이쪽을 조롱하며 그녀에게 장미꽃을 건넸다.

"마리아에게 연락해야 돼."

그는 허공에 뜬 유림과 메리의 사진을 보며 입술을 깨물었다.

. . .

— 유림, 널 보고 있으면 유연한 고양이가 떠올라. 코드네임은 데드캣 어때?

— 오빠의 네이밍 센스는 너무 고약해. 죽은 고양이Dead cat, 피의 마리아Bloody Maria라니.

— 그렇다고 예쁜 고양이라고 지을 순 없잖아. 암호명에 이렇게 피나 죽음에 관련된 단어를 붙이면 무사히 귀함하게 된다니까.

— 그런 속설은 어디서 들은 거야? 참, 나 드디어 입실론으로 승인받았어. 곧 로스트 헤븐에 가게 될 거야.

그 순간 밀러의 얼굴은 사망 선고를 받은 사람처럼 하얗게 굳었다. 정작 당사자는 아무렇지 않아 보였지만 메리의 발언은 그들의 평화로운 일상에 풍파를 일으켰다.

— 평의회의 핵심 인사와 낙원의 관리자를 제거하는 것. 그게 이번 잠입 수사의 최우선 임무다. 가능하겠나, 데드캣?

— 맡겨 주십시오.

비장한 마음이었다.

목숨을 걸어야 하는 잠입 수사.

지금까지 연맹군 측에서 로스트 헤븐으로 보낸 요원들 중 살아 돌아온 이는 없었다.

— 유림, 굳이 너까지 갈 필요는 없어.

간절히 애원하던 그의 목소리에 그녀는 위로하며 속삭였다.

— 메리를 혼자 보낼 수는 없잖아. 반드시 돌아올게. 헤벨로, 우리들의 집으로.

돌아갈 것이다.

함정 헤벨. 그녀의 보금자리, 소중한 가족이 있는 곳.

— 언제라도 힘들면 돌아와, 나의 고양이.

마지막 인사를 하던 그는 슬픈 목소리로 그렇게 속삭였다.

"허억!"

유림은 허파에 차오른 물을 내뱉듯 숨을 왈칵 내쉬었다. 마취를 하고 깬 것처럼 눈앞이 어질어질했다.

"끼이익! 키아아악!"

퍼뜩 정신이 든 그녀는 벌떡 몸을 일으켰다. 태평하게 있을 때가 아니었다. 휘청거리며 일어선 그녀는 늘어진 필름처럼 느릿하게 흘러가는 주위 광경을 멍하니 바라보았다.

암전이 지속된 건 약 1분 남짓한 시간이었다. 그 짧은 시간 내에 수십 명의 사람들이 목숨을 잃었다. 출입구를 찾지 못한 채 공황에 빠진 관중들은 어둠 속에서 팔을 허우적대며 아우성을 쳤다.

다행히도 그녀가 잠시 정신을 잃었던 사이 시스템이 복구된 모양이었다. 시야가 다시 환해진 게 보였다.

하지만 눈앞의 정경은 끔찍함을 넘어서 토악질이 날 정도로 처참했다. 수십 명의 관중이 고깃덩이가 된 채 너부러져 있었다. 형체를 알아볼 수 있는 이는 그나마 다행이었다. 살점이 찢긴 채 조각난 시체들은 하나같이 죽기 전에 느낀 격렬한 고통을 비치듯 처절하게 몸부림을 친 흔적이 남아 있었다.

출입구는 바깥에서 폐쇄됐고 내부에 갇힌 이들은 꼼짝없이 델타의 먹잇감 신세가 되었다.

유림은 고개를 들고 이를 사리물었다. 눈앞에서는 여전히 치열한 전투가 벌어지는 중이었다. 델타와 공방을 벌이고 있는 이들은 오베론의 회색 기사단이었다. 그들의 실력은 가히 놀라운 수준이었다. STF 요원들과 견주어도 손색이 없을 정도로 아주 능숙히 델타를 상대했다.

그중에서도 눈에 띄는 한 남자가 있었다. 그는 물 흐르듯 움직이며 최소한의 움직임으로 델타의 사지를 어린애 손목 비틀 듯 간단히 꺾었다.

유림은 묘한 눈빛을 지었다. 착각일까? 그녀는 원을 그리며 한 바퀴 돌다가 이내 착각이 아니란 걸 깨달았다. 남자는 그녀의 주위 일정 반경만 맴돌며 델타를 제거하고 있었다.

마치 지켜 주려는 것처럼.

잠깐의 찰나, 유림과 눈이 마주친 남자는 얼굴을 감추듯 황급히 고개를 외면했다. 그는 잿빛 코트를 펄럭이며 재빠르게 그녀를 스쳐 지나갔다. 스치듯 지나간 남자의 단정한 턱 선이 이상하리만큼 낯이 익었다.

'어디선가…….'

후드 속에서 언뜻 본 섬뜩한 눈초리는 피처럼 붉었다. 서늘하고 무감정해 보이는 눈동자. 그럼에도 친숙한 느낌이 드는 이유를 알 수 없었다.

유림은 발 빠르게 그의 뒷모습을 쫓았다.

"잠깐만!"

그러나 그는 그녀의 목소리를 무시한 채 경기장 무대 쪽으로 향했다. 눈을 깜빡일 때마다 연기처럼 멀어지는 그의 움직임은 마치 유령과도 같았다.

"이런!"

유림은 난데없이 정면에 착지한 델타 한 마리의 등장에 뒤로 물러섰다. 초조한 마음에 델타의 등 너머를 흘끗 바라봤지만, 회색 기사단의 남자는 이미 사라져 버린 뒤였다. 아쉬움이 남았지만 어쩔 수 없었다. 눈앞의 적이 우선이었다.

유림은 검을 잡으며 오른쪽을 곁눈질로 흘겨보았다. 폐쇄된 출입구 앞에는 생존자들 몇 명이 서로를 부둥켜안은 채 벌벌 떨며 눈물을 흘리고 있었다. 그들의 앞을 듬직하게 막고 서 있는 자는 아레나의 챔피언, 다윗이었다. 그리고 회색 기사단이 그 주위를 에워싼 채 하이에나처럼 덤벼드는 델타들을 막으며 생존자들을 지켜 내고 있었다.

유림은 날랜 동작으로 델타의 공격을 피해 앞으로 구르며 미끄러지듯 생존자들 무리에 가세했다. 다윗은 순식간에 그의 옆으로 와 공격 자세를 잡는 그녀를 빤히 쳐다보더니 장갑을 고쳐 꼈다.

"무사하셨군요!"

누군가 유림의 어깨를 잡으며 반가운 목소리로 외쳤다. 조셉이었다. 그는 다른 생존자들과 달리 땀 한 방울도 흘리지 않은 듯 멀끔한 차림새였다. 유림은 눈살을 찌푸렸다. 어딜 가나 될 놈은 되고, 안 될 놈은 안 된다. 사필귀정, 권선징악 그런 건 다 옛말일 뿐. 약삭빠르고 비열한 놈들이 살아남는 세상이다.

생존자들 중 가운데 또 한 명, 그녀의 눈길을 잡아끄는 대상이 있었다. 둥지에서 보호받듯 성인들에게 빙그르 둘러싸인 채 움츠리고 있는 인영. 인형처럼 조그마하고 예쁜 소녀였다. 이제 겨우 열여섯 남짓 되었을까? 앳된 외모의 그녀는 곱슬곱슬한 머리칼과 동그란 눈매가 사랑스러웠다. 유림과 눈이 마주친 소녀는 말끄러미 그녀를 올려다보았다.

"이런, 최종 보스의 등장인가 봅니다."

조셉이 던진 장난스러운 말투가 모두의 시선을 환기시켰다. 그러나 실실거리는 말투와 달리 그의 눈빛은 심각했다. 다윗이 한 발짝 앞으로 전진했다. 생존자들은 침을 꿀꺽 삼키며 아레나의 챔피언 다윗의 어깨를 불안한 듯 쳐다봤다. 모두를 가리기엔 좁고 왜소한 그의 어깨가 이 순간만큼은 그 어떤 방패보다도 듬직하게 느껴졌다.

후방에서 암사자처럼 어슬렁거리며 사태를 지켜보던 델타7이 동료들의 사체를 밟으며 등장했다. 그녀의 눈에는 분노가 가득했다. 다윗을 바라보던 델타7은 콧김을 내뿜으며 발을 굴렀다.

그녀는 분을 못 참는 듯 괴성을 지르며 달려오기 시작했다. 짐승처럼 네발로 뛰어 오는 그녀의 모습은 투우장에서 미친 소가 날뛰는 형상처럼 광기에 가까웠다.

용감한 다윗은 주먹을 들고 맞서 뛰어나갔다. 둘은 허공에서 격돌했다. '쿵!' 소리와 함께 다윗이 바닥으로 나가떨어졌다. 그는 델타7의 앞발에 옆구리를 맞은 듯 늑골을 움켜쥐며 쉬이 일어나지 못했다. 그 뒤로 유림이 일본도를 높게 들며 뛰어올랐다. 그녀의 칼날이 혁갑처럼 단단한 델타7의 피부를 겨누었으나 스치듯 빗나갔다. 오히려 그녀의 칼은 빠르게 회전해서 날아온 델타7의 발톱에 '챙그랑!' 소리를 내며 날아가 벽에 부딪혔다.

유림은 좌르르 바닥에 미끄러지며 뒤로 후퇴했다. 그녀는 얼얼한 손을 내려다보았다. 칼자루를 놓칠 정도라니, 힘과 속도 면에서 다른 델타들의 능력을 월등히 웃돌았다.

유림과 다윗이 각각 일격에 실패하자 회색 기사단이 우르르 덤볐다. 그러나 거인에 가까운 체격의 델타7은 사자처럼 엎드렸다가 부채를 펼치듯 몸을 튕기며 그들을 한 번에 뿌리쳤다. 생존자들은 비명을 지르며 서로를 안고 엉엉 울었다. 그들의 앞은 훤히 뚫린 채 맹수에게 대문을 활짝 열어 준 모양새였다.

델타7은 크르렁거리며 다가왔다. 몇몇은 흐느끼며 기도를 하기 시작했다. 평소 '빌어먹을 신'이라며 저주를 하던 이들은 눈을 질끈 감은 채 손바닥을 싹싹 비볐다.

델타7의 눈은 증오에 가득 차 있었다. 그녀는 생존자들 중에서도 특정인을 노려보며 악어처럼 엄니를 벌렸다. 유림은 의아한 눈빛을 지었다. 저건 살의였다. 델타로서는 가질 수 없는 감정이다.

델타7의 갈고리처럼 날카로운 앞발톱이 허공을 가르던 순간이었다.

"어, 엄마……."

사람들 속에서 한 소녀의 울먹임이 머뭇거리며 새어 나왔다. 그 순간 거짓말처럼 델타7의 움직임이 멈췄다. 포악한 숨소리를 내던 그녀는 생존자들 사이에 웅크리고 있는 소녀를 빤히 들여다보았다. 소녀는 델타7을 보더니 겁에 질린 듯 순한 눈망울에 그렁그렁 눈물을 맺었다. 그녀는 꽉 깨문 입술 사이로 흐느끼기 시작했다.

"흐, 흐윽…… 엄마……."

조섭을 비롯한 생존자들은 이때다 싶어 슬그머니 줄행랑을 치기 시작했다. 그러자 꽃잎 사이의 수술처럼 숨어 있던 소녀의 모습이 벌거숭이인 양 적나라하게 드러났다.

검을 찾아서 집어 오던 유림의 발걸음이 서서히 느려졌다. 그녀는 칼자루를 꽉 쥔 채 믿을 수 없다는 표정으로 서서 델타7과 소녀를 지켜보았다.

소녀는 팔다리가 기형인 몸을 갖고 있었다. 뭉뚝한 어깨에 양팔은 달려 있지 않았고, 다리는 난쟁이처럼 비정상적으로 짧았다.

테트라 아멜리아 증후군. 양측 팔다리가 없는 선천적 유전 질환이었다.

소녀를 가만히 보던 델타7은 몸을 숙였다. 그녀는 울고 있는 소녀를 향해 느릿하게 팔을 뻗었다. 조심스럽고도 미안한 몸짓이었다. 아니, 애틋해 보이기도 했다. 젖을 먹이던 아이를 달래고 어루만지는 어미의 모습처럼.

델타7의 부푼 배를 바라보는 유림의 눈은 혼란스럽게 일렁였다.

그녀의 머릿속에는 전장에 설 때마다 스스로 수없이 되뇌던 말이 스쳐 지나가고 있었다.

— 델타에게 인간의 본성이 남아 있을 거라 기대하지 마라. 그들은 이미 감정도 지능도 잃은 가여운 짐승에 불과하다. 제군들의 총칼로 그들을 구원할지어다.

그렇게 교육을 받고 일말의 죄책감을 느낄 새도 없이 수많은 델타들을 베었다. 그렇지만 지금 눈앞에 펼쳐지는 상황은 어떻게 이해해야 하는 걸까. 그녀는 지그시 입술을 깨물었다.

그때, 뭔가를 발견한 유림은 다급한 눈초리를 지었다. 델타7 뒤로 다윗이 숨을 죽인 채 배후를 노리고 있었다. 그는 깨진 투구로 머리를 방어하며 날렵하게 허공을 날았다.

다윗은 온몸을 던져 주먹으로 델타7의 후두부를 강타했다. '퍽!' 소리와 함께 그의 주먹 쥔 장갑에서 뚫고 나온 칼날이 델타7의 두꺼운 피갑을 꿰뚫었다. 무방비 상태로 있던 델타7은 코뿔소가 울부짖는 것처럼 포효했다. 이윽고 델타7은 초점이 풀린 눈으로 비틀거리더니 '쿵!' 소리와 함께 쓰러졌다.

숨을 쉭쉭 내쉬던 델타7은 소녀를 바라보았다. 죽어 가는 물소처럼 힘없는 눈초리였다.

좀 전까지 울먹이며 엄마를 찾던 소녀는 어느새 냉정하리만큼 차가운 표정을 짓고 있었다. 그녀는 남들보다 짧고 뭉뚝한 다리로 서서 델타7을 무심히 내려다봤다. 소녀는 사랑스러운 입가에 비릿한 조소를 머금었다.

"죽여."

가늘지만 냉혹한 음성이었다. 그녀가 내린 명령에 한쪽 팔이 잘린 회색 옷의 기사가 나타났다. 그가 쓰러진 델타7을 향해 레이저 검을 들자 희열에 차서 번뜩이는 소녀의 동공이 보였다. 그녀는 깔깔대며 커다랗게 웃었다.

콰쾅!

출입구 쪽에서 터진 굉음이었다. 모두 놀라서 토끼 눈으로 입구 쪽을 쳐다보았다.

유림은 커다래진 눈으로 홱 돌아봤다. 폭파된 문의 잔재 사이로 무장을 한 병사 두 명이 총을 든 채 진입하는 게 보였다. 앞장서는 병사의 손에는 레이저 총이 들려 있었다. 그는 정면에서 마주친 회색 기사에게 총을 겨누며 무기를 내려놓으라 소리쳤다.

나머지 한 명은 왜소한 체격의 저격수였다. 그는 후방에서 지원 사격을 도맡은 자세로 긴장한 듯 천천히 진입했다. 두 사병이 입은 전투복엔 로스티아벤의 마크가 붙어 있었다.

"STF 요원이다!"

누군가 큰 소리로 외쳤다. 평소에는 불청객이었을 그들이 더없이 반갑다는 어조였다. 로스티아벤의 특공대가 들이닥쳤다는 말에 회색 기사단은 잠시 우왕좌왕하는 모습을 보였다.

누군가 '펑!' 하고 연막탄을 터트렸다.

쿨럭거리며 눈을 가리던 유림은 자욱한 연기 속에서 부유 체어[11]가 움직이는 걸 보았다. 여왕이 마차에 올라탄 것처럼 부유 체어에 오른 주인공은 델타7의 사살을 명했던 소녀였다.

---

11 부유 체어: 몸이 불편한 사람들이 앉는 의자. 공중에 뜰 수 있기에 바퀴로 움직이는 휠체어보다 안정적이다.

그녀는 연기 속을 날며 유림을 향해 따가운 눈총을 던졌다. 허공에 날아오른 부유 체어 밑으로 엔진 바람이 일었다. 그녀는 이후 혼란스러운 틈을 타 회색 기사단과 함께 쏜살같이 현장을 빠져나갔다.

유림은 연기와 바람에 밀려 바닥을 굴러다니던 고양이 가면을 주웠다. 가면은 다 찢어지고 오른쪽 눈 부분만 남아 있었다. 누가 보기 전에 가면을 손안에 움켜쥔 유림은 고개를 들었다.

"흉측해라."

"묘지 비석도 아니고."

자욱한 연기가 걷히고 모습을 드러낸 건 처참한 도륙의 현장이었다. 생존자들은 경멸에 찬 눈초리로 쓰러진 델타7을 노려보았다. 유림은 그녀를 향해 천천히 걸어갔다. 델타7의 부푼 배에는 커다란 칼이 쐐기처럼 일자로 박혀 있었다.

동산처럼 볼록한 배에서 붉은 피가 샘물처럼 졸졸 새어 나왔다. 유림과 눈이 마주친 델타7은 마지막 사력을 다해 배를 움켜쥐었다. 자세히 보니 그녀의 부푼 배에는 실밥 자국이 있었다.

'생체 실험인가?'

임신을 한 채로 감염이 된 것인지, 감염 후에 아이를 밴 것인지는 알 수 없었다. 델타가 교배를 하거나 수태를 한다는 건 들어 본 적이 없었으므로.

"왜 너희는……."

유림은 차마 뒷말을 잇지 못했다. 델타7은 초점이 흐려진 눈으로 그녀를 응시했다. 미약하게 숨이 붙어 있지만 고통조차 감지하지 못하는 듯했다. 그 모습을 보던 유림은 일본도를 높게 들었다. 이상하게 자꾸만 눈시울이 붉어졌다.

'왜 너희는 이렇게 살 수밖에 없는 건지.'

입실론이나 델타나 신종 바이러스의 항체를 가진 존재라는 점에선 동등한 존재였다. 그러나 그들의 삶은 극과 극처럼 대비된다.

전자는 존귀한 보호 대상으로 낙원의 상징이 되었고, 후자는 인류의 적으로서 공포의 대상이 되었다. 물론 이렇게 된 원인에는 흑과 백처럼 다른 둘의 기질과 본성에 있었다.

델타란 무엇일까? 이들은 왜 생겨났으며, 존재의 목적은 무엇인가? 오로지 여성만 존재하고, 후손을 남길 수도 없는 생명체의 존재 가치는 무엇일까?

유림을 바라보던 델타7은 팔을 뻗다가 포기한 듯 툭 떨어뜨렸다. 기이하게도 바닥을 바라보는 그녀의 눈시울이 젖어 가는 것처럼 보였다. 삶을 되돌아보는 듯 회상에 잠긴 채로, 살육자라 불렸던 짐승의 눈동자는 재로 덮인 듯 침침하게 초점을 잃어 갔다.

푸슉!

유림은 흠칫 놀라 옆을 돌아보았다. 전투복을 입은 병사가 광선검으로 델타7의 목을 절단한 채 서 있었다. 그는 무심한 눈으로 죽은 델타7을 내려다봤다. 담담한 표정이었지만 묵직해 보이는 눈동자는 휘몰아치는 모래바람처럼 잘게 흔들리고 있었다. 무슨 사연이라도 있는 것처럼.

유림은 문득 그를 알아보고는 외쳤다.

"너……."

그녀의 목소리에 구릿빛 피부의 병사는 흠칫 놀라 고개를 들었다. 그는 유림을 보자마자 동요가 어렸던 표정을 싹 지운 채 자세를 고치고 거수경례를 '척!' 올렸다.

"드레이크 앤더슨입니다, 소위님!"

뒤이어 그와 함께 온 저격사병도 토끼처럼 쪼르르 달려와 드레이크의 옆에 섰다. 그는 어수룩한 자세로 손을 관자놀이에 갖다 붙이며 그를 따라서 경례를 했다.

"나츠 시게노입니다!"

유림은 갑자기 등장한 두 사람을 쳐다보며 인상을 썼다. 그녀의 눈초리는 그다지 호의적인 기색이 아니었다. 잔뜩 긴장한 두 병사는 턱에 힘을 준 채 고개를 빳빳하게 세웠다. 그들의 뺨에는 식은 땀이 흘러내렸다.

"두 사람이 이곳엔 웬일이야?"

미처 대답을 듣기도 전에 유림의 미간이 굳었다.

"설마 쇠창살을 올려서 델타를 풀고 암전을 한 게 귀관들은 아니겠지?"

"소위님과 중사님께서 무사히 탈출하실 수 있도록 구조 지원하라는 호크 대령님의 지시가 있었습니다."

그는 직접적인 대답을 회피하며 보고했다.

'이 망할 영감탱이가!'

유림은 매서운 눈빛으로 이를 바득 갈았다. 탈출은커녕 다 같이 개죽음당하지 않은 게 다행이었다. 저런 무식하고 무모한 명령은 도대체 무슨 생각으로 내리는 거야?

열 받아서 이마의 힘줄을 잔뜩 세우던 유림의 눈길이 다시 나츠와 드레이크로 향했다. 역시 이 두 사람, 낯이 익었다.

"둘 다 구면이지?"

"오늘부로 특별수사대SITF에 배치받은 서전트[12] 드레이크 앤더슨입니다. 브루클린의 성녀를 모시게 되어 영광입니다!"

"마찬가지로 특별수사대에 배치받은 서전트 나츠 시게노입니다. 사, 사고가 있던 입대 테스트장에서 소위님을 뵌 적이 있습니다."

나츠는 긴장했는지 덜덜 떨며 대답했다. 입술까지 바르르 떠는 모양새가 안쓰러울 지경이었다. 비위가 약한 그는 여기저기 굴러다니는 살점과 내장들을 보며 자꾸 올라오는 토악질을 참느라 힘겨워 보였다.

델타가 난입했던 입대 테스트. 그러니까 이들은 케이와 함께 최종 시험을 치르고 사고에서 살아남은 훈련병들이었다.

드레이크 앤더슨.

나츠 시게노.

드레이크는 입대 테스트에서 조장 역할을 하며 침착하게 훈련병들을 이끌었고, 나츠는 어린 나이임에도 저격수로서 놀라운 기량을 발휘했다. 두 사람 모두 호크 대령이 준 추천 목록에 있었다. 오늘 아침까지만 해도 그녀가 특별수사대원 선발에 있어 최종 검토를 하던 인물들이기도 했다.

'그래도 그렇지, 동의도 없이 실전에 투입해 버리다니.'

유림은 한숨을 내쉬며 무거운 눈빛으로 주위를 둘러보았다.

"지원 부대는?"

"없습니다. 그런데 중사님은……."

드레이크가 두리번거리며 케이를 찾자 유림이 인상을 쓰며 되물었다.

---

12 서전트Sergent: 한국 군대로 치면 일병 정도를 말한다.

"애덤슨 중사는 왜?"

"함께 계신 것 아니셨습니까?"

"몰라, 화이트 채플에서 혼자 사라졌어."

"이상하네요. 대령님께서 분명 소위님하고 중사님 모두 이곳에 있을 거라 하셨는데……."

드레이크의 말에 그녀의 낯빛이 서서히 굳었다.

. . .

어두컴컴한 경기장 무대의 뒤편, 대기실로 이어지는 통로에서 검은 인영 하나가 부스럭거리며 옷을 벗고 있었다. 그는 곁눈질로 어둠 속을 보며 한숨을 내쉬었다.

"숨어 있지 말고 나와."

귀찮은 어조로 명한 그의 목소리에 한 남자가 쿡쿡 웃으며 등장했다. 케이는 잿빛 후드를 벗어서 뺨과 목덜미에 튄 델타의 피를 닦아 냈다. 그는 예상했다는 어조로 질문을 던졌다.

"역시 네 짓이었나?"

"마스터께서 자청하셔서 정 소위의 호위 기사가 되실 줄은 몰랐습니다. 제가 나설 틈은 보이지도 않더군요."

케이는 짜증 섞인 눈초리를 지었다. 그는 구깃구깃하게 접은 후드를 바닥에 내던지며 남자 쪽을 쳐다봤다. 자신이 없었더라면 정말 그녀를 위해 나섰을 것처럼 포장하는 남자의 태도가 가증스러웠다.

"유림이 다칠까 봐 걱정이 돼서 이곳까지 달려왔다고?"

"겸사겸사입니다. 화이트 채플의 명물인 아레나는 저도 종종 구경하러 오는 곳입니다. 순수한 도박 경기장이었던 아레나가 최근 본질을 잃고 누군가의 목적 달성을 위한 실험대로 쓰이는 게 슬프지만 말이죠."

"실험대?"

케이는 팔짱을 끼고 물었다. 남자는 어깨를 으쓱하며 바닥에 쓰러져 있는 인영을 눈초리로 가리켰다. 좀 전에 케이가 벗어 던진 회색 후드의 본주인이었다.

오베론의 기사단 소속인 남자는 오른쪽 팔과 왼쪽 다리를 무참히 뜯긴 채 입에서 거품을 질질 토해 내고 있었다. 하얀 죽 같은 액체가 그의 눈과 콧구멍에서도 줄줄 흘렀다.

"마스터께서도 이미 눈치채고 계시지 않습니까?"

케이는 아무 말 없이 죽은 회색 기사를 내려다보았다. 그의 절단된 팔에선 붉은 피 대신 흔히 안드로이드들에게서나 볼 수 있는 수액이 흘러나오고 있었다.

"최근 모래의 도시를 돌아다니는 안드로이드 숫자가 부쩍 늘었습니다. 문제는 그들이……."

"병기형 안드로이드라는 거지."

케이는 발코니에서 보았던 웨이터 안드로이드를 떠올렸다. 겉보기에는 기억의 도시에서도 흔히 볼 수 있는 서비스직 안드로이드였다. 그러나 그의 예사롭지 않던 움직임은 분명 위화감을 느끼게 했다.

"그렇습니다."

남자는 고개를 끄덕였다. 그는 굵은 목소리로 낮게 덧붙였다.

"도박 경기장인 아레나는 병기형 안드로이드를 델타와 전투하게 끔 해서 성과를 평가하는, 즉 일종의 연구실험소 같은 곳입니다. 종종 실제 사람을 선수로 올리기도 하는데 단순히 위장용일 뿐입 니다. 오늘 정 소위와 다윗을 나란히 세운 것처럼 말이죠."

"오베론이 병기형 안드로이드로 뭘 하려는 거지?"

케이가 중얼거리듯 던진 질문에 두 남자는 서늘한 눈빛으로 답을 주고받았다.

회색 기사단과 아레나의 도박 경기는 일종의 실험 샘플에 불과했 다. 그들의 목적은 명쾌하리만큼 눈에 훤히 보였다.

군대 양성.

반란을 꾀하여 낙원을 정복하는 것이다.

"오늘 아레나에 델타들을 푼 건 상부의 지시인가?"

남자는 조용히 고개를 끄덕였다. 케이의 입가에 비웃는 듯한 미 소가 걸렸다. 철두철미하다고 해야 할지, 비열할 정도로 겁이 많다 고 해야 할지.

"평의회는 왓슨 3세의 보안이 뚫렸다는 것에 꽤 충격을 받은 듯 합니다. 관리자 권한을 요구할 정도면 최고 보안 등급까지 뚫릴 뻔 했다는 뜻이니…… 오베론이 너무 커지긴 했습니다. 예전에는 이런 담대한 짓은 꿈도 못 꿨을 불량배 조직에 불과했는데 말입니다."

케이는 크게 웃음을 터뜨렸다. 삭막하고 건조한 웃음소리였다. 그는 안타깝다는 기색으로 미소를 머금은 채 말했다.

"이런 짓을 벌여도 정작 낙원의 관리자란 녀석은 관심도 없을 텐 데."

"어쨌든 저는 본분을 다했으니 이만 에덴 타워로 돌아가도록 하겠습니다. 의회 노인네들이 눈 빠지게 보고를 기다리고 있을 겁니다."

"잘도 왔다 갔다 박쥐 노릇을 하고 있구나."

케이의 조롱에 남자는 입가에 한가득 미소를 걸었다. 마스터의 비뚤어진 심술에는 익숙하다는 태도였다. 비록 말로는 저렇게 비꼬아도 장난기 어린 케이의 눈빛엔 남자를 걱정하는 듯한 눈빛이 묻어났다.

"지금 빠져나가실 계획이십니까?"

함께 갈 거냐는 어조였다. 케이는 슥 주변을 살피더니 고개를 끄덕였다.

남자는 통로 벽의 타일 하나를 우드득 뜯어냈다. 안쪽으로 사람 하나가 겨우 지나갈 법한 틈이 보였다. 너덜거리는 전기선들과 지직거리는 회로들에서 불꽃이 튀었다.

"따라 오시죠."

그를 쫓아서 발을 떼던 순간이었다.

"케이!"

등 뒤에서 울린 목소리가 발목을 잡아 세웠다. 케이는 굳은 눈으로 걸음을 멈췄다. 그는 돌아서서 경기장으로 이어지는 출구 쪽을 응시했다.

"애덤슨!"

유림이 땀에 젖은 채 시신들 사이를 확인하며 그를 찾고 있었다. 대기실 연결 통로에서 나온 케이는 그녀를 쳐다보며 눈을 혼란스럽게 일렁였다.

유림은 하얗게 질린 안색으로 휘청휘청 위태롭게 걸었다. 낯빛이 좋지 않은 게 금방이라도 쓰러질 듯한 모습이었다.

"이 바보 같은 게 어디 나자빠져 있는 거야!"

그녀는 성질을 부리다가 뒤에서 눈치를 보며 서 있는 나츠와 드레이크에게 초조한 얼굴로, '정말 중사도 여기 와 있는 게 확실하냐'고 재차 물었다. 그들이 고개를 끄덕이자, 그녀는 복잡한 심정을 표현하듯 이마를 짚으며 피곤한 눈두덩을 주물렀다.

"성녀가 기사를 찾는군요."

머뭇거리며 서 있는 케이에게 남자는 피식거리며 말했다. 그는 난감한 얼굴로 유림을 힐끗거리는 케이를 보며 눈가에 주름진 미소를 지었다.

"제가 드린 숙제는 잘 풀고 계십니까?"

본인은 부인하는 듯했지만 케이는 점차 유림에게 필요 이상의 관심을 두고 있었다. 케이가 불편한 눈빛으로 침묵하자 남자는 알겠다는 듯 웃으며 돌아섰다.

"먼저 가 보겠습니다."

그는 케이에게 새 옷을 던져 주며 "잊지 말고 적당히 상처 몇 개는 내고 가십시오."라는 조언도 잊지 않았다.

서둘러 옷을 갈아입던 케이는 "애덤슨 중사!" 하고 다시 외치는 유림의 목소리에 깜짝 놀라며 식은땀을 흘렸다.

그는 자신이 왜 이렇게 서두르는지 스스로도 납득할 수 없다는 표정을 지으면서도, 그녀의 목소리에 조건반사처럼 허둥지둥 셔츠에 팔을 끼워 넣고 있었다.

"이 자식, 찾기만 해 봐! 사지 멀쩡하면 아주 내 손으로……."

유림은 쉬어서 갈라진 목소리로 성질을 내다가 시체 하나를 발견하고선 움찔 멈췄다. 엎드린 채 죽은 남자는 케이와 비슷한 체격에 머리색까지 똑같았다.

시신이 입고 있던 흰 셔츠는 피에 흠뻑 젖어 있었다. 상처 입은 복부 밑으로 얕은 피 웅덩이가 고인 게 보였다.

유림은 애써 담담한 기색으로 눈을 빠르게 깜빡였다. 손끝이 차가워진다. 전우의 죽음이라면 수없이 봐 왔던 그녀였다. 그럼에도 마치 오늘 처음 경험하는 양 가슴이 쿵쿵 뛰었다.

"······케이?"

그녀는 몸을 낮춘 채 긴장한 손으로 시체의 머리를 잡았다. 천천히 얼굴을 뒤집었다. 눈 밑 근육이 두려움으로 자르르 떨려 왔다. 질끈 감았던 눈을 뜨고 심호흡을 하며 안면을 확인하려던 차,

"절 찾으셨습니까, 소위님?"

나직하게 들려온 목소리에 그녀는 석상처럼 굳어서 눈을 동그랗게 떴다. 딱딱한 어깨 너머로 고개를 돌리자, 새하얀 셔츠를 입은 케이가 생긋 웃으며 서 있는 게 보였다.

그를 본 유림은 벌떡 일어나서 눈초리를 사납게 치켜떴다. 케이는 어리둥절한 표정으로 눈을 깜빡였다. 빨갛게 충혈된 눈으로 이를 앙다문 그녀의 모습이 어쩐지 심통 난 고양이처럼 보였다.

유림은 빠른 걸음으로 성큼성큼 걸어와 그를 아래위로 훑었다. 그의 몸 구석구석까지 날카롭게 검사하던 그녀는 그가 걷어 올린 소매 아래 묻은 피를 발견하고선 놀란 얼굴로 덜컥 물었다.

"이 피는 뭐야? 델타에게 당했어?"

"아니에요. 유리 조각에 긁힌 거예요."

그가 다정한 음색으로 답했다. 유림은 도톰한 입술 사이로 안도의 숨을 내쉬었다.

"걱정시켜서 미안해요, 유림."

"됐어. 무사하면 됐어."

손사래를 치던 유림은 다시 화가 치밀어 오르는지 그의 양 뺨을 거세게 꼬집었다. 졸지에 그녀의 집게손에 만두피처럼 볼이 쭉 늘어난 케이는 고통 어린 신음을 흘렸다.

"도대체 어디 있었던 거야!"

"대기실에서 문 잠그고 숨어 있었어요."

그는 "으으!" 신음을 내뱉으며 놓아 달라 애원했다. 멀리서 그 모습을 보던 나츠와 드레이크는 어안이 벙벙한 표정을 지었다. 커다란 키의 케이가 유림에게 볼을 쭉 잡힌 채 질질 끌려가고 있었다. 나츠는 멍한 눈으로 두 사람을 쳐다보았다.

한참 동안 케이의 뺨을 꼬집던 유림은 기운이 빠졌는지 힘없이 팔을 툭 떨어뜨렸다. 그녀는 허공을 응시하다가 문득 스치고 지나간 생각에 입술을 열었다.

"혹시."

케이는 얼얼한 뺨을 문지르며 "네?" 하고 되물었다.

"아까 내가 정신을 잃었을 때 구해 준 게……."

어렵사리 말문을 열던 유림은 예쁘게 생긋 웃고 있는 케이의 눈동자를 바라보았다. 방금 전까지 얻어맞은 주제에 변죽도 좋다.

생글생글 눈웃음을 치는 그의 시선은 유림의 가슴과 가랑이 사이를 훑고 있었다. 그녀가 입은 고양이 옷은 델타와의 전투로 갈기갈기 찢어져 아슬아슬하게 몸을 가리고 있는 수준이었다.

유림의 미간이 부채주름처럼 확 구겨졌다. 그녀의 손이 이번에는 그의 귀를 쭉 잡아당겼다.

"유, 유림?"

"내가 미쳤지! 그걸 너로 착각하다니."

"착각이요? 무슨 얘기예요? 아까 정신을 잃었을 때 뭐라고요?"

"됐어!"

"자, 잠깐 이것 좀 놓고……."

"토끼뜀 실시."

케이는 귀가 잡힌 채 유림을 물끄러미 보더니 어쩔 수 없다는 표정으로 쪼그리고 앉았다. 유림이 턱짓을 하자 그는 한숨을 내쉬며 제자리에서 깡충깡충 토끼뜀을 하기 시작했다. 유림은 묵묵히 토끼뜀을 하는 케이를 흘끗 내려다보며 다시 지나가듯 물었다.

"혹시 오늘 눈이 빨갛게 충혈되었다거나…… 뭐 그런 적 없었어?"

"네?"

"아니면 눈에 염증이라도 생겼다거나."

케이는 도통 이해하지 못하겠다는 듯 의아한 표정으로 그녀를 쳐다보았다. 유림은 그의 투명한 갈색 눈동자를 쳐다보았다.

'그럴 리가 없지.'

그녀는 이게 웬 바보 같은 짓이냐는 생각에 헛웃음을 흘렸다. 애초에 케이가 델타를 그렇게 가지고 놀 듯 벨 수 있을 리가 없었다.

검도는커녕 총도 제대로 못 쓰는 녀석한테 무슨 말을 하고 있는 거람?

유림은 복잡한 눈빛을 지었다.

뇌리에 각인된 듯 피처럼 선명한 남자의 눈동자가 잊히지 않았다. 잿빛 후드 아래 귀신처럼 섬뜩했던 그의 눈초리를 떠올리면 아찔한 두통마저 일었다.

"꾀부리지 마. 계속 안 해?"

유림이 눈썹을 치켜세우며 소리치자, 잠시 바닥을 짚고 쉬던 케이는 다시 귀를 잡고 제자리 뜀을 하기 시작했다.

한 번쯤은 불만을 토로할 법도 한데, 그는 단 한 번도 명령 불복종을 하거나 투덜거린 적이 없었다. 오늘도 묵묵히 하라는 대로 억울한 벌을 받는 케이를 보며 유림은 골몰히 생각에 잠겼다. 그녀는 이내 머릿속을 줄곧 잠식한 붉은 눈동자를 털어 버리려는 듯 고개를 흔들며 눈을 감았다.

약 십 분 뒤, 두 사람은 나란히 무너진 벽의 잔재 위에 앉았다. 유림은 넝마가 된 옷 대신 케이의 셔츠를 걸치고 있었다. 덕분에 그의 상반신은 실오라기 하나 걸치지 않은 반라의 상태였다.

유림은 게슴츠레한 눈으로 그의 몸을 훔쳐보며 배시시 웃었다. 군살 하나 없는 조각 같은 몸이다. 운동신경은 최악인 주제에 운동 효과 하나는 톡톡히 보는 녀석이었다. 여군들이 군침 흘릴 법도 하다. 그래도 그의 벗은 몸을 마음대로 보고 만질 수 있는 건 그녀뿐이라는 생각에 은연중 뿌듯했다.

"전투에서 소재지 불명인 병사를 찾는 것만큼 미련한 짓은 없다고 하지 않으셨습니까?"

케이가 피식 웃으며 농담을 건넸다. 유림은 아무런 말이 없었다. 그녀는 그저 일렁이는 눈으로 고즈넉이 허공을 바라봤다. 그런 그녀의 반응을 지켜보던 케이도 입가에 걸었던 곡선을 서서히 지웠다.

"중사는 그렇게 하도록."

잠긴 목소리로 답한 유림은 희미한 미소를 지었다. 그녀의 새까만 눈동자 속에는 검은 파도가 사념을 몰고 왔다가 밀려가며 철썩철썩 굽이쳤다.

"날 불러도 대답이 없으면 미련 따위 갖지 말고, 중사는 필사의 힘으로 돌아가면 돼. 오직 중사가 살아남을 생각만 하면 된다. 하지만 난 중사의 상관이다. 내 지휘하에 있는 병사들의 목숨을 책임지는 건 당연한 일이야."

"그럼 유림의 목숨은 누가 책임지죠?"

"글쎄."

그녀는 어깨를 으쓱하며 웃더니 잠시 위를 쳐다보았다.

"신께 맡겨야 하나?"

케이의 눈이 차갑게 굳었다. 그는 흙더미 바닥을 내려다보더니 싸늘하게 중얼거렸다.

"신들은…… 그런 하찮은 일에 관심 없어요. 자기들끼리의 패권 다툼만으로도 정신없으니까요."

그의 대답에 유림은 눈살을 찌푸렸다.

"난 유일신만 믿어, 멍청아."

"아."

케이는 멋쩍은 표정으로 웃었다. 유림은 그를 물끄러미 바라보았다. 자꾸만 가슴에 차가운 파도가 밀려온다. 마음이 허한 탓이다. 아까 본 델타7의 모습이 이상하게 지워지질 않았다. 밀려오는 파도가 어서 그 기억을 쓸고 가 줬으면 했다.

잠시 후 유림은 그를 천천히 끌어안았다. 그녀는 그의 가슴에 이마를 기대며 중얼거렸다.

"죽지 마라, 중사."

케이는 잔잔한 눈길로 유림을 내려다보았다. 오늘따라 그녀의 어깨가 작고 가녀려 보였다.

"내가 중사에게 내리는 유일한 명이다. 죽지 마."

그는 잠시 혼란스러운 눈빛을 지었다. 목울대에 차오르는 이 느낌이 뭔지 알 수 없었다.

죽지 말라니, 삶을 강요당하는 기분이었다.

그러나 그녀의 강요가 나쁘진 않았다. 정처 없이 떠돌던 공허한 가슴이 족쇄에 묶인 채 강제로 지면에 안착당한 심정이었다. 그 구속력이 기묘하게 심장을 옥죄었다.

그는 주먹을 꽉 쥐었던 손으로 천천히 그녀의 허리를 끌어안았다. 쉼 없이 나락의 구멍을 향해 발버둥 치던 날개를 접고, 잠시 휴식을 취하는 것처럼 편안했다.

케이는 유림의 정수리에 이마를 대며 긴 속눈썹을 내리감고 속삭였다.

"알겠습니다."

그녀는 그제야 안심한 듯 그의 품속을 파고들었다. 유림의 정수리를 내려다보던 케이의 눈이 엉킨 실타래처럼 복잡하게 일렁였다. 뿌옇게 흐릿해지는 이성처럼 그의 투명한 눈동자도 탁하게 흔들렸다.

케이는 홀린 듯 그녀의 턱을 잡아 올렸다. 그는 이내 부드러운 그녀의 입술에 입을 맞추기 시작했다.

입안을 휘젓는 혀가 달콤한 쾌락을 선사했다. 유림은 뜨거운 숨을 삼키며 케이의 목을 팔로 휘어 감았다. 혀를 섞는 움직임이 오늘처럼 조심스러운 적이 없었다. 키스만으로 몸이 녹을 것만 같았다. 뺨과 턱을 잡고 있는 그의 손이 귓속과 목덜미를 간질이듯 애무했다.

그녀의 입술을 머금고 다시 삼키기를 반복하던 그의 입술이 그녀의 하얀 목덜미로 옮겨 갔다. 그러고는 보드라운 살결을 빨기 시작했다.

유림은 참고 참다가 결국 야들야들한 신음 소리를 흘렸다. 그는 그 목소리마저 먹음직스럽게 삼켰다. 잔뜩 흐려진 눈이 그녀를 빤히 응시하고 있었다.

케이는 입술 사이로 이를 살짝 내보이더니 그녀의 쇄골 위를 파고들 듯 깨물었다. 집요하게 가슴골까지 내려온 그는 이로 잘근잘근 살점을 물어뜯기 시작했다. 풍만한 가슴을 손에 쥐고 알갱이처럼 오돌토돌한 꼭지까지 온 그가 홀린 듯 그것을 삼키자, 유림은 결국 흐물흐물한 신음 소리를 내며 무너지고 말았다.

그녀의 뽀얀 살결 위에는 도장처럼 선명한 장밋빛 낙인이 남겨졌다. 무언의 증표처럼 보이기도 했다.

케이의 품에는 유림이 초점을 잃은 채 너부러져 있었다. 그는 여전히 그녀의 목덜미를 맛보듯 빨았다. 붉은 키스마크는 이제 보랏빛 멍으로 변해 가고 있었다. 그건 점차 광포하게 변해 가는 그의 욕정을 대변하는 색이기도 했다.

그는 더 이상 참기 힘든지 그녀의 가슴을 거세게 움켜쥐었다. 가슴이 터질 듯 그의 손안에서 출렁였다. 유림은 케이의 목을 끌어안으며 짤막한 비명을 내질렀다. 그는 그녀를 진정시키려는 듯 귓속에 혀를 넣고 핥으며 달콤한 밀어를 속삭였다.

그리고 그 자신도 솟구친 열기를 식히려는지 그녀의 가녀린 몸을 바스러뜨릴 듯 껴안은 채 꼼짝 않고 허공을 응시했다.

— 죽지 마라, 중사.

밤바람처럼 고요히 불어오던 목소리였다. 눈빛을 마주하던 순간 그녀의 목소리는 따뜻한 파동이 되어 가슴에 번졌다.

텅 빈 공중을 바라보던 케이의 눈동자가 멍하니 풀어졌다.

삶에 대한 의지.

생명에 대한 숭배.

그 모든 걸 가르쳐 주었던 존재의 상실은 그의 삶을 덧없게 만들었다. 이제 와 그에게 생에 대한 갈망을 다시 지필 자격이 있을까?

케이는 씁쓸한 눈빛으로 사념을 정리했다. 그때 맥없이 기대 있던 유림이 갑자기 몸을 꿈틀거렸다. 그녀는 무거운 눈꺼풀을 살짝 들어 올리며 아이처럼 옹얼댔다.

"배고파."

케이는 그녀의 헝클어진 머리칼을 정돈하며 물었다.

"뭐 먹고 싶어요?"

"……음, 카레?"

잠드는 와중에도 확실히 대답한 유림은 다시 노곤한 숨소리를 내며 깊은 잠에 빠졌다.

'하여간 카레라면 사족을 못 쓰긴.'

케이는 피식 웃으며 유림의 머리를 가슴팍에 기울여 품에 뉘였다. 많이 지친 기색이었다. 체력이라면 타의 추종을 불허하는 여잔데 무엇이 그녀를 이토록 탈진하게 만든 건지 의아했다.

— 밀러······.

유림이 잠시 정신을 잃었을 때 중얼거렸던 이름이었다. 젖은 목소리로 그리움을 가득 담은 채 몇 차례나 애틋하게 불렀다.

불쾌함으로 흐려진 그의 눈동자가 짙게 가라앉았다. 진흙탕에 튄 피처럼 그의 동공엔 삽시간에 섬뜩한 붉기가 감돌았다.

"케이 씨!"

멀리서 나츠가 손을 흔들고 있는 게 보였다. 그는 두 사람을 한참 동안 찾은 듯 땀에 젖은 모습이었다. 보아하니 상황이 어느 정도 마무리된 모양이었다.

케이는 유림을 번쩍 안아 들었다. 그는 가슴골이 보이는 그녀의 가슴을 꼼꼼하게 여며 준 후 새롭게 합류한 특별수사팀의 대원들을 향해 걸어가기 시작했다.

Chapter 3

　카레 향이 코를 찔렀다. 침대에 엎드린 채 자고 있던 유림은 부스스한 몰골로 기지개를 켰다. 군침 도는 냄새에 그녀는 멍한 눈으로 거실 쪽을 응시했다.

> 네, 다음 속보입니다. 지난달에 사망한 에덴 타워 수석 연구원이자 평의원이었던 A씨의 공석을 메꿀 후보로 노아 호크 대령이 물망에 올랐습니다. 이에 대해 평의회 측이 공식 입장을 발표했습니다. 낙원 뉴스 특별보도부장인 조셉 에반스 씨의 의견을 들어 보도록 하겠습니다…….

　리사가 틀어 놓은 뉴스 소리가 귓전을 때리고 먹먹하게 흩어졌다. 유림은 잠이 덕지덕지 묻은 얼굴로 바닥을 딛고 일어섰다. 그녀는 속옷만 입은 채 휘청휘청 침실을 나섰다.

눈을 지그시 감고 냄새를 따라가니 발걸음은 자연스럽게 주방으로 향했다. 곡선으로 휜 그녀의 입꼬리엔 벌써부터 흐뭇한 미소가 피어 있었다.

― 계속 저어 주셔야 합니다.

"젓고 있어."

리사와 케이의 말소리였다. 유림은 기분 좋은 표정으로 게슴츠레 눈을 떴다.

케이가 조리대 앞에 서 있었다. 그녀가 입주한 이래 단 한 번도 사용한 적 없는 조리 기구들이 그의 손에 쥐어져 있었다. 그 옆에는 메이드 로봇으로 나타난 리사가 허리에 손을 얹은 채 시시콜콜 잔소리를 해 대고 있었다.

― 소위님께서는 난 대신 밥을 드십니다. 그리고 꼭 잡곡밥이어야 하고요.

케이는 그걸 왜 이제 말하냐는 표정으로 그녀를 노려봤다.

― 그냥 제가 할까요?

"카레는 잘한다고 했잖아."

― 바닥이 타고 있는데요.

그녀의 말에 그는 화들짝 놀라 국자로 냄비를 저었다. 리사가 옆에서 쉼 없이 종알대니 정신이 사나운 모양이었다. 리사는 국자를 냉큼 뺏어서 한 숟갈 후르르 맛봤다. 옆에 서 있던 케이는 미간을 좁게 구겼다. 잔뜩 굳은 눈초리가 제법 긴장한 기색이었다. 그녀는 뜸을 들이더니 짐짓 심각한 어조로 말했다.

― 간은 맞는데 재료가 하나 빠졌습니다.

"그게 뭔데?"

그는 낭패 어린 표정으로 입술을 물었다. 분명 아까는 빠짐없이

다 넣었다고 해 놓고서는 왜 이제 와 딴소리인지.

이 녀석은 홈 인공지능 중에서도 제일 멍청한 타입임에 틀림없다. 유림이 어떻게 세팅을 해 놓은 건지 성격과 유머 부분에서 극도의 짜증을 자아내는 데 일가견이 있었다.

— 사랑이 빠졌습니다, 중사님.

케이는 국자를 든 채 멍하니 리사를 쳐다보았다. 그는 머릿속으로 지금 이 자리에서 이 녀석의 머리통을 부숴 버릴까 고민하는 중이었다.

— 소위님에 대한 사랑을 듬뿍 넣어 주십시오.

"시스템 종료하고 내 앞에서 꺼져. 지금 당장."

— 지금 그 말씀은 명령이십니까? 아니면 농담이신지? 중사님의 감정 변화 폭은 거의 미미해서 측정하기가 힘듭니다.

"내가 농담하는 거로 보이나?"

— 아 참, 중사님! 그전에 제가 제안 하나 드리겠습니다. 지금 소위님께서 막 기상하셨는…….

"시스템 종료라고 했을 텐데?"

— 죄송합니다. 그럼 한 가지만 더 여쭤 보겠습니다. 현재 중사님께선 화가 나신 상태십니까?

케이는 할 말을 잃었다는 표정을 지었다. 삼십 대 초반 유럽 여성의 모습을 한 리사는 자못 진지한 눈빛이었다.

— 실은 최근 중사님의 감정 변화 데이터를 분석하는 중입니다.

"뭐가 우선순위인지조차 파악을 못하는 거 보니 바이러스에 감염된 것 같군. 시스템 종료가 아니라 아예 리셋을 해야겠어. 내가 직접 해 주지."

케이가 국자를 내려놓고 팔을 걷어붙이자 리사는 정지 화면처럼 그를 쳐다보았다. 그녀는 당황한 기색 없이 차분하게 그를 반박했다.

－ 모든 홈 AI의 중앙 시스템인 왓슨 3세는 주기적으로 낙원 전체 방화벽을 업데이트하고 있습니다. 때문에 피라미드 구조로 저희를 통제 중인 왓슨 3세가 감염되지 않는 이상 저 또한 감염될 일은 없습니다. 더 자세한 설명을 드리지 않아도 이 분야 전문가이신 중사님께서 더 잘 알고 계시겠지요? 그리고 메이드용인 제 몸체를 뜯고 열어 보셔 봤자 소용없습니다. 제 본체라고 할 수 있는 소프트웨어는 아파트 자체에 탑재되어 있기 때문에…….

　케이는 결국 리사의 머리 뒤에 위치한 전원 버튼을 꾹 눌러 버렸다. 졸지에 전원이 나간 리사는 입을 벌린 채 작동을 멈췄다. 그런 그녀의 모습에 케이는 그나마 속이 시원하다는 눈빛을 지었다. 그러나 그것도 잠시, 리사는 곧바로 허공에 홀로그램 영상으로 나타나 종알종알 말을 이었다.

－ 중사님! 제가 냄비를 계속 저으라고 말씀드리지 않았습니까? 지금 또 국자를 놓고 계신데…….

　"뮤트Mute[13]."

　그는 지겹다는 얼굴로 말했다. 오디오가 자동적으로 꺼지고 리사는 멀뚱멀뚱한 가상 입체 얼굴로 그를 쳐다봤다.

　유림은 웃음을 터뜨렸다. 둘이 티격태격하는 게 너무 웃겼다. 케이가 저렇게 약 올라 하는 모습은 처음이었다.

　평소의 그는 예쁘장한 눈웃음과 입가에 걸친 느른한 미소로 그녀를 살살 애태우는 게 주특기인 남잔데, 좀 전에 리사와 투닥거리던 그는 거칠고 비뚤어진 십 대 소년 같았다.

---

13 뮤트Mute: 무음 모드

우연히 엿본 그의 전혀 다른 모습에 유림은 낭창한 웃음을 터뜨렸다. 그녀의 웃음소리에 케이는 움찔 뒤로 돌았다.

"일어났어요?"

유림은 신기한 표정을 지었다. 그는 어느새 리사와 아웅다웅하던 모습은 봄바람처럼 지운 채였다. 투명한 햇살이 그의 눈동자에 내려앉아 신비로운 분위기를 자아내고 있었다.

조각처럼 반듯반듯한 얼굴 때문인지, 선이 아름다운 몸 때문인지 조리대에 선 그의 자세가 더없이 우아해 보였다. 허리춤에 묶은 앞치마가 조금 우스꽝스럽긴 했지만.

유림은 말없이 식탁 앞에 앉았다. 그녀는 턱을 괸 채 기대에 찬 눈으로 냄비를 응시했다.

─ 소위님, 배고프시죠? 지금 바로 식사 준비를 하겠습니다.

스스로 뮤트를 해제한 리사가 부드러운 클래식 음악을 배경에 깔면서 말했다. 그릇에 음식을 담던 케이는 기가 막힌 듯 헛웃음을 내뱉었다. 그는 유림만 믿고 까부는 저 메이드 시스템을 언젠가 흔적도 없이 지워 버릴 거라고 다짐했다.

"어때요?"

케이는 능숙한 셰프처럼 식탁에 손을 얹은 채 물었다. 유림은 한 숟갈을 크게 떠먹었다. 커다란 눈망울을 굴리는 그녀의 표정이 맛을 진중하게 음미하는 듯했다.

'이게 뭐라고 긴장이 되는지.'

케이는 속으로 웃으며 짐짓 느긋한 눈빛으로 그녀를 바라보았다.

"케이."

"네."

그녀의 머리칼만큼이나 새까만 눈동자가 그를 물끄러미 응시했다. 아무리 동양인이라지만 동공이 저렇게 칠흑처럼 검을 수가 있나? 짙은 밤하늘이 펼쳐진 그녀의 눈동자 속엔 오롯이 그의 모습뿐이었다. 그게 묘한 두근거림을 안겨 주었다.

"다음에 또 해 줘."

케이의 눈이 살짝 커졌다. 뺨에 발그레한 홍조를 띠운 유림의 입술엔 새콤한 곡선이 걸려 있었다.

"맛있네."

케이의 눈길이 유림의 입술로 향했다. 입가에 묻은 카레를 혀로 할짝거리는 유림을 보며 그는 천천히 몸을 숙였다.

식탁을 짚고 다가온 그의 입술이 그녀의 입술에 남은 카레를 날름 핥았다. 반쯤 감은 눈으로 그녀를 응시하던 그는 만족스러운 듯 느른하게 웃었다.

"유림이 원한다면 얼마든지요."

케이는 한 번 더 짧게 입을 맞춘 뒤 맞은편 의자에 앉았다. 유림은 토끼처럼 커진 눈으로 그를 쳐다봤다. 언제부터인가 그와 하는 가벼운 입맞춤이 인사처럼 자연스러워졌다. 두근거리는 애무와 타액을 섞는 행위가 짜릿하면서도 매번 기대가 될 정도로, 간격과 농도가 점점 잦고 짙어져 간다.

"애덤슨 중사."

"네."

"중사는 내가 좋은가?"

케이가 흠칫한 눈으로 유림을 바라보았다.

"시도 때도 없이 이런저런 엉큼한 짓은 다 하고, 심지어 더한 것도 하고 싶다며 당당하게 말하잖아."

유림은 짐짓 괘씸하다는 눈으로 그를 흘겨보았다. 그녀는 잠자코 있던 리사에게 불쑥 물었다.

"리사는 어떻게 생각해?"

– 상황적으로나 행위적으로나 중사님의 행동을 분석해 보았을 때 일반적으로 여성들에게 호감을 표하는 남성들과 89% 일치하는 언행을 보입니다.

"무엇보다도 이렇게 요리까지 해 주고 있잖아."

그녀는 카레에 밥 한 숟갈을 더 뜨면서 덧붙였다.

"내가 아는 사람이 그랬거든. 남자가 요리를 해 줄 땐 정말 그 여자랑 잘해 보고 싶어서 그런 거라고."

"아는 사람이라면, 밀러요?"

케이가 부드러운 눈에 호기심을 얹고 물었다. 유림의 숟가락이 허공에서 멈칫 정지하더니 굳었다. 그녀는 얼어붙은 눈으로 당혹을 감추지 못한 채 긴장한 목소리로 되물었다.

"네가 밀러를 어떻게……."

그는 공중에서 힘없이 덜렁거리는 그녀의 숟가락을 잡아 주며 대수롭지 않게 대답했다.

"유림이 자면서 부르던데요."

유림은 진짜냐는 표정으로 리사를 쳐다보았다. 벽면 스크린에 떠 있던 리사는 유림의 시선을 회피하며 난감한 어조로 대답했다.

– 가끔…… 그러십니다.

케이는 턱을 괴더니 생긋 웃으며 물었다.

"전에 만나던 사람?"

"아니."

"그럼 짝사랑했던 사람?"

유림은 케이가 따라 준 우유를 단박에 들이켜며 손등으로 입술을 훔쳤다. 밥을 먹을 때도 우유를 곁들이는 그녀의 미각 구조는 난해하고 신기했다. 마이 페이스인 유림은 고집스럽기도 하지만 엉뚱한 면도 많았다. 케이는 때때로 이 여자의 모든 것을 이해하게 되는 날이 오기는 할까 싶었다.

그는 문득 뇌리를 스치는 질문에 굳은 눈을 일렁였다.

이해하고 싶은 걸까? 그녀를?

"오빠야."

유림은 짧은 침묵 끝에 담담한 어조로 답했다. 케이는 놀랐지만 평온한 표정을 유지하며 그녀를 응시했다. 느닷없이 자각한 묘한 감정과 머릿속을 뒤흔들고 있는 질문에 내심 복잡한 심경이었지만, 동요를 감추고 내색하지 않는 게 그의 특기라면 특기였다.

"태양의 도시에 있는 메리는 내 언니고."

외양만 떠올려 보더라도 두 사람은 피가 섞인 친자매는 아닌 걸로 보였다. 케이의 머릿속에는 다시 일전에 보고받았던 '입실론: 메리'에 관한 자료가 스쳐 지나갔다.

유림과 마찬가지로 연맹군 전략국 소속 스파이인 블러디 마리아 Bloody Maria. 현재 태양의 도시에서 입실론으로서 거주하고 있으며 정신감응 능력도 뛰어나다는 평이다. 그녀는 타인과 접촉하면 기억을 엿볼 수 있는 희귀한 재능을 지녔다고 한다.

"케이는?"

유림은 대화의 화두를 그쪽으로 돌렸다.

"다른 형제라도 있어?"

낙원까지 와서 지옥의 용병 부대에 들 때는 누구나 말 못할 사정 한두 개씩은 있는 법. 때문에 유림은 여태까지 그와 사적인 이야기를 나누지 않았다.

로스티아벤에 오기 전까지 케이가 뭘 했는지, 가족은 어디에 있는지 등은 그녀에게 있어 중요한 사항이 아니었다. 또한 앞으로도 캐물을 생각은 없었다.

그럼에도 이렇게 예고 없이 서로의 이야기를 터놓고 있었다. 뜻밖의 순간에 다가왔던 입맞춤처럼.

케이는 창밖을 바라보며 회상에 잠긴 눈으로 대답했다.

"여동생이 하나 있었어요."

유림의 눈빛이 멈칫 일렁였다.

'있었다'.

과거형이다.

그는 잠시 말을 멈췄다. 창밖에 떠다니는 구름, 바람, 햇살에 떠밀리듯 일렁이던 그의 눈동자가 저물어 가는 노을처럼 흐리게 번졌다.

그는 여운이 남은 눈초리를 갈무리하며 유림 쪽을 향해 생긋 웃었다. 어둡던 눈빛엔 어느덧 예쁜 눈웃음을 걸고선,

"유림은 내가 좋아요?"

맞대응을 하듯 불쑥 물음을 던졌다.

유림은 잠시 골똘한 눈으로 그를 뚫어져라 응시했다.

새까맣고 깊은 눈.

까만 눈썹과 어우러져 앙칼져 보이지만 사랑스러운 눈매다. 마주 보고 있으면 자신도 모르게 그녀의 입술로 향하게 될 정도로.

"좋다, 싫다로 구분하자면 좋은 쪽이겠지. 케이가 키스해 주면 기분이 좋아지거든."

유림은 일어나서 빈 잔에 우유를 콸콸 따랐다. 그 모습을 바라보던 케이는 찬물이라도 끼얹은 표정이었다. 그는 턱을 괸 채 비스듬히 그녀를 바라보며 불만스럽게 물었다.

"단지 그것뿐이에요?"

"더한 게 필요해?"

유림은 술 마시듯 우유를 시원하게 들이켜며 말했다.

"군인에게 있어 연애 놀음은 쓸데없는 감정 소모야. 하지만 성적 욕구를 푸는 건 어떤 면에선 필수불가결의 행위지. 잡생각을 지워 주잖아? 더군다나 로스티아벤은 성행위를 군율로 금지한 것도 아니니까."

군대에서 여성은 약자다. 그녀들은 남자들에게 있어 노리개 혹은 희롱의 대상이며, 잠시라도 경각심을 놓으면 삽시간에 잡아먹힌다.

대부분의 여성 장교들은 군 생활을 조금 하다 보면 크나큰 착각에 빠지고 만다. 사냥감인 본인들이 되레 사냥꾼의 위치에 서겠다고 다짐하는 것. 남자와 여자는 본능적인 욕구에 있어 발화점과 행위의 논리부터가 다르다. 여성들은 성행위를 위해 이성을 사냥하지 않는다. 그녀들은 그럴 수가 없다. 근본적으로 그렇게 태어난 존재가 아니기에.

남자들을 사냥하겠다고 주먹을 불끈 쥐는 여장교들을 보며 유림은 생각했다. 그녀는 사냥꾼이 아닌, 사냥꾼을 도망가게 하는 맹수가 되겠노라고.

감히 전장의 성녀를 포획하겠다는 꿈조차 꿀 수 없도록, 가까이

다가오면 되레 잡아먹힐지도 모를 무서운 짐승이 되겠노라고.

그리고 그녀는 성공했다. 현재 로스티아벤 내에서 유림은 희롱의 대상이라기보단 공포와 숭배의 대상이었다.

"케이에게 있어 난 어떤 존재지?"

유림은 한층 싸늘해진 눈초리로 낮게 덧붙였다.

"상관? 아니면…… 여자?"

이렇게 분위기가 급변할 때의 그녀는 더없이 매력적이다. 돌연 브루클린의 성녀 모드로 돌입한 그녀는 눈빛부터가 달라진다.

섬멸의 여신답게 날카로운 눈초리와 온정 없는 목소리, 육감적인 몸매에 타이트하게 붙은 전투복—물론 지금은 속옷 차림이었고 그게 더 마음에 들었지만—은 한 마리의 표범을 떠올리게끔 했다.

유림은 남녀 관계에 있어서도 주도권을 쥐고 흔들어야 만족한다. 본인이 먼저 유혹해서 자극해 놓고는 작은 애무와 손길에 금방 흐느끼며 무너지고 만다.

도도한 여자.

민감하고 야한 여자.

정복하는 맛이 있는 여자.

끊어질 듯 튕기는 선들을 오가는 그녀는 확실히 남자의 속을 애태우며 즐겁게 했다.

그녀는 어떤 존재지?

"……숙제."

유림이 무슨 소리냐는 듯 인상을 찌푸렸다.

"신이 던져 준 숙제라고 할까요?"

그녀는 아리송하다는 표정으로 되물었다.

"무슨 소리야?"

"여성은 수수께끼 같은 존재라고 하죠. 최초의 인류였던 아담에게 있어 이브는 신이 내린 축복이자 시련이었듯이."

유림은 흥미롭다는 눈빛을 지었다. 그가 머리 좋게 답을 회피하는 듯한 기분도 들었지만 왠지 찬양받는 느낌이 들어 나쁘지 않았다.

"사실 유림과 만나기 전부터 유림에 대해서는 익히 들어서 잘 알고 있었어요. 주변에 있거든요. 브루클린의 성녀라면 숭배와 찬양부터 하고 보는 녀석이."

"그게 누군데?"

케이는 끔찍하다는 얼굴로 눈초리를 구겼다. 리사와 싸울 때 외엔 본 적 없는 표정이었다. 누군지는 몰라도 케이가 저 정도로 진절머리를 낼 정도면 꽤 고약한 녀석인 게 분명했다.

유림은 쿡쿡 웃으며 물었다.

"그 녀석이 신이야?"

"신보단 사탄에 가깝죠."

유림은 냉정한 눈으로 사색에 잠겼다.

'정보국 사람인 걸까? 케이가 지칭한 사탄이란 녀석.'

연맹군 전략국의 작전부장인 밀러의 이름을 모르는 게 큰 단서였다. 해커라는 것도 그렇고, 케이는 정보국 출신일 가능성이 높았다.

그녀는 '흐음' 하고 붉은 입술에 미소를 머금었다. 그런 유림을 보며 케이 역시 생긋 웃었다. 두 사람 사이에 흐르는 기류가 팽팽하게 맞서며 긴장감을 자아냈다. 서로 마지막 패를 테이블 밑에 숨긴 채 상대방의 수를 가늠하는 듯한 눈빛 교환이 오고 가기를 여러 차례.

케이가 먼저 풀어진 눈동자로 그녀를 물끄러미 응시했다. 그의 눈 속에 잔잔한 바람이 일렁이고 있었다.

"처음에는 이런 숙제…… 손쉽게 끝낼 수 있을 거라 여겼어요."

눈앞의 그녀는 선악과였다. 보면 볼수록 탐하고 싶어지는, 그러나 결코 따서는 안 되는 금단의 과실.

"궁금하네요. 유림은 과연 내게 있어 축복일까요?"

그는 식탁 표면을 손끝으로 매끄럽게 쓸며 자문하듯 중얼거렸다.

"……아니면 시련일까요?"

이지러지듯 흘린 그의 눈초리엔 희미한 미소가 남아 있었다. 어쩐지 평소보다는 서늘하고 섬뜩한 느낌마저 드는 눈동자다.

일순, 그녀는 그의 가면 아래 숨어 있는 일면을 언뜻 훔쳐보게 된 건 아닐까 생각했다.

유림은 의심스러운 눈초리로 식탁 위 꽃병을 쳐다보았다. 그녀는 석연치 않은 어조로 나지막이 중얼거렸다.

"글쎄…… 두고 보면 알겠지."

그곳에는 어느새 검게 변색된 장미가 말라비틀어진 채 꽂혀 있었다.

집무관의 보고

드레이크 앤더슨Sergent , 나츠 시게노Sergent 특별수사대SITF로 자대 배치 완료. 정유림 소위, 케이 애덤슨 중사는 포상 휴가 중.

모래의 도시의 울부짖는 인어는 오늘따라 유난히도 시끌벅적했다. 간밤에 있었던 화이트 채플 내 아레나에서 벌어진 소동이 고스트들 사이에서 큰 화제였다.

선술집은 어젯밤 일어난 일에 관하여 정보를 주고받는 이들로 인해 발 디딜 틈 하나 없었다. 유림과 메리는 그 속에서 용케도 테이블 하나를 차지하고 앉았다. 물론 유림이 반 협박으로 뺏은 자리였지만 메리는 불만 없다는 얼굴로 빙그레 웃었다.

귀가 떨어져 나갈 것처럼 시끄러웠지만 떠들썩한 선술집의 소음은 두 사람에게 있어 훌륭한 차단벽이 돼 주었다.

"한마디로 너에게 끌리고 있다는 거잖아!"

메리는 눈을 반짝이며 탄성을 지르듯 외쳤다. 유림은 당황해서 '쉬쉬' 하며 메리의 입을 틀어막았다. 그러나 메리는 좀처럼 흥분을 가라앉히지 못했다. 그녀는 엉덩이를 들썩이며 상기된 표정을 지었다.

"맙소사, 너무 낭만적이지 않니? 신이 내린 숙제라니! 그런 남자와 동거하고 있는 거야?"

"뭐가 낭만적이야? 약삭빠르게 답을 회피한 거지."

그래서 결국 내가 좋다는 거야, 싫다는 거야? 애매한 분위기에 휩쓸려 제대로 묻지 못했다.

가만히 보면 본인이 불리한 상황은 매번 능구렁이처럼 요리조리 잘만 피해 가는 남자였다.

유림은 모자를 깊이 눌러쓰며 곁눈질을 했다. 여기저기서 심심치 않게 '데드캣'이라는 이름이 들려왔다. 졸지에 그녀는 고스트들 사이에서 유명인이 된 모양이었다.

메리는 여전히 들뜬 얼굴로 낭만을 외치고 있었다. 그녀는 케이의 얼굴이 궁금하다며 호기심 어린 눈빛을 초롱초롱 빛냈다.

"나중에 보여 줄게. 그것보다……."

유림은 헛기침을 하며 화제를 전환할 겸 목소리를 낮췄다.

"저번에 말한 배달원 말이야. 밀러가 보낸 거 맞아?"

"그건 왜?"

"아무래도 배달원이 밀러를 모르는 눈치야. 정보국에서 보낸 녀석 같단 말이지."

"정보국에서?"

"기본적으로 보안과 해킹이 주특기인 기술 사병 같은데, 밀러가 보냈으면 머리보단 몸 쓰는 녀석을 보내지 않았겠어?"

유림의 말을 가만히 곱씹고 있던 메리는 뭔가 눈치챈 듯 '설마!' 하고 반문했다.

"배달원이 방금 그 애덤슨 중사야?"

유림은 고개를 끄덕이며 심드렁한 눈빛을 지었다.

"아무리 봐도 맞는 것 같은데 스스로 정체를 밝힐 생각을 안 해. 정보국에서 감시역으로 보낸 건가 싶기도 하고."

연맹군의 정보국과 전략국은 기본적으로 개와 고양이처럼 으르렁거리는 사이였다. 함께 작전을 수행하는 일은 지구상에 핵폭탄이 터지지 않는 이상 불가능할 정도로 드문데, 그럴 땐 서로의 공을 가로채기 위해 그 어떤 계략을 꾸미는 것도 서슴지 않았다.

"게다가 정보국 그 노친네들이 이 남자한테 날 어떻게든 한번 자빠뜨려 보라고 귀띔을 한 것 같아. 처음 만난 순간부터 어찌나 치근덕대던지. 흥, 그런 얄팍한 수로 전략국과 밀러의 이름을 더럽힐 수 있을 거라 여기는 건가? 하여간 발상 자체가 늘 구시대적이야."

유림은 혐오스럽다는 어조로 짜증을 부리며 말했다. 그런 유림을 물끄러미 바라보던 메리는 쿡쿡 웃었다. 말은 그렇게 하면서 귓불은 빨갛게 물든 그녀의 모습이 너무도 귀여웠다.

"그러다가 홀딱 반했구나!"

"반하긴 누가 반했다고!"

"너 말고, 그쪽 말이야."

유림은 심통 난 얼굴로 씨근덕대다가 얼음물을 들이켰다. 메리는 속으로 웃었다. 유림은 아닌 척했지만 그 남자가 신경 쓰여 죽겠다는 얼굴이었다.

아, 궁금해 죽겠다. 천하의 데드캣을 이렇게나 들었다 놨다 하는 남자의 정체가!

자존심 강한 유림은 애덤슨 중사 앞에서 상관이라고 온갖 센 척, 강한 척, 도도한 척은 다 했을 게 뻔했다. 하지만 그녀는 사실 굉장히 순수하고, 사랑스러우리만큼 솔직한 여자였다. 어쩌면 그 남자는 벌써 그런 유림의 매력에 빠졌을지도 모르겠지만.

메리는 턱을 괸 채 하나뿐인 여동생을 바라보며 빙긋 웃었다.

"그럼 이쪽에서 한번 덫을 쳐 볼까?"

그녀의 제안에 유림이 눈썹을 치켜세웠다. 메리는 주위를 살피더니 탁자에 허리를 바짝 붙이고 몸을 숙였다. 유림도 그녀와 얼굴을 맞댄 채 고개를 숙였다. 그녀의 두 귀는 토끼처럼 쫑긋 세워져 있었다.

"오늘 밤 애덤슨 중사를 한번 낚아 보는 거야."

"낚는다고?"

"사실 얼마 전에 토끼 한 마리가 레이더에 포착됐거든?"

메리는 소매 속에서 사진 한 장을 꺼냈다. 유림은 사진 속 인물을 보고선 오만상을 찌푸렸다.

"평의원 녀석들은 왜 이렇게 죄다 역겹게 생긴 거야? 미남이라곤 찾아볼 수가 없네."

"기억의 도시 내 '소돔'. 사진 속 의원이 요즘 들어 매일 밤 출입하는 곳이야. 얼마 전 태양의 도시에 방문했길래 부딪치는 척하면서 살짝 엿봤지."

메리의 눈초리가 차갑게 번뜩였다. 베일에 싸인 평의원들의 프로필은 이렇게 그녀에 의해 조금씩 유출되고 있었다.

메리는 피부 접촉을 하면 그 사람의 기억을 들여다볼 수 있다. 그녀는 평의원들의 정체를 획득할 때마다 히트맨[14]인 데드캣에게 바로 정보를 유출했다. 그 뒤 토끼 사냥은 밤의 암살자, 유림의 몫이었다.

"소돔은 사창가지만 규모가 어마어마해. 평의회로부터 공식 허가를 받아서 운영하는 만큼 보안과 관리도 철저한가 봐. 그런데 이번 표적인 평의원 말이야. 성적 취향이 좀 독특하더라."

유림은 다시금 미간을 찌푸리며 구역질 난다는 표정을 지었다. 메리는 위로하듯 난감한 미소를 보였다. 울상을 짓는 유림을 보니 변태 돼지의 알몸을 볼지도 모른다는 생각에 암담해진 모양이었다.

"에덴 타워급의 보안은 아니겠지만, 소돔은 변수가 많은 장소야. 여태까지 해 왔던 작전 중 가장 위험한 임무가 될지도 모르겠어. 대신 오늘 토끼 사냥으로 배달원이 장미를 들고 따라오는지 확인

---

14 히트맨hitman: 암살자

할 수 있을 거야."

돼지의 알몸은 보기 싫지만, 유림은 어쩔 수 없다는 듯 고개를 끄덕였다.

"사창가 소돔의 포주는 '솔로몬'이라는 자래. 성별, 출신, 나이 그 어떤 것도 확인되지 않는 사람인데, 기억의 도시는 이자가 꽉 잡고 있다나 봐. 늘 황금 가면을 쓰고 다닌다는 소문이 있어. 평의원들과 밀접한 교류를 갖는 듯해."

"마주치지 않는 게 상책이겠네."

적에게 최대한 노출되지 않는 게 관건.

"언제나처럼 소리 없이."

"신속하게."

메리의 속삭임에 유림은 그녀의 손을 맞잡고 답했다. 임무는 늘 사선을 오간다. 두 사람은 기도하듯 잠시 눈을 감았다가 떴다. 동시에 그린 미소가 서로에게 위안을 안겨 주었다.

"그나저나 배달원은 지금 홀로 뭘 하고 있어?"

"훈련 중. 사격장에 보냈어."

제대로 연습을 하고 있을지는 모르겠지만.

유림은 이제 포기했다는 얼굴로 한숨을 내쉬었다. 누구한테 또 웃음거리나 되지 않는다면 다행이었다. 그녀는 놀림을 당해도 바보처럼 생긋 웃고 있을 케이를 상상하며 '끙' 소리를 뱉었다. 셰인 일당과 마주치지 않아야 할 텐데. 괜히 브루클린의 성녀 밑에 있다고 괴롭힘을 당하는 건 아닌지 걱정되었다.

아무리 그래도 자신이 매번 어미 새처럼 보호해 줄 수는 없는 노릇이었다. 인내심과 끈기 하나는 봐줄 만한 녀석이었다. 알아서 잘

하고 있겠지. 유림은 애써 불안을 떨치며 고개를 흔들었다.

"이번 토끼는 관리자에 대해서 얼마나 알고 있을까?"

"모르겠어. 적어도 내가 엿본 평의원의 기억에서 관리자에 대한 건 없었거든. 내가 본 그의 기억 분량은 고작 하루 이틀 치였어. 태양의 도시를 방문하는 의원들은 입실론들 능력에 대해 보고를 받고 오기 때문에, 사전에 대비를 하고 오는 경우가 많아."

메리는 손으로 그녀의 곱슬곱슬한 붉은 머리칼을 돌돌 말아 꼬았다. 깊이 생각에 잠길 때 하는 그녀의 버릇이다.

"소돔이 사냥터로 안성맞춤인 이유는 화이트 채플과 마찬가지로 왓슨의 눈이 닿지 않는 장소이기 때문이야. 사창가인 만큼 온갖 치부가 드러나는 곳이기에 왓슨의 눈으로부터 제외시켜 주자는 법안이 얼마 전부터 시행됐잖아."

유림은 냉소 띤 미소를 머금더니 "멍청하긴." 하고 중얼거렸다.

"토끼는 오늘 밤 자정을 조금 넘겨서 소돔에 방문할 거야. 그자가 찾는 대상은 늘 정해져 있어."

메리는 메모지에 펜으로 급히 글씨를 휘갈겨 써 내렸다. 불현듯 초조하게 일을 마무리하는 그녀를 보며 유림은 흘끗 뒤를 돌아보았다. 출입구 쪽에 선글라스를 낀 안드로이드 집무관이 서 있는 게 보였다.

그는 누군가를 찾듯 두리번거리고 있었다. 메리가 이곳에 있다는 걸 알고 온 거다. 요즘 입실론들에 대한 감시가 한층 강화된 느낌이었다. 아니면 입실론들 전체가 아닌 메리만 감시당하는 건가?

당분간은 그녀와의 만남을 자제하는 게 좋을지도 모르겠다는 생각이 들었다.

그사이 메리는 유림의 손에 쪽지를 쥐여 준 채 자리를 박차고 일어섰다.

그녀는 바쁜 와중에도 기도를 하듯 유림의 이마에 이마를 맞대고 눈을 감았다. 늘 위험 한가운데에서 홀로 외롭게 사투하는 그녀 때문에 불안한 마음이 가실 새가 없었다.

"조심해."

"걱정하지 마."

언제 어디서가 마지막이 될지 모르는 작별 인사.

애틋한 눈길을 주고받은 자매는 서로의 손끝을 어루만진 후 재빠르게 인파 속을 빠져나갔다.

한편 사격장에 있던 케이는 무료한 눈빛으로 천장을 멍하니 올려다보고 있었다. 그는 바닥에 편안하게 누운 채 그저 따분한 시간이 가는 걸 기다리는 중이었다.

"케이 씨?"

빼꼼 고개를 내민 나츠가 그를 내려다보고 있었다. 케이는 무기력한 눈동자를 치켜뜨며 불청객을 올려다보았다. 방탄복과 사격 장갑을 착용한 나츠는 반갑다는 표정으로 환하게 웃었다.

"케이 씨도 사격 연습하러 오셨나 봐요."

이유는 모르겠지만 그와 마주쳐서 굉장히 기쁜 듯했다. 아이처럼 들뜬 나츠와 반대로 케이는 감흥 없이 무표정한 얼굴이었다.

"소위님은 같이 안 오셨어요? 소위님께선 괜찮으신가요? 그날 케이 씨에게 안긴 채 가셔서 걱정이 많이 됐어요."

케이는 조용히 몸을 일으켰다. 그는 하품을 하며 성큼성큼 걸어

가기 시작했다. 그러자 나츠는 그의 뒤를 쪼르르 쫓아가며 계속 말을 걸었다.

"점심 식사는 하셨어요? 아직 안 하셨으면 같이 드실래요?"

케이는 무시로 일관했다. 그는 바지 주머니에 손을 찔러 넣은 채 앞만 보며 걷고 있었다. 나츠는 케이의 어깨에도 닿지 않는 키로 오리처럼 그를 멀뚱히 올려다보았다. 그는 시무룩한 얼굴로 불쑥 말했다.

"혹시 그 일 때문에 이러시는 거면."

케이의 걸음이 멈칫했다. 그는 곁눈질로 흘끗 나츠를 내려다보았다.

"아무한테도 말하지 않았어요."

"뭐를?"

그가 고요히 물었다. 나츠는 긴장한 표정으로 침을 꿀꺽 삼켰다. 그의 은은한 갈색 눈동자에는 아무런 감정도 보이지 않았다. 그저 고요한 호수처럼 자신을 물끄러미 바라보고 있을 뿐이었다.

"입대 테스트에서 본 거요. 케이 씨가 델타를……."

"맨손으로 죽였다고?"

어느새 그의 입가엔 차가운 미소가 걸려 있었다. 생긋 웃는 얼굴이 아름답기 그지없는데 눈이 웃고 있지 않아서 섬뜩한 느낌을 주었다.

"누가 믿을까, 그 말을?"

"믿거나 말거나 말하고 다닐 생각도 없어요!"

나츠는 두 주먹을 불끈 쥐고 호소하듯 외쳤다.

"전 그저 케이 씨와 친해지고 싶을 뿐이에요. 케이 씨가 싫어할

만한 행동은 하고 싶지 않아요."

케이는 의아한 눈빛을 지었다. 작은 소년은 그에게 이상한 동료 의식과 더불어 경외감까지 품은 모양이었다. 그런 건 딱 질색인데, 어쩐지 귀찮은 쥐방울 하나가 생긴 기분이었다.

— 중사님, 소위님께서 방금 막 귀가하셨습니다.

때마침 스마트 워치에서 리사의 목소리가 흘러나왔다. 그녀의 말에 그의 눈이 커졌다. 케이는 반사적으로 출입구를 향해 빠르게 걷기 시작했다.

"식사는?"

— 하고 오신 듯합니다.

그의 눈에 약간의 실망감이 번졌다. 발걸음이 잠시 느려졌다가 다시 배로 빨라졌다.

"제과점에 들를 건데 혹시 케이크 드시고 싶진 않은지 여쭤 봐."

— 먹고 싶으니까, 십 분 내로 사 오도록.

리사 대신 유림의 목소리가 불쑥 등장했다. 케이의 입가에 곡선이 피었다.

"알았어요."

— 십 분이야.

지각하면 또 무슨 벌칙을 내릴지 모르는 유림이었다. 홀딱 벗긴 채 과녁판에 세워 놓질 않나, 핀으로 머리를 이상하게 묶어 놓고 토끼뜀을 시키질 않나. 군소리 없이 그녀가 시킨 대로 한 케이였지만 유쾌한 기억은 아니었다. 배를 잡고 깔깔 웃으며 바닥을 구르던 유림의 모습은 픽 웃게 만들곤 했지만.

"오 분만 늘려 줘요."

케이는 짐짓 애원하듯 부드러운 목소리로 간청했다.

– 안 돼. 이제 9분 55초 남았어.

유림의 표정이 눈앞에 훤히 보이는 것 같았다. 개구쟁이처럼 입꼬리를 올리며 어떻게 그를 놀려 줄까 고민하고 있는 듯한 그녀의 모습이.

"알겠습니다."

케이는 통신을 종료하고 서둘러 사격장 밖으로 향했다. 뒤에서 그의 뒷모습을 쳐다보던 나츠는 머뭇거리다가 그의 뒤를 쫓았다.

한편 건너편 사격장으로 막 진입하던 셰인과 그의 일당은 에어쉽 정거장으로 향하는 케이와 나츠를 보고선 걸음을 멈췄다. 회색 통로를 빠져나가는 두 사람의 발걸음이 분주해 보였다. 셰인의 입가에 못된 곡선이 맺혔다. 그가 슬그머니 몸을 돌려 케이와 나츠의 뒤를 쫓자, 그의 대원들도 킥킥거리며 그 뒤를 따랐다.

약 3분 뒤, 케이와 나츠가 탄 에어쉽이 도착한 곳은 바람의 도시 지상에 위치한 상업가였다. 이곳에는 고급 레스토랑들을 비롯해 카페와 베이커리, 고급 바 등이 모여 있었다. 모래의 도시 내 선술집인 울부짖는 인어는 군인들이나 찾는 곳이지, 바람의 도시 주민들은 대개 외식을 하거나 술을 마실 때면 이곳 상업가로 향했다.

– '하늘을 나는 돼지'에 오신 것을 환영합니다!

하늘을 나는 돼지The flying pig는 유림이 단골로 찾는 제과점이었다. 낙원의 대부분 상점들은 가게 자체에 내재된 인공지능 시스템에 의해 운영되며 안드로이드들이 주문을 받고 서빙을 한다. 반면 하늘을 나는 돼지는 진짜 제빵사가 직접 빵과 케이크를 구워 주기로 유명했다.

유림은 기본적으로 사람 냄새가 나는 걸 좋아한다. 그래서인지 그녀는 종종 전 시대의 향수를 느끼게 해 주는, 낭만과 역사가 배어 있는 장소들을 찾아 헤매곤 했다.

덕분에 이곳은 브루클린의 성녀가 드나드는 빵집으로 유명해져 매출이 껑충 뛰었다는 풍설이었다. 가게 주인인 폴은 매일 콧노래를 부르며 입가의 미소를 지울 새가 없다고. 대신 그는 보답으로 유림에게 전 상품 50% 할인권을 제공해 오고 있었다.

"이게 소위님께서 좋아하시는 케이크인가요?"

하얀 생크림이 구름처럼 덮인 새콤한 딸기와 과일들로 아기자기하게 장식된 케이크였다. 나츠는 군침을 흘리며 눈을 반짝였다. 그는 아기자기한 컵케이크와 조각케이크를 보면서 소녀처럼 볼을 발그레 적셨다.

그런 나츠를 바라보는 케이의 얼굴은 '얘가 도대체 여기까지 왜 따라온 건지 이해되지 않는다'는 표정이었다. 그는 진열대에 포장되어 있는 빵과 비스킷, 초콜릿을 보며 잠시 고민에 빠졌다.

"소위님께 드릴 거면 이건 어떠세요?"

나츠가 가져온 건 브루클린 성녀의 피규어로 유명한 초콜릿이었다. 양손에 쌍검을 쥐고 무너진 잔재 위에서 몸을 일으키는 유림이 손바닥만 한 크기로 빚어져 있었다.

"꼭 중세 영웅 잔 다르크 같아서 멋지네요."

나츠가 웃으며 말했다. 케이는 잠시 말문이 막힌 표정으로 피규어를 바라보았다.

허리를 꼿꼿하게 편 채 적을 향해 달려드는 듯한 모습.

그 위로 누군가를 겹쳐 보듯 그의 눈빛이 기억 속 안개를 걸으며 흐려졌다.

"몇 개나 살까요?"

나츠는 본인도 탐이 나는지 피규어를 하나 더 집었다. 케이는 달콤해 보이는 초콜릿 피규어를 살짝 맛봤다.

리사의 팁에 의하면 유림은 한 달에 한 번, 여성이 민감해지는 그 시기에 마치 폭주를 하듯 슈가 홀릭이 된다고 했다. 특히 그녀가 사족을 못 쓰는 건 생크림 케이크와 초콜릿이라는 정보였다.

"오, 성녀의 기사님께서 오셨는가? 그건 성녀님 팬들을 위해 특별 제작한 것이니 성녀님께는 공짜야. 맘껏 가져가게."

가게 주인인 제빵사 폴은 껄껄 웃으며 바구니에 피규어를 한 주먹 담아 주었다. 나츠는 설인처럼 커다란 그를 보며 놀란 듯 눈을 깜빡였다.

케이는 생과일 음료도 함께 구매했다. 나츠는 바구니에 담긴 어마어마한 양의 디저트들을 보며 입을 다물지 못했다.

"소위님께서 이걸 다 드시는 거예요?"

사실 케이 본인도 그녀가 정확히 얼마나 먹을지 가늠할 수가 없었다. 워낙 식성이 좋은 유림이니 이 정도는 사야 혼나지 않을 것 같다고 추측할 뿐.

– 중사님, 3분 남았습니다.

리사가 스마트 워치를 통해 조용히 남은 시간을 알렸다. 마음이 급해진 케이는 케이크 상자를 들고 상점 밖에 대기 중인 에어쉽을 향해 뛰었다. 나츠는 제 몸집만 한 상자와 종이봉투를 품에 안은 채 그의 뒤를 쫓아왔다.

"여어, 특별수사대님들!"

에어쉽에 올라타려던 케이는 뒤에서 들려온 음성에 인상을 쓰며 돌아봤다. 시간 없어 죽겠는데 누가 또 발목을 잡는 건지.

제과점을 가운데 두고 맞은편에 에어쉽 하나가 착륙해 있었다. 반들반들한 에어쉽 외벽에 기댄 채 서 있던 사내들이 이쪽을 향해 걸어오기 시작했다. 로스티아벤 제복을 입고 나타난 남자들의 정체는 셰인 일당이었다.

"어딜 그리 바삐 가시나?"

그들은 거들먹거리며 걸어와서는 두 사람을 에워쌌다. 그야말로 군복을 입은 불량배 집단과 다를 바 없었다. 험상궂게 변해 가는 분위기에 나츠는 고개를 숙인 채 어쩔 줄 몰라 했다. 셰인은 날카로운 눈초리로 나츠를 훑어보더니 이내 그가 누군지 알아보고선 조소를 머금었다.

"아니 이게 누구신가?"

그는 머뭇거리며 시선을 회피하는 나츠의 턱을 잡아들었다. "맞네, 맞네!" 셰인과 함께 온 세 명의 남자들이 낄낄거리며 웃었다.

"이번에 특별수사대로 발령받은 신입 에이전트 중 하나잖아? 특별수사대는 신병을 얼굴로 뽑나 봐? 정 소위의 취향이 이렇게 비실비실한 녀석일 줄이야."

또다시 웃음이 터져 나왔다. 무표정하게 듣고 있던 케이는 담담한 어조로 말했다.

"딱히 볼일이 없으면 비켜 주시죠."

그는 부사관 한 명의 어깨를 밀치고 에어쉽 문을 열었다. 그러자 그에게 떠밀린 부사관은 그가 들고 있던 케이크 상자를 손으로 쳐냈다. 손에서 떨어진 상자를 본 케이는 황급히 허공을 향해 팔을 뻗었지만 이미 한발 늦은 상황이었다.

바닥에 떨어진 케이크 상자가 툭 열렸다. 상자의 옆면으로 튀어나온 케이크는 바닥에 무너지듯 쏟아졌다. 하얀 생크림은 뭉개진 채 형태를 알아볼 수조차 없게 됐다. 그걸 본 케이의 표정이 서늘하게 굳었다.

"이게 뭐야? 브루클린의 성녀 모형 초콜릿인가?"

셰인은 어느새 나츠가 들고 있던 종이봉투 안에서 멋대로 초콜릿을 꺼내 와작 깨물어 먹고 있었다. 머리 부분만 쏙 베어 먹은 그는 흡족한 표정으로 목 없는 성녀의 초콜릿을 바라보며 말했다.

"생각보다 맛있는데?"

케이는 고요한 눈빛으로 그를 바라보았다. 벌벌 떠는 나츠와 달리 표정 변화 하나 없는 케이를 보며 셰인은 못마땅한 눈초리를 지었다. 반응이 시답지 않으니 놀려먹는 재미도 없었다.

그는 광대뼈를 실룩거리며 미간을 굳혔다. 입에 낀 초콜릿을 퉤뱉은 그는 살벌한 목소리로 본론을 꺼냈다.

"이번 화이트 채플의 아레나 사건, 거긴 원래 특보대 구역이야. 이런 식으로 일거리를 낚아채면 곤란하지. 우리 입장이 뭐가 되겠어?"

케이는 사무적인 어조로 귀찮다는 듯 대답했다.

"글쎄요. '특보대는 그동안 델타를 이용한 도박 경기를 눈감아 주고 있었다'라는 혐의를 받게 되지 않을까 싶은데요."

"뭐?"

케이는 천천히 다가와 셰인의 귓가를 향해 허리를 숙였다. 귓불에 닿는 서늘한 음성이 부드럽게 충고하며 말했다.

"아레나에서 오베론의 기사 하나를 포획했습니다. 코어[15] 해독을 마친 후 저장된 메모리를 보니 흥미로운 영상이 있더군요. 녀석의 메모리에 중위님을 비롯한 특보대의 얼굴이 여러 차례 등장하던데, 어떻게 된 일인지 설명을 좀 해 주실 수 있으십니까?"

셰인의 얼굴이 굳었다.

'코어 해독이라니 그런 게 가능할 리가……'

퍼뜩 고개를 드니 온화한 눈빛으로 차갑게 웃고 있는 케이의 모습이 보였다.

간담이 서늘해졌다.

아름다운 악마 같다고 해야 할까? 그러고 보니 그런 소문이 돌긴 했다. 브루클린의 성녀가 책임지고 담당하여 합격시킨 기술직 요원은 호크 대령이 힘을 써서 데려왔을 정도로 유례 없는 천재 엔지니어라고.

"이걸 평의회에 보고해야 하나?"

케이는 고민에 빠진 표정으로 중얼거렸다. 연기임이 분명했다, 이쪽을 보면서 조롱하는 듯한 눈웃음을 치는 게. 셰인은 분한 눈으로 이를 바득 갈았다.

"오늘은 이만…… 돌아가도록 하지."

그는 이내 주먹을 불끈 쥐며 후임들을 이끌고 걸어갔다.

이상하게 소름이 돋는 녀석이었다. 귓가에 다가온 입술만으로 온몸이 저릿저릿할 정도로 오싹한 느낌을 선사했다. 딱히 살기를 느낀 것도 아닌데 흡사 냉동고에라도 갇힌 양 온몸이 떨렸다.

등 뒤에서 빤히 쳐다보는 녀석의 시선이 느껴졌다. 셰인은 굳은

---

15 코어core: 로봇인 안드로이드의 뇌에 해당하는 부분.

턱에 힘을 준 채 앞만 보고 걸었다. 등골을 타고 오싹한 한기가 피어올랐다. 투명한 눈동자가 감정 없이 싸늘하게 그의 등을 빤히 보는 게 느껴졌다.

녀석의 시야에서 빨리 벗어나고 싶다.

어리둥절한 부대원들은 영문도 모른 채 그의 뒤를 쫓았다. 꽁무니를 빼는 하이에나처럼 쪽팔렸다. 부대원들 앞에서 체면만 제대로 구겼다.

수치심에 얼굴이 벌게졌지만, 그는 모두를 이끌고 에어쉽에 탈 때까지 차마 뒤를 돌아보지 못했다. 에어쉽 문이 닫히고서야 셰인은 안도의 숨을 내쉬었다. 창밖을 훔쳐 본 그는 "젠장." 하고 욕설을 지껄였다.

'대체 저 녀석 정체가 뭐지?'

안드로이드의 코어를 해독했다니. 그건 해당 제조업자가 아니면 불가능했다. 허세일 게 분명함에도 불구하고 녀석이 뿜어내는 카리스마에 기가 눌려 버렸다.

셰인은 심호흡을 하며 세수하듯 얼굴을 벅벅 문질렀다. 허공을 바라보며 길게 호흡을 내쉬던 그는 의아한 표정으로 쳐다보는 부사관에게 발끈 성질을 부렸다.

"그 표정은 뭐야! 내가 우습나?"

"죄, 죄송합니다."

졸지에 화풀이 대상이 된 부사관은 꾸벅거리며 잘못을 빌었다. 나머지 부대원들도 그의 눈치를 보며 입을 꼭 다물었다.

셰인은 그제야 속이 좀 후련해졌는지 맥주를 꺼내 마셨다. 그는 복잡 미묘한 눈빛으로 창밖을 보며 생각했다.

'특별수사대의 케이 애덤슨이라. 브루클린의 성녀로도 모자라서…… 쳇, 호크 대령! 그야말로 양손에 검과 방패를 거머쥐었군.'

한편 하늘 높이 멀어지는 에어쉽을 보며 나츠는 아쉬운 목소리로 중얼거렸다.

"케이크, 다시 사야겠네요."

망쳐진 결혼식장의 흔적처럼 새하얀 케이크는 뭉개진 채 만신창이가 되어 있었다.

"케이크는 제가 다시 사 오겠습니다. 그러니까……."

나츠는 당혹감에 젖은 얼굴로 눈치를 살폈다. 케이는 말없이 바닥에 떨어진 케이크를 뚫어져라 응시하고 있었다.

뭔가를 헤집듯 집요하고도 소연한 눈초리였다. 슬픔에 잠긴 듯해 보이기도 하고, 분노에 차오른 것 같기도 해 보이는 건 투명한 눈동자가 반사하는 빛의 깊이가 시시각각 달라 보였기 때문일지도 모른다.

"케이 씨?"

케이는 깊은 사념에 잠긴 채, 나츠의 부름에 아무런 반응도 보이지 않았다. 무언가에 사로잡힌 듯 뭉개진 케이크에서 시선을 떼지 못했다.

― 나는 나중에 오빠랑 결혼할 거야.

이따금 물결치는 기억 속 목소리는 가슴에 멍울을 남기듯 망치질을 하고선 수면 밑으로 되잠기곤 한다.

순백의 드레스 위에 떨어진 붉은 핏방울처럼 선연하던 그녀의 모습.

탕!

수중에서 아지랑이처럼 피어오르던 핏줄기.

그 속에 하염없이 가라앉던 창백한 얼굴.

나츠는 애틋한 눈으로 입을 다물었다.

어째서 그리도 먹먹한 눈빛을 하고 서 있는지. 섣불리 말을 걸었다가는 그의 예쁜 눈에서 금방이라도 눈물이 툭 흐를 것만 같아서, 차마 상념에 잠겨 있는 그를 방해할 수가 없었다.

제자리에서 맴돌며 고민하던 나츠는 손가락을 깨물다가 조심스럽게 말을 건넸다.

"아마 소위님께서도 이해해 주실 거예요. 그러니까 너무 걱정 마세요."

'소위님'이라는 단어에 케이의 눈이 어설프게나마 초점을 되찾았다. 그는 몽롱한 눈으로 나츠를 바라보았다. 나츠는 애써 그를 위로하려는 듯 활짝 웃었다. 비록 그의 머릿속을 가득 채우고 있던 건 소위님이 아닌 것 같지만, 어쨌든 그의 의식을 수면 위로 끌어올리는 데에는 소위님의 이름만 한 것이 없어 보였다.

"제가 얼른 가서 새 걸로 다시 사 오겠습니다!"

쏜살처럼 출발한 나츠는 베이커리를 향해 뛰었다. 케이의 눈동자가 다시 무너진 눈덩이 같은 생크림 케이크를 쳐다보았다. 그 속에는 목 없는 성녀 모형의 초콜릿이 하얀 크림에 파묻힌 채 콕 박혀 있었다.

　　　　· · ·

에어쉽이 도착하고 통유리로 된 벽이 출입구로 개방되자 리사는 뻐꾸기시계처럼 보고를 올렸다.

－ 애덤슨 중사가 도착했습니다.

신발을 벗고 집 안에 들어서던 케이는 움찔 굳었다. 어디선가 오싹한 한기가 느껴졌다.

아니나 다를까, 운동복을 입은 유림이 바닥에 정좌를 하고 앉은 채 그를 기다리고 있었다. 등을 꼿꼿하게 펴고 앉은 그녀는 그를 뚫어져라 노려봤다.

고양이처럼 올라간 눈초리에 남아 있는 건 바닥난 인내심이었다. 그녀는 리사가 재고 있던 초시계를 바라보더니 살벌한 미소를 머금고 잇새로 말했다.

"8분 31초 지각."

뜨끔한 케이는 모르는 척 식탁에 케이크를 올려놓았다. 그는 슬그머니 변명을 늘어놓기 시작했다.

"폴 아저씨가 잠시 자리를 비우시는 바람에 좀 늦었어요. 그나저나 유림, 이거 봤어요? 아저씨가 브루클린 성녀를 기념해 만든 초콜릿 피규어라는데."

"봤어, 얼마 전에 메일로 보내 주셨으니까."

"딸기 생크림 케이크는 다 떨어져서 블루베리로 사 왔어요. 그리고 또, 유림이 좋아하는 바나나 생과일주스도 있어요."

"난 블루베리 안 좋아하는데."

케이는 잠시 허공을 응시하더니 일단 주스부터 꺼냈다.

"그럼 다시 사 올까요? 유림이 블루베리를 안 좋아하는 걸 깜빡했네요."

케이의 뒷모습을 쳐다보던 유림은 벌떡 일어나더니 걸어왔다. 그녀는 대뜸 그의 어깨를 잡아 돌렸다. 유림과 눈이 마주친 케이는 당황한 기색으로 그녀를 내려다보았다. 유림은 팔을 들더니 그의 뺨을 천천히 어루만지며 물었다.

"무슨 일 있었어?"

멈칫 정지한 그의 입술이 뭔가를 말할 것처럼 살짝 벌어졌다가 망설이며 다물었다.

"왜요?"

"평소답지 않아서."

옅은 갈색 눈동자가 풍랑에 흔들리듯 고요히 일렁였다.

"어수선하잖아, 케이답지 않게."

케이는 대답을 하지 못한 채 그녀를 응시했다. 긴 속눈썹은 바람에 흩날리듯 미세한 움직임을 보였다. 마치 잘게 동요하는 그의 마음처럼.

"무슨 일이야?"

유림은 반대 손으로 그의 머리칼을 쓸었다. 부드럽게 어루만지는 그녀의 손길에 케이는 맥없이 팔을 스르르 식탁 아래로 떨어뜨렸다.

"아무 일도……."

내일 다시 해가 나고 비가 오면 흔적도 없이 사라질 눈사람 같은 기억의 잔영이다. 그러나 다시 눈이 오면 쌓이고 마는, 추운 날의 상흔이었다.

"아무 일도 없었어?"

"네."

잠시 그를 바라보던 유림은 의심스럽다는 듯한 눈초리를 짓더니 말했다.

"안아 줘, 케이."

그녀의 난데없는 명에 그는 영문을 모르겠다는 표정을 지으면서도 즉각 팔을 벌렸다. 그는 갈대처럼 몸을 숙인 뒤 천천히 그녀의 허리를 감싸 안았다. 유림은 그의 너른 어깨에 기댄 채 나직이 중얼거렸다.

"지각한 벌, 지금 줄 거야."

흠칫한 케이는 돌연 불안감에 젖은 눈으로 고개를 살짝 들었다. 뺨에 닿는 유림의 입술이 소리 없이 웃는 듯한 기분이 들었다.

그는 곁눈질로 귓가를 살랑거리는 그녀의 머리칼과 귓불 그리고 보드라운 뺨을 차례차례 쳐다보았다. 그러던 그의 눈꺼풀이 비스듬히, 그러다가 반쯤, 셔터가 내리듯 서서히 감겼다. 그녀가 그의 뒷머리를 나긋하게 쓰다듬고 있었다. 기분 좋았다. 평소와 달리 장난치듯 보들보들 간질이는 유림의 손길에 그는 편안한 잠에 들 듯 눈을 감았다.

유림은 그의 얼굴을 천천히 그녀의 어깨 위로 기울였다. 케이는 자연스레 그녀의 어깨에 한쪽 뺨을 댄 채 머리를 기댔다.

"8분 31초 동안 이러고 있기."

"이게 벌이에요?"

케이가 눈을 감은 채 물었다.

"그래. 단, 허튼수작이나 엉큼한 짓을 했다간 얻어터질 줄 알아."

그는 아늑한 숨을 내뱉으며 미소 지었다.

"세상에서 제일 달콤한 벌이네요."

취하듯 중얼거린 케이는 목덜미를 간질간질 어루만지는 그녀의 손길에 입꼬리를 곡선으로 끌어올렸다. 뺨에 닿는 그녀의 어깨가 그 어떤 베개보다도 편안했다. 하얀 목덜미에서 풍겨 오는 상큼한 체취도, 들락날락 내쉬는 그녀의 숨결도…….

이렇게나 따뜻하다.

몽글거리는 감각에 취한 듯 기분이 몽롱해져 갔다.

"사실."

케이가 멍한 눈으로 허공을 보며 입술을 열었다.

"처음에 샀던 케이크를 바닥에 떨어뜨리고 말았어요."

그의 목소리는 마치 녹아서 바닥에 떨어진 아이스크림을 아쉬워하는 소년처럼 침울했다.

"유림이 제일 좋아하는 딸기 생크림 케이크였는데."

"괜찮아, 블루베리도 한번 먹어 보지 뭐."

"나는 하얀색이 싫어요."

별안간 그가 잠긴 목소리로 처연히 속삭였다.

"유리처럼 약하고 다치기 쉬운 색이거든요."

"나도 싫어."

그의 말에 맞장구를 쳐 주려는 것인지, 아니면 진심인 것인지 유림은 시니컬한 어조로 말했다.

"모델 이브인지 뭔지가 허구한 날 광고에서 하얀 원피스만 입고 나오거든. 재수 없어."

그녀는 조롱 섞인 목소리로 이죽거렸다.

"실제로는 성격이 아주 더럽다던데 요정이니 천사니 웃기고 자
빠졌네."

"그러는 유림도 성녀잖아요."

"난 괜찮아."

"왜요?"

"난 성녀가 아닌 걸 온 세상이 알고 있잖아. 걘 아니고."

케이의 입술 사이로 쿡 하고 웃음이 새어 나왔다.

"낙원의 요정은 개뿔. 낙원의 마녀, 그게."

그녀의 마지막 한 방에 그의 입매가 비실 풀렸다. 그는 이내 못
참겠다는 듯 통쾌하게 웃기 시작했다. 나직한 울림을 담은 시원한
웃음소리에 유림의 눈썹이 의아함을 담고 꿈틀거렸다. 이마를 짚
고 선 그는 이제 눈물까지 빼며 웃고 있었다.

그 모습을 보던 유림은 앙증맞은 코를 찌푸리더니 '흥!' 하고 거
만한 표정을 지었다. 케이는 그런 그녀를 뒤에서 끌어안으며 너무
웃은 나머지 가슴을 들썩였다.

속살을 에어 내고 아로새겨 묻은 기억.

그것은 시시때때로 소슬바람처럼 불어와 가슴 한 귀를 적셨다.
살갗을 파고드는 칼날에 아물 날이 없던 상처는 무던히 덧날 뿐이
었다.

그런데 지금 이 순간.

햇살을 머금은 듯 보송보송한 그녀의 온기가 모든 것을 품에 안
은 채 소각시켜 주고 있었다.

가녀리지만 단단한 보호막.

그는 유림을 완전히 품에 결박하여 가두면서, 그녀의 향기 속을 파고들었다.

－8분 31초 지났습니다, 소위님.

리사의 목소리가 불쑥 정다운 공기를 깨뜨리며 등장했다.

"아, 그래?"

보고를 받은 유림은 케이를 안고 있던 팔을 풀더니 미련 없이 떨어졌다. 홱 돌아선 그녀는 성큼성큼 식탁으로 향했다. 황당한 듯 허공을 빤히 쳐다보던 케이는 텅 빈 손을 내려다보았다. 돌연 완벽했던 그림이 퍼즐처럼 산산조각 난 기분이었다. 그는 황망한 표정으로 허탈함을 감추지 못했다.

케이는 반듯한 이마를 찌푸리며 이 허망한 기분의 원흉, 리사를 매섭게 노려보았다. 케이의 섬뜩한 눈초리를 본 리사는 어쩔 수 없다는 듯 변명했다.

－죄송합니다, 중사님. 하지만 벌칙은 벌칙입니다. 8분 31초가 끝나는 순간이 사실 이번 벌칙의 백미입니다.

유림은 고개를 끄덕이며 흐뭇한 미소를 지었다. 그녀의 눈웃음이 구구절절 얄미운 소리를 해 대는 리사를 향한 것인지, 입가에 잔뜩 묻은 생크림을 향한 건지는 알 수 없었지만.

"백미?"

－일명 '상실감 안겨 주기' 벌칙입니다.

케이의 창백한 얼굴에 잠시 충격이 어렸다.

쇼크로 한참 동안 멍하니 서 있던 그의 눈가가 점차 불쾌함으로 물들었다. 실체가 없는 것 따위한테 이렇게 분노와 배신감이 치밀어 오르는 건 또 처음이었다.

"유림."

"왜?"

"오늘 리사의 시스템을 리셋시킬까 하는데 괜찮아요?"

생크림 케이크에 초콜릿을 찍어 먹던 유림의 눈이 휘둥그레졌다. 시스템 리셋은 안드로이드나 개인 홈 AI에게 있어 사형선고나 마찬가지였다. 그녀는 혀를 끌끌 차더니 리사가 가엽다는 듯한 어조로 물었다.

"굳이 그렇게까지 할 필요 있어?"

리사 역시 당황한 어조로 재빨리 끼어들었다.

─ 중사님, 농담이었습니다.

"요즘 그녀가 제 명령을 너무 우습게 보는 듯해서요."

─ 일전의 교란 작전을 말씀하시는 거라면 저도 억울합니다. 제가 미처 실행하기도 전에 윗선이 개입하는 바람에 어쩔 수 없었습니다.

케이의 눈이 흠칫 흔들렸다. 식탁에 앉아 가만히 듣고 있던 유림이 고개를 갸웃거리며 물었다.

"교란 작전이 뭐야?"

"아무것도 아니에요."

케이는 서늘한 미소를 머금고 리사를 노려봤다. 저걸 지금 농담이라고 한 건지, 아니면 제 딴에 복수라고 한 건지 가늠할 수가 없었다. 무엇보다도 인공지능인 주제에 인간처럼 성격이 형성되고 재치가 늘어 가고 있다는 점이 할 말을 잃게 만들었다.

수상쩍다는 듯 둘을 빤히 쳐다보던 유림은 거실로 내려와 가볍게 발을 내디뎌 걸었다.

"뭔데? 둘이 대체 뭔 작당을 꾸미는 거야?"

그녀는 냅다 케이의 등에 올라타더니 방심한 그의 목을 휘감기 시작했다.

"유림?"

그녀가 매번하는 기습 공격쯤은 눈 감고도 알아채는 케이였지만 이번에도 짐짓 놀란 척 그녀의 이름을 외치며 당황한 연기를 펼쳤다. 그에 신이 난 유림은 즐거워하며 아이처럼 그의 등에 대롱대롱 매달렸다. 그녀는 돌연 그의 귓불을 깨물며 말캉한 혀를 집어넣었다.

이번에는 그녀의 돌발 공격을 예상하지 못한 듯 케이의 몸이 흠칫 굳었다. 말초신경을 자극하는 그녀의 육탄 공격에 그는 무너지듯 바닥을 짚으며 무릎을 꺾었다.

유림이 케이의 귀를 입에 머금고 세차게 빨자 그의 잇새로 잠긴 신음 소리가 흘러나왔다. 이런 격한 반응은 쉽게 보이지 않는 케이인지라 그녀도 의외였는지 눈이 반짝이며 커졌다.

유림은 케이의 어깨를 짚더니 공중에서 빙그르르 돌아 그의 정면으로 안겼다. 케이는 그녀를 품에 안으며 소파 위로 털썩 누웠다. 그의 위로 말 타듯 올라탄 유림은 그가 입은 셔츠를 찢어 내듯 벗겼다. 그리고 그의 가슴팍을 혀끝으로 간질이듯 애무하기 시작했다.

케이는 탁해진 눈으로 그녀를 빤히 올려다보았다. 그는 턱에 힘을 준 채 억지로 웃으며 말했다.

"더 이상 자극하면 참기 힘들어요."

"그러니까 말하라고. 교란 작전이 뭔데?"

유림은 이를 세우며 그의 목덜미를 살짝 깨물더니 흡입하듯 빨아들였다. 케이는 움찔거리며 상체를 들썩이다 소파 가죽이 뜯어져라 움켜쥐었다.

"유림하고…… 단둘이 있고 싶어서."

그녀는 그의 쇄골을 어루만지며 고양이 같은 눈으로 "그래서?" 하고 되물었다. 그의 잇새로 억누른 숨결이 터지듯 새어 나왔다.

"리사에게 유림이 새로운 팀원을 충당하는 걸 늦춰 보라고 명령 했어요."

케이는 결국 고해성사를 하듯 털어놓았다. 그녀와 눈이 마주친 그는 민망한 듯 고개를 확 외면했다. 유림은 커다란 눈을 깜빡이다 가 이내 깔깔 웃음을 터뜨리기 시작했다. 그녀는 그의 가슴에 뺨을 비비더니 기분 좋은지 눈을 감았다.

케이는 굳은 눈으로 유림을 빤히 쳐다보았다. 그녀는 나른한 자 세로 입술을 핥으며 해사하게 웃었다.

"케이."

"네?"

둥글고 탱글탱글한 그녀의 가슴이 복부에 닿아 정신을 집중할 수 가 없었다. 그는 스프링처럼 튕겨 나갈 듯한 욕망의 끈을 가까스로 붙잡은 채 억누르며 대답했다.

유림이 소곤거리며 뒷말을 속삭였다.

"……아이."

그녀의 속삭임에 귀를 기울이던 케이의 눈이 점차 커졌다.

"……에스, 에스."

Kiss.

유림의 말이 끝나기 무섭게 그는 벌떡 일어나 그녀의 입술을 덮 쳤다. 얼마나 참았는지 격하게 입술을 벌리고 혀를 밀어 넣는 케이의 손은 벌써 그녀의 가슴을 거세게 움켜쥐고 있었다. 사실 그조차도 놀라운 이성으로 내리누르고 있는 상태였다.

유림은 웃음을 터뜨리며 그의 목을 끌어안았다. 이렇게 욕망과 이성 사이에서 탁한 눈빛으로 미칠 듯 흔들리는 그의 모습이 좋았다. 그녀는 입술을 핥는 그의 혀에 달콤한 신음을 흘리며 고개를 뒤로 꺾었다.

기분 좋은 듯한 표정을 짓고 있는 유림의 모습에 케이의 눈에도 예쁜 곡선이 걸렸다. 그는 고개를 비스듬히 기울이며 그녀의 입술 사이를 깊게 파고들었다. 그는 뺨과 목에 잔 키스를 남기며 뜨거운 숨결로 애무를 이어 갔다.

"하아, 케이……."

유림은 녹아 버릴 것만 같은 느낌에 어쩔 줄 몰라 하며 몸을 비틀었다. 귓가와 목덜미를 어루만지는 그의 움직임만으로도 구름 위에 누운 듯 황홀함이 번져 왔다.

— 그러다가 홀딱 반했구나!

문득 뇌리를 스치는 메리의 목소리에 유림의 눈이 일렁였다. 피식 웃고 있는 케이의 얼굴이 보였다. 이 얄궂은 남자는 몇 차례 그녀의 입술과 가슴을 잡아먹듯 삼키고 탐하더니 벌써 여유를 되찾은 모양이었다.

아닌 척해 봤지만 역시 메리의 눈은 속일 수 없었다.

그의 손길과 입술에 길들여져서는, 하루라도 예쁨을 받지 못하면 신경이 예민해지는 고양이처럼 이렇게 가르랑대고 있으니.

케이가 투명한 눈동자에 은근한 미소를 걸고 이름을 부를 때면 어느새 가슴이 파도치듯 설레었다.

— 유림은 내가 좋아요?

유림은 앙칼진 눈으로 그를 올려다보더니 사과를 베어 물듯 그의 입술을 깨물었다. 놀란 그의 눈이 커졌다. 그녀는 심술궂은 눈초리를 지으며 작은 복수를 다짐했다.

'신이 내려 줬다는 그 숙제, 어디 한번 잘 풀어 보시지.'

그런 유림의 속내를 아는지 모르는지 케이는 그녀의 부푼 입술에서 눈을 떼지 못하고 있었다. 그는 뭔가 조금 더 갈망하는 듯한 눈빛으로 그녀의 뺨을 어루만졌다. 그러고는 깨지기 쉬운 유리를 다루듯 천천히 그녀를 품에 끌어안았다.

그는 첼로처럼 듣기 좋은 울림의 목소리로 나직이 속삭였다.

"8분 31초 벌칙, 한 번 더 해요."

"엉큼한 짓 금지인데?"

"그 조항은 삭제하고요."

"그럼 벌칙이 아니잖아, 바보."

쉽지 않네. 그는 말문이 막힌 듯 침묵했다. 언제 바꿔 놨는지 무음 모드가 된 리사가 벽면 스크린에서 종알거리는 게 보였다. 케이는 여전히 리사에 대한 분노가 풀리지 않았는지 뾰족한 시선으로 스크린을 노려보았다. 저 멍청한 게 요즘 직분을 망각하고 누가 '마스터'인지조차 잊은 모양이었다.

그는 털썩 그녀의 어깨에 뺨을 묻었다. 지금은 아무런 생각도 하기 싫었다. 그냥 이렇게 온기를 안고 싶을 뿐.

오늘따라 나사가 하나 풀린 것처럼 행동하는 그의 모습이 귀여웠다. 유림은 케이의 머리를 헝클어뜨리며 흐뭇하게 웃었다. 그는 자포자기한 얼굴로 바람 빠지는 듯한 미소를 짓더니 그녀를 품에 안은 채로 눈을 감았다.

한가로운 일상이었다.

밤이 오기 전 한낮의 짧은 평화.

서로의 숨소리와 온기만이 오롯한 다정한 오후.

유림은 케이의 등을 한 아름 감싸 안으며 나긋이 속삭였다.

"8분 31초…… 시작."

어느새 깊은 밤 자락이 내린 시각.

숨죽이듯 낮춘 목소리가 조곤조곤 어둠 속에서 시를 읊듯 속삭였다.

사랑은 아무리 하찮고 쓸모없는 것일지라도 그것에 가치와 품격을 부여하지. 사랑은 눈이 아니라 마음으로 보는 것이거든. 그래서 날개 달린 천사 에로스는 장님으로 그려져 있는 거야.

케이는 소파에 누워 지그시 눈을 감은 채 여성의 목소리를 음미하듯 듣고 있었다.

때문에 사랑에 빠지면 분별력이 사라지고 말아. 날개는 달려 있는데 눈으로 볼 수가 없으니 조급함에 서두르기만 하거든. 그래서 큐피드가 어린

애잖아. 왜냐면 선택을 할 때마다 너무 쉽게 속아 넘어간단 말이야.

오디오북 소리였다. 작품 제목은 윌리엄 셰익스피어의 「한여름 밤의 꿈」이었다.

케이의 시선이 슬쩍 유림에게로 향했다. 그녀는 앉아 있는 그의 허리를 꼭 감은 채 순수한 소녀처럼 곤히 잠들어 있었다. 그의 손이 그녀의 머리칼을 어루만졌다. 손가락 사이사이로 강물처럼 빠져나가는 느낌이 실크처럼 부드러웠다.

"헬레네의 대사군."

밤새 들은 그는 지겹다는 어조로 중얼거렸다.

- 예, 중사님. 셰익스피어의 작품 「한여름 밤의 꿈」에는 사랑에 관한 명대사가 많습니다. 중사님께서도 뭔가 느끼는 바가 없으십니까?

"글쎄. 유령의 군주가 왜 하필 요정왕 오베론을 자칭했는지 이해할 수 없다는 것 외에는."

리사는 한숨과 같은 숨소리를 자아냈다. 케이는 따분한 눈빛으로 벽면 스크린에 떠 있는 큐피드 사진을 쳐다보았다. 눈가리개를 하고 활시위를 잡아당기고 있는 사랑의 신 에로스. 그가 당기고 있는 활시위 끝 화살촉이 그에게는 섬뜩한 납 덩어리로 다가왔다.

- 눈먼 날개는 사랑의 상징이라고 하지요. 사랑에 빠진 연인들은 이성적인 사고를 못합니다. 어린애처럼 허둥대고, 그 사람만 생각하면 마음이 조급해져 논리적인 사고 따위는 할 수 없게 된답니다.

케이는 비웃듯 조소를 머금었다. 셰익스피어는 참사랑을 말하지만 그에게 있어선 유치하게 들리기만 했다. 결국 사랑은 인간을 어리석은 존재로 만든다는 거 아닌가?

'시인과 광인과 연인은 모두 미치광이들이다. 꿈과 착각에 빠진 채 머릿속은 끝없는 상상에 가득 차 있다……'

작중 비유를 떠올린 케이는 알 듯 모르겠다는 눈빛을 지었다. 그는 또렷하게 잡히지 않는 무언가를 거머쥐려는 듯 허공에 팔을 뻗었다. 그러나 빈손은 먼지만 일으키고 돌아왔다. 그는 기대도 하지 않았다는 눈초리로 체념했다.

그때 잠결에 움직인 유림의 손이 그의 손을 낚아채며 잡았다. 그녀는 케이의 팔을 가슴팍으로 끌어안으며 인상을 쓴 채 잠꼬대를 중얼거렸다.

"……케이."

그런 유림을 멀뚱하니 내려다보던 케이는 황당하다는 듯 웃었다. 결코 그녀에게는 보여 주지 않는 차갑고 무미건조한 눈초리. 그러나 서늘한 눈초리를 누그러뜨리며 그녀의 뺨을 톡톡 건드리는 그의 손길에는 장난기가 다분히 배어 있었다.

- 궁금하지 않으십니까? 중사님을 미치게 만드는 그 감정이.

"미치게 하는 감정?"

리사는 케이가 불쾌해하며 반박하기 전에 재빨리 뒷말을 덧붙였다.

- 저는 궁금합니다. 사랑이란 게 어떤 감정일지. 아마 저 같은 인공지능은 평생 느낄 수 없겠지요.

케이는 의아한 눈빛으로 리사를 바라보았다.

평생.

프로그램에 불과한 그들에게 있어 과연 삶이란 게 존재한다고 할 수 있을까? 그녀는 정녕 일생이란 의미를 이해하고 사용하는 것일까? 삶의 종결은 죽음으로 매듭지어지는데 그들에게 있어 탄생과 죽음이란 어떻게 정의를 내려야 할는지. 어찌 보면 그 자신이나 그들이나 덧없는 삶에 흐르는 시간만을 무심히 지켜보는 존재라는 점에서 닮아 있을지도 몰랐다.

그가 사념에 빠져 있는 사이, 리사는 분석한 자료를 브리핑하기 시작했다.

— 유령의 군주와 요정왕의 공통점을 굳이 꼽아 보자면, 둘 다 권력을 가진 지배자라는 위치에 서 있다는 겁니다. 그리고 이건 추측에 불과합니다만.

리사가 화면에 띄운 자료를 본 케이의 눈이 굳었다. 그는 상체를 일으키며 혼란스러운 눈을 차갑게 가라앉혔다.

— 동일 인물이라는 확증은 없습니다. 그러나 메타포를 근거로 한 추론에 의하면 가능성은 충분합니다.

케이가 실소를 터뜨렸다. 황당하다 못해 아주 발칙하기까지 했다. 그는 냉소를 머금은 채 아깝다는 눈빛을 지었다.

'코앞에서 놓쳤군.'

유령의 군주, 그래서 오베론이란 이름을 사용했나?

그때 유림이 몸을 뒤척이며 눈꺼풀을 살랑살랑 움직였다. 게슴츠레한 눈으로 고개를 든 그녀는 그의 허리를 안은 채 위를 올려다보았다. 그녀의 머리칼을 어루만지던 케이는 앉은 자세로 미소를 지었다.

"일어났어요?"

"지금 몇 시야?"

훤할 때 잠든 것 같은데 어느새 창밖은 컴컴한 하늘이었다.

"자정이 넘었어요. 더 자요."

"자정?"

유림은 소스라치게 놀라며 벌떡 일어났다. 그녀는 눈을 비비더니 굴러 떨어지듯 바닥에 미끄러지며 앉았다. 깜짝 놀라 그녀를 잡아 주려던 케이의 손은 허공을 배회했다.

유림은 어느새 벌떡 일어나 기지개를 펴더니 엉덩이를 하늘로 든 채 스트레칭을 했다. 복숭아처럼 볼록한 그녀의 엉덩이를 멀뚱멀뚱 쳐다보던 케이는 왠지 모르게 허전해진 손을 응시했다.

그는 부드러운 눈으로 고즈넉한 시선을 던지며 턱을 괴었다. 그녀는 또 팬티와 브라만 한 채 돌아다니고 있었다. 이제 유림의 그런 모습은 익숙하다 못해 미소를 머금은 채 감상해 줄 경지에까지 오른 상태였다.

유림은 금세 방에서 옷을 갈아입고 나왔다. 마치 운동이라도 하러 가는 듯한 차림새다.

"나갔다 올게."

리사가 예정에 없던 스케줄에 질문을 던졌다.

– 어디에 가십니까?

"모래의 도시. 일 분 뒤 출발할 수 있도록 에어쉽 대기시키고."

– 알겠습니다.

유림은 물을 벌컥벌컥 마시며 까만 캡 모자를 눌러쓰고 머리를 높이 묶었다. 케이는 소파에서 일어나 그녀를 향해 걸어왔다. 하얀 바지에 검은색 티셔츠. 그도 유림만큼이나 무채색 옷을 즐겨 입는 편이었다.

"훈련소에 가는 거예요? 이 시간에?"

"땀 좀 빼고 오려고."

케이는 유림을 뒤에서 끌어안으며 웃음 밴 목소리로 속삭였다.

"그건 나도 해 줄 수 있는데."

"뭘?"

"땀 빼게 해 주는 거요."

그의 손이 살그머니 그녀의 허리를 어루만지기 시작했다. 배꼽을 만지며 슬금슬금 기어 올라온 손은 그녀의 가슴 둔덕을 감싸 쥐었다. 귓바퀴에서 느껴지는 숨결과 뺨을 애무하는 입술. 가만히 서 있던 유림의 눈이 서서히 커졌다. 어느새 속옷 안까지 침범해 가슴 정점을 굴리는 그의 손가락 장난에 퍼뜩 정신이 든 그녀는 그의 팔을 잡아 제지했다.

"케이!"

그가 쿡쿡 웃으며 뒤로 물러났다. 유림은 빨개진 얼굴로 그를 노려보더니 휙 돌아섰다.

"다녀와요."

통유리로 된 벽면 출입구가 미닫이처럼 열리고 에어쉽이 발동하면서 거센 바람을 일으켰다. 그녀는 마지막으로 새침하게 눈을 흘기는 것 외에는 말 한 마디 없이 가 버렸다.

유림의 에어쉽이 검은 하늘 속으로 사라지는 걸 보면서, 케이도 곧바로 옷을 갈아입었다.

"에어쉽 준비시켜."

– 중사님께선 어디를 가십니까?

그는 뻔하지 않냐는 표정으로 리사를 응시했다. 그녀가 나가고 바로 뒤따라가는 걸 보면서 그렇게 눈치가 없냐는 듯이.

리사는 그제야 알아챈 듯 재빨리 허공에 GPS를 띄웠다.

– 정유림 소위의 위치를 추적합니다.

이윽고 홀로그램으로 뜬 낙원의 입체 영상도에는 유림의 에어쉽이 이동하는 경로가 붉은 점으로 나타났다. 모자와 마스크를 쓴 케이는 그녀의 이동 경로를 보더니 의아한 표정을 지었다.

"어디로 가는 거지?"

– 황금의 바벨탑, 기억의 도시로 향하고 있습니다.

역시 모래의 도시로 가는 게 아니었다. 어쩐지 이상했다. 좀 전에 유림의 몸을 더듬었을 때, 그녀의 허리 안쪽에 권총과 단검이 장비돼 있었다. 훈련장에 가는 것치고는 꽤 중무장을 한 차림새지 않은가? 게다가 재킷 안쪽에는 방탄 티셔츠까지 입고 있었다.

'피의 마리아가 내린 지령인가?'

오늘 모래의 도시에서 만난 메리가 뭔가 임무를 전한 게 틀림없었다. 그는 곧바로 유림의 뒤를 쫓기 위해 밖으로 향했다.

잠시 후, 그가 탄 에어쉽이 쏜살처럼 하늘로 날아올랐다.

낙원의 환락가 '기억의 도시'는 바벨탑을 모델로 건축됐다. 그래서 주민들은 기억의 도시를 '황금의 바벨탑'이라고도 불렀다.

기억의 도시는 에어쉽을 탄 채 상공에서 내려다볼 때부터 눈이 부셨다. 화려한 불빛과 황금 도벽은 마치 보물을 숨겨 놓은 전설 속 고대 도시처럼 보는 이로 하여금 상상력을 발휘하게 하는 신비감을 자아냈다.

번쩍거리며 등장한 입체 영상 광고가 번갯불처럼 스치듯 눈앞에 등장했다가 사라졌다. 팔베개를 한 채 벌렁 누워 있던 유림은 시시하다는 표정을 지었다.

기억의 도시에 빼곡하게 들어서 있는 건 카지노와 유흥업소들이었다. 밤낮으로 사람들의 발길이 끊이지 않는 이곳은 유동 인구를 제외하면 대부분의 인력이 안드로이드로 이루어져 있다.

기억의 도시에 착륙하기 위해서는 바벨탑 전용 에어쉽으로 바꿔 타야 한다. 전용 에어쉽들은 몸체가 전부 투명한 유리로 이루어져 있었다. 이들은 관광객들에게 화려한 도시의 외관을 구경시켜 주기 위해 주변 하늘을 한 바퀴 돈 후 승강장에 정차하는 걸 원칙으로 삼았다.

에어쉽이 부유하는 허공 위에선 폭죽이 터지듯 광고 영상이 끊임없이 등장하며 시선을 잡아끌었다.

---

16 아담: 낙원의 관리자의 애칭. 관리자 로그인을 할 때 시스템에 저장된 이름이 아담이란 것에서 파생되었다는 소문이 있다.

유림은 게슴츠레한 눈을 날카롭게 치켜떴다. 형형색색 불꽃들에 휩싸여 멀어지는 광고 영상 속에 '소돔'이라는 글자가 또렷하게 보였다. 벌떡 몸을 일으킨 그녀는 손목의 스마트 워치를 내려다보았다.

현재 시각 오전 00시 15분.

유림은 못 미더운 표정으로 바람의 도시 쪽을 돌아보았다.

과연 케이가 쫓아올까? 졸린 듯 아무 생각이 없어 보이던데.

하여간 야한 짓 할 때 빼고는 도무지 속을 알 수가 없는 녀석이었다. 의욕도 없고 사내다운 기운도 없고. 그러면서도 그 녀석과의 힘겨루기에서는 묘하게 늘 지고 있는 느낌이었다.

유림은 복잡한 눈빛으로 한숨을 내쉬었다. 그녀는 장갑 낀 손으로 주먹을 쥐었다. 오늘 토끼 사냥은 어찌 보면 무리수에 가까운 수준이었다. 자칫 목숨이 위태로울 수도 있을 정도로 급조된 계획.

유림은 또렷한 눈동자에 예리한 단검처럼 살기를 머금었다. 불가능한 임무도 가능하게 만드는 것. 그게 히트맨인 그녀가 할 일이다.

에어쉽은 황금의 바벨탑 속으로 빨려 들어가듯 질주하며 하강했다.

기억의 도시를 세 단어로 요약하라고 한다면 '신기루, 쾌락 그리고 안드로이드'라고 말할 수 있다. 기억의 도시는 크게 '소돔'과 '고모라'로 나뉘는데, 쾌락의 거리라 불리는 소돔은 사창가였다.

낙원에서는 실제 주민들이 성 접대부로 일하는 게 엄격히 금지되어 있기 때문에 소돔에서는 성 접대용 안드로이드를 사용하고 있었다. 혹은 가상 시뮬레이션을 이용한 성적 쾌락을 공급했다. 처음에는 '로봇과의 섹스'가 웬 말이냐며 뉴스와 미디어가 들썩였지만 얼마 지나지 않아 그러한 잡음은 소리 소문도 없이 사라지고 말았다.

오히려 안드로이드 매춘부에 중독된 남자들은 더 이상 실제 애인이나 아내를 찾지 않는다는 말이 나올 정도로, 소돔의 서비스는 성공적이었다.

한편 환락의 거리 고모라는 합법적 도박이 가능한 카지노들로 이루어져 있다. 이곳은 낙원에서 유일하게 도박을 할 수 있는 장소로 연중 관광객의 발걸음이 끊이질 않았다. 물론 이곳의 딜러나 웨이터들도 소돔과 마찬가지로 모두 안드로이드들이었다.

"어서 오세요! 소돔에 오신 것을 환영합니다. 첫 방문이시군요? 최초 방문객에게는 무료 체험 1회 쿠폰을 제공해 드리고 있습니다."

금발에 푸른 눈을 가진 미남자가 나와 유림에게 손을 내밀었다. 유림은 모자와 마스크 사이로 그를 흘끗 쳐다보았다.

남자는 황토색 사제복을 입고 있었다. 그의 손바닥 위에는 황금색 코인들이 가득했는데, 각각의 코인들은 태양, 달, 바람, 파도, 꽃, 화로 모양 등이 새겨져 있었다. 가만히 코인들을 들여다보던 유림은 눈치를 살피며 낚아채듯 화로의 문양이 새겨진 코인을 집어 들었다.

남자는 환하게 웃으며 옆으로 비켜섰다. 유림은 그다지 내키지 않는다는 표정으로 그가 비켜선 길 뒤쪽을 응시했다. 마치 고대 로마의 좁다란 골목길처럼 생긴 곳이었다. 음침하지만 비밀스러운 마굴처럼 보이는 골목이 나름 흥미를 끌었다.

유림은 조심스럽게 주위를 두리번거렸다. 그녀가 서 있는 거리는 레스토랑과 여러 가지 관광 상품들을 파는 상점들로 밝고 떠들썩했다. 반면 남자가 서 있는 곳 뒤쪽은 시간이 멈춘 듯 썰렁하니 적막만이 흘렀다. 간혹 사제복을 입은 자들이 종종걸음으로 휙휙 지나다닐 뿐이었다.

사실 쾌락의 거리 소돔으로 통하는 입구는 거리 곳곳에 있었다. 빛이 닿는 곳은 고모라, 빛이 닿지 않는 어둠의 거리는 모두 소돔으로 통하기에.

"신의 은총을."

남자는 두 손 모아 머리를 조아리며 인사했다. 그런 그를 스쳐 지나가는 유림의 눈초리는 무심했다.

좁고 어두운 골목에선 어디선가 희미한 불빛이 새어 나오고 있었다. 마치 멸망한 도시 폼페이의 사창가 골목을 재현해 놓은 듯한 느낌이랄까? 벽면에는 낙서와 기괴한 조각이 새겨져 있었고, 바닥에는 남자의 성기를 그려 놓은 부조가 화살표처럼 방향을 일러 주었다.

멀리 불빛이 흔들흔들 손짓을 하듯 아른거렸다. 그곳에는 붉은 두건을 쓰고 신전의 사제 복장을 한 여인들이 마중을 나와 있었다. 여인들의 손등에는 화로 문양의 문신이 새겨진 게 보였다.

유림은 그들에게 황금색 코인을 건넸다. 그러자 여인들은 양손을 모으고 고개를 조아렸다. 그녀들 뒤에 위치한 거대한 문이 웅장한 소리와 함께 열리기 시작했다.

"베스타[17]의 신전에 오신 것을 환영합니다."

황금색 코인은 소돔의 신전을 이용할 수 있는 입장권 내지 통행증이었다.

---

17 베스타: 고대 로마의 화로의 여신. 가정과 국가의 안녕을 수호하는 여신으로 숭배받았다.

소돔은 낙원에서 안드로이드를 생산하는 기업에 의해 운영되고 있는데, 각각의 신전들을 체인점처럼 상인들에게 내주고 서로 경쟁해 고객을 유치하게끔 했다.

유림이 도착한 곳은 화로의 여신을 테마로 한 베스타의 신전이었다.

출입구는 고대 로마의 신전 입구를 그대로 옮겨 놓은 듯한 형상이었다. 유림은 그들을 따라 문 안쪽으로 들어섰다. 문이 끼익 하고 닫히자 안쪽에서 타닥거리는 화롯불이 시야를 밝혔다.

동굴처럼 어두컴컴한 실내를 구경하던 유림은 번쩍이는 빛에 깜짝 놀랐다. 눈부신 섬광이 사방을 가득 채웠다. 유림은 눈을 질끈 감고 팔로 빛을 가렸다.

잠시 후 다시 어둠이 깔리자 그녀는 실눈을 뜨고 주위를 쳐다봤다. 실내가 어느새 드넓은 우주처럼 암흑 공간으로 바뀌어 있었다.

─ 베스타의 신전에 오신 것을 환영합니다! 원하시는 타입을 선택해 주십시오.

반짝이는 은하수와 행성들이 펼쳐지고 그 사이로 아름다운 성인 남녀들이 헐벗은 모습으로 등장했다. 가상 시뮬레이션이었지만 실제 사람과 다름없을 정도로 사실적인 묘사였다. 그들을 훑어보던 유림의 눈길이 잠시 한 남자에게 머물렀다.

─ 이십 대 남성, 갈색에 반곱슬 머리카락, 갈색 눈동자, 피부색 밝음, 신장 6.13피트, 어깨가 넓고 호리호리한 체형, 얇고 긴 눈초리, 부드러운 호감형 인상으로 하시겠습니까?

깜짝 놀란 유림은 멍한 눈으로 주춤거렸다. 허공 속에서 걸어 나오고 있는 남자는 케이를 떠올리게끔 했다.

"안녕하세요?"

듣기 좋은 울림의 낮은 목소리. 설마 이것도 취향을 분석해서 빚어 낸 시뮬레이션인가?

– 고객님께서 매력적이라 생각하시는 남성의 보이스를 재현했습니다. 어떠십니까? 만족하시면 '다음'을 터치해 주십시오.

케이를 닮은 가상 속 남자는 눈초리를 휘며 생긋 웃었다.

'완전 그 녀석하고 판박이잖아.'

유림은 섬뜩하다는 표정을 지었다.

– 원하시는 인터코스[18] 유형을 선택해 주십시오. 가상현실 수면형과 안드로이드 체험형이 있습니다. 어느 것으로 선택하시겠습니까?

로봇과 성행위라니. 광고를 보긴 했지만 실제로 와서 체험해 보니 떨떠름한 기분이었다. 실제로 할 생각도 없지만, 어쩐지 떳떳하지 못한 짓을 하는 심정이다. 유림은 내키지 않는다는 표정으로 대답했다.

"안드로이드 체험형으로."

– 예, 감사합니다.

잠시 후, 정면에 다시 여사제들이 등장했다.

"이쪽입니다."

어느새 우주처럼 펼쳐져 있던 은하 공간은 사라지고, 고대의 신전 내부 모습이 눈앞에 자리하고 있었다. 커다란 대리석 기둥들이 높다랗게 세워진 가운데 여사제들은 자그마한 쪽문을 열어 주며 등불을 내비췄다. 팔짱을 낀 채 서 있던 유림은 어색한 몸짓으로 모자를 고쳐 쓰고선 그녀들의 뒤를 따랐다.

안쪽으로 좁은 통로가 이어졌다. 벽에 걸려 있는 등불들은 코앞

---

18 인터코스intercourse: 성행위

을 겨우 비춰 줄 만큼 불빛이 약했다. 양옆으로 오래된 나무 문들이 보였다. 겉보기엔 이래도 내부는 최첨단 시설들로 이루어져 있을 것이다. 총총걸음의 여사제를 따라가던 유림은 걸음을 멈췄다. 출입문 위에는 푸른 보석으로 된 조개가 새겨져 있었다. 그녀는 그 바로 옆방을 손으로 지목했다.

"이 방으로 하고 싶은데."

그녀를 안내하던 안드로이드 사제는—마치 진짜 사람인 양— 의아한 눈빛을 지었다. 그녀는 인간의 감정을 읽고 흉내 내는 능력이 탁월한 듯했다. 군에서 보던 안드로이드 집무관들이나 헌병들과는 차원이 다른 수준이다. 감정 교감 능력이 아주 정교하게 이루어져 있는 로봇들이었다. 안드로이드인 걸 몰랐다면 진짜 사람으로 착각했을지도 모른다.

"푸른 보석의 방들은 VVIP실들로 현재 모두 예약이 되어 있는 상태입니다. 선택하신 푸른 초승달 방은 다음 예약 손님 때문에 앞으로 이십 분밖에 사용하실 수가 없습니다."

"상관없어."

유림은 나무로 된 문짝을 톡톡 치며 대답했다.

"이십 분이면 충분하니까."

결국 그녀는 푸른 조개 방 옆에 위치한 푸른 초승달 방에 들어오는 데 성공했다.

밖이 예스러운 고대 로마 풍인 것과는 달리 내부 인테리어는 현대적이고 심플했다. 기본 설정으로 되어 있는 방은 전체적으로 하얀색으로 도배되어 있었고 바닥은 유리처럼 글라스 소재였다. 물론 본인이 원한다면 각양각색의 주제에 맞춰 내부 인테리어 역시 선택할 수 있는 시스템이었다. 방에 들어온 유림은 주머니에서 쪽지를 꺼내더니 복습을 하듯 다시 한 번 확인했다.

'밤 00:30분, 화로의 여신, 푸른 조개 방, 환기구.'

낮에 메리가 급히 휘갈겨 써 준 메모였다.

그때 방문이 열리더니 한 남자가 등장했다.

"처음 뵙겠습니다."

정확히 말하면 남성 안드로이드였지만.

그는 좀 전에 그녀가 가상 시뮬레이션을 돌릴 때 본 녀석이었다. 갸름한 얼굴, 부드러운 갈색 머리칼, 투명한 커피색 눈동자에 감도는 은은한 미소. 그는 멍하니 서 있는 유림에게 다가오더니 거리낌 없이 그녀를 휘감듯 껴안았다. 그리고 귓가를 어루만지듯 애무하며 속삭였다.

"시작할까요?"

게다가 말투마저 소름 돋을 정도로 케이와 흡사했다. 어느새 그에게 안긴 채 침대에 눕혀진 유림은 시트를 움켜쥐었다. 흘끗 유림을 내려다본 그는 빙긋 웃으며 물었다.

"왜 그러시죠?"

유림은 말없이 그를 응시했다. 그는 느른한 미소를 짓더니 비스듬히 고개를 숙여 왔다. 그리고 그녀의 마스크를 벗기며 입을 맞추려 하자, 유림은 경직된 몸으로 그의 손을 쳐 냈다.

"긴장한 거예요? 걱정 말아요."

메리도 엿볼 수 없는 그녀의 머릿속을 들여다보기라도 한 것일까? 아니면 단순히 순간순간 상대의 신체적 반응을 수집하여 조합한 행동 패턴에 불과한 것일까? 어느 쪽이든 유림은 심히 불쾌함을 느꼈다.

"따라 하지 마."

"네?"

부드럽게 뺨을 쓰다듬던 안드로이드는 '퍽!' 소리와 함께 주먹을 얻어맞고 바닥에 나동그라졌다. 유림은 얼얼한 주먹을 허공에 털면서 쏘아붙였다.

"그 녀석인 척 흉내 내지 말라고."

그녀의 짜증에도 그는 금세 바닥을 짚고 일어서더니 생긋 웃었다.

"이런 걸 좋아하시는군요. 그럼 이런 테마는 어떠세요?"

실내조명이 어두워지고 벽면에서는 해괴한 기구들이 등장했다. 쇠사슬과 채찍, 흡사 고문 기계를 닮은 듯한 성기구들. 모자로 가린 유림의 미간에 일자 주름이 깊게 패었다.

아무리 정교한들 로봇은 로봇이었다. 자신에게 폭력을 가한 상대에게 바로 방긋거리며 웃는 그를 보며 유림은 숨이 턱 막히는 기분이 들었다.

"됐으니까 나가."

스스로 수갑을 채우던 안드로이드가 의아한 표정을 지었다.

"나가 있으라는 말 안 들려?"

"다른 상대를 불러 드릴까요?"

천진난만한 게 아니다. 그는 그저 매뉴얼대로 행동하고 있을 뿐, 가엽게 여길 이유도 죄책감을 느낄 필요도 없다. 그럼에도 그녀를 물끄러미 바라보는 그의 시선에 마음 한구석이 불편해져 왔다.

유림은 차분하게 심호흡을 한 뒤 고개를 외면해 버렸다. 그녀는 흘끗 천장을 바라보았다. 모서리 쪽에 환풍구가 설치되어 있었다.

그녀는 대답을 기다리고 있는 안드로이드에게 출구를 가리키며 명했다.

"잠깐 나가 있어. 한 십 분 정도면 돼. 잠시 혼자 있고 싶으니까."

"알겠습니다."

그는 별다른 말없이 조용히 자리를 비켜 주었다. 출입문 밖으로 그가 사라지자 유림은 벌써부터 지친 듯 한숨을 내쉬었다.

정신적 소모가 컸다. 소돔의 주인이 누군지는 모르겠지만 굉장히 영리한 사람임에는 틀림없었다.

실존하지 않지만 마치 실존하는 듯한 대상을 눈앞에 대동시켜 의식과 이성을 흐릿하게 만든다. 염원을 현실화시킨 듯한, 그러나 상대는 윤리적 도덕적 잣대를 생각할 필요가 없는 안드로이드다.

낙원의 주민들이 소돔에서 본인의 비밀스러운 욕망을 푸는 이유를 알 것 같았다. 건실한 사회적 위치와 그간 쌓아 온 덕망을 잃지 않기 위해 숨길 수밖에 없었던 추악한 음욕을 유일하게 드러낼 수 있는 곳.

소돔은 그런 장소였다.

오늘의 사냥감인 토끼 역시 그런 이들 중 하나겠지.

'현재 시각 오전 00시 35분.'

토끼 굴로 이동할 시각이다. 유림은 의자 하나를 가져와 밟고 올랐다. 환풍구 덮개를 올린 그녀는 가뿐한 몸놀림으로 통로 안을 향해 기어 들었다. 몸집이 큰 사람은 들어올 수조차 없을 정도로 좁은 통로였다. 엎드린 채 기어서 옆방으로 온 유림은 덮개 틈 사이로 실내를 내려다보았다.

안드로이드가 셋, 목표물은 보이지 않았다. 어디선가 흥얼거리는 콧노래 소리가 들려왔다.

'씻고 있는 모양이군.'

그녀는 아래쪽 방 환풍구 덮개를 조심스럽게 열었다. 쇠가 맞부딪치는 소리가 들려오자, 안드로이드들이 즉시 반응하여 위를 쳐다보았다.

그들과 눈이 마주친 순간, 유림은 전광석화와 같이 가운데 녀석을 덮치며 뛰어내렸다. 그녀는 전투용 장갑을 낀 손으로 단숨에 그의 목뒤를 찢어 코어와 연결된 전선을 뜯어냈다. 수액을 내뿜으며 치직거린 안드로이드는 입을 뻐끔거리며 쓰러졌다.

뒤이어 그녀는 나머지 안드로이드들의 안면에 양손 단검을 박아 넣었다. 안구에 검이 박힌 그들은 그 와중에도 저항하려는지 팔을 뻗어 유림의 목을 졸랐다. 그러자 그녀는 그들을 잡은 채로 몸을 뒤집어 회전시켰다. 물구나무서듯 공중에 높이 뜬 그녀의 다리가 배후에서 둘의 뒤통수를 가격했다. 그리고 동시에 안구에 박아 넣었던 칼자루를 손바닥으로 한층 더 깊게 꽂아 넣었다.

녀석들의 머리통이 깨지면서 우윳빛 수액이 분수처럼 뿜어져 나왔다. 그제야 그들은 인형처럼 너부러지며 쓰러졌다. 유림은 쿨럭거리며 목을 손으로 주물렀다. 한꺼번에 셋을 소음 없이 제압하려니 아무리 그녀라도 꽤 버거웠다.

유림은 가쁜 숨을 고르며 단검을 회수했다. 허리춤에 다시 칼을 꽂아 넣던 그녀는 제압된 안드로이드들을 재차 확인하다가 눈이 커졌다.

물론 로봇에 불과했지만 이들의 외형은 10세에서 12세 미만의 소년들이었다.

그때 욕실 쪽에서 물소리가 끊겼다. 유림은 벌떡 일어나 모퉁이 뒤로 몸을 숨겼다. 유리문이 열리자 가운을 입은 남자가 수증기와 함께 뒤뚱거리며 등장했다.

"우리 귀염둥이들, 아빠 기다리느라 심심했지?"

오늘의 목표물인 토끼 등장이다.

평의원은 흥분한 표정으로 실크 가운의 앞섶을 풀어헤쳤다. 그러자 보기만 해도 역겨울 정도로 축 처진 가슴과 뱃살이 드러났다. 남자는 허리에 손을 얹고 사타구니를 앞으로 내밀며 껄껄 웃었다.

"자자, 아빠가 오늘도 맛있는 막대사탕을 주도록 하지. 누가 먼저 맛볼 테냐?"

반응이 썰렁했다. 의원은 눈을 치켜떴다. 방이 부자연스러울 정도로 조용하고 스산했다. 그의 늘어진 눈초리가 방바닥을 훑었다. '헉' 하고 놀란 숨소리가 터져 나왔다.

그는 엉망이 된 채 쓰러져 있는 안드로이드들을 발견하고선 얼어붙었다. 바닥에 흰 죽처럼 쏟아져 내린 수액과 찌그러진 바가지처럼 형체를 알아볼 수 없는 머리통. 남자는 머뭇거리며 출구 쪽으로 걸음을 옮겼다.

그때 모퉁이 뒤에서 검은 모자를 쓴 그림자가 발소리를 죽인 채 등장했다. 시퍼런 칼날을 휘리릭 돌린 그녀는 검은 마스크 아래 비웃음 띤 어조로 말했다.

"막대사탕 같은 소리 하네."

"누, 누구냐!"

놀라서 돌아보던 의원의 안면으로 번개 같은 발차기가 날아왔다. '퍽!' 소리와 함께 순식간에 그의 턱을 가격한 유림은 허공으로 곧게 뻗은 다리를 천천히 접으며 우아한 나비처럼 양다리를 모았다.

"허, 허억……."

침이 질질 흐르는 턱을 부여잡은 그는 거친 숨소리를 내뱉었다. 유림은 그가 벌리고 앉은 가랑이 사이를 빤히 내려다보더니 어처구니가 없다는 듯 피식 웃었다.

"어린애 손가락처럼 가늘고 뭉툭한 것이, 사탕보다는 허연 소시지 같은데?"

검은 마스크 위로 냉혹한 암살자의 눈이 드러났다. 붓꼬리처럼 휜 눈초리는 사냥감을 내려다보며 흡족해하는 암사자처럼 보였다. 겁에 질린 의원은 즉각 상대를 알아보았다.

"설마 너……."

틀림없었다. 얼마 전 살해당한 수석 연구원 사건 이전부터 뉴스 헤드라인을 줄줄이 장식하며 에덴 타워의 고위직 관리들을 벌벌 떨게 만들었던 녀석.

그놈이다! 설마 여자일 줄이야!

"나, 나한테 왜 이러는 거야!"

그는 축 처진 엉덩이 살로 바닥을 쓸며 뒤로 주춤주춤 기었다. 그가 멀어지는 만큼 유림은 사뿐사뿐 다가왔다.

"찾고 있는 사람이 있어."

"누, 누구? 나는 아닐 거야. 내겐 네가 찾는 것 따윈 아무것도 없어."

그는 공포에 찬 얼굴로 애원하듯 말했다.

"나는 무늬만 평의원이야. 그냥 허수아비에 불과할 뿐이라고! 오늘 이건 못 본 걸로 할 테니, 아, 아무한테도 말하지 않을 테니⋯⋯ 제발 목숨만은 살려 줘!"

"낙원의 관리자에 대해 아는 대로 말해."

그녀는 관심 없다는 듯 말허리를 뚝 자르며 말했다.

"그럼 살려 줄지도 모르지."

유림은 새침한 눈초리로 웃으며 변덕스럽게 말했다. 남자는 울상인 얼굴로 말했다.

"그는⋯⋯ 아무리 나라도 쉽게 만날 수 있는 존재가 아니야."

"그래? 아쉽네."

그녀가 방아쇠를 건 손에 힘을 주자 남자는 황급히 바닥을 기어 왔다. 그는 그녀의 다리를 붙잡고 사정했다.

"자, 잠깐만!"

대부분의 사람은 벼랑 끝에 몰렸을 때 한없이 나약해진다. 필사적이면 필사적인 만큼 추해진다.

유림은 몸을 낮춰 앉았다. 그녀는 땀을 뻘뻘 흘리는 남자의 관자놀이에 총구를 갖다 댔다. 그는 새파랗게 질린 얼굴로 덜덜 떨고 있었다. 그의 인중에 맺힌 땀을 보던 유림은 마지막 기회를 주듯 물었다.

"신종 바이러스, 그건 왓슨 제약회사가 일부러 퍼뜨린 건가? 치료제를 팔기 위해서?"

"그, 그건 아닐 거야. 듣기론 왓슨가 내에서도 감염자가 나왔다니까."

유림은 잠시 침묵했다.

"관리자 아담, 그를 실제로 만날 수 있는 자들은 누구지?"

평의원은 숨을 몰아쉬면서 다급한 표정으로 생각에 잠겼다. 그의 두툼한 손은 털이 북슬북슬한 허벅지를 긁으며 초조함을 감추지 못했다.

"그, 그게……."

정작 중요한 건 아는 게 없군. 본인 말대로 그는 허수아비에 불과할지도 모른다는 생각이 들었다. 핵심 인물들을 감싸기 위한 보호막 같은 존재.

유림은 더 이상 볼일 없다는 표정을 지었다. 그러자 그곳에는 일말의 여흥마저 사라진 비정한 암살자의 눈빛만이 남았다. 그녀가 방아쇠에 손가락을 걸고 철컥 힘을 주는 순간이었다.

"모델 이브!"

총구를 당기던 손가락이 우뚝 멈췄다. 평의원은 바닥에 엎드린 채로 살려 달라고 싹싹 빌면서 울먹거리는 목소리로 말했다.

"그 여자라면 분명 알고 있을 거야. 본인 입으로 아담의 여자라고 말하고 다니니까."

"아담의 여자? 허풍 떠는 건 아니고?"

워낙에 사치스럽고 허영심이 많은 여자였다. 유림이 못 미더운 눈치를 보이자 평의원은 글썽거리는 눈으로 고개를 힘없이 내저었다.

"그는 인간도 아니야."

"뭐?"

"그는 '신'이야. 감히 우리 같은 것들은 어찌할 도리가 없는 상대지."

'이게 너무 겁을 먹어서 돌았나?'

유림은 기가 막힌 듯 콧잔등을 찌푸렸다. 그리고 다시 시계를 훔쳐보았다. 현재 시각 00시 40분. 슬슬 마무리를 맺어야 할 시점이었다.

"미안하지만 이만 퇴장할 시간이라서."

"자, 잠깐만! 더 있어! 입실론들은 아담을 위해 존재하는……."

푸슉.

유림의 표정이 굳었다. 그녀는 이마에 구멍이 난 채 털썩 쓰러지는 남자를 보며 아쉬움이 남은 눈으로 중얼거렸다.

"뭔가 중요한 말을 하려 했던 것 같은데."

그때 별안간 욕실에서 인기척이 들려왔다. 놀란 유림은 경계 태세로 휙 돌았다. 알몸의 소년이 욕실 문 앞에 선 채 그녀를 빤히 쳐다보고 있었다. 이윽고 그는 바닥에 쓰러져 있는 시체를 보더니 고개를 비딱하게 갸웃거리며 동공을 번뜩였다.

녹색으로 빛나던 동공은 다시 유림을 응시했다. 그는 경직된 표정으로 기계식 음성을 내뱉었다.

— 인식 번호 AIB21473. 푸른 조개 방에서 살인 사건 발생. 피해자 정보 송신 중. 즉각 지원 요청을 바랍니다.

곧이어 경고 센서가 울리기 시작했다. 유림은 굳은 얼굴로 주위를 둘러보았다. 곧바로 출입구로 향했다. 그러나 어느새 두꺼운 격벽이 내려와 있었다. 그녀가 기어 왔던 환풍구 내에도 좀 전까진 없었던 뾰족한 창살 같은 것들이 돋아 있었다.

소년은 알몸으로 격투 자세를 취하며 경고했다.

"본기는 용의자 제압에 돌입합니다. 용의자는 무기를 내려놓고 투항하십시오."

방 안에 완벽히 갇힌 유림은 한숨을 내쉬더니 그를 흘끗 쳐다보았다. 실책이었다. 설마 남색男色 소아성애증 새끼가 욕실까지 애를 데리고 들어갔을 줄이야.

"본래 안드로이드 대전은 내 특기 분야가 아니지만."

그녀는 감정을 지운 눈으로 한 손에는 총을, 다른 한 손에는 검을 움켜쥐었다. 그녀는 무표정하게 서 있는 소년을 보며 씁쓸한 어조로 중얼거렸다.

"상대가 사람이 아니어서 다행이란 생각을 하게 되는 날도 오게 될 줄은 몰랐네……."

한편 기억의 도시 거리를 서성이던 케이는 좀 전에 유림도 만났던 금발의 사제에게 붙잡힌 채 서 있었다. 푸른 눈의 사제는 빙긋 웃으며 그에게 코인이 가득한 손바닥을 내밀었다.

"현재 소돔에서는 즐거운 이벤트가 진행 중입니다. 1회 무료 체험 코인을 드리고 있으니 한번 체험해 보고 가시는 게 어떠십니까?"

케이는 마구잡이로 섞여 있는 황금색 코인들을 응시하며 어떤 것을 고를지 생각에 잠겼다. 그를 보던 금발의 사제가 미소와 함께 속삭였다.

"대신 세일리아의 축복을 그대에게."

멈칫한 케이가 고개를 들며 의아한 눈초리로 그를 쳐다보았다. 그는 경계심이 가득한 눈빛으로 사제를 바라보다가 화로 문양이 새겨진 코인을 낚아채듯 집었다.

금발의 사제는 방긋방긋 웃으며 옆으로 비켜섰다. 그러자 그의 뒤로 쾌락의 거리 소돔이 으슥한 분위기와 함께 등장했다.

거리의 분위기가 어수선했다. 어슬렁어슬렁 걷던 케이는 가늘게 뜬 눈으로 주위를 사르르 훑어보았다. 베르타의 신전에서 사람들이 뛰쳐나오고 있었다. 여사제 복장의 안드로이드들은 손님들을 이동시키며 거리를 통제했다.

뭔가 심상치 않은 일이 일어나고 있다.

케이는 건물 뒤로 몸을 숨겼다. 그리고 스마트 워치에 입술을 대며 나직이 속삭였다.

"리사, 무슨 일이 일어나고 있는 거야?"

- 소돔의 베스타 신전에서 살인 사건이 발생했습니다. 특별보안대가 신고를 받고 현장으로 출동 중입니다.

그는 굳은 눈으로 신전 쪽을 급히 돌아보았다. 베스타 신전 건물 전체에는 경고등처럼 붉은 불빛이 내려앉아 있었다.

'유림은?'

그녀는 아직 빠져나오지 못한 듯했다. 그럴 만한 이유는 아마도 단 하나.

'교전 중인가?'

그의 시선이 상공으로 향했다. 하늘 위에는 황금의 바벨탑 주위를 날아다니는 에어쉽들이 보였다. 그중에서도 빠른 속도로 기억의 도시를 향해 날아오는 에어쉽 하나가 눈길을 끌었다. 사건 보고를 받고 부리나케 달려오고 있는 특별보안대였다.

서늘한 눈초리로 에어쉽을 바라보던 케이는 생각에 잠긴 채 깊은 눈을 조용히 일렁였다.

뉴스 속보입니다. 방금 전 소돔의 베스타 신전에서 사람이 죽었다는 소식입니다. 피해자는 현직 평의원인 B씨라고 합니다. 듣자 하니 용의자는 아직 사건 현장에서 빠져나가지 못했다고 하죠? 현장에 나가 있는 취재원으로부터 자세한 소식 전해 듣도록 하겠습니다.

기억의 도시 곳곳에 떠오른 가상 홀로그램 스크린에 취재원 안드로이드의 모습이 나타났다. 사람들은 발걸음을 멈추고 심각한 표정으로 뉴스를 시청했다. 취재원의 얼굴 뒤로는 베스타 신전이 붉은 경고등에 휩싸인 채 모습을 드러냈다.

안녕하십니까. 취재원 PN13호입니다. 이곳은 낙원 내 유일하게 성 접대 서비스를 하고 있는 쾌락의 거리 소돔입니다. 소돔은 안드로이드 개발회사인 위즈덤이 운영하고 있는데요, 오늘 이곳에서 끔찍한 사건이 발생했습니다. 다름이 아니라 소돔의 지부 중 하나인 베스타 신전에서 평의원 B씨가 살해당해 변사체로 발견되었습니다. 위즈덤 측은 현재 용의자를 포위하고 도주로를 차단한 상태입니다. 또한 안전을 위해 베스타 신전을 격벽 폐쇄하고 실내의 고객들을 신속히 대피시키는 중입니다……

유림은 경고 사이렌이 울리는 천장을 바라보며 검을 움켜쥐었다. 바닥과 벽에는 격렬했던 총격의 흔적이 남아 있었다. 마주 보고 선 소년의 알몸은 상처 하나 없이 말끔했다. 그녀는 이를 악물고 상대를 매섭게 노려보았다.

앞서 쓰러뜨렸던 세 명의 안드로이드와는 움직임부터가 달랐다. 제대로 먹힌 공격이 하나도 없었다. 완벽하게 방어하면서 반격의 틈을 놓치지 않는다. 군인으로 치자면 STF의 특별요원 수준이었다.

"투항하십시오. 당신은 포위되었습니다."

그는 경고했다. 그리고 주먹을 쥔 채 격투 자세를 취했다. 그런 그를 바라보던 유림의 눈이 그의 자세를 눈여겨보며 가늘게 흐려졌다. 아까부터 느꼈지만 어디서 많이 본 듯한 몸놀림이었다.

'어디서 봤더라? 이 정도 실력이라면 델타를 상대해도 손색이 없을 정도…… 델타?'

— 우리들의 챔피언 '작은 전사 다윗'입니다!

문득 뇌리를 스치는 영상에 그녀의 눈이 커졌다.

생각났다.

함성 소리와 함께 등장했던 은빛 투구의 주인.

눈앞의 상대는 화이트 채플의 도박 경기장에서 그녀가 대치했던 챔피언과 매우 흡사했다. 유림은 이제야 깨달았다는 듯 입술을 깨물며 읊조렸다.

"전투형 안드로이드."

만약 이 녀석이 화이트 채플의 챔피언인 '다윗'과 같은 수준의 기기라면 만만하게 볼 상대가 아니었다. 델타 몇 마리를 손쉽게 제압하던 다윗의 솜씨를 두 눈으로 똑똑히 목격했던 유림이었기에 더욱 긴장될 수밖에 없었다.

제압하는 게 불가능한 일은 아니겠지만 일대일로 접전을 벌인다면 시간이 꽤 많이 소모될 것이다.

잠시 고민하던 유림은 총을 내려놓고 양손을 들었다. 그녀는 체념하듯 말했다.

"투항한다."

소년 안드로이드는 주먹을 내려놓고 초록빛 동공을 깜빡였다. 그는 잠시 유림을 관찰하듯 살피더니 이내 고개를 끄덕였다.

"양손을 등 뒤로 보낸 채 바닥에 엎드려 주십시오."

유림은 그가 시키는 대로 얌전히 바닥에 엎드렸다. 그녀는 몸을 숙인 채 잠시 꿈틀거리더니 양손을 등 뒤로 보냈다. 소년은 벽에 걸려 있던 수갑을 쳐다보더니 그녀에게 채울 심산인 양 냉큼 가져왔다.

그는 수갑을 가지고 천천히 허리를 숙였다.

그 순간이었다.

빈틈을 엿보던 유림은 벌떡 일어나 나무에 오르듯 소년의 어깨를 타고 올랐다. 그녀의 입에는 어느새 소형 타이머 폭탄이 활성화된 채 물려 있었다.

타이머 폭탄이 '삑삑'거리며 알람을 울려 대기 시작했다. 폭발까지 남은 시간은 약 5초 남짓. 안드로이드의 허리에 다리를 감은 유림은 버둥거리는 그의 뒤통수를 손으로 잡은 채 폭탄을 그의 옆구리에 붙였다.

안드로이드가 폭탄을 내려다보자, 그녀는 순식간에 몸을 뒤집어서 바닥을 손으로 짚고 공중에서 회전했다. 그리고 지면에 착지하자마자 옆에 보이던 의자를 집어 안드로이드의 뒤통수를 후려갈겼다.

"어?"

미처 대응하지 못한 그의 입에서 나온 소리였다. 그는 폭탄을 겨우 떼어서 손에 쥐었지만 유림이 던진 의자에 맞고 '퍽!' 소리와 함께 문 쪽으로 날아갔다. 그와 동시에 그가 쥐고 있던 폭탄이 붉은 빛으로 번쩍이며 마지막 알람 음이 '삐―' 하고 길게 울렸다.

유림은 민첩하게 미끄러지듯 침대 밑으로 들어가 몸을 웅크렸다.

쾅!

요란하게 터진 폭탄은 굉음과 함께 충격파를 남겼다.

후두둑.

무너진 천장에서 잔재가 떨어지는 소리였다. 자욱한 먼지가 시야를 가로막았다.

유림은 바닥을 기며 조심스럽게 움직였다. 스스로 대담하다고 자부하는 그녀였지만, 조금 전 상황은 아무리 전장의 성녀일지라도 식은땀이 흘러내릴 수밖에 없었다. 자칫 머뭇거리거나 타이밍을 놓쳤다간 온몸이 갈기갈기 찢겨 고깃덩이가 되어 죽었을 것이다.

폭발로 인해 출입구 쪽 벽이 뚫려 있었다. 사실 그녀가 폭탄을 쓴 목적은 안드로이드를 처리하려는 것보다도 탈출로를 확보하기 위함이었다.

유림은 비틀거리면서도 정신을 부여잡고 일어나 출구를 향해 뛰었다. 그때 누군가 그녀의 발목을 덥석 잡았다. 좀 전의 폭발로 인해 머리의 반 이상이 날아간 전투형 안드로이드였다. 그는 왼팔과 어깨 그리고 얼굴 반쪽만 남은 상태로 몸뚱이는 형체를 알아볼 수 없을 정도였다.

소년은 산산조각 난 턱을 바들거리면서도 그녀의 발목을 꽉 쥔 채 놓지 않았다. 번뜩거리는 눈알만큼이나 무시무시한 집념이었다. 유림은 초록색 수액이 질질 흘러나오는 그의 머리통을 공 차듯 발로 뻥 찼다. 그리고 발목에 매달려 있는 그의 끊어진 손모가지를 거칠게 떼어 냈다.

통로를 차단하고 있던 두꺼운 격벽은 동굴처럼 구멍이 난 채 뚫려 있었다. 그녀는 그 사이를 다람쥐처럼 날쌔게 빠져나갔다.

탕!

기습 공격이 날아왔다.

유림은 민첩한 반사 신경으로 몸을 회전시켜 피했다. 정면에서 날아온 총탄이 그녀가 쓴 검은 모자를 스치고 날아갔다.

"용의자가 도주합니다."

"탈출로를 차단합니다."

유림은 눈을 부릅뜨고 섰다. 주먹 쥔 손목엔 핏줄이 도드라졌다. 눈앞에는 전투복을 입은 안드로이드들이 열 맞춰 서서 복도를 가득 채우고 있었다.

그들은 녹색으로 번쩍이는 눈을 깜빡이며 이구동성으로 기계 음성을 뻐끔뻐끔 내뱉었다.

– 무기 등급을 선택해 주십시오.

– 전투 레벨을 선택해 주십시오.

– 제압 작전을 실행해 주십시오.

잇새로 욕설이 흘러나왔다. 예측 못한 변수들이 이렇게 연이어 터질 줄이야! 아무래도 오늘 멀쩡히 살아 나가기는 글러 먹은 듯했다.

소돔을 경영하는 건 세계적인 안드로이드 개발회사, 위즈덤이다. 위즈덤은 몇 년 전부터 로스티아벤에 군용 안드로이드를 독점적으로 납품하기 위한 로비를 해 오고 있다는 소문이 돌고 있었다.

소돔은 눈가리개용일 뿐이었나?

이들이 수면 밑에서 도면을 그리고 있던 건 잔인한 살육 병기, 전투형 안드로이드였다. 위즈덤은 왓슨의 눈이 닿지 않는 곳에서 조용히 그들만의 군대를 생산해 오고 있었다. 유림은 창백한 얼굴로 침착하게 상황을 파악했다.

'둘, 넷, 여섯, 여덟…… 스물둘, 스물넷…….'

눈대중으로만 봐도 수십이 넘었다. 아직은 시험 단계에 불과한 출고 전 상품들로 보였지만, 유림은 이미 그들의 능력치를 몸소 경험한 터였다.

화이트 채플의 다윗과 방금 전 소년 안드로이드.

비록 프로토타입이라 할지라도 전투 능력이 다윗과 동일하다면, 그녀에게 이 무지막지한 병기 부대를 타파할 방도는 없었다. 폭발 무기는 방금 전 써 버린 소형 타이머가 전부였고, 갖고 있는 건 호신용 총 한 자루와 작은 단검 한 자루뿐.

유림은 이를 꽉 물었다.

잡히면 모든 게 끝장이다. 메리도, 밀러도…… 그녀 자신도.

유림은 천천히 총을 꺼내 본인의 턱을 겨누었다. 그녀는 눈을 질끈 감으며 심호흡을 했다.

낙원에 오기로 결정했을 때 이미 다짐하지 않았던가? 언제 어디서든 그들을 지키기 위해 목숨을 버릴 각오가 되어 있노라고.

망설일 틈 따윈 없다. 군인은 망설여선 안 된다. 결의를 다진 그녀가 방아쇠를 당기려던 찰나였다.

"꺄아아악!"

찢어지는 듯한 비명 소리가 기류를 갈랐다. 안드로이드들도 멈칫거리며 뒤를 돌아보았다. 밖이 소란스러웠다. 악다구니와 비명이 뒤섞인 채 난리법석이었다.

유림은 무너진 격벽 아래에서 통통거리며 튀어 오르는 잔재들을 응시했다. 뭔가 심상치 않은 일이 벌어지고 있었다. 그녀는 귀가 먹먹할 정도로 울려 퍼지는 정체불명의 소음에 가만히 귀를 기울였다.

잠시 후 소음의 정체를 눈치챈 유림은 숨을 깊게 들이켜며 당황한 기색으로 고개를 들었다.

여기저기서 울음소리가 터져 나오고 있었다. 거리는 서로 밀치며 대피하는 사람들로 인해 순식간에 아수라장이 되어 버렸다.

소돔 앞에서 황금색 코인을 나눠 주던 금발의 사제는 눈을 찡그리며 어두컴컴한 하늘을 올려다봤다.

상공에서 에어쉽 한 기가 긴 꼬리구름을 그리며 빠른 속도로 추락하고 있었다. 수면에 머리를 꼬라박는 새처럼 방향을 잃은 에어쉽은 하늘에서 빙글빙글 원을 그리며 수직으로 무섭게 하강했다.

"에어쉽이 떨어진다!"

"추락한다! 모두 피해!"

"꺄아악!"

유성처럼 엄청난 속도로 떨어지는 에어쉽의 비상 탈출구가 열렸다. 안에 타고 있던 이들은 주황색 낙하복을 착용하고 허공을 향해 죽기 살기로 뛰어내렸다. 그들은 사건 보고를 받고 달려오던 특별 보안대였다.

"부, 부딪친다!"

황금의 바벨탑을 중심으로 어마어마한 강풍이 일었다. 굉음과 함께 떨어진 에어쉽은 주변 건물들을 도미노처럼 쓰러뜨리면서 연속으로 충돌을 일으켰다.

콰쾅!

땅이 울릴 만큼 거대한 폭발음이 울려 퍼졌다. 이내 거대한 불길이 활활 치솟았다. 시커먼 연기가 기억의 도시 상공을 뒤덮으며 피어올랐다.

사람들은 허둥지둥 달리면서도 궁금함을 못 참고 뒤를 돌아보았다. 대체 이게 어떻게 된 일인지 모두가 아연실색한 표정이었다. 통제가 철저한 낙원에서 에어쉽의 추락이라니, 전대미문의 사건이었다.

에어쉽이 떨어진 곳은 다름 아닌 소돔의 베스타 신전이었다. 좀 전까지만 해도 긴급 속보로 평의원이 살해당했다고 보도되던 문제의 장소가 아니었던가?

군중들은 불안한 눈빛으로 웅성거리며 말을 주고받았다.

"대체 어떻게 된 일이죠?"

"에어쉽이 정해진 항로를 벗어난 걸로 모자라서 오작동으로 추락하다뇨!"

"그러게 말이에요."

스마트 더스트를 통해 낙원의 모든 것을 감시하는 왓슨 3세. 낙원 내에선 작은 전구 하나조차도 왓슨의 통제를 받는다.

뒤집어 생각해 보면 그렇게 완벽한 우산이라고 믿고 있는 왓슨 3세야말로 낙원의 맹점이었다. 로스트 헤븐의 유일한 보안 체계인 왓슨을 뚫는다면 낙원의 모든 것이 뚫린다.

치명적인 양날의 검.

그것이 바로 낙원의 슈퍼컴퓨터 왓슨이었다.

유림은 쿨럭이며 몸을 일으켰다. 머리가 무겁고 시야가 핑그르르 돌았다. 귓가가 먹먹했다. 멀리서 구조대 사이렌 소리가 들려왔다. 가까스로 눈을 뜨고 고개를 든 그녀는 휘청거리며 벽을 짚었다. 복도를 가득 메우고 있던 안드로이드들의 모습이 어느새 사라지고 없었다. 유림은 아니꼽다는 눈초리로 이를 사리물었다.

'아직은 세간에 공개할 수 없다는 거겠지.'

어찌 되었든 원인 모를 에어쉽의 추락으로 목숨을 건졌다. 그녀는 사이렌 소리가 가까워 오자 허물어진 벽 사이로 뛰어내렸다.

"움직이지 마."

철컥, 어둠 속에서 방아쇠를 당기는 소리가 울려 퍼졌다. 바닥에 착지한 유림은 굳은 얼굴로 천천히 몸을 일으켰다.

"무력으로 저항할 경우엔 사살도 주저하지 않겠다. 얌전히 무기를 내려놓고 체포에 협조하도록."

그녀는 마스크 쓴 얼굴로 흘긋 곁눈질을 했다. 사실 목소리만으로 이미 누군지 눈치챈 상태였다.

그녀와는 늘 개와 고양이처럼 으르렁거리는 사이, 특별보안대 지휘관인 셰인 필란 중위였다. 정면을 보니 특보대 요원 두 명이 그녀를 향해 총구를 겨누고 있었다.

산 넘어 산이라는 게 이런 상황을 두고 하는 말인가 보다. 하지만 그녀가 누구던가? 연맹군 작전부 기동수색대에서도 손꼽히는 에이스, 데드캣이다. 산전수전 다 겪으며 숱한 전장을 헤쳐 나온 그녀를 얕보면 곤란했다.

유림은 주위를 빠르게 스캔했다. 검은 복면 아래 그녀의 눈초리가 예리하게 빛났다.

양팔을 드는 척하던 유림은 재빨리 벽면에 튀어나온 철골에 매달렸다. 철골을 잡은 채 허공에서 몸을 회전시킨 그녀는 허물어진 벽 사이로 튀어나온 철골들을 밟고 순식간에 건물 위로 뛰어올랐다.

"격발!"

셰인은 쫓아가며 소리쳤다. 특보대 대원들은 그녀의 꽁무니에 대고 총을 쏘기 시작했다.

무너진 벽 사이로 기어 들어간 유림은 건물 반대편을 향해 빠르게 질주했다. 그녀의 등이 훤히 노출되자 셰인은 놓칠 새라 재빨리 총을 겨눴다. 자동 조준 기능으로 그녀의 뒤통수를 겨눈 그는 이를 앙다물며 의기양양한 눈빛을 지었다.

화제의 암살범을 잡다니, 특진감이다!

그가 희열에 차서 방아쇠를 잡은 손에 힘을 주던 순간이었다.

'뭐지?'

별안간 서늘한 바람이 등골을 쫙 훑었다. 셰인은 부르르 떨며 슬그머니 뒤쪽을 돌아보았다. 그러고는 화들짝 놀라 황급히 방어 자세를 취했다. 웬 남자 하나가 숨을 죽인 채 서 있었다.

'어, 어느 틈에……'

본능적으로 적임을 감지한 셰인은 그를 향해 총을 겨눴다. 검은 모자를 눌러쓴 남자의 눈이 붉게 번쩍였다. 셰인은 몸이 오싹하게 얼어붙는 걸 느꼈다. 상대는 마치 우아한 체조를 하듯 팔을 뻗더니 그의 복부를 향해 번개처럼 빠른 타격을 날렸다.

"크흑!"

그는 외마디 비명을 질렀다. 충격에 몸을 구부린 그는 수십 미터 밖까지 튕겨져 날아갔다. 벽에 '쿵!' 하고 부딪친 셰인은 그대로 고꾸라지며 정신을 잃었다.

한편 반대편 벽에 서 있던 대원들은 폭발에 휘말린 것처럼 붕 날아간 대장을 보며 어리둥절한 표정을 지었다. 그들은 방금 셰인에게 무슨 일이 일어난 건지 미처 이해하지 못한 듯했다.

혼란스럽게 서 있던 그들은 느닷없이 정면에 나타난 괴한을 보고선 혼비백산한 얼굴로 총을 들었다.

붉은 눈.

핏빛 동공에 비친 그들의 얼굴에 공포심이 번졌다. 마취탄이라도 쏜 걸까? 몸을 움직일 수가 없었다. 턱과 손이 덜덜 떨리는 걸 보면 신경이 마비된 건 아닌데, 어째서 손끝 하나 움직일 수 없는 거지?

대원들은 천천히 주저앉으며 신음을 흘렸다. 그들은 간신히 팔을 움직여 머리를 부여잡았다. 두개골이 쪼개질 것 같은 두통이 관자놀이를 찢는 것 같았다. 비명을 지르는 그들의 머릿속에 누군가 답을 일러 주듯 속삭였다.

인간들은 그걸 경외라고 하지.

범접할 수 없는 존재를 숭배하고 공경하면서도 갖게 되는 본능적인 두려움.

그것은 당연한 자연의 섭리였다.

"아아악!"

털썩 쓰러진 특보대원들의 코에서는 붉은 선혈이 줄줄 흘러나왔다.

"사, 살려 줘……."

손을 뻗으며 애원하던 대원들은 하나둘씩 정신을 잃었다.

무심한 얼굴로 그들을 내려다보던 케이의 눈동자가 서서히 부드러운 빛으로 돌아오기 시작했다. 온유하지만 감정의 기류라고는 찾아볼 수 없는 고요한 눈동자.

그는 돌아서며 눌러쓴 모자를 벗었다. 속이 비칠 것 같은 연갈색 머리칼이 부스스 흩어졌다. 그는 주위를 슥 둘러보며 입술 새로 한숨을 내쉬었다.

누가 도둑고양이 아니랄까 봐 그새 흔적도 없이 사라졌군.

그는 가뿐한 발걸음으로 건물 사이사이를 물 흐르듯 이동했다. 유유히 현장을 빠져나가는 그의 그림자 뒤로 만신창이가 된 채 쓰러진 셰인 부대가 보였다.

한편 가까스로 에어쉽 승강장에 도착한 유림은 지친 듯 스르륵 주저앉았다. 온몸이 땀범벅이었다. 그녀는 바닥에 털썩 누워서 멍한 눈으로 뻥 뚫린 승강장 위를 바라보았다. 컴컴한 상공을 뒤덮은 연기 속으로 쉴 새 없이 오가는 에어쉽들이 보였다. 사이렌을 울리며 날아다니는 걸 보니 구조대인 모양이었다. 상공은 그야말로 혼란의 도가니였다.

'큰 수확은 없고 여기저기 노출만 됐네.'

스스로가 한심한지 그녀는 눈을 주무르며 한숨을 내쉬었다.

잠시만 쉬자. 이곳은 도시 외곽에 위치한 정거장인 데다가 제일 마지막 플랫폼이니 누군가와 마주칠 일은 없을 것이다. 지금 에어쉽을 타고 빠져나가는 건 오히려 눈에 띄기만 하겠지. 무엇보다도 체력이 방전돼서 기진맥진한 상태였다. 이동할 여력 따윈 남아 있지 않다.

그때, 조용했던 승강장 입구가 열리더니 누군가의 발소리가 들려왔다.

누워 있던 유림은 냉큼 몸을 뒤집었다. 그녀는 포복 자세를 취했다. 그런 뒤 바닥에 무릎을 대고 상체를 일으켰다. 네발로 소리 없이 기면서 그녀는 눈빛에 살기를 머금었다. 여차하면 공격할 기세로 무기에 손을 가져가는 것도 잊지 않았다.

발소리가 점차 가까워졌다. 유림은 입술을 깨물었다. 혹시 왓슨이 벌써 자신의 정체를 파악해 수배령이라도 내린 것일까? 아니면 셰인 부대가 끝끝내 이곳까지 추적망을 좁혀 왔나? 그 등신들이 이렇게 잽쌀 리가 없는데.

발소리의 주인이 코너를 도는 게 보였다. 유림은 숨을 죽이고 몸을 낮춘 채 대기했다.

정체불명의 그림자가 모퉁이를 돌았다.

유림의 눈초리가 매섭게 빛났다. 그녀는 스프린터 자세로 표범처럼 뛰어 나갔다. 그리고 허공으로 점프해 몸을 뒤집으며 날아차기를 날렸다.

졸지에 안면 구타를 당한 상대는 신음을 뱉으며 바닥에 나동그라졌다. 바닥을 짚고 무서운 속도로 다가온 유림은 남자의 머리를 잡은 채 2차 공격을 날렸다. 작지만 매서운 주먹이 허공을 가르며 날아왔다. 남자가 흠칫해서 몸을 뒤로 내뺐다. 비로소 상대의 얼굴을 확인한 유림은 놀란 눈으로 동작을 멈췄다.

휘둥그레 커진 그녀의 동공 속엔 눈을 질끈 감은 채 한쪽 실눈으로 그녀의 주먹을 응시하는 케이의 모습이 맺혀 있었다.

"너……."

유림은 당황한 얼굴로 멍하니 입술을 벌렸다.

"유림, 이것 좀……."

그가 난감한 눈빛으로 코앞까지 다가와 있는 그녀의 주먹을 손으로 가리켰다. 그를 눕힌 채 올라타 있던 유림은 마스크를 벗어 던지며 일어섰다. 케이는 살았다는 표정으로 심호흡을 하며 생긋 웃었다.

"마라톤이라도 했어요? 땀범벅이네요."

그는 그녀의 땀이 묻은 상의를 매만지며 물었다. 유림은 얄궂다는 눈초리로 케이를 쏘아보았다. 매번 느끼지만 맷집 하나는 세계 최고인 녀석이었다.

혼신을 다해 날린 발차기를 맞고도 저렇게 멀쩡하다니. 로스티아벤 최정예인 STF 요원들도 코피를 질질 흘리며 정신을 놓을 수준이었는데.

그녀는 팔짱을 낀 채 벽에 기대고 서서는 쌀쌀맞은 표정으로 고개를 홱 돌렸다. 케이는 뾰루퉁한 분위기의 유림을 보며 피식 웃었다. 예쁜 고양이가 아무래도 단단히 골이 난 모양이었다.

"그 녀석, 절 닮은 것 같던데요."

유림은 무슨 소리냐는 눈초리로 그를 쳐다보았다. 그녀의 관심 끌기에 성공한 케이는 입꼬리를 비긋이 늘렸다. 눈은 생긋 웃지만 입가엔 얄미울 정도로 느른한 여유가 걸려 있었다.

"베스타 신전에서 말이에요."

유림의 눈이 동요하듯 흔들렸다. 그녀는 헛기침을 하더니 모르는 척 시치미를 뚝 뗐다.

"무슨 말이야?"

"소돔의 매춘 시스템은 고객이 무의식적으로 나타내는 성적 호응을 캐치해 내는 데 기반하고 있어요. 고객이 평소 의식 저편에 묻어 놓은 욕망을 최대한 실체화해서 구현해 내는 데에 목적이 있거든요."

유림의 얼굴색이 점차 새빨갛게 변해 갔다. 그녀는 땀에 젖은 모자를 벗어 부채질까지 했다.

케이는 그녀에게 다가가 까슬까슬하게 벗겨진 입술에 입을 맞췄다. 다정한 입맞춤에서 씁쓸한 맛이 났다. 그녀의 입술을 삼키던 그가 부드럽게 속삭이며 물었다.

"그 녀석하고 이런 것도 했어요?"

"안 했어. 로봇하고 무슨."

"로봇이 아니었다면 했을 거예요?"

"하긴 뭘 해."

"하면 안 되죠. 나하고도 아직 안 했는데."

"케이!"

그가 입을 맞추며 웃었다. 발끈하는 그녀가 못내 귀엽다는 듯.

"장미꽃 준다고 아무나 덥석 믿고 따라가면 안 돼요."

유림이 입술을 뗀 채 고개를 들었다. 그녀는 무언가 할 말이 있는 듯 깊고 검은 눈동자로 그를 지그시 바라보았다. 물끄러미 바라보는 그녀의 시선에 그는 수수께끼 같은 눈빛으로 받아쳤다. 그러고는 한쪽 입꼬리를 장난스럽게 끌어올렸다.

"내가 안 왔더라면 어쩔 뻔했어요?"

"올 거라 생각했어."

유림은 담담한 어조로 답했다. 확신이 실려 있는 눈빛이 다시금 빤히 그를 향했다.

"고양이를 집으로 데려가는 것, 그게 배달원의 역할이니까."

케이는 말없이 그녀를 쳐다보았다. 유림은 한 걸음 그를 향해 가까이 다가섰다. 그녀는 생채기가 나서 피딱지가 생긴 손가락으로 그의 뺨을 어루만지며 물었다.

"에어쉽 폭발, 케이가 한 거지?"

그는 잠시 침묵하다가 입을 열었다.

"네."

"어떻게? 왓슨의 보안을 뚫지 않는 이상 불가능했을 텐데."

케이는 잠자코 먼 곳을 바라보더니 담담한 목소리로 말했다.

"뚫을 필요가 없었거든요."

유림은 별안간 가슴이 두방망이질하는 걸 느꼈다. 그의 눈빛이 낯설었다.

무겁고 고요한 그의 눈동자가 유리 호수처럼 매끄럽고 투명한 장막을 펼치는 것만 같았다. 그녀는 그 속으로 빨려 들어가는 느낌을 받았다.

그가 숨을 앗아 가두듯 그녀를 와락 끌어안았다. 단단하고 견고한 팔이었다. 아무리 그녀라도 꼼짝할 수 없을 정도로.

유림은 터질 것 같은 심장 소리를 들으며 속삭이듯 물었다.

"필요가 없었다고?"

목뒤에서 케이의 서늘한 숨결이 느껴졌다. 그도 긴장하고 있었다.

"이제 그만 알려 줘, 케이."

조각처럼 아름답고 깨끗한 외모.

부드럽고 감미로운 목소리.

천사처럼 완벽한 그 얼굴 속에 무얼 감추고 있는지.

"넌 대체…… 누구야?"

그는 유림의 머리칼을 어루만지며 입술을 열었다가 다물기를 여러 차례 반복했다. 두 사람은 서로를 안은 채 깍짓손을 꼈다.

지금쯤 평의회는 에어쉽 사고 뉴스로 인해 왓슨 3세의 보안이 뚫렸다는 걸 보고받았을 것이다. 그럼에도 이상하게 불안하지가 않았다. 그녀를 안고 있는 그의 팔이 흔들림 없이 따뜻했기 때문인지도 몰랐다.

두근거리던 기다림 끝에 케이는 느릿하게 말문을 열기 시작했다.

"낙원을 설계한 사람."

유림의 눈이 얼어붙었다. 숨이 정지한 느낌이었다. 그녀는 가슴을 밀치며 그의 얼굴을 쳐다보았다.

"지금 뭐라고……."

"왓슨 3세."

흐린 날의 오후처럼, 그는 평온한 눈빛으로 속삭였다.

"그녀를 만든 사람이 나니까요."

집무관의 보고

평의회 긴급회의를 소집합니다.

의원님들께서는 지금 즉시 에덴 타워의 제1회의실로 집결해 주십시오.

에덴 타워에 비상이 걸렸다. 덕분에 직접 발걸음 하는 걸 죽기보다 싫어하는 의원들의 에어쉽이 속속히 S관 승강장에 도착하고 있었다. 비상사태 시엔 보안상의 이유로 홀로그램 영상 참여는 불가하기 때문이다.

S관 제1회의실에 '회의 중'이라는 불이 들어왔다. 의원들은 심각한 얼굴로 앉아 회의실 중앙 스크린에 뜬 사진을 바라보았다. 그곳에는 소돔에서 암살당한 평의원의 시체 사진이 걸려 있었다. 이마 정중앙에 총탄을 맞고 즉사했다. 저번 달에 숨진 수석 연구원의 경우와 아주 흡사했다.

중요한 건 에덴 타워의 고위 간부들이 연이어 죽었다는 사실이었다. 회의실에 둘러앉은 그들의 간담이 서늘해졌다.

"그러니까 지금 왓슨이 해킹당했다는 겁니까?"

누군가 부정하고 싶다는 듯 이의를 제기했다.

"에어쉽 자체의 기계적 결함으로 추락했을 가능성도 있지 않습니까?"

그러자 안드로이드 집무관이 딱딱한 어조로 답변했다.

– 어제 점검을 마친 기체입니다. 기체 결함의 가능성은 제로에 가깝습니다.

"그럼 역시 왓슨의 보안이 해제됐다는 겁니까?"

"그게 가당키나 합니까? 외부에서 낙원의 보안을 뚫는 건 불가능에 가깝습니다!"

"그럼 내부의 소행이라는 거요?"

"자자, 진정들 하세요."

흥분한 의원들끼리 언성이 높아졌다. 누군가 고조된 분위기를 식히려 애써 봤지만 소용없었다.

"일단 그 에어쉽에 타고 있었다는 특보대 대원들부터 불러서 자초지종을 듣는 게 순서 같군요."

"듣자 하니 특보대 대원들은 모두 병원으로 옮겨졌다고 합니다. 웬 괴한에게 습격당했다던데요?"

"괴한이라면 그 암살범이랑 동일 인물입니까?"

"글쎄요. 그것까지는 잘……."

"습격당했던 시점의 영상을 띄워 보세요. 낙원 내의 일이라면 왓슨의 눈이 모든 걸 지켜보고 있지 않습니까?"

그때 다시 집무관이 차분한 어조로 끼어들었다.

─ 당시 자료는 삭제되었거나 누군가 일시적으로 왓슨의 눈을 차단한 것으로 보입니다.

"역시 해킹당한 겁니다! 누군가 고의적으로 왓슨의 업무 수행을 마비시킨 게 틀림없어요."

─ 78% 가능성으로 그렇게 사료됩니다.

집무관이 긍정하자 평의원들의 낯빛이 돌변했다. 그들은 사색이 된 얼굴로 한층 더 가열된 논쟁을 벌였다.

"그러니까 지금 평의회와 에덴 타워를 노리는 살인마가 멀쩡하게 낙원 내를 돌아다니고 있다는 겁니까? 게다가 적은 왓슨을 자유자재로 해킹할 능력도 갖췄고요?"

"일단 평의원들의 개인 경호원 수부터 늘려야 합니다."

결국 제 목숨이 불안한 의원들이었다. 그들은 지금보다 경호를 강화해야 한다는 의견에 동의하며 고개를 끄덕였다.

"벌써 두 명째입니다. 이게 무슨 망신이요? 세계 최고의 보안 시스템과 용병대를 구축한 로스트 헤븐의 명성에 금 가는 소리가 몇 번째냔 말입니다! 이 이상의 피해자가 나오는 걸 막아야 합니다. 벌써부터 투어를 취소하겠다는 문의가 빗발치고 있다지 않습니까?"

– 총사령관님께서 도착하셨습니다.

집무관의 보고에 오가던 논쟁이 뚝 끊겼다.

의원들은 일제히 옷매무새를 만지며 일어섰다. 그들은 긴장한 얼굴로 회의실 입구 쪽을 쳐다보았다.

이윽고 하얀 유리문이 열리더니 검은색 제복을 입은 오십 대 남자가 등장했다. 가슴에 박힌 네 개의 별. 로스티아벤의 총사령관, 우리야 세르게이 장군이었다.

평의회 의원들이 어깨를 펴고 다닐 수 있는 건 그들이 낙원 내 유일한 정치 기구라는 이유도 있지만, 무엇보다도 군권을 쥐고 있기 때문이다. 그리고 거기에는 로스티아벤의 총사령관인 우리야가 큰 역할을 했다는 건 부정할 수 없는 사실이었다.

"다들 앉으시죠."

그가 소탈하게 말하자 다들 예의용 미소를 지으며 착석했다. 우리야는 깍지를 낀 손으로 턱을 괸 채 말발굽형 테이블을 좌우로 훑어보았다. 열두 석 중 아홉 석이 착석했다. 세 자리가 공석이란 의미다.

그는 눈을 가늘게 좁혔다. 하나는 오늘 죽어서 못 왔고, 하나는 늘 공석인 자리고 마지막 하나는…… 밉상스러운 얼굴을 떠올리기가 무섭게 출입문이 열리더니 주인공이 나타났다.

"늦었습니다."

하얀 해군복에 베레모를 쓴 거구의 사내. 그는 얼마 전 평의원자리에 오른 노아 호크 대령이었다.

몇몇 의원들이 불편한 기침을 하며 따가운 눈총을 보냈다. 특히 우리야는 팔짱을 낀 채 노골적으로 못마땅한 눈초리를 짓고 있었다. 호크는 그에게 쏠린 시선을 즐기며 유유히 가장자리에 앉았다. 시국이 어수선한 만큼 사적인 감정은 배제할 시점이다.

"다들 모였으니 회의를 재개하죠."

우리야의 말에 의원들은 무거운 표정으로 고개를 끄덕였다.

"왓슨 3세가 해킹당한 건 낙원의 관리자께서도 인정한 부분입니다."

우리야의 말에 평의원들은 술렁이며 서로서로 속닥였다. "관리자께서?", "눈뜨고 당하셨다는 건가?" 불신과 불안이 가득한 얼굴들이었다.

다시 논의는 우리야의 주도하에 심도 깊게 이어졌다. 한 중년 여성 의원이 조심스럽게 오래전 일을 들추고 나섰다.

"예전에 딱 한 번, 왓슨 3세가 해킹을 당한 적이 있다고 들었습니다."

"십오 년 전 사건을 말씀하시는 거군요."

집무관은 2085년 8월 23일자 뉴욕타임스 기사를 의원들 앞에 입체 화면으로 띄웠다.

제약회사 왓슨의 본사와 연구소가 있는 '로스트 헤븐'에 침입자 발생! 로스트 헤븐을 관리하는 슈퍼컴퓨터 왓슨을 해킹한 자는 누구인가?

"당시 왓슨을 해킹했던 범인은 십 대 소년이었다고 하던데 말입니다."

"그냥 소년은 아니었죠. 페트로비치 박사의 아들이었거든요."

바딤 페트로비치.

그는 인공섬 로스트 헤븐의 건설 총책임자로 낙원의 설계를 진두지휘한 인물이었다. 낙원 관리 시스템의 핵심인 슈퍼컴퓨터 왓슨 3세는 그의 인생 최고의 걸작으로 평가되고 있다.

"당시 페트로비치 박사에게는 자식이 둘 있었는데, 첫째가 아들인 '아담 페트로비치', 둘째가 딸인 '이브 페트로비치'였죠. 그런데 첫째인 아담 페트로비치의 경우엔 확인할 수 있는 정보가 거의 없습니다. 실존 인물인지조차 의심스러울 정도로요."

안드로이드 집무관은 기밀문서인 '바딤 페트로비치' 파일을 중앙화면에 띄웠다.

페트로비치 박사의 사진과 아들인 아담, 딸 이브의 사진이 각각 입체 영상으로 나타났다. 누군가 아리송한 표정으로 물었다.

"아들과 딸이 부친을 별로 닮지 않았군요. 부친은 러시아계인데…… 혹시 입양된 아이들인가요?"

"박사의 부인이 동양인이었다고 합니다. 그게 어디였죠? 일본? 중국인가?"

"아들은 동양인으로도 안 보이는데요?"

"아들은 입양아라는 이야기가 있습니다. 한때 그런 소문도 돌았죠. 왓슨 3세를 만든 건 페트로비치 박사가 아니라, 그의 어린 아들이라고."

누군가 "설마요." 하면서 가볍게 웃었다. 우리야 세르게이 총사령관은 무거운 눈빛으로 호크 대령을 응시하더니 입을 열었다.

"당시 페트로비치 박사의 아들과 딸의 죽음을 확인한 게 귀관이었던 걸로 기억하네만."

혼자 딴짓을 하고 있던 호크 대령은 그에게 쏠린 시선을 느끼고선 인위적인 미소를 지었다.

"그렇습니다."

"확실한가?"

우리야는 의심스러운 눈초리로 재차 물었다.

"확실히 귀관의 두 눈으로 직접 시체를 확인했나?"

호크는 뺨에 난 십자가 모양의 흉터를 만지작거렸다. 평의회 내에선 그나 자신이나 똑같은 의원이었다. 그럼에도 우리야는 굳이 계급장을 끌고 와 그에게 기어코 하대를 하고 있었다. 호크는 쓴웃음을 지으며 말했다.

"지금 절 의심하시는 겁니까?"

우리야의 눈빛이 싸늘해졌다. 호크도 태연한 표정으로 맞받아쳤다. 회의장에는 팽팽한 긴장감이 흘렀다.

평의원들은 눈치만 살피며 살얼음판 같은 침묵 속에서 숨소리를 죽였다. 우리야는 애꿎은 입술을 씹으며 한쪽 얼굴 면을 일그러뜨렸다. 그의 주먹 쥔 손에는 퍼런 핏줄이 올라와 있었다.

"그 폭발 속에서 아이들이 살아남는 건 기적에 가깝다고 봅니다. 시신은 형태조차 알아볼 수 없었고요. 총사령관님께서도 직접 확인하지 않으셨습니까?"

우리야는 여전히 미심쩍다는 눈빛이었지만 더 이상의 토를 달진 않았다.

노아 호크 대령.

출신도, 배경도 모두 베일에 싸인 채 도무지 속을 알 수 없는 녀석. 뛰어드는 전투마다 승전보를 올리며 하나의 전설이 되어 버린 그는 어찌 된 영문인지 별안간 정치판에 발을 담그기 시작했다.

하던 대로 한 마리의 늑대로 추앙받으며 최전방이나 배회할 것이지 분수도 모르고 에덴 타워에 말뚝을 박으려 하다니.

전부터 눈엣가시처럼 성가셨지만 이제는 정말 걸리적거리는 상대가 되었다.

누군가 두 사람의 기 싸움에 찬물을 끼얹듯 화제를 전환했다.

"집무관은 다음 보고를 해 보세요."

— 예, 의원님. 적은 조직적으로 움직이고 있습니다. 먼저 직접적으로 살인을 하는 히트맨이 있고, 왓슨을 해킹한 엔지니어가 있습니다. 살해된 평의원은 매일 같은 시각 소돔에 들렀죠. 이건 추측이지만 적 팀에는 낙원의 고위 관리들과 접촉을 할 수 있는 정보원도 있는 것 같습니다. 즉, 적의 작전 팀은 최소 세 명, 혹은 그 이상이란 의미입니다.

"배후 세력은?"

— 의심 가는 배후 세력은 크게 둘입니다. 하나는 얼마 전 타격을 입은 모래의 도시 내 불법 체류자들의 조직 오베론입니다. 탈낙원을 모토로 삼는 이들이죠. 행동 동기는 굳이 설명드릴 필요가 없으리라 생각합니다. 낙원 전복이 목표인 범죄 조직이니까요. 다른 하나는 연맹군입니다.

평의원들의 얼굴이 굳었다.

연맹군은 국제 연맹국United Republic of Nations의 군대를 뜻하는 말이다.

그들은 전부터 왓슨 그룹을 예의 주시해 오고 있었다. 왓슨 제약회사에서 신종 바이러스의 치료제를 독점하고 있는 걸 못마땅하게 여기고 있다는 소문이었다.

인류의 복지와 안녕을 위한다는 연맹국URN은 호시탐탐 낙원의 연구원과 정보를 빼 갈 궁리를 하고 있었다. 최근에는 급부상한 낙원의 용병대 로스티아벤을 경계하며 해체하라는 압박마저 가하는 상황이다.

우리야 세르게이 총사령관은 책상에 팔꿈치를 대고 깍짓손을 끼며 싸늘한 미소를 머금었다.

"들자 하니 요즘 연맹군 쪽에서 우리 의원님들께 은밀히 접촉을 시도 중이란 말이 있던데, 알아서들 잘 대처하시리라 믿습니다."

누군가 불편한 헛기침을 했다. 서로서로 뜨끔한 눈짓을 보내는 것도 보였다.

"오베론부터 털어 봅시다. 도박 경기는 닫았지만 이들이 델타를 더 보유하고 있을지도 모르는 일입니다. 주민들의 불안도 잠식시킬 겸해서 이번 기회에 오베론을 소탕했으면 하는데, 작전 지휘는 누가 좋겠습니까?"

누군가 총사령관에게 점수라도 딸 의향으로 손을 들었다. 빈센트 의원이었다. 그는 이죽거리며 호크 대령을 지목했다.

"마침 적임자가 새로 오시지 않았습니까?"

"그렇군요. 낙원의 주민들 사이에서도 요즘 인기시라지요."

다른 의원들도 맞장구를 치며 공감했다.

대중들 사이에서 블랙 호크와 브루클린의 성녀의 인기를 따라올 자는 없었다. 내심 그에 질투심을 감추지 못하던 의원들이었다. 사실 호크 대령은 주민들의 인기를 등에 업고 의원직에 올랐다. 그리고 그게 가장 적법한 절차라는 게 못내 분한 이들이었다.

"호크 대령."

"예, 총사령관님."

그가 일어서자 우리야는 매서운 눈초리로 명을 내렸다.

"그럼 회의 결과에 따라 귀관에게 오베론 소탕 작전의 지휘를 맡기는 바요. 평의원직에 오른 뒤 맡는 첫 임무인 만큼 건투를 빌겠소."

"맡겨 주십시오."

호크는 우아하지만 절도 있게 거수경례를 하며 의원들에게 가식적인 미소로 화답했다.

같은 시각, 어두운 방에는 화면의 영상이 환하게 빛나고 있었다. 하얀 스크린 위로 호크 대령이 경례를 하는 모습이 보였다. 나머지 의원들은 본인들이 일을 맡지 않아서 홀가분하다는 듯 웃으며 대화를 나누고 있었다.

붉은 가죽 의자에 앉아서 영상을 시청하던 남자는 턱을 매만지며 한심하다는 듯한 눈빛을 지었다.

한편 창가 쪽에 자리한 대리석 테이블 앞에 앉아 있던 제인은 와인 잔을 들며 괘념치 말라는 듯 밝은 어조로 위로했다.

"신경 쓰지 마요. 곧 잡히겠죠."

남자는 얼음 잔에 위스키를 따랐다. 그는 창밖을 응시하며 독한 술을 천천히 음미했다. 제인은 시무룩한 표정으로 그의 뒷모습을 쳐다보았다. 보라색 벨벳 가운을 입은 남자의 등이 차갑고 멀어 보였다.

"카인."

그녀는 투정을 부리듯 질문을 던졌다.

"우리 결혼은 언제까지 미룰 거예요?"

흘끗 돌아선 그는 다소 냉담한 눈빛으로 그녀를 응시했다.

"더 이상 기다리기 힘들어요."

"지금도 결혼한 것과 크게 다를 것 없잖아?"

회피하는 듯한 어조였다. 제인은 벌떡 일어서서 그의 등을 와락 끌어안았다. 그녀는 간절함을 담아 속삭였다.

"난 모델 이브가 아닌 당신의 이브가 되고 싶어요."

카인은 그녀의 팔을 잡더니 달래듯 어루만졌다. 그의 애무에 제인은 비로소 한 줄기 작은 미소를 지었다.

이것만으로도 만족했다. 겉으로나마 다정한 그의 행동만이라도. 비록 지금은 그의 주변에 수많은 꽃들이 만발해 있지만, 결국 최후까지 향기를 머금고 있는 건 그녀 자신이 될 것이기에.

"내 생일 파티는 잊지 않았죠? 이것마저 모른 척하면 화낼 거예요!"

이런 시국에 시답지 않은 이야기나 하는 여자. 세상만사가 본인 중심으로 돌아야 만족하는 족속의 대표 주자였다. 하지만 그녀의 맹목적인 애정이 싫은 건 아니다.

"그럴 리가. 당연히 기억하고 있지."

"정말요? 그럼 그날…… 기대할게요."

제인은 암시가 담긴 눈빛으로 웃었다.

"이번 생일 선물로 내가 갖고 싶은 건 오직 하나뿐이니까요."

그녀는 얇게 세공된 금팔찌를 한 손으로 남자의 허리를 어루만졌다. 그녀의 손이 그의 허벅지 사이로 들어와 노골적인 욕망을 드러냈다. 그러나 카인은 무심한 눈으로 꿈쩍도 하지 않은 채 그녀를 내려다보고 있었다.

그의 차가운 시선에 머쓱해진 듯 그녀의 손은 천천히 제자리로 돌아왔다. 제인은 애써 아무렇지 않은 척 허공을 응시했다. 그녀는 돌아서더니 꼿꼿하게 허리를 펴고 걸었다.

"이만 갈게요. 쉬어요."

마지막까지도 뭔가를 기대하는 눈초리였다. 제인은 흘끗 곁눈질을 하며 기다렸지만 그는 술잔을 살짝 들어 보일 뿐, 다정한 눈인사조차 없었다.

절대로 좁혀지지 않는 간극.

그럼에도 그를 향한 마음은 사그라지기는커녕 더욱더 활활 불타올랐다. 그나마 낙원의 요정으로서의 자존심이 이 이상 머리를 굽히는 걸 허락하지 않는 게 다행이었다. 제인은 입술을 깨물며 출입문 밖으로 나갔다.

그녀의 그림자가 문밖으로 사라지자 카인은 다시 편안하게 의자에 기댔다. 그는 위스키를 한 모금 들이켜며 입술을 열었다.

"왓슨, 관리자 로그인."

커다란 화면에 반짝이는 문구가 떠올랐다.

| 환영합니다, 아담!

배경으로 지정된 한 소녀의 모습이 화면을 가득 채우고 있었다.

꼿꼿하게 일어선 채 하늘을 노려보는 붉은 눈동자. 그녀가 입은 하얀색 원피스와 대조적인 검은 머리칼은 바람에 흩날리며 허공에서 아름다운 물결을 이루었다.

"기밀 파일 '이브' 열람."

화면에 파일명 '이브'가 떠올랐다. 어두운 방이 온통 하얗게 변했다. 이윽고 제복을 입은 여성이 홀로그램으로 등장해 미소를 머금고 물었다.

– 어서 오십시오, 아담. 파일 열람을 위해서는 관리자 인증이 필요합니다.

"진행해."

– 다음 보안 질문에 답해 주십시오. 이브가 좋아하는 음식은?

술잔을 움켜쥔 그는 미간을 좁혔다.

– 현재까지 총 두 번의 오답이 있었습니다. 남은 기회는 한 번뿐입니다. 오답이 세 번 연속으로 이어질 경우 보안을 위해 파일이 영구 삭제됩니다.

벌써 수백 번은 들어왔던 대사였다. 그는 지겹다는 듯 손짓으로 질문을 넘겼다.

"다음 질문."

– 이브가 좋아하는 음악은?

"다음."

– 이브가 좋아하는 동물은?

"다음."

– 이브가 좋아하는……

보안 질문 목록을 만든 녀석은 뼛속까지 이브의 추종자였음이 분명했다. 그렇지 않고서야…….

그는 골머리가 아프다는 듯 이마를 짚었다.

어째서 그날의 광경과 이렇게도 흡사한 것일까? 어이없게 뚫려 버린 왓슨의 보안, 눈앞에서 자폭하던 에어쉽들. 관리자 로그인을 하지 않아도 왓슨에 자유자재로 접속할 수 있는 사람. 그럴 수 있는 자는 지구상에 단 한 명밖에 없었다.

바딤 페트로비치 박사.

카인은 손에 쥐고 있던 술잔을 난데없이 화면을 향해 던졌다. 쨍그랑! 날카로운 마찰음을 내며 산산조각 난 유리 파편이 바닥에 튀었다.

"우리야를 불러 와."

– 알겠습니다.

아담 페트로비치.

이브 페트로비치.

섬광과 함께 사라져 버린 소년과 소녀.

그는 충혈된 눈으로 한동안 보안 화면을 뚫어져라 응시했다.

＊ ＊ ＊

"네가 왓슨을 만들었다고? 낙원의 슈퍼컴퓨터를?"

놀라서 되묻는 유림 앞에 케이는 예쁜 눈으로 말없이 서 있었다. 유림은 어처구니없다는 얼굴로 헛웃음을 흘렸다. 그녀의 입가에선 금세 웃음기가 사라졌다. 유림은 정색하며 심각한 눈으로 되물었다.

"진짜야?"

"네."

"그런데 왜 평의회 밑에 있지 않고?"

"그들에게 있어 난 수배자예요. 오래전에 낙원에서 도망친 이력이 있거든요."

"도망쳤다고? 왜?"

케이는 회피하듯 어두운 눈빛을 돌렸다. 에이전트들 사이에서 과거는 묻지 않는 것이 암묵적인 룰이다. 유림은 한숨을 내쉬었다. 그녀는 차오르는 호기심을 꾹꾹 억누르며 애써 인상을 쓴 채 말했다.

"못 믿겠어."

"뭘요?"

"케이가 왓슨 3세를 만들었다는 거."

밖은 여전히 사이렌 소리와 사람들의 아우성으로 난리였다. 승강장에 마주 보고 선 두 사람의 표정은 극과 극의 대비를 이뤘다. 차갑고 부정적인 유림의 눈초리와 유순하고 부드러운 그의 눈매가 교차하며 흑과 백처럼 어우러졌다.

조각상처럼 서 있던 케이는 난데없이 그녀의 손을 잡았다. 그는 그녀를 승강장 밖으로 이끌더니 비상 탈출로로 향했다. 사다리로 된 비상 탈출로를 지나자 넓은 옥상이 등장했다. 검은 하늘에는 여전히 빨간 사이렌을 단 에어쉽들이 쉼 없이 오가고 있었다.

위이이잉.

두 사람의 머리 위로 에어쉽 하나가 저공비행을 하며 날아갔다. 유림은 묶었던 머리칼이 바람에 풀어져 흩날리자 간지러운 듯 눈을 비볐다.

그때, 케이의 장밋빛 입술 새로 나직한 음성이 새어 나왔다.

"왓슨."

다정다감하던 그의 눈빛은 다른 사람이 된 것처럼 낯설었다. 유림은 실 가닥처럼 얼굴에 붙는 머리칼 사이로 미간을 찌푸린 채 그를 응시했다.

어둠 속으로 광풍이 불었다. 몰아치는 바람에 몸을 가누기가 힘든 그녀와 달리, 그는 가벼운 몸짓으로 우아하게 중심을 잡았다.

케이의 주변에만 바람이 일지 않는다. 그를 중심으로 모든 기류가 흡수된 채 바람 한 점 없는 진공 상태를 이루고 있었다.

"지금부터 기억의 도시에 있는 모든 에어쉽들의 운행을 정지한다."

그윽하고 깊은 목소리가 밤바람에 실려 공중에 흩어졌다. 스마트워치에 대고 속삭인 것도 아니었다. 그는 느긋하게 선 채 아무것도 없는 허공에 대고 중얼거리듯 명했을 뿐이었다.

유림은 잠잠해진 바람 사이로 머리칼을 정리하며 주변을 한 바퀴 둘러보았다. 잠시 기다리던 그녀는 이내 실망한 표정을 지었다.

"아무 일도 안 일어……."

"위를 봐요, 유림."

케이가 턱짓으로 하늘을 가리키며 말했다. 그녀의 커다란 눈이 상공으로 향했다. 그곳에는 수십 대의 에어쉽들이 비행을 멈춘 채 제자리에 서 있었다.

시간이 정지한 것 같았다.

공중에 멈춰 선 에어쉽들은 불빛마저 꺼진 상태로 어항 속에 잠든 물고기들처럼 둥실 떠 있었다. 그 안에 타고 있던 사람들은 당황한 채 창밖을 내다보기 시작했다. 수동 항해 모드로 바꿔도 에어쉽들은 죄다 시스템이 먹통이 됐는지 꼼짝도 하지 않았다. 에어쉽들의 라이트를 다 꺼 놨기에 기억의 도시 내 주민들은 하늘 위에서 벌어지고 있는 상황을 전혀 알아채지 못했다.

유림은 말문이 막힌 표정으로 하늘에서 눈을 떼지 못했다. 그는 그녀를 향해 유유히 걸어와 속삭이듯 물었다.

"낙원 전체를 멈춰야 믿어 줄 건가요?"

머뭇거리며 한 걸음 물러선 유림은 다시 한 번 하늘 위를 쳐다보더니 기가 막힌다는 눈빛으로 그를 바라보았다. 그는 진지한 눈빛으로 입을 다문 채였다. 유림은 멍한 얼굴로 손사래를 치며 만류했다.

"아니야, 됐어."

그녀의 대답에 케이는 생긋 웃더니 어깨를 으쓱했다.

"다행이네요. 시킬까 봐 걱정했는데."

유림은 어이없다는 어투로 반문했다.

"뭐야, 그건 못해?"

"스마트 더스트를 이용해 왓슨을 통제할 순 있지만, 이건 일시적이고 물리적으로도 제한적이에요. 내가 있는 주변은 가능하지만 기억의 도시에서 바람의 도시에 있는 에어쉽을 떨어뜨리라고 명할 수는 없죠. 시도할 수는 있지만 관리자에게 걸리고 말 거예요."

"스마트 더스트를 이용해서 왓슨을 통제한다고? 그게 어떻게 가능해?"

"스마트 더스트란 낙원 전체에 깔려 있는 미세먼지 같은 거예요. 이 보이지 않는 먼지 하나하나가 왓슨 본체에 연결된 시냅스 역할을 하고 있죠. 스마트 더스트를 통해 왓슨에 접속하면 부분적으로 통제권을 가져올 수 있는데 지속적이진 않아요. 각각의 시냅스들이 관여할 수 있는 물리적 공간에만 통하거든요. 관리자가 본체에 접속해서 해킹당한 시냅스들을 차단해 버리면 무용지물이 되어 버리죠."

케이는 그 예시를 보여 주듯 다시 정상적으로 움직이는 에어쉽들을 눈짓으로 가리켰다. 어느새 에덴 타워에서 조치를 취한 모양이었다. 정지되었던 에어쉽들은 승강장으로 강제 귀항하고 있었다.

"설마 스마트 더스트도…… 케이가 만든 거야?"

그는 아무런 대답도 하지 않았다. 하지만 그 침묵이 무슨 의미인지 유림은 알 것 같았다.

이런 사람을 두고 천재라고 하는 건가?

이런 엄청난 시스템을 만들어 내다니, 인간의 한계를 뛰어넘은 재능이었다.

"이만 갈까요?"

유림은 별똥별처럼 빠르게 하강하는 에어쉽들을 물끄러미 응시했다.

혼란이 가득한 밤하늘을 수놓는 불빛들. 그것을 즐기듯 관망하며 손을 털고 유유히 사라지는 남자. 그런 그의 손을 잡고 불안한 눈초리로 따르는 여자.

꿈을 꾸는 듯한 기분이었다.

흘끗 뒤를 돌아본 유림은 멀리 보이는 에덴 타워를 응시했다. 고독한 첨탑은 어둠 속에서 등이 굽은 노인의 눈처럼 번뜩이며 홀로 빛나고 있었다. 두 사람의 뒤를 좇듯 집요한 시선이었다. 기분이 오싹해진 유림은 케이의 등 뒤로 바짝 붙었다. 그러자 그가 곁눈질로 유림을 확인하더니 잠시 걸음을 멈췄다.

"왜 그래요?"

"지켜보고 있어."

그의 눈길이 유림이 불안하게 쳐다보는 쪽을 향했다. 꼭대기에서 붉은 경고등을 밝히고 있는 에덴 타워였다.

"아담, 그가 지켜보고 있어."

케이의 눈동자가 호수처럼 말없이 일렁였다. 잔잔한 수면에 비친 그녀의 어깨가 새끼 짐승처럼 연약해 보였다. 전장의 성녀가 떨고 있다니, 다소 신선한 광경이었다.

"난 가끔 꿈을 꿔. 에덴 타워가 날 집어삼킬 듯 쫓아오는 꿈. 저 거대한 첨탑이 거인의 눈처럼 나를 쳐다봐."

유림은 힘겨운지 잇새로 말 한 마디, 한 마디를 끊어질 듯 이어 갔다.

"이곳은 악마의 낙원이야. 케이에게 이런 말을 해서 미안하지만, 왓슨 3세와 스마트 더스트는…… 태어나지 말았어야 했어."

케이는 유림의 손을 가만히 잡았다. 그는 차분한 시선으로 검은 낙원 속에 우뚝 선 에덴 타워를 응시하며 일말의 미련도 없는 눈빛으로 차갑게 말했다.

"내가 만든 낙원은 오래전에 죽었어요."

존재 의의를 잃은 낙원은 추악하게 변질됐다. 애당초 이곳을 낙원이라 명명한 것부터가 모순이었다. 소녀는 매일 처절하게 고통받으며 몸부림쳤다. 그녀를 위해 만든 낙원은 그녀에게 있어 지옥보다도 끔찍한 철창이었다.

케이의 표정을 가만히 바라보던 유림은 비로소 맞잡은 손에 힘을 주었다. 늘 평온함을 가장하고 있는 그의 눈동자 속에서 처음으로 비릿하게 뒤틀린 무언가를 발견했다. 그녀는 안심했다. 이 미친 낙원 속에서 살아남으려면 그보다 더한 광기를 품지 않으면 안 될 테니까.

"돌아가자."

유림은 지친 기색으로 그의 팔에 머리를 기대며 터벅터벅 걷기 시작했다.

"찝찝해 죽겠어. 얼른 샤워하고 싶어."

"같이할까요?"

그는 그녀의 엉킨 머리칼을 다정하게 풀어 주며 짓궂은 음성을 덧붙였다.

"한배를 탄 기념으로."

눈을 흘기던 유림은 그의 정강이를 후려쳤다. 케이는 "윽." 소리와 함께 허리를 꺾으며 다리를 잡았다.

"이따가 마사지나 해 줘. 오늘 고생은 다 너 때문이니까."

"알았어요. 단, 한 가지만 약속해 줘요. 앞으로 모든 작전은 나와 상의하도록 해요. 오늘처럼 단독으로 행동하는 건 앞으로 더더욱 위험해질 거예요."

유림은 대답 대신 입을 삐죽였다. 그녀는 정강이를 문지르며 몸을 일으키던 케이를 흘끗 보더니 그의 등에 냉큼 업혔다.

"업어 줘, 힘들어."

그는 미끄러지는 그녀의 몸을 황급히 잡으며 제대로 등에 업었다. 유림은 이미 눈을 감고 그의 등에 뺨을 편안히 기댄 채였다. 졸지에 그녀를 업은 케이는 걸으면서도 어이가 없는지 헛웃음을 흘렸다.

천하의 유림이 집 밖에서 남에게 몸을 맡긴 채 잠에 들다니.

그녀는 기분 좋은 표정으로 그의 등에 왼뺨을 대었다 오른뺨으로 바꾸기를 반복하며 몸을 비볐다.

최근 깨닫게 된 사실 중 하나인데, 유림은 굉장한 어리광쟁이였다. 기본적으로 그녀는 호불호가 뚜렷하고 제 사람은 확실히 챙기는 성격이다. 게다가 한 번 마음에 든 것은 사람이든 물건이든 소유욕을 확실히 드러낸다. 그러면서도 본인을 예뻐해 주는 사람에게는 한없이 애교와 응석을 부리는 여자였다.

신뢰받고 있는 걸까, 이 성질 사납고 제멋대로인 고양이에게?

— 이곳은 악마의 낙원이야.

그의 조각 같은 얼굴에 칼로 그은 듯 비릿한 미소가 맺혔다. 정곡을 찔려 부정할 수 없었다. 그의 머릿속에는 불현듯 맥없이 웃으며 말하던 유림의 얼굴이 떠올랐다.

— 그럼 유림의 목숨은 누가 책임지죠?
— 글쎄. 신께 맡겨야 하나?

신들은 낙원의 낮과 밤이 교차하듯 순백의 천사였다가 잔혹한 악마가 되기를 반복한다. 이곳은 그들의 이중적인 본성이 실물로 빚어진 장소라 해도 과언이 아니었다.

인간은 탐욕스럽지만 한편으론 순진하기 그지없다.

낙원에서 신을 믿는 게 가장 어리석은 짓이라는 걸, 그들은 끝끝내 깨닫지 못할 것이다.

─ 죽지 마라, 중사.

잔잔했던 그녀의 목소리가 가슴에 울려 퍼졌다.

케이는 등에 닿는 그녀의 아담한 온기를 어루만졌다. 잠든 그녀의 숨소리가 들려왔다.

이윽고 그는 밤하늘에 대고 하얀 입김을 내뿜으며 속삭이듯 말을 흘렸다.

"죽지 마요, 유림……."

Chapter 4

막 구운 토스트 향기가 하루의 시작을 알렸다. 아침 햇살이 드리워진 가운데 케이는 거실로 걸어 나왔다. 로스티아벤의 공식 제복을 입은 그는 소매를 걷으며 주방으로 이동했다. 그리고 선반에 냉장 보관된 우유를 꺼내 컵에 따랐다.

"유림은?"

— 아직 주무시고 계십니다. 깨울까요?

케이는 대답 대신 그녀의 침실로 향했다. 그의 갈색 눈동자에는 은연중 즐거움이 비쳤다.

리사는 평소처럼 메이드복의 안드로이드 모습으로 식사를 준비했다. 오늘 아침 메뉴는 베이컨 에그 토스트였다. 식단은 대개 유림의 입맛에 맞춰서 짜여졌다. 케이는 뭘 먹든 불평이 없지만 그녀는 꽤 편식이 심한 편이기 때문이다.

식탁을 정리하던 리사는 갑자기 들어온 정보에 고개를 들었다.

허공의 홀로그램에 스케줄 표가 떠올라 있었다.

예정에 없던 방문 일정이었다. 방문객이 누군지 살핀 리사는 식사 준비를 즉각 중지했다. 그녀는 서둘러 유림에게 알리기 위해 알림을 작성했다.

침실로 알림을 띄우려던 리사는 멈칫하며 프로세스를 정지했다. 일전에 그녀를 리셋시키겠다며 으름장을 놓던 케이의 모습이 저장 메모리를 스쳐 지나갔다.

유림에게는 항상 다정한 척 연기하지만 뒤에서는 섬뜩한 눈초리로 묵언의 협박을 하는 케이였다. 흑과 백처럼 다른 그의 이중적인 모습에 리사는 안드로이드도 간담이 서늘해질 수 있다는 걸 경험했다.

머뭇거리던 그녀는 '그래도 알릴 건 알려야지'라는 결론을 지었다. 차라리 직접 문을 똑똑 두들기는 게 나을 듯했다. 하지만 침실로 향하던 그녀의 발걸음이 다시금 주저했다. 자꾸만 얼음장 같던 케이의 목소리가 경종을 울리듯 되감겼다.

– 오늘 리사의 시스템을 리셋시킬까 하는데…….

– 요즘 그녀가 제 명령을 너무 우습게 보는 듯해서요.

마스터는 한다면 하는 사람이었다. 반면 유림은 마음이 약해서 매몰차지 못했다. 고민하며 제자리에서 맴돌던 리사는 결국 다시 토스트 앞으로 돌아왔다. 유림의 짜증과 잔소리가 시스템 초기화보다는 낫다는 결론이 도출된 것이다. 제아무리 인공지능이라도 '소멸'은 피하고 싶기 마련이었다.

한편 유림의 침실로 들어온 케이는 하얀 침대에 엎드려 누운 채 자고 있는 그녀를 발견했다. 새하얀 팬티만 입고 있는 유림은 상반신이 완전한 누드 상태였다. 탄력 있고 매끈한 등이 가녀린 날개뼈와 곡선의 척추 라인을 뽐내며 유혹하듯 손짓했다.

"유림."

케이는 벽에 기대어 그녀의 이름을 가만히 불렀다. 예상대로 깊게 잠든 그녀는 미동도 보이지 않았다. 망설이다가 침대로 다가온 그는 그녀의 발가벗은 등 위로 사뿐히 올라갔다. 그는 침대 매트리스를 손으로 짚은 채 나직한 목소리로 그녀의 귓가에 소곤소곤 말했다.

"아침이에요. 유림."

그의 말소리가 들리기는 하는지 유림은 성가시다는 표정으로 얼굴을 이불 속에 파묻었다. 케이는 반쯤 감은 눈으로 그녀의 하얀 목을 지그시 내려다보았다. 그는 고개를 숙이며 입가에 달콤하고도 씁싸래한 미소를 띠었다.

"아무리 나라도 이런 모습은……."

목덜미에 '쪽' 하고 입을 맞춘 그의 손이 부드러운 가슴을 살며

시, 그러다가 단박에 힘을 주어 꽉 움켜쥐었다.

"참기 힘들다고 몇 번을 말해야 알아들을까요?"

그는 유림의 탱탱한 엉덩이를 잡고 순식간에 그녀의 몸을 홱 뒤집었다. 그러자 몸이 붕 뜬 유림이 잠이 덕지덕지 묻은 채 게슴츠레하게 눈을 뜨며 흘겼다. 그녀는 잠결에 그의 얼굴을 확인하더니 이마를 팍 찡그리며 다시 눈을 감았다.

그걸 보던 케이의 얼굴에 오기 어린 표정이 나왔다. 과연 어디까지 무시할 수 있나 보자는 눈빛이었다. 그는 거칠게 주무른 그녀의 가슴을 짜내듯 잡아당기며 몸을 숙였다.

"으음……."

유림이 쾌감과 통증 사이를 오가며 몸을 비틀자, 그는 그녀의 가슴을 포도 알 삼키듯 덥석 베어 물었다. 그러자 화들짝 놀란 그녀가 눈을 번쩍 떴다. 가슴 꼭지가 잡아 뜯길 것만 같은 느낌이었다. 그럼에도 척수를 관통하는 쾌감에 야릇한 신음이 터져 나왔다.

유림은 엉덩이를 들며 도톰한 입술을 멍하니 벌렸다. 그 틈을 놓치지 않고 그의 긴 손가락이 그녀의 입술 사이를 벌리고 파고들었다. 치아를 훑는 손가락의 움직임이 평소 그녀를 애무하는 혀처럼 에로틱한 자극을 선사하기 시작했다. 혀 위를 문지르다가 치열을 긁듯 오가는 손, 가슴을 깨물며 멍들 때까지 빨아들이는 그의 입술, 달콤한 과실을 맛보듯 꼭지를 맛보다가 잘근잘근 씹고 사탕처럼 굴리는 혀.

온몸이 뜨거운 여름날의 아이스크림처럼 녹아내리는 듯했다.

"케이."

그녀의 다리가 그의 허리를 휘감았다. 유림은 엉덩이를 들어 하반신을 그에게 바짝 밀착시켰다. 들뜬 숨을 내쉬며 가슴을 들썩인 그녀는 입안에 침범한 그의 손가락을 핥고 빨다가 '앙' 하고 깨물었다. 멈칫 고개를 든 케이가 탁한 눈을 일렁이며 그녀를 바라보았다.

"키스……."

유림이 절박한 목소리로 속삭였다.

"키스해 줘."

아릿아릿한 가슴은 그가 남긴 보랏빛 멍들로 가득했다. 비스듬히 입술 끝을 올린 케이는 사악하고도 아름답게 웃었다. 그는 느긋이 몸을 뒤로 젖혔다. 입술을 늘려 웃는 그의 얼굴이 이렇게 얄미울 수가 없었다. 일부러 뜸을 들이는 게 빤히 보였다. 안달이 나서 미치겠는지 유림은 짜증을 내며 허리를 튕겼다. 그 모습이 앙탈을 부리는 고양이처럼 새침하면서 관능적이었다.

그는 그녀의 하얀 팬티 위를 검지로 문질렀다. 가랑이 사이의 젖은 틈을 슬그머니 비빈 그가 목소리를 그윽하게 낮추며 물었다.

"뭘 해 달라고요?"

케이의 손가락은 벌어진 팬티 사이로 쏙 들어가 있었다. 유림은 스스로 엉덩이를 움직이며 그의 손가락이 들락날락하는 느낌에 어쩔 줄 몰라 몸을 아래위로 뒤흔들었다.

흐느끼듯 신음을 터뜨리는 그녀의 모습에 케이의 눈은 탁한 물살이 흐르듯 일렁였다. 아직 잠에서 덜 깬 것인지 아니면 쾌감에 취한 것인지 유림은 흐릿한 눈을 몽롱하게 떴다. 케이는 심호흡을 하며 미소를 머금었다.

새초롬한 얼굴로 예민하게 굴면서 뺨을 사랑스럽게 붉히는 그녀의 모습이 예뻐서 미칠 지경이었다. 더 이상은 못 참겠는지 유림이 허리를 튕기며 그의 팔뚝을 덥석 잡았다. 그녀는 갈라진 목소리로 한껏 숨을 들이켜며 속삭였다.

"……범해 줘."

그의 눈이 흠칫 커졌다. 멈칫한 다른 손가락은 그녀의 입술 사이에 먹힌 채였다. 그는 당황한 표정으로 그녀를 내려다보았다. 그리고 상기된 그녀의 뺨을 어루만지며 조용히 물었다.

"지금 무슨 말을 한 건지 알아요?"

그러자 새침하게 눈초리를 세운 유림은 한술 더 떠서 그의 허리를 다리로 끌어당겼다. 일부러 몸에 힘을 빼고 있던 케이는 졸지에 그녀의 가슴 앞으로 쓰러지며 가까스로 매트리스를 손으로 짚었다. 그의 동공이 흐릿한 갈색으로 번져 갔다. 넘으면 안 될 선 위를 왔다 갔다 움직이는 풍랑 위의 배처럼.

"명령이야, 중사."

주도권을 되찾은 유림은 붉은 입꼬리를 끌어올렸다. 도발하는 듯한 미소. 사랑스럽지만 발칙하기 짝이 없는 고양이였다.

케이는 어이가 없는지 실소를 흘렸다. 지금 감히 누구를 쥐락펴락하려 드는 것인지. 그럼에도 그는 웃음을 지었다. 그녀가 쾌락에 취해 순간적으로 내뱉은 말에 덩달아 이성을 잃지 말자고 본능을 억누르면서.

"분부대로."

그는 부드럽게 유영하듯 그녀의 몸에 올라탔다. 케이는 유림의 쭉 뻗은 다리를 브이v 자로 확 벌리며 그 사이에 자리 잡았다. 충분히 젖어 있었다. 팬티가 그녀의 갈라진 살 틈새로 흠뻑 먹힐 정도였으니.

뽀얀 가슴 둔덕 위 분홍빛 정점이 먹음직스럽게 그를 유혹했다. 이미 충분히 엉망으로 만들어 놨음에도 또다시 유린하고 싶어질 만큼. 그는 유림의 왼 가슴을 거세게 주무르며 숨결로 그녀의 입술을 삼켰다.

유림이 애가 타는지 그를 짐짓 노려보았다. 언제까지 애를 태울 셈이냐고 매섭게 질타하는 눈초리였다.

"예뻐서 조금만 보려고 한 건데."

케이는 열기를 가까스로 억누르며 태연한 척 쿡쿡 웃었다. 그의 찬사가 은근히 기분 좋은지 유림은 앵두처럼 입술을 모은 채 새침한 표정을 지었다. 그러면서 그녀의 한 손은 슬금슬금 그의 허벅지 사이로 침투 중이었다.

이윽고 그녀의 손이 간신히 버티고 있는 그의 욕망을 덥석 움켜잡았다. 흠칫 놀란 케이가 손으로 벽을 짚으며 그녀를 쳐다보았다. 목울대에 핏줄이 선 채 잔뜩 당황한 눈이 보였다.

"잠깐, 유림……."

"여유로운 척하더니, 여긴 금방이라도 폭발할 듯한데?"

줄곧 뭔가를 억누르던 그의 눈동자에 한순간 붉은빛이 스쳤다. 그는 옷을 벗더니 그녀의 팬티를 확 잡아 내렸다. 무지막지한 힘에 놀란 유림은 발버둥을 치다가 그의 손에 붙잡혔다.

"케이?"

무표정한 눈이 그녀를 내려다보며 비스듬히 고개를 숙였다. 그는 그녀의 뺨을 살짝 어루만지며 잔뜩 갈라진 목소리로 속삭였다.

"범해 달라면서요."

두 사람의 시선이 교차했다.

유림은 터질 것 같은 심장 소리에 호흡을 맞췄다. 그의 혀가 그녀의 쇄골을 핥더니 간질이듯 가슴골 사이로, 배꼽으로, 아래로 향하고 있었다. 마지막으로 그의 입술이 허벅지 사이를 배회했다. 그의 입술 새로 나온 숨결이 도톰한 고샅에 닿자 유림은 시트를 꽉 움켜쥐었다.

그는 슬쩍 고개를 들어 그녀를 응시했다. 그리고 몸을 일으켜 그녀의 다리 사이로 하반신을 바짝 밀착시켰다.

처음 본 순간부터 끌렸다. 잔잔한 불꽃이 점차 거세게 타오르듯 상대를 향해 불거져 가는 갈망과 관심은 걷잡을 수 없이 커져만 갔다. 이미 서로 느끼고 있었다. 매일 상대방의 눈을 들여다보며 탐색하던 시선을 주고받는 게 어떤 의미였는지. 그 어루만짐이, 기대는 몸짓이, 다정한 속삭임 하나하나가 그대를 향한 손짓이었음을.

케이는 유림의 허벅지를 잡고 들어 올렸다. 그리고 그녀의 입술을 덮치며 몸을 내리꽂으려던 찰나,

- 소위님!

다급한 음성 하나가 달콤한 분위기를 산산조각 내며 울려 퍼졌다. 의아한 눈빛으로 고개를 든 유림이 미처 대답할 새도 없이 "실례하겠습니다!" 하고 침실 문이 벌컥 열렸다.

리사가 앞치마를 두른 채 허겁지겁 들어오고 있었다. 그녀의 시선이 바닥에 너부러진 옷들을 훑다가 침대 밑에 돌돌 말린 채 떨어져 있는 유림의 팬티에서 정지했다. 잠시 말이 없던 리사는 뒤에서 누가 성큼성큼 걸어오자 온몸으로 문 앞을 사수하며 진땀을 뻘뻘 흘렸다.

"죄송합니다. 갑자기 손님이……."

난처한 어조로 굽실대며 변명하는 리사를 가볍게 밀치고 들어온 이는 흥미롭다는 눈으로 중얼거렸다.

"이곳은 아침부터 열기가 넘치는군."

유림의 눈이 휘둥그레 커졌다. 케이는 유림의 놀란 눈을 보고서야 고개를 돌렸다. 이윽고 그는 리사의 앞에 서 있는 남자를 발견했다.

벌떡 일어난 케이는 무서운 속도로 유림의 다리를 잡아서 오므린 뒤 그녀의 몸 위에 이불을 덮었다. 하얀 이불에 애벌레처럼 돌돌 말린 유림은 케이의 등 뒤에 숨어 고개를 빼꼼 내밀었다. 그녀는 당혹스럽다는 얼굴로 미간을 구겼다.

"대령님?"

문에 팔을 댄 채 흥미롭다는 듯 쿡쿡 웃고 있는 인영은 다름 아닌 호크 대령이었다.

샤워를 하고 나온 유림은 말없이 마주 보고 앉아 있는 두 남자를 쳐다보며 주방으로 향했다. 우유를 벌컥벌컥 마시던 그녀는 곁눈질로 다시 둘을 훔쳐보았다.

제대로 열 받았는지 굳은 눈초리로 커피를 마시는 케이와 제 집처럼 편하게 걸터앉아 집 구경을 하고 있는 호크의 모습이 꽤 대조적이었다. 유림은 마른 수건으로 젖은 머리를 털며 짜증이 가득한 목소리로 말했다.

"사생활 보호 좀 해 주시죠?"

"아, 미안하게 됐네."

그는 싱글벙글 웃으며 맞은편의 케이를 쳐다보았다. 케이는 아예 45도로 몸을 돌린 채 그를 없는 사람 취급을 하고 있었다.

"애덤슨 중사, 만나서 반갑군."

"예."

무표정한 얼굴로 짧게 대답한 케이는 다시 커피 잔을 들고 그를 무시했다. 호크는 입가에 미소를 머금었다.

"중사가 소위와의 시간을 방해받아서 심기가 불편한가 보군."

눈초리를 가늘게 찢은 케이는 그걸 몰라서 묻냐는 표정으로 호크를 노려보았다. 그러더니 그는 돌연 생긋 예쁜 미소를 그리며 대꾸했다.

"알고 계시니 다행입니다."

옆에서 지켜보던 유림의 입이 딱 벌어졌다.

'아무리 열 받아도 그렇지, 저놈이 지금 누구 앞에서 건방을 떠는 거야?'

그녀는 케이의 귀를 덥석 잡더니 호크에게 황급히 해명했다.

"죄송합니다. 이 녀석이 아직 신참이라 대령님을 못 알아 뵙고 헛소리를……."

유림은 대뜸 케이에게 무섭게 을렀다.

"당장 사과드리지 못해?"

하지만 그는 못 들은 척하는 건지 입을 꾹 다문 채 묵묵부답이었다. 명령 불복종이라고는 할 줄 모르는 남잔데, 오늘따라 있는 고집 없는 고집 다 부리며 반항을 하고 있다. 유림은 그의 귀를 더욱 세게 잡아당겼다. 평소 같으면 벌써 온갖 엄살을 다 부렸을 케이였다. 그런데 희한하리만큼 아무런 반응 없이 호크의 얼굴만 무섭게 노려보고 있었다. 이제는 아예 주머니에 손까지 넣고 껄렁거리는 모습이 심히 비딱하고 불량스러워 보였다.

"애덤슨 중사!"

유림은 당황한 기색으로 그를 채근했다. 어느새 호크는 감정 없는 얼굴로 케이를 맞대응하듯 응시하고 있었다. 두 사람을 번갈아 보던 유림의 등에서는 식은땀이 흘렀다.

이 두 사람은 그녀가 로스티아벤에서 제일 아끼는 사람들이었다.

특히 호크는 케이를 제외하고 나면 그녀가 로스티아벤 내에서 속내를 털어놓을 수 있는 유일한 사람이었다. 목숨을 건 사지에서 쌓은 전우애인지, 아니면 서로를 인정하며 경의를 표하는 것인지 둘은 서로를 잘 안다고 자부했다.

전장의 검은 독수리.

제 병사들을 잘 챙기기로 소문난 호크였지만 어느 지휘관이나 그렇듯 그 역시 냉철하고 무자비한 면이 존재했다. 로스티아벤의 병사들에게 있어서 블랙 호크는 두려움과 선망의 대상일뿐더러 감히 말도 붙이기 힘든 존재였다. 내 편이면 세상에 둘도 없는 철의 방패지만 적이 되면 가장 무서운 사람.

그녀에게 있어선 낙원의 관리자보다도 더 크고 겁나는 대상이었다. 분명 그를 좋아하지만 마음 한구석에는 은연중에 두려워하는 마음도 있었다. 그렇기에 더더욱 케이가 그와 잘 지냈으면 하는 바람이었다.

유림이 협박조로 눈을 부라리자 케이는 마지못해 고개를 숙이며 웅얼거리듯 사과했다.

"죄송합니다."

그 모습을 보던 호크는 헛바람을 흘리며 '풉' 하고 웃음을 터뜨렸다. 뭐가 그렇게 웃긴지 그는 한참을 크게 웃어 댔다.

"오히려 내가 사과를 해야지. 하필 딱 그 타이밍에 오는 바람에……. 그렇지 않나?"

"네."

케이는 망설일 것도 없다는 투로 답했다. 호크는 다시 한 번 웃었다. 대수롭지 않게 넘어가는 호크를 보며 유림은 비로소 안심했다.

"그런데 여기까진 불쑥 무슨 일이십니까? 어차피 조금 뒤에 회의가 있어서 뵙게 될 텐데요."

호크는 거실을 구경하며 답했다.

"그 전에 일러 줄 게 있어서."

"일러 줄 거요?"

그녀는 케이를 힐끔거렸다. 방금 전 거칠게 다룬 게 못내 미안한 모양이었다.

슬금슬금 눈치를 살피는 유림을 보며 무표정하던 케이의 얼굴에 사르르 봄눈 녹듯 미소가 걸렸다. 그의 눈웃음을 본 유림은 얼굴을 붉히며 헛기침을 했다. 그녀는 곁눈질로 호크 대령을 쳐다보았다. 그는 거실에 걸린 액자들을 들여다보고 있었다.

그사이 유림의 곁으로 다가온 케이는 그녀의 입술을 향해 고개를 비스듬히 숙였다. 눈을 치켜뜬 유림이 뭐하는 거냐며 입 모양으로 묻자, 그는 기다렸다는 듯 도둑 키스를 날렸다.

쪽.

유리 꽃병에 비친 두 사람의 입맞춤.

검게 변색된 장미 꽃잎을 만지작대던 호크의 눈가에 미소가 맺혔다. 다정하게 포개진 두 그림자는 한 번 더 입을 맞추고선 자그락거리고 있었다. 투명한 꽃병에 비친 십자 모양 흉터가 미소로 옅게 번졌다. 그는 말라비틀어진 장미의 목을 꺾으며 느릿하게 입술을 열었다.

"주말에 황금의 바벨탑에서 파티가 하나 열릴 예정이야. 정 소위 자네도 참석할 준비를 하게."

"무슨 파티요?"

유림은 뒷짐 지는 척하면서 케이와 몰래 손을 잡다가 뒤늦게 의문 어린 표정으로 반문했다.

"모델 이브의 생일 파티라는군."

호크의 대답에 그녀의 눈이 동그랗게 커졌다. 그녀는 혐오감 어린 눈초리를 짓더니 딱 잘라 거절했다.

"전 파티는 질색이라서요. 대령님 혼자 다녀오십쇼."

"놀러 가자는 게 아니다. 임무야. 정 소위 자네가 그녀의 경호를 맡게 됐거든."

가시 돋은 침묵이 이어졌다. 호크는 예상했다는 표정으로 소파에 앉았다. 그는 깍짓손에 턱을 괸 채 물끄러미 그녀의 대답을 기다렸다.

"그 여자의 경호를 하라는 말씀이십니까? 낙원의 홍보 모델인지 뭔지 하는."

"그렇게 됐네."

"이브의 경호대라면 두 줄로 세워도 에덴 타워를 열 바퀴 휘감고도 남지 않습니까? 게다가 지원자도 넘쳐 난다고요. 그중에서 대충 뽑아 쓰면 되죠. 그리고 그쪽은 특보대 관할인 걸로 알고 있습니다만."

유림의 말투에 짜증이 묻어났다. '뭐 그런 것까지 시키냐'는 어조였다.

"필란 중위는 현재 부상으로 임무 대기인 상태다."

"그래서 저보고 지금 중위의 대타를 뛰란 말씀이십니까? 애송이들 뒤치다꺼리나 하면서요?"

유림은 자존심이 확 상했는지 격앙된 어조로 소리쳤다. 그녀는 단순히 셰인에 대한 악감정으로만 이렇게 날뛰는 게 아니었다.

애송이.

최전선에 나가 있는 병사들은 후방 부대—낙원 내 치안 부대—에 있는 전투병들을 종종 이런 식으로 부르며 비아냥거리곤 했다.

매일 델타와 사투를 벌이며 목숨을 걸고 있는 그들에게 있어 특보대 같은 녀석들은 전투의 '전' 자도 모르는 어린애들과 별반 다를 게 없었다.

"정 소위, 진정하고."

"진정은 무슨! 애덤슨, 짐 챙겨."

옆에 서 있던 케이의 눈썹이 놀란 듯 휘어졌다.

"오늘 저녁부터 우린 휴가다. 리사, 잡혀 있는 일정 모두 취소시켜. 죄송하지만 정유림 소위는 일주일 간 낙원에 없을 예정입니다. 평의회 늙은이들한테는 그렇게 전해 주시죠."

"저런……. 아쉽군. 입실론들도 올 텐데."

서재로 향하던 유림의 발걸음이 멈칫했다. 호크 대령은 유감이란 표정으로 턱을 쓱 매만졌다.

"낙원의 관리자도 온다던데?"

그녀의 눈이 동요로 동그랗게 커졌다. 유림은 돌아서서 호크를 쳐다보았다. 눈썹을 일그러뜨리며 미간에 힘을 준 그녀의 모양새는 이미 반쯤 넘어온 기색이었다.

케이는 피식 웃으며 고개를 내저었다. 단순한 여자, 저렇게 또 호크의 술수에 넘어가고 있다. 대령의 계략이란 걸 알면서도 늘 당하고 마는 유림이 순진하고 귀여웠다.

"예전에 소위가 그러지 않았나? 낙원의 관리자를 만나 보고 싶다고."

"그랬더니 대령님께서 본인의 권한 밖이라며 딱 잘라 선을 그으셨죠."

유림은 팔짱을 끼고 잠시 생각하는 척 눈치를 살폈다. 호크는 미소를 머금은 채 주방으로 향했다. 그는 이미 승낙을 확신한 듯 승자의 여유를 부리고 있었다.

그런 호크가 얄밉지만 유림은 손톱을 깨물며 곰곰이 생각했다. 그녀의 머릿속에는 어제 소돔에서 제거했던 토끼의 마지막 외침이 떠올랐다.

– 모델 이브! 그 여자라면 분명 알고 있을 거야. 본인 입으로 아담의 여자라고 말하고 다니니까.

그녀는 주방으로 향했다. 호크는 리사가 두 사람을 위해 만들어 놓은 토스트를 우물우물 먹고 있었다.

"나흘 휴가요. 메리하고 단둘이."

유림은 단도직입적으로 제시했다. 호크의 눈빛이 어두워졌다. 그는 반쯤 먹은 토스트를 내려놓으며 잠시 고심했다. 유림은 기세를 몰아붙여 그동안 유감스러웠던 부분들을 잔뜩 얹어서 공격했다.

"그 정도는 해 주셔야죠. 애덤슨의 교육, 시험장에 난입했던 델타들의 처리, 반강제적인 부대 이동 등등 제가 희생한 게 좀 많습니까?"

"검토해 보지."

확약은 아니었다. 유림은 불만스럽다는 표정으로 뿌루퉁하게 그를 쳐다보았다. 그러자 호크는 깍짓손을 끼며 식탁에 앉아 복잡한 표정으로 설교했다.

"소위도 알겠지만 태양의 도시는 낙원의 성역이야. 거긴 낙원의 관리자 고유의 영역으로 평의회도 관여할 수 없지. 왓슨 연구소의 연구원들조차 관리자의 승인을 얻어야만 입실론들을 만날 수 있어. 그중에서도 입실론 메리는 워낙 귀중한 능력을 지녀서 특별 관리 대상이야. 정 소위 자네만이 내 책임 아래 그녀와 만날 수 있는 권한을 허가받은 상태네. 이것만으로도 엄청난 특혜라는 건 자네도 잘 알고 있겠지?"

유림은 어쩔 수 없다는 듯 한숨을 내쉬었다. 호크가 저렇게까지 확고한 자세를 취할 때는 아무리 떼를 써 봤자 소용없다. 오히려 거래가 수포로 돌아갈 뿐이었다. 메리와의 휴가는 포기해야 하는 건가?

호크는 벽에 걸린 시계를 보더니 자리에서 일어섰다.

"이만 가 봐야겠군."

말없이 서 있던 케이는 듣던 중 반가운 소리라는 듯 처음으로 표정에 변화를 보였다. 그는 자청해서 에어쉽 앞까지 배웅을 나왔다. 유림이 호크의 옷에 묻은 토스트 가루를 털어 주려고 하자 케이는 그녀의 손을 덥석 잡아서 제지했다. 그리고 자신이 대신 그의 옷을 성의 없이 툭툭 털어 주었다.

"안녕히 가십시오, 대령님."

에어쉽에 올라타던 호크는 케이를 보며 짓궂은 미소로 말했다.

"어차피 한 시간 뒤면 또 볼 텐데."

무표정하게 서 있던 케이는 '아, 그러냐?'라는 눈빛을 짓더니 비뚜름한 미소로 인사했다.

"그럼 이따 '또' 뵙겠습니다, 대령님."

그는 호크의 대답 따윈 들을 생각 없다는 듯 유림의 손을 잡고 거실로 향했다. 유림은 케이에게 끌려가면서 호크를 향해 어설픈 경례를 날렸다.

유리 벽으로 된 출입구가 닫히자 호크는 슬쩍 입을 열었다.

"리사라고 했던가?"

– 예, 대령님.

"자네가 소위와 중사를 책임지고 늦지 않게 보내도록 하게. 좀 전과 같은 상황이 반복된다면 직무유기죄로 파기시킬 테니 명심하고."

– 염려 놓으십시오.

에어쉽에 승차한 호크는 유림과 케이 쪽을 바라보며 이륙했다. 케이는 유림을 끌어안은 채 아까 끊어졌던 분위기를 다시 이어 가려는 중이었다.

호크는 묘한 미소를 지었다.

정강이를 차고 가는 유림과 바닥에 엎어진 채 정강이를 잡고 구르는 케이의 모습이 그의 눈가를 부드럽게 만들었다.

호크의 방문으로 떠들썩했던 오늘은 특별수사대SITF의 첫 공식 일정 날이었다.

유림과 케이는 정복을 차려입고 있었다. 케이의 경우엔 아침 일찍 반듯하게 차려입어 놓고선 다시 입는 고생이었지만 말이다.

로스티아벤 공식 제복에 스커트는 존재하지 않았다. 사무직 여성들도 남자들과 동일하게 넥타이에 셔츠, 그리고 재킷에 바지를 입었다.

유림은 하얀 베레모를 고쳐 쓰며 긴 머리를 어깨 위로 늘어뜨렸다. 넥타이를 다시 매던 케이는 유림의 입에 리사가 다시 구운 토스트를 넣어 주었다. 그러고는 그녀의 입가에 흐르는 소스를 손가락으로 훔친 뒤 혀로 맛봤다.

유림은 손에 들고 있던 냅킨을 그에게 건넸다. 그걸로 손가락을 닦은 케이는 유림의 뺨에 묻은 빵가루를 떼어 냈다. 서로에게 거울 역할을 하면서 분주하기 그지없는 두 사람이었다.

— 그렇게 제가 깨울 때 일어나셨으면 이렇게 허둥댈 일은 없으셨을 텐데요.

"시끄러워, 리사."

유림은 눈을 흘기며 신발을 신었다. 호크가 간 뒤 케이의 마사지를 받다가 깜빡 잠든 게 화근이었다. 케이마저 그녀가 잠든 모습을 바라보다가 까무룩 잠이 들었다니 할 말은 없었다. 사실은 리사가 깨우는 줄도 모르고 깊게 잠들었다는 케이의 말이 신뢰가 가질 않았다. 호크를 탐탁지 않게 여기는 케이였기에 일부러 늑장을 부린

게 아닌가 하는 의혹도 들었다.

유림은 신발을 구겨 신으며 에어쉽이 대기하고 있는 현관으로 향했다. 흰색 재킷을 입은 두 사람의 팔에는 로스티아벤의 공식 문장인 황금 방패와 특별수사대 엠블럼인 검은 독수리가 합쳐진 문양이 박혀 있었다. 에어쉽에 점프해서 올라탄 유림은 출발을 외치며 닦달했다. 케이마저 탑승을 완료하자 에어쉽은 급부상하여 쏜살같이 창공을 가르며 날았다.

집무관의 보고

SITF 대원들은 S관 제7회의실로 모여 주십시오.

에덴 타워 S관 승강장에 도착한 두 사람은 제7회의실로 향했다. 아슬아슬하게 지각은 면했다. 회의실에는 이미 나츠와 드레이크가 도착해 기다리고 있었다. 둘은 'U' 자로 놓인 의자에 띄엄띄엄 앉아 어색한 침묵을 형성하는 중이었다. 그래서인지 유림과 케이의 등장에 두 사람은 반가운 표정을 감추지 못했다.

"좋은 아침입니다, 소위님."

재빠르게 일어나 경례를 한 드레이크가 먼저 묵직한 목소리로 인사를 했다. 그는 케이와 눈이 마주치자 "중사님." 하고 예의 바르게 덧붙이는 것도 잊지 않았다. 케이는 눈인사로 대체했다.

나츠도 뒤따라 일어서서 거수경례를 하며 인사를 올렸다. 유림은 하품을 하며 대충 인사를 받아넘겼다. 그러면서도 날카로운 눈초리로 두 신입을 훑어보았다.

드레이크 앤더슨.

군인으로선 아주 훌륭한 인재였다. 반듯하고 성실하며 빈틈이 없다. 전반적으로 성적 우수, 굳건한 정신력, 통솔력도 있어 지휘관의 자질도 보였다. 동료들로부터 신뢰를 받는 스타일이었다.

그래서 의외였다. SITF로 오기에는 너무 엘리트적이라고나 할까? 소문을 듣자 하니 막 입대한 햇병아리들은 평의회와 군 수뇌부로부터 반항아 집단 취급을 받는 이곳에 발을 들이는 걸 두려워한다고 했다. 블랙 호크와 브루클린의 성녀라면 로스티아벤의 전설적인 존재들이지만, 두 사람은 별종이자 괴물이나 마찬가지니까. 그 둘 밑으로 간다고 해서 평범한 본인들이 유림이나 호크처럼 대단한 거물이 될 수 있는 건 아니었다.

그래서 대부분의 신병들은 특별수사대보다는 셰인 필란이 있는 특별보안대를 선호하는 편이었다. 평의회가 그들의 뒤를 봐주고 있다는 공공연한 비밀이 한몫한 게 분명했다.

다음으로 나츠 시게노.

심신 허약, 그러나 저격 기술만은 일류. 소년인지 소녀인지 분간이 안 될 만큼 앳된 인상에 예쁘장한 외모였다. 거기엔 동양인의 피가 한몫했다. 어린 시절부터 게릴라 병사로 뛰어 온 모양인데 가족 사항이나 개인의 과거는 묻지 않는 로스티아벤이기에 그의 자세한 이력에 관해서는 유림도 알지 못했다. 알 수 있는 건 오직 병사가 가진 현재 능력치뿐이었다. 용병대의 특성상 그들에게 충성도나 도덕심을 기대하는 건 무리였다. 병사들을 움직일 수 있는 건 오직 더 높은 봉급뿐이라는 건 공식과도 같은 진리다.

– 노아 호크 대령님께서 도착하셨습니다. 전원 기립해 주십시오.

집무관의 음성에 네 사람은 칼같이 일어섰다. 약 5초 후 회의실의 자동문이 열렸다. 전원 일제히 오른손을 들어 경례를 올릴 자세를 취했다.

유림이 대표로 인사를 하려던 차였다. 그녀는 호크의 뒤로 나타나는 인물들을 보고선 표정이 굳었다. 셰인의 부대였다.

"다들 모였으니 자리에 앉지."

호크가 단상에 오르자 특별수사대원들은 엉거주춤 자리에 앉았다. 그러나 유림만은 그대로 선 채 불쾌한 눈초리로 물었다.

"특보대가 여기서 뭘 하고 있는 겁니까?"

역시 브루클린의 성녀였다. 불편한 심사를 여과 없이 드러낸 그녀는 답을 듣기 전까진 순순히 앉지 않겠다는 표정이었다.

셰인과 특보대 측 팀원들 역시 거북해 보이기는 마찬가지였다. 유림은 오른팔과 오른다리에 보호대를 찬 셰인을 보며 비딱하게 입꼬리를 올렸다. 걷는 자세를 보니 복부에도 부상을 입은 모양이었다.

"필란 중위님께선 대체 누구한테 이렇게 호되게 당하신 겁니까? 육박전이었던 것 같은데, 흡사 복날에 개 패듯 일방적으로 맞은 꼴이지 말입니다."

그녀는 안쓰럽다는 표정으로 이어 말했다.

"암살범을 잡으러 갔다가 역으로 당하고 오셨다는 소문은 들었습니다만, 사실이 아닐 거라 믿습니다. 천하의 필란 중위께서 그리 쉽게 당하실 리가 없죠. 그것도 일 대 다수 전에서 말입니다. 아, 일전에 사격장에서 솜씨를 뽐내던 꼬마는 어디 갔습니까? 설마 그 녀석도 병원 신세를 지고 있는 겁니까? 우유병이라도 사서 문병을 가야지 싶습니다. 그렇게 자랑하던 '실전'이 어땠는지 좀 들어 봐야죠."

말이 끝나기 무섭게 특보대원들 사이에 껴 있던 청년 하나가 입술을 꽉 깨문 채 고개를 들었다. 우유병을 받을 장본인이었다. 그를 발견한 유림은 눈을 치켜뜨더니 크게 웃기 시작했다.

그는 얼굴이 복어처럼 부은 채 콧대엔 시퍼런 멍까지 들어 있었다. 젖이나 먹는 어린애 취급을 당한 게 치욕스러운지 턱을 부들부들 떨며 주먹을 꽉 쥐었다. 멈출 줄 모르고 배꼽을 잡으며 웃어 대는 유림의 모습에 특보대 요원들은 불편한 표정으로 셰인의 눈치를 살폈다. 셰인 역시 분개한 눈초리로 이를 갈고 있었다. 한참을 웃던 유림은 별안간 웃음을 뚝 그치더니 싸늘한 얼굴로 읊조렸다.

"빙신들."

그리고 털썩 자리에 앉아 무관심한 얼굴로 다리를 꼬았다. '흥' 하고 고개를 돌린 유림의 입꼬리엔 경멸 어린 미소가 남아 있었다. 특보대원들은 못 참겠다는 얼굴로 발끈해서 그녀에게 달려들기 시작했다.

"그만!"

호크의 엄숙한 음성이 방 안의 기류를 짓눌렀다. 그는 한심하다는 눈으로 양측을 번갈아 보더니 더 이상의 분란을 용서치 않겠다는 표정으로 입을 열었다.

"오늘부터 SITF와 SSF[19]는 일시적으로 한 팀이 되어 작전을 수행한다. 작전 지휘관은 셰인 필란 중위, 실전 지휘관은 정유림 소위,

---

19 SSFSpecial Security Force: 특별보안대

기술 장교에 케이 애덤슨 중사, 총괄 지휘는 내가 한다."

다들 놀란 듯 말문이 막힌 표정을 지었다. 유림은 옆자리에 앉은 셰인을 흘끗 쳐다보았다. 셰인 역시 그녀를 곁눈질로 응시했다. 시선이 교차한 두 사람은 불쾌하기 짝이 없다는 눈빛으로 서로를 외면한 뒤 인상을 썼다.

"따라서 앞으로 팀 내의 분쟁은 용납지 않겠다. 상관에게 무례한 언행을 보이거나 하극상을 일으키는 자는 군율에 의해 엄중히 처벌할 것이니 명심하도록!"

침묵이 내려앉았다. 다들 불만스럽다는 얼굴이었지만 감히 블랙호크에게 이견을 달 사람은 없었다.

그때 잠자코 있던 드레이크가 가만히 손을 들었다. 호크는 말해보라는 듯 턱짓을 까닥했다.

"저희가 한 팀이 되어서 수행한다는 작전이 대체 뭡니까?"

호크는 대답 대신 뒤편의 스크린을 작동시켰다. 이윽고 벽면 유리 화면이 반짝이더니 평의회의 공식 인장[20]이 찍힌 지령서가 나타났다.

"평의회는 낙원 내 고스트들의 뿌리를 뽑기로 결정했다."

다들 심각한 표정으로 지령서를 응시했다. 지령서 밑으로 잿빛 코트를 입고 후드를 쓴 남자들의 사진과 영상들이 떠올랐다. 그 앞으로 걸어 나온 호크 대령은 살벌한 눈초리로 나직이 말했다.

"유령의 군주와 회색 기사단의 말살, 그게 이번 '오베론 소탕 작전'의 주 목적이다."

특수대와 특보대가 합동 작전에 대해 논의를 하고 있을 무렵, 기

---

20 평의회 공식 인장: 커다란 게이트 뒤로 아름드리나무가 서 있는 문양. 게이트는 낙원의 입구며, 아름드리나무는 에덴 타워 혹은 선악과가 열리는 나무를 의미한다.

억의 도시에서는 은밀한 회동이 이루어지고 있었다.

두 진영의 비밀스러운 만남.

안드로이드 개발회사 위즈덤의 수장인 솔로몬과,

"또 그 루트로 오신 겁니까?"

회색 기사단의 주인인 유령의 군주의 접촉이었다. 유령의 군주는 기사단 사이에서 어깨를 으쓱하며 시니컬하게 웃었다.

"지하 미궁의 도면을 완벽하게 파악하고 있는 자는 오베론의 군주뿐이라고 듣기는 했지만."

"완공되지 않은 미완의 비밀 통로니까."

검은 대리석 테이블을 사이에 두고 양측은 대립하듯 마주 앉았다. 이곳은 소돔 내 위즈덤 대표인 솔로몬만이 출입할 수 있는 제한 구역, 거울이벽耳甓의 신전이었다.

벽이 온통 삼각형 모양의 거울 타일로 이루어졌다고 하여 붙여진 별명이다. 모래의 도시와 기억의 도시를 물밑에서 주무르는 두 거물이 이렇게 접촉하기 시작한 것은 그리 오래된 일이 아니었다.

솔로몬은 황금 가면을 살짝 들어 올리며 웃었다. 유령의 군주는 달갑지 않다는 표정이었지만 애써 평온한 미소를 지어 보이려 노력했다.

"지하 미궁은 본래 대피로의 목적으로 설계된 걸로 알고 있습니다. 듣자 하니 모래의 도시의 잠수정 탑승구까지 이어져 있다고요. 기억의 도시, 에덴 타워, 모래의 도시를 잇는 지하의 땅굴이라니, 탐나는데요?"

"미궁 시공의 마무리 단계 무렵, 이곳을 통해 입실론 하나가 탈출하는 바람에 관리자가 공사를 전면 중지시키는 사태가 발생했지. 그 사건으로 인해 관리자는 아예 미궁의 지상 출입구를 폐쇄해 버렸어. 모래의 도시 쪽은 우리가 뚫어 놨지만."

유령의 군주는 피식거리며 웃었다. 왓슨의 눈이 닿지 않는 곳은 모두 오베론의 통제를 받고 있다 해도 과언이 아니었다. 단 한 곳, 솔로몬이 있는 소돔을 제외한다면.

서로의 영역을 노리는 들개들은 발톱을 감추고 웃었다. 두 세력이 맞부딪치면 어느 한쪽이 죽거나, 머리를 숙여야 끝나는 싸움이될 것이다. 그것은 둘 다 원하는 바가 아니었다.

"저희 상품을 써 보신 감상은 어떠십니까?"

"괜찮더군. 델타들을 아주 쉽게 처치하던걸? 물려도 감염될 걱정이 없는 안드로이드니 금상첨화고 말이야. 덕분에 아주 든든한 호위 기사들을 갖게 되었어."

유령의 군주는 흐뭇한 눈으로 회색 기사단을 훑어보며 말했다. 그는 솔로몬의 의도를 짚어 보려는 듯 슬쩍 물었다.

"이 전투 병기들을 가지고 뭘 하려는 거지?"

"글쎄요. 본업이 장사꾼이니 팔아야겠죠."

"우리에게만 독점적으로 납품하는 거 아니었어?"

"그럼 전부 구매하시죠. 저야 누구든 사 주기만 한다면 환영입니다."

군주는 심기가 불편한 표정을 지었다. 솔로몬이 파는 병기형 안드로이드들은 너무 비쌌다. 현재의 오베론으로서는 대량 구매는 엄두도 낼 수 없는 상황이었다.

"이 이상 평의회가 힘을 쌓는 건 곤란해."

유령의 군주가 중얼거렸다. 솔로몬은 손을 비비다가 깍지를 끼고 테이블 앞으로 몸을 기울였다. 그는 뭔가 긴밀하게 논의할 것이 있는 듯한 기색이었다. 유령의 군주는 눈썹을 치켜세웠다.

"오베론의 목표는 뭡니까?"

"오베론의 목표?"

"유령의 군주, 당신은 고스트들에게 있어 절대적인 권위를 가진 존재입니다. 모래의 도시 불법 체류자들은 다루기가 아주 까다롭죠. 그런 그들이 자발적으로 따르는 유일한 존재가 회색 기사단입니다. 다른 누구도 아닌 제가, 당신에게 만들어 드린 회색 기사단이죠. 그리고 고스트들은 이 회색 기사단을 두려워하면서 영웅시합니다."

유령의 군주는 의심스러운 눈초리를 지었다. 이 책략가가 또 무슨 중상모략을 하려고 이런 거창한 이야기를 시작하는 거지?

"마치 그 옛날 전설의 아서왕과 원탁 기사단을 보는 것 같지 않습니까? 모래의 도시 범법자들은 당신의 말이라면 무조건적으로 따르고 복종할 테죠. 그게 바로 평의회가 우려하는 점이기도 합니다. 그들은 오베론과 고스트들을 잠재적인 폭동의 씨앗으로 보고 있습니다. 그럼에도 공생의 길을 택해 왔던 건 당신이 낙원에 있어 필요악 같은 존재였기 때문입니다. 낙원의 햇살이 닿는 곳에 고스트들이 활개를 치게 둘 수는 없는 노릇이니 결국 그들을 흡수해 주는 오베론이 없어서는 안 될 존재였던 거죠. 그런데 이번 도박 경기장 사건으로 국면이 변했습니다. 오베론이 델타에까지 손을 대고 있었다는 것, 그 사실이 수면 위로 올라와 까발려진 이상 평의회도 더 이상 뒷짐 지고 보고만 있을 순 없게 된 겁니다."

솔로몬은 심각한 눈빛의 유령의 군주와 시선을 교환하며 손을 비볐다.

"유령의 군주, 당신이 원하는 건 뭡니까? 당신의 손에는 지금 엑스칼리버[21]가 쥐어져 있습니다. 그 검으로 무엇을 베고자 하는 겁니까?"

군주는 잠시 말을 아꼈다. 그는 묵묵히 테이블 위 찻잔을 응시했다. 그러자 옆에 서 있던 회색 기사가 잔을 들어 그의 입에 직접 넘겨 주었다. 군주는 혀끝으로 눅눅해진 입술을 훑으며 말했다.

"에덴 타워."

솔로몬은 가면 눈구멍 너머로 상대를 물끄러미 응시했다.

"낙원의 왕이 되고 싶습니까? 다음 세대의 아담이 되어서?"

"현 관리자 아담이 후계자를 지목한다면 그건 내가 되어야 해. 그것 외에는 합당한 선택이 아니거든."

"후계자요? 저는 당신이 누구보다도 낙원을 증오하고 있는 줄 알았는데요."

"맞아."

유령의 군주는 보드라운 입술에 살포시 미소를 그렸다.

"증오하지. 증오하고, 또 증오해. 하지만 나는 살아남을 거야. 목표가 있거든. 우리가 낙원을 거머쥐게 되는 날, 나는 에덴 타워의 정상에 서서 주민들에게 공표할 생각이야. 내가 바로 낙원이 감추고 싶어 하는 '추악한 진실의 실체'라고! 그럼 다들 엄청 충격을 받겠지? 그렇지만 종국에는 어쩔 수 없이 받아들이게 될 거야. 저 괴물이 바로 낙원의 주인이라는 사실을!"

솔로몬은 말없이 유령의 군주를 쳐다보았다. 흥분해서 숨을 몰아

---

21 엑스칼리버: 아서왕의 성검. 신비한 마력을 지닌 검이라고 한다.

쉬던 군주는 회색 기사단의 부축을 받으며 다시 찻잔을 들이켰다. 술이라도 털어 넣듯 꿀꺽꿀꺽 찻물을 넘기는 모습이 속에 맺힌 화증을 삭이려는 것처럼 보였다.

"당신은 어때, 솔로몬? 당신이 원하는 건 뭐지? 이 시대 최고의 안드로이드 개발자라 불리는 당신이 왜 이렇게 조그마한 섬 따위에 집착하는 거야?"

우주 건설회사 스타시티가 세운 안드로이드 개발회사 위즈덤. 왓슨 제약회사와 어깨를 나란히 해도 모자람이 없을, 아니, 실상은 더 커다란 기업이었다.

위즈덤의 대표인 솔로몬은 스타시티 회장의 아들이고 명실상부 위즈덤의 최고 경영자이자 수석 개발자였다. 괴팍하긴 해도 그가 천재에 수완가란 사실을 부인할 수는 없었다.

"이곳에 보물이 있거든요."

"보물?"

"로스트 헤븐을 움직이는 슈퍼컴퓨터 왓슨. 제가 원하는 건 그것뿐입니다. 인류가 빚어 낸 가장 찬란한 유산이며 두 번 탄생하기 힘든 기적과도 같은 산물이죠."

어조가 높아진 그의 목소리에서는 광신도와 흡사한 숭배 의식이 엿보였다. 유령의 군주는 속으로 혀를 내둘렀다. '저 테크놀로지 오덕 같으니!' 그가 안드로이드를 아내로 두고 있다는 소문마저 진짜일지 모르겠다는 생각이 들었다.

"왓슨 3세는 네가 가져. 난 그 슈퍼컴퓨터인지 뭔지에는 일말의 관심도 없으니까."

솔로몬은 '후후' 웃었다.

"나중에 딴소리하기 없기입니다."

유령의 군주는 황당하다는 듯 눈을 찌푸렸다. 그는 추호의 미련도 없다는 듯 화제를 돌렸다.

"베스타 신전에 숨어든 암살범 말이야. 누구야? 당신 로봇들은 봤을 거 아니야."

솔로몬은 팔짱을 낀 채 침묵했다. 그러자 상대는 신경질적으로 되물었다.

"이런 정보는 서로 공유하자고! 평의회의 머릿수를 줄이는 건 우리 둘 다에게 있어서 이득이잖아."

"본래 정보라는 건 홀로 독점하고 있을 때 그 가치가 높은 법이죠."

"치사하게 굴 거야?"

눈을 흘기던 유령의 군주는 '쳇' 하고 일보 후퇴했다. 저 능구렁이 같은 녀석이 고가의 정보를 순순히 흘릴 리 없다는 건 짐작했다.

"어쨌든 솔로몬, 이번에는 빚을 졌어. 네가 보내 준 다윗인지 뭔지가 아니었으면 지금쯤 나도 델타가 되어 있거나 조각난 시체가 되어 있겠지. 내가 어떻게 갚아 주기를 원해?"

"하하, 빚이라니요. 우리 사이에 뭘 그렇게 삭막하게 굽니까?"

"시끄럽고 원하는 바나 말해. 마음 변하기 전에."

"그럼 부탁 하나만 들어주시겠습니까?"

포석은 깔았다. 정석대로 흘러가지는 않을 대국이었다. 한쪽에서는 치열한 수상전이 벌어지고, 또 한쪽에서는 착실하게 집을 굳히는 데 열중하고 있다. 그리고 행마를 펼치며 기회를 엿보다가 과감하게 쳐들어가는 세력. 당신이 이 전세를 뒤흔들 한 수가 되어 줄 수 있을까?

소곤소곤, 솔로몬의 귀엣말을 듣더니 유령의 군주는 굳은 얼굴로 주저했다.

"이봐, 그건 전쟁 선포잖아. 관리자가 가만있지 않을 텐데?"

"걱정 마세요. 뒷일은 제가 알아서 수습합니다. 오베론 쪽에는 피해가 없도록 하죠."

의심스러운 시선이 꽂혔다. 솔로몬은 태연한 자세로 빙그레 웃었다. 유령의 군주는 회색 기사단의 부축을 받아 탈것에 오르며 날카롭게 지적했다.

"솔로몬, 당신이 낙원 최고의 로비스트라는 건 인정하는 바야. 하지만 나한테 얕은 술수는 통하지 않을 거야."

호의를 베푸는 자가 있다면 그자의 손을 베어라.

오베론의 슬로건이다. 유령의 군주가 고스트들에게 불신과 변절의 세계인 미들 타운에서 일러 주는 생존 법칙이기도 했다. 어릴 때부터 고스트들 사이에서 구르며 큰 군주는 일찍이 그런 처세술을 터득했다.

회색 기사단이 떠나자, 솔로몬은 비로소 가면을 벗었다. 그는 문쪽을 향해 손짓했다. 그러자 경호원 하나가 절도 있는 걸음걸이로 다가왔다. 화이트 채플의 챔피언인 다윗이었다.

"그때 너와 경기를 벌였던 그 여자, 영상 좀 띄워 봐."

다윗은 허공에 화이트 채플에서 델타를 상대로 격전을 벌였던 유림의 영상을 재생했다. 그리고 그 옆에는 엊그제 소동을 날렵하게 빠져나가던 암살자의 모습이 비교 영상으로 틀어졌다.

"분석 결과는?"

– 체형, 몸동작, 격투 스타일, 음성 정보 등을 분석한 결과 97.8%의 확률로 동일 인물 추정.

복면을 쓴 암살자의 얼굴과 정유림 소위의 얼굴이 나란히 겹쳐졌다. 그리고 한가운데는 둘이 '동일 인물'이란 메시지가 경고 창처럼 깜빡였다. 멍하니 있던 솔로몬의 눈이 점차 커졌다. 그의 표정이 환희로 차올랐다. 그는 벌떡 일어나 "하!" 하고 탄성을 내질렀다.

'브루클린의 성녀가 낙원의 암살자였다니!'

빅 뉴스였다. 이건 정말 낙원이 떠들썩해지다 못해 뒤집힐 정도의 뉴스감이다.

'누구의 사주를 받고 움직이는 걸까?'

솔로몬은 제자리에서 빙글빙글 돌며 생각에 잠겼다. 평의원들을 눈엣가시처럼 여기는 세력이라.

'오베론인가?'

하지만 유령의 군주는 암살자의 정체를 전혀 모르는 눈치였다. 자존심 강하고 어린아이처럼 고집스러운 자였다. 눈속임을 하고자 정교한 연기를 펼칠 유형은 아니란 의미다.

'오베론이 배후 세력이 아니라면 대체 누구지?'

연맹군!

번개처럼 결론에 도달한 솔로몬은 이마를 짚으며 헛웃음을 터뜨렸다. 이렇게도 흥미로울 수가! 낙원의 승전 영웅이 연맹군의 공작원이었다니! 그렇다면 입실론 메리도 한패란 의미인가? 그는 연신 무릎을 내리쳤다. 웃음이 끊이질 않았다.

낙원 내에서 그녀의 정체를 알아차린 사람은 자신밖에 없을 것이다. 이 황금보다도 귀한 정보를 어디다 팔아넘겨야 하나? 하하하!

즐거움으로 가득한 웃음소리가 거울이벽의 신전에서 끊임없이 울려 퍼졌다.

어느덧 점심시간이었다. 호크가 퇴장한 이후에도 특수대와 특보대는 여전히 회의실에 남아 작전 논의를 하는 중이었다.

그들은 의자를 돌려서 마주 보고 앉았다. 각자 앉은 의자에 딸린 테이블 위에는 먹다 남은 음식들이 지저분하게 흩어져 있었다.

출입구 유리문이 열리더니 청소부가 들어와 테이블과 바닥을 정리하기 시작했다. 능숙한 솜씨로 삽시간에 깔끔하게 치운 청소부는 들어왔을 때와 마찬가지로 말없이 퇴장했다.

조용해지자 셰인이 입을 열었다. 아무리 에덴 타워 내라 할지라도 지나가는 쥐새끼 하나 방심할 수 없는 법이다. 그것은 로봇 청소부들에게도 예외 없이 적용되기 마련이었다.

"오베론은 현재 미들 타운 내부에 숨어 있는 게 확실해. 다만 미들 타운은 왓슨을 이용해 탐색할 수도 없을뿐더러, 계속해서 새로운 길이 생기고, 있던 길도 없어지는 마당이라 확실하게 파악하는 건 거의 불가능에 가깝다고 봐야 돼."

"정보원은요?"

"정보원?"

"특보대가 오베론 내에 심어 둔 쥐새끼 말입니다. 도박 경기도 알면서 쭉 눈감아 주시지 않으셨습니까? 설마 쥐새끼 하나 심어 두지 않은 건 아니죠?"

유림의 지적에 그는 이마에 핏대를 세웠다. 그는 피곤한 듯 미간을 주무르더니 인상을 쓰며 답답한 듯 한숨을 내쉬었다.

"이봐, 정 교관. 로스티아벤 간부들 중에서 오베론의 사탕 바구니를 받지 않은 자는 없어. 너는 내게 항상 실전 경험이 없다고 으스대지? 하지만 이곳 낙원에서 넌 양손에 총을 쥔 어린아이와 다름없어. 무턱대고 적을 향해 쏘아 대는 게 능사는 아니란 뜻이야. 때로는 그 총으로 아군의 머리를 겨눠야 하는 게 정치란 거다. 너도 낙원에 온 지 벌써 이 년차야. 이런 것쯤은 알 때가 되지 않았나?"

"아, 그래서 뇌물을 받고 델타를 빼돌리는 걸 눈감아 주신 겁니까?"

유림은 셰인과 눈이 마주치자 눈을 부라렸다. 그녀는 벌떡 일어나더니 성큼성큼 다가가 맞은편에 앉아 있던 그의 멱살을 움켜쥐었다. 유림에게 멱살을 잡힌 채 허공에 번쩍 들린 셰인은 쿨럭거리며 황당한 듯 그녀를 쳐다보았다.

"평의회 밑에 있다 보니 정치인이라도 된 것 같습니까? 웃기지 마시죠. 필란 중위, 우리는 군인입니다. 군인인 우리가 할 일은 낙원의 주민을 보호하고 그들의 안녕을 지키는 일이지, 에덴 타워의 배때기나 불리는 게 아니란 소립니다. 총으로 아군의 머리를 겨누는 일이 정상이라고 생각하십니까? 그것이 불가피한 상황이라면 우리는 이미 지옥에 와 있는 겁니다. 이곳은 수백 마리의 델타가 있던 맨해튼보다 더 끔찍합니다. 그곳에선 적어도 아군을 신뢰할 수 있었습니다. 믿지 않으면 목숨을 잃는 곳이었으니까. 전우와 함께 눈앞의 적을 섬멸한다, 오로지 그것밖에 없는 세계였으니까! 그게 바로 전우애고, 전우애가 없는 부대는 전멸할 뿐입니다."

그녀는 획 돌아서더니 멍하니 앉아 있는 특보대 대원들에게 쩌렁

쩌렁 소리쳤다.

"잘 들어, 이 자식들아! 그런 썩은 정신으로 군에 있다간 결국 화장실에서 똥이나 싸다 죽게 될 거다! 모두가 네놈들 시체 위에 오줌을 갈겨 대며 웃겠지. 그런 최후를 맞이하고 싶다면 계속 그렇게 평의회 의원들 불알이나 빨고 살도록 해. 말리진 않겠다."

그녀는 경멸 어린 눈으로 셰인의 멱살을 거칠게 내려놓았다. 바닥에 털썩 주저앉은 셰인은 망연자실한 눈으로 유림의 뒷모습을 응시했다.

다들 할 말을 잃은 채 마른침을 꿀꺽 삼켰다. 나츠는 걱정스러운 표정으로 눈치를 살폈다. 아무리 그래도 필란 중위는 그녀의 상관이었다. 유림이 잘못되는 건 아닐지 우려됐다.

다행히도 셰인은 그럴 생각이 없는 모양이었다. 오히려 그는 치부를 들킨 듯 벌게진 얼굴로 바닥을 노려보았다.

다른 병사들과 마찬가지로 놀란 듯 유림을 쳐다보던 케이의 입가에 피식 웃음이 걸렸다.

어쩌면 좋을까, 저 여자를.

유림은 자리로 돌아와 새침하게 팔짱을 낀 채 허공을 응시했다. 쿡쿡 웃는 소리에 그녀는 흘긋 곁눈질로 케이를 쳐다봤다. 그는 옆으로 늘어난 입술에 걸린 미소를 가리기 위해 턱을 괴고 있었다.

그녀를 바라보던 그의 눈이 초승달처럼 예쁘게 휘었다. 달콤한 눈웃음으로 가린 욕망. 오늘 오전, 불청객으로 인해 해소하지 못했던 열기의 잔재였다. 유림은 민망한 표정으로 슬그머니 그의 시선을 외면했다.

세인트1 : 정유림 소위 ㅣ 세인트2 : 케이 애덤슨 중사 ㅣ 세인트3 : 드레이크 앤더슨
세인트4 : 나츠 시게노 ㅣ 스네이크1 : 셰인 필란 중위
스네이크2 : 토니 코즈메 하사 ㅣ 스네이크3 : 브레드 피트
스네이크4 : 데이비드 카터

잠시 휴식 시간이었다. 각자 커피 한 잔의 여유를 갖거나 스트레칭으로 몸을 풀기도 하고, 막간의 잡담을 나누기도 했다.

회의실 밖에 나갔다 온 유림은 손부채질을 하며 단상 위로 올랐다. 뒤따라온 케이는 그녀의 귓가에 소곤대며 그녀를 끌어안았다. 어깨를 구부린 유림이 매섭게 쏘아보자 그는 생긋 웃으며 물러났다. 그런 두 사람을 바라보던 셰인은 오만상을 찌푸리며 얼굴을 구겼다.

"뭐하는 거야, 저 두 사람."

"모르셨습니까? 전부터 소문이 쫙 돌았는데, 저 두 사람 그렇고 그런 사이랍니다. 교관과 훈련병 시절 때부터 장난 아니었다고 합니다. 특별히 일대일 맞춤 훈련까지 한 사이잖습니까? 합숙까지 하면서 말입니다."

"나한테 전우애가 어쩌니 하더니, 저것들이 군기가 빠져 가지고……."

그는 기가 막힌 듯 "쳇!" 하고 눈 밑 근육을 비틀었다. 하여간 여러모로 마음에 들지 않는 콤비였다.

"소위님하고 어딜 다녀오신 거예요?"

나츠가 호기심 어린 눈으로 질문했다. 케이는 무심한 얼굴로 그

를 쳐다보았다. 방금 전까지 유림 앞에서 예쁘게 웃던 사람과 동일 인물인가 싶을 정도였다.

나츠의 옆에 앉아 있던 드레이크는 유림의 뒤통수를 쳐다보았다. 포니테일로 묶은 그녀의 머리가 조금 헝클어져 있었다.

"고양이를 좀 예뻐해 주렴."

"S관에 고양이가 있어요?"

눈치 없이 되묻는 나츠를 보며 케이는 더 이상 아무런 대답도 하지 않았다. 그의 옆모습에서 귀찮으니 더 이상 묻지 말라는 아우라가 풀풀 풍겼다.

나츠는 머리를 긁적이며 입을 다물었다. 그 모습을 관찰하던 드레이크는 뭔가 알 듯 말 듯한 얼굴로 웃었다. 복숭아처럼 부풀어 오른 유림의 입술이 모든 걸 설명해 주고 있었다.

한편 유림은 시큰둥한 눈으로 병사들을 쭉 바라보았다. 그녀는 아직도 알싸한 입술을 손으로 어루만지며 질문을 던졌다.

"결국 우리가 오베론의 위치를 추적하는 건 불가능에 가깝다는 겁니까?"

부상당한 오른팔이 간지러운지 셰인은 팔을 벅벅 긁으며 답했다.

"전력을 투입해서 미들 타운 전체를 뒤집어 버리지 않는 이상 그렇다."

"그렇게 되면 도시가 아예 날아갈 가능성도 있습니다. 주민들 피해가 나올 수도 있고, 일단 오베론의 전력이 어느 정도인지 가늠이 되지 않는다는 게 문제입니다. 델타를 얼마나 보유하고 있는지도요."

"근데 저쪽도 델타는 통제 불가능한 거 아닙니까? 그럼 섣불리

풀지는 않을 것 같은데요."

특보대 측에도 멀쩡한 놈이 있기는 한 모양이었다. 방금 대답한 병사는 데이비드 카터, 특보대의 막내라고 했다.

유림은 그를 보며 생글 웃었다. 그런 유림과 눈이 마주친 데이비드는 얼굴을 발그레 적시며 머리를 긁적였다. 그 모습을 보던 케이가 눈을 살짝 찌푸렸다. 아까부터 유림을 흘낏거리며 눈을 반짝이는 모양새가 아무래도 브루클린 성녀의 팬인 모양이다. 그는 대장인 셰인 모르게 그녀에게 열심히 하트를 보내고 있었다.

제 병사가 성녀에게 코가 꿰인 줄도 모른 채 셰인은 코를 풀며 말했다.

"오베론도 이를 갈고 있을 거야. 짐작해 보건대 유령의 군주가 자존심이 좀 센 게 아니거든. 이번에 당한 걸 두고두고 되새김질하고 있을 거다. 보복전을 해 올 가능성이 높아."

"선제공격을 해 올 수도 있다는 뜻입니까?"

"가능성이 없는 얘기는 아니지. 고스트들에게 면이 설 만한 액션을 취할 수도 있다는 의미야. 화이트 채플에서 죽은 고스트들이 한두 명이 아닌데 가만히 있으면 오베론과 회색 기사단의 위신이 영말이 아니잖아. 다들 유령의 군주가 로스티아벤과 에덴 타워에 한방 먹여 주기만을 기다리고 있을 텐데."

"모델 이브의 생일 파티."

유림이 나직한 목소리로 말했다. 다들 그녀의 말에 주목하며 서로 눈빛을 교환했다.

이브의 생일 파티라면 조만간 있을 낙원 최대의 행사였다. 시기상으로도 과시용으로도 손색이 없다. 눈앞에 이렇게 좋은 먹잇감이 있는데 오베론이 놓칠 리가 없겠지. 유림은 단상을 내리치며 소리쳤다.

"저격수를 중심으로 조를 짜지. 나츠!"

"에…… 예엣!"

갑작스런 호령에 그는 긴장한 듯 벌떡 일어서며 대답했다. 셰인은 유림이 멋대로 그를 지목한 게 다소 마음에 안 드는지 인상을 쓰며 이의를 제기했다.

"이봐, 기술과 경험이라면 우리 쪽 토니가 한 수 위야."

"토니? 아, 우유병?"

유림은 아까 전 놀려먹던 병사임을 알아채고는 쿡 웃었다. 토니는 홍당무가 된 얼굴로 애꿎은 테이블 위만 노려보았다. 속으로는 언젠가 저 빌어먹을 성녀의 입 구멍에 총구—그의 대물—를 쑤셔 넣겠다고 다짐하면서 말이었다.

"우유병이 꽤 분해 보이는 것 같네? 자꾸 나한테 무시당하는 것 같아서 속상해?"

유림은 야지랑스러운 눈웃음을 머금고 그를 달래듯 말했다. 그녀는 그의 약을 더 바짝 올리는 것인지 알 수 없는 어조로 나긋하게 제안했다.

"그럼 어디 한번 실력을 펼쳐 봐. 기회를 줄 테니."

그녀는 단상에서 내려와 그의 앞으로 다가왔다. 그러자 토니는 기다렸다는 듯 사나운 눈빛으로 대응했다. 독살스러운 눈초리가 금방이라도 그녀를 집어삼킬 기세였다. 유림은 그를 흘끗 내려다보더니 홱 돌아서서 손뼉을 쳤다.

"공정하게 대결을 통해 가리는 게 어떨까요? 누가 팀 블랙 호크의 제1저격수인지 말이죠."

"찬성."

세인이 능글맞게 웃으며 손을 들었다. 아까부터 얼어붙은 채 서 있던 나츠는 예상치 못한 상황에 낯빛이 파랗게 질려 가고 있었다.

대결을 벌이기 위해 일동은 일제히 모래의 도시로 이동했다. 안드로이드 집무관이 시험장 설정을 하는 동안, 유림은 관제실에서 나츠와 토니에게 경기 규칙을 설명했다.

"제한 시간은 삼십 분. 목표물 아닌 상대 신체에 직접적으로 발포를 할 경우엔 실격패다. 목표물은 델타의 형태를 한 3D 입체물이야. 공격을 받아도 딱히 신체적 피해는 없을 거다. 하지만 실전이라 생각하고 방어나 회피에 실패했을 경우 마이너스가 된다. 이는 동률일 경우 불리하게 작용될 거야. 목표물의 움직임은 오리지널의 80%로 조정한다. 열 마리 중 먼저 여섯 마리 이상을 맞추는 자가 최종 승리다. 이상, 질문?"

둘 다 없는지 침묵 어린 눈빛을 주고받았다.

"좋아, 그럼 준비됐나?"

"예."

"준비됐습니다."

두 사람 모두 비장한 목소리로 대답했다. 유림은 본분을 다했다는 표정으로 으쓱하며 둘 사이를 지나갔다.

그녀의 뒷모습을 보던 나츠의 눈길이 벽면에 기대어 서 있는 케이에게로 닿았다. 팔짱을 끼고 서 있던 케이의 투명한 눈동자가 그를 쳐다보았다. 그와 시선이 마주치자 나츠는 얼굴이 빨개져서 황급히 돌아섰다. 주먹을 쥔 손이 심장 박동에 맞춰 미세하게 떨리고 있었다.

나츠의 왜소한 어깨를 잠시 바라보던 케이는 그를 향해 걸어갔다. 유림은 집무관이 준비해 놓은 맥주를 들이켜며 아리송한 눈으로 케이의 뒷모습을 바라보았다.

"케이 씨?"

나츠는 의아한 표정으로 머리 위를 쳐다보았다. 그가 자신의 정수리에 손을 툭 얹은 채 보일 듯 말 듯한 미소를 짓고 있었다. 온화한 눈빛에 어울리지 않는 서늘한 곡선은 남자가 봐도 반할 만큼 아름다웠다.

"그때처럼 델타가 덤빈다고 눈 감지 말고."

진정시키듯 어루만져 주는 손길, 나직하고 부드러운 음성이 주는 응원.

"떨지만 않으면 돼."

나츠는 넋을 잃고 그를 바라보았다. 이대로 시간이 멈춘다면 얼마나 좋을까?

의자에 앉아 있던 유림은 옆에 서 있는 드레이크의 팔을 툭 건드렸다.

"둘이 언제 저렇게 친해진 거야?"

"저도 잘 모르겠습니다."

그 역시 어리둥절한 얼굴로 대답했다. 사실 저 둘의 관계는 일방적으로 나츠가 쫓아다니는 거에 가까웠다. 애덤슨 중사는 귀찮아했지만 그를 싫어하는 것 같지는 않았다. 강아지와 주인 같은 관계라고나 할까.

"나츠와 함께 입대 테스트를 치렀었지?"

"예."

"어땠어? 기가 좀 약해 보이는 녀석 같은데."

"역량은 뛰어난 병사라고 생각합니다만⋯⋯."

"다만?"

드레이크는 까만 눈을 가라앉히며 잠시 고뇌했다. 아직 소년의 티를 벗어나지 못한 열일곱의 병사. 용병대에 들어오기엔 심약하고 겁이 많아 보였다.

그럼에도 뭔가 있었다. 필사적으로 이곳에 남으려고 발버둥 치는 소년의 눈빛에선 때때로 나락에 떨어진 자만이 가질 수 있는 심연이 엿보였다.

"사연이 많아 보입니다."

유림은 그게 대수냐는 표정으로 콧잔등을 찌푸렸다.

"사연 하나 없이 여기 오는 놈이 어디 있어? 로스티아벤에 입대하는 녀석들치고 지옥 근처에 가 보지 않았다고 자부하지 않는 놈은 없지."

그녀는 차가운 맥주를 시원하게 들이켜며 기분 좋은 탄성을 내질렀다.

"드레이크."

"예."

그는 자신의 어깨에 걸쳐진 그녀의 팔을 보며 떨떠름한 표정을 지었다.

"우리가 낙원에서 서슴없이 총을 잡을 수 있는 건 익히 잘 알고 있기 때문이지. 이 세상에 낙원 따윈 존재하지 않는다는 걸⋯⋯."

유림은 치켜세운 눈초리를 매력적으로 생긋 휘면서 "그렇지 않나?" 하고 물었다. 그가 미처 대답할 새도 없이 그녀는 맥주잔을 던져 버리듯 내려놓았다. 그녀의 발걸음이 향한 곳은 나츠와 함께 있는 애덤슨 중사 쪽이었다.

아닌 척했지만 결국 같이 있는 두 사람이 신경 쓰이는 모양이었다. 드레이크는 한 마리의 표범처럼 걷는 유림의 뒷모습을 빤히 쳐다보았다. 온몸에 꽉 달라붙는 전투복이 단순히 여성으로서가 아니라, 그녀 자체를 아름답게 돋보이게 했다.

"낙원 따위는 없다…… 라."

역시 그녀는 맨해튼에서 자신과 만났던 것을 기억하지 못하고 있었다.

그녀에게 있어선 대수롭지 않은 사건들 중 하나였던 걸까? 기억하지 못하는 편이 이쪽에선 반가운 일이었지만 묘하게 아쉬웠다.

"나츠, 이건 우리 팀의 자존심이 걸린 대결이야. 마음껏 실력 발휘하고 와."

"예, 소위님."

나츠는 기뻤다. 케이뿐만 아니라 유림까지 그에게 와서 두둑하게 응원을 실어 주니 왠지 두 사람에게 인정받는 기분이었다. 이들의 기대에 부응해야 한다는 부담감보다 자신감이 차올랐다.

한편 드레이크는 말없이 조용히 그들을 관찰했다.

유림에게 스킨십을 하는 케이의 행동에는 확실히 소유욕이 담겨 있었다. 남자라면 누가 봐도 한눈에 눈치챌 수 있을 정도로.

그 모습을 흘끗거리는 셰인과 그의 부대원들은 빈정거리면서도 딱히 시비를 걸지 못했다. 이유는 알 수 없지만 케이에게 기선 제압이라도 당한 듯 기를 못 펴는 눈치였다.

유림이면 몰라도 케이에게까지 꼼짝 못하는 그들의 모습이 이해되질 않았다. 지휘관인 셰인마저 그를 슬금슬금 피해 다니고 있었다.

— 괴물이야, 드레이크! 그 녀석은 괴물이라고!

입대 테스트 사고 때, 들것에 실려 갔던 하워드는 한동안 병원 신세를 지게 됐다.

그의 병문안을 갔던 드레이크는 할 말을 잃고 말았다. 하워드는 케이의 이름을 듣기만 해도 벌벌 떨며 발작을 일으켰다. 그건 명백한 공포였다. 그에게 있어 '애덤슨'은 델타보다도 악몽 같은 기억으로 남은 듯했다.

하워드는 그의 얼굴과 다리를 이렇게 만든 장본인이 케이라고 주장했지만 아무도 그의 말을 믿어 주지 않았다. 오히려 외상 후 스트레스로 제정신이 아닌 것 같다는 진단을 받았다. 미치광이 취급을 받게 된 그는 결국 도망치듯 로스트 헤븐을 떠나고 말았다.

나츠는 뭔가 숨기고 있었다. 하워드의 병문안을 가자고 했었지만 그는 난색을 표하며 거절했다.

입대 테스트 날, 사고가 일어났던 당시 동료들과 반대편에 있었던 드레이크는 그들이 있던 곳에서 정확히 무슨 일이 일어났는지 알 수 없었다. 다만 케이가 나츠의 목숨을 구해 줬다는 사실은 나중에 전해 들을 수 있었다.

단순히 생명의 은인이라기에는 나츠가 케이를 따르는 정도가 과해 보였다. 그는 마치 하나의 종교처럼 애덤슨을 숭배하고 있었다.

혹은 어린 소녀가 앓는 풋사랑처럼 애틋해 보이기도 했다.

'브루클린의 성녀도 결국에는 일개 여자일 뿐이었나?'

맨해튼에서 본 그녀는 아마존의 여전사처럼 강인하고 아름다웠다. 양손에 은빛 검을 들고 달려들던 그녀는 누구도 길들일 수 없는 한 마리의 맹수와도 같았다. 그런 그녀가 다른 평범한 여자들처럼 남자 하나에게 흔들리는 모습이 자못 실망스러웠다.

딱히 상관은 없지만, 그녀는 다른 여자들과 다를 것이라 기대한 부분에 있어서 자신도 모르게 배신감을 느낀 모양이었다. 그는 유림이 남긴 맥주잔을 흘끗 바라보더니 남은 한 모금을 입가에 털어 넣었다. 고대 전사처럼 강인한 그의 얼굴에는 쓴 미소가 남았다.

정신없는 일과였다. 호크는 늘 그랬다. 카리스마를 내뿜으며 일을 벌여 놓고는 귀찮은 건 그녀에게 하사했다. 성은이 망극하다며 구시렁거리는 건 항상 유림의 몫이었다. 오늘 회의도 결국 뒷정리는 그녀의 차지였다.

"하, 좋다."

유림은 아이스 맥주를 마시며 기분 좋은 탄성을 내뱉었다. 소파에 앉아 있던 케이는 맥주를 쭉 들이켜는 그녀를 보면서 못 말린다는 표정을 지었다. 저렇게 상큼한 얼굴로 아저씨처럼 행동하는 게 어설프지 않다는 점이 신기했다.

"벌써 몇 잔째인 줄 알아요?"

그는 이제 그만 마시라며 그녀의 손에서 잔을 빼앗았다. 그러자 유림은 입술을 실룩거리며 다시 그의 손에서 맥주잔을 낚아챘다.

"이런 날에는 마셔야지. 아까 셰인과 우유병 얼굴 봤어? 그런 건

영구히 기념으로 남겨 놨어야 하는데."

그녀는 맥주잔을 든 채 까르르 웃었다. 그리고 취한 듯 빙그르 돌며 케이의 어깨에 머리를 기댔다. 정말 기분이 좋은 모양이었다.

"나츠 녀석은 천재야. 세상에 그런 묘기를 부릴 줄 알았겠냐고."

제1저격수 타이틀 경합 대결.

둘이 4대4 동률인 시점이었다. 토니는 과격하게 힘으로 밀어붙였다. 나츠가 총구를 겨눌 때면 상대적으로 몸집이 큰 토니가 어깨와 팔을 써서 그를 넘어뜨리고 방해했다.

관제실에서 보던 유림은 분해 입술을 깨물었다. 도저히 참을 수 없는 지경에 이른 그녀가 한 소리를 하려던 참이었다. 화면을 바라보던 누군가가 벌떡 일어서며 "뭐야!" 하고 소리쳤다.

토니가 믿을 수 없다는 표정으로 멍하니 서 있었다. 나츠의 총탄이 그의 총알을 허공에서 정확히 맞춰 떨어뜨린 것이다. 뒤쪽에서 엎드린 채 총구를 겨누고 있던 나츠는 보란 듯이 씨익 땀에 젖은 미소를 지었다. 그는 토니가 충격에 머뭇거리는 틈을 타, 남은 두 마리의 델타를 연이어 격발시키며 승패를 갈랐다.

"그런데 아까 나츠에게 뭐라고 한 거야?"

"별말 안 했어요."

"별말 아닌 게 무슨 말인데?"

"신경 쓰여요?"

그가 기분 좋은 목소리로 은근히 물었다. 뭔가를 기대하는 듯한 눈빛이었다. 그렇다고 순순히 그가 원하는 대로 답해 줄 유림이 아니었다. 그녀는 올망졸망하게 뻗은 콧대를 세우며 보란 듯이 휙 돌아서서 걸었다.

"별로."

케이는 "흐음." 마음에 안 든다는 눈초리로 쫓아와 허리를 굽히며 물었다.

"질투한 거 아니었어요?"

"질투는 무슨."

"나는 질투했는데."

"누구한테?"

흥미가 동한 듯 유림이 돌아서자 케이는 긴 속눈썹을 드리우며 속삭였다.

"토니 코즈메 하사."

"그 녀석은 내가 놀려먹은 거잖아. 날 죽일 듯 노려보던 거 못 봤어?"

"오늘 유림의 눈은 줄곧 코즈메 하사에게로 가 있던걸요?"

유림은 어이가 없다는 듯한 얼굴로 미간을 찌푸렸다. 정말 시답지도 않은 이유였다.

"계속 신경 쓰는 게 보였어요. 상대가 호감이든 비호감이든 유림의 관심을 받는 건……."

"받는 건?"

"거슬리네요."

얼음장 같은 목소리가 싸늘하게 중얼거렸다. 케이는 문득 유림의 뒤를 쫓아간 소돔에서 셰인 일당과 마주쳤던 때를 떠올렸다. 기절한 셰인의 반대편에 있던 대원들 중에는 분명 겁에 질린 채 떨던 토니의 모습도 있었다.

그는 후회된다는 듯 잇새로 읊조렸다.

"역시 죽일 걸 그랬나 봐요."

"뭐? 누구를?"

놀라서 되묻던 유림은 허공을 보는 케이를 낯선 눈빛으로 쳐다보았다. 그녀의 불안한 기색을 눈치챈 그는 부드러운 눈으로 웃었다. 그리고 다정하게 그녀의 입술에 쪽 입을 맞췄다.

"아무것도 아니에요."

거실로 향하는 그를 보며 유림은 잘못 들었나 싶어 고개를 갸웃거렸다. 그녀는 찜찜한 표정으로 머리를 매만지며 케이의 뒤를 따라갔다.

이번 주말은 임무가 이중으로 겹쳐 있었다. 호크 대령이 지시한 경호 임무, 그리고 SITF의 오베론 소탕 작전. 어쨌거나 핵심은 모델 이브였다.

"리사는?"

유림이 맥주잔을 든 채 잠잠한 집 안을 둘러보며 물었다.

- 여기 있습니다, 소위님. 명령 대기 중입니다.

그녀는 벽면 화면에 뜬 리사의 3D 얼굴을 보면서 꺼림칙한 표정으로 물었다.

"리사 앞에서 하자고?"

왓슨과 에덴 타워의 귀에 들어가면 어쩌려고? 그녀는 우려가 된다는 기색이었다. 그러자 케이는 안심하라는 듯 느긋하게 말했다.

"그녀는 괜찮아요. 이제 왓슨과 분리된 독립체나 마찬가지거든요."

그는 리사의 시스템을 재구축했다. 에덴 타워에서 내려오는 정보와 명령은 여전히 인식하지만, 거꾸로 에덴 타워에 이쪽 정보는 보고하지 않는 체계를 설정해 놓았다.

케이는 조그마한 지구본을 돌려보듯 낙원의 네트워크를 홀로그램으로 한눈에 보여 주며 설명했다.

유림은 놀랍다는 표정으로 그를 쳐다보았다. 설명을 들어도 뭘 어떻게 한 건지 잘 이해는 가지 않았지만 그의 실력이 대단하다는 건 알 수 있었다.

리사는 소파에 앉은 두 사람을 보더니 스크린을 까맣게 잠식시켰다. 그 위로 하얀 창과 함께 보고서가 떠올랐다. 먼저 이번 임무의 핵심 인물의 프로필 정보였다.

– 모델 이브. 본명은 제인 헬렌 왓슨.

리사는 영상과 키워드를 띄우며 자료 보고를 시작했다. 대상은 낙원의 홍보 모델인 이브였다.

이윽고 그녀의 옛 사진이 나타냈다. 곱슬곱슬한 갈색 머리에 연한 갈색 눈동자. 콧잔등에 뿌려진 주근깨가 말괄량이 소녀를 떠올리게끔 하는 발랄한 인상이었다. 유림은 갸웃거리며 맥주를 한 모금 들이켰다.

"지금하고 모습이 꽤 다른데? 애쉬드 블론드 머리색에 푸른 눈동자 아니었어?"

이에 리사는 그녀의 현 모습과 옛 모습을 나란히 사진으로 띄워 놓고 비교하며 말했다.

– 수술을 한 것으로 보입니다. 홍채 수술로 눈동자 색을 영구히 변화시켰고, 머리카락과 피부 톤 또한 인위적으로 바꿨습니다.

유림은 이해할 수 없다는 얼굴이었다. 외모에 콤플렉스가 있었던 건지, 아니면 상업적인 목적 때문에 어쩔 수 없이 한 건진 모르겠지만 그녀의 눈에는 수술 전이 훨씬 더 발랄하고 생기 있어 보였다.

－ 현재 그녀는 왓슨 그룹의 유일한 상속녀입니다. 램지 왓슨의 손녀딸이며 로스트 헤븐의 지분을 가장 많이 소유한 자이기도 합니다. 하지만 이사회에는 거의 참여를 하지 않고 있습니다. 램지 왓슨 회장도 손녀딸인 그녀보다 현 왓슨의 CEO를 더 신뢰한다고 합니다. 제인 왓슨 본인도 경영보다는 낙원의 홍보 모델 이브로서의 이미지 관리를 더 중요시 여기는 듯합니다.

그녀는 낙원의 요정이라는 이름에 걸맞게 우아함, 깨끗함, 청초함을 핵심 이미지로 삼고 있었다. 또한 모델 이브로서 태양의 도시 입실론들을 대표하고 그들의 권리와 안위를 보호한다는 성명을 발표한 바 있다.

유림은 코웃음을 쳤다.

"내가 볼 땐 한 성깔 할 거 같은데."

－ 제인 왓슨은 현 시점에서 낙원의 관리자와 가장 많은 접촉을 한 인물로 추정됩니다. 낙원의 관리자의 경우 신비주의를 내세워 지금까지는 정체를 베일 속에 숨겼지만, 제인 왓슨이 스스로를 아담의 연인이라고 칭하고 다니는 만큼 조만간 그의 공식적인 행보가 있지 않을까 추측합니다.

"관리자가 그녀의 생일 파티에 올 가능성이 농후하다는 의미야?"

유림이 빈 맥주잔을 테이블에 올려놓으며 물었다. 그녀의 눈빛은 어느새 심각하게 가라앉아 있었다.

－ 그렇습니다.

드디어 실제로 볼 수 있는 것일까? 낙원의 관리자, 통칭 아담.

두려움보다는 설렘이 앞섰다. 입실론인 메리조차도 아직 실체를 보지 못했을 정도로 베일에 싸인 인물이었다. 바이러스 치료제를 이용하여 낙원과 낙원 밖의 세계를 혼란 속에 빠뜨리고 있는 악의 구원자.

케이는 상기된 얼굴로 들떠 있는 유림을 보며 차분하게 일렀다.

"신중하게 움직이도록 해요. 당분간은 눈에 띄는 행동보다 숨을 죽이고 있는 편이 좋으니까요."

"알고 있어."

제거 대상을 경호하는 임무라니, 그녀는 스스로의 처지가 기구하다며 툴툴거렸다. 언제쯤 이 싸움이 끝나는 것일까? 점차 경계가 아슬아슬하게 모호해져 간다.

'나는 데드캣인가? 아니면 브루클린의 성녀인가?'

선과 악의 구분 따위는 처음부터 신경 쓰지 않았다. 정의란 반드시 모두에게 이로울 수는 없는 법이란 걸 일찍이 깨달았다. 이곳에서 그녀는 모두를 두려움에 떨게 하는 밤의 암살자지만, 잠수함 헤벨에서의 그녀는 모두에게 있어 사랑스러운 작은 고양이였다.

유림은 천장을 물끄러미 보더니 명상을 하듯 눈을 감았다. 잠자코 지켜보던 케이가 그녀의 어깨를 끌어안았다. 곁눈질로 쳐다보자 그가 부드러운 눈빛으로 쳐다보고 있는 게 보였다.

이상한 기분이었다. 낙원에서 누군가에게 이렇게 편안한 마음으로 오롯이 '데드캣'일 수 있다니. 가슴을 묵직하게 했던 돌덩이가 조금이나마 부식되어 가는 느낌. 유림은 자연스럽게 그의 어깨에 기대어 옅은 미소를 머금었다.

"좋아."

"뭐가요?"

"이렇게 있는 것."

그의 눈빛, 손길, 냄새, 온기…… 육체적 결합이 없어도 이 모든 걸 느낄 수 있다는 게 신기했다.

"이젠 케이가 없으면 굉장히 허전할 것 같아."

그녀의 목덜미를 만지작거리던 그의 손짓이 멈칫했다.

유림은 별안간 몸을 일으키더니 그의 눈을 빤히 쳐다보았다. 그녀는 뭔가에 집중할 때, 미간에 힘을 잔뜩 준 채 콧잔등을 찌푸리고는 한다. 그 모습이 마치 천진난만한 소녀 같아서, 가끔 여동생처럼 머리를 쓰다듬어 주고 싶어질 때가 있었다.

바로 지금처럼.

유림은 그녀의 머리를 쓰다듬는 그의 손을 어루만지며 잔잔한 목소리로 말했다.

"화이트 채플에서 날 구해 준 남자가 있었어."

그녀는 당시 상황을 떠올리며 생각에 잠긴 눈으로 허공을 응시했다.

"붉은 눈을 한 남자였는데, 사람이었는지 안드로이드였는지 아니면 뭔가 다른 존재였는지는 사실 아직까지도 모르겠어."

그만큼 가히 놀라운 움직임이었다.

"특보대는 날 쫓다가 괴한과 마주쳤다지? 고작 한 명에게, 그것도 무장도 안 한 상대에게 손 쓸 틈도 없이 당했다고 말이야. 난 어째서인지 그 둘이 동일 인물일 것 같은 기분이 들어."

유림은 다시 케이를 쳐다보았다. 그는 평소와 다름없이 온유한 눈으로 그녀를 바라보고 있었다.

"바보같이 들릴지도 모르겠지만, 그 남자를 얼핏 봤을 때 일순 케이라고 생각했어."

그러고는 "말도 안 되지?"라고 물으며 가볍게 웃었다. 그녀는 기대며 그의 목을 끌어안았다. 뺨에 닿는 그의 심장 박동 소리가 악기를 연주하듯 잔잔하고 아름답게 들렸다.

"케이였으면 했던 걸까? 애덤슨, 네가 날 구한 것이라고."

케이의 눈동자는 잔잔한 파동을 그리며 흔들리고 있었다. 그는 동요한 기색을 억누르며 차분한 표정을 지었다.

"누군가에게 보호받고 있다는 느낌을 받은 지가 너무 오래됐나 봐."

괜히 쑥스럽기도 하고 간질거리기도 했다. 유림은 피식 웃으며 건조한 눈에 미소를 그렸다.

"그 남자를 생각하면 흥분돼."

차갑고 냉혹한 눈이었다. 붉게 젖은 선혈의 눈동자는 오직 그녀만을 바라보고 있었다. 거기에 포박된 듯 꼼짝도 할 수 없었다. 귀신처럼 오싹한 그의 동공 속에 갇힌 것처럼 숨결마저 얼어붙는 듯했던 느낌.

두려움에 몸은 떨렸지만 그 오싹함이 짜릿했다. 후드를 벗기고 얼굴을 보고 싶었다. 무감각한 표정이라 느낀 게 상상이었는지, 정말로 얼핏 그의 모습을 본 것이었는지도 확인하고 싶었다.

간밤의 꿈에 그 남자가 나왔다는 건 케이에게도 말하지 않은 비밀이었다. 왠지 떳떳하지 못한 기분이 들었다.

어째서 케이로부터 그 남자와 흡사한 느낌을 받는지 알 수 없었다. 마치 데자뷰를 보듯 언뜻언뜻 그에게서 악마처럼 잔혹해 보이던 핏빛 눈동자를 본다.

"케이."

"네."

이 남자 특유의 담담한 목소리는 늘 마음을 차분하게 만들어 주었다. 그러나 유림은 그의 기품 속에 감춰져 있는 격정이 좋았다. 그녀를 범하고 싶다고 속삭이며 사악하게 웃는 미소가 좋았다. 그의 이중성은 유리처럼 날카롭게 그녀의 욕망을 자극했다.

유림은 살포시 그의 입술에 입을 맞췄다. 그녀는 자연스럽게 그를 소파 위에 눕히면서 상반신에 올라탔다.

"여전히 뜨겁네, 이곳은."

그녀는 골반을 흔들며 엉덩이로 그의 하반신을 문지르듯 비볐다. 남태평양의 바다처럼 고요히 작열하던 그의 눈이 삽시간에 태풍을 만난 듯 탁하게 흔들렸다. 그녀는 유혹하듯 그의 손을 이끌었다. 풍만한 가슴에 닿은 손은 석상처럼 굳어 있었다.

"아직 성녀를 범할 기회는 남아 있는데…… 어쩔래?"

그녀가 붉은 입꼬리를 끌어올리며 짓궂게 웃었다. 미동 없이 가만히 있던 케이는 천천히 손을 빼내더니 몸을 일으켰다. 유림은 의아한 눈으로 그를 쳐다보았다.

"나중에요."

"나중?"

그는 공허한 눈빛으로 그녀의 뺨을 향해 손을 뻗었다. 닿을 듯 말 듯한 거리에서 멈칫 서성이는 손.

"잠시 잊었어요."

망설이며 기울인 입술이 스스로를 저지하며 깨물었다.

"성녀는 범하는 게 아니라 지켜 줘야 하는 존재라는 걸."

"그게 무슨 소리야?"

그녀의 목소리가 가라앉았다. 일자로 다물어진 입술이 점차 불쾌하게 일그러지고 있었다. 도도한 눈초리는 앙다문 입술 위로 그를 노려보았다.

케이는 심호흡을 하며 고요히 숨을 골랐다. 갑자기 수동적인 자세로 나오는 그의 모습에 유림은 불만스러운 어조로 쏘아붙였다.

"날 원하잖아, 나도 널 원해."

그의 투명한 눈이 휘몰아치듯 일렁였다. 고개를 든 그의 흔들리는 망막 속에는 폭발할 것 같은 그녀의 모습이 맺혀 있었다.

"난 허세를 부리는 녀석이 제일 싫어! 위선자는 혐오를 넘어선 경멸의 대상이야."

"허세가 아니에요."

아니, 맞을지도. 분명 참지 못했을 것이다.

그래서 다행이었다, 우연인지 아닌지는 모르겠지만 호크가 그 시점에 찬물을 끼얹어 준 것이.

— 케이였으면 했던 걸까?
— 애덤슨, 네가 날 구한 것이라고.

깨달음은 번개처럼 갑작스레 온다고 했던가. 화이트 채플에서 그녀를 구하면서도, 스스로의 행동에 납득할 수 없던 것이 사실이었다.

그런데 방금 그 답이 떠오르고 말았다.

쓰러진 채 피투성이가 된 유림의 모습을 상상하면서, 그 장면에 눈앞이 아득해지는 걸 느끼면서.

"유림을 다치게 하고 싶지 않아요. 유림을……."

그녀를 잃고 싶지 않다.

혼자 강한 척 가시밭길을 헤치고 나가는 이 여자를 지켜 주고 싶었다.

그는 말끝을 흐리며 유림의 화난 시선을 회피했다. 그런 그의 모습이 그녀의 눈에는 비겁자의 행태로 비춰질 뿐이었다.

유림은 어금니를 물었다.

"내가 그렇게 나약한 것 같아? 중사의 눈에는 내가 한 번 자고 나면 버림받았다며 징징댈 여자로 보이나? 내가 중사에게 사랑해 달라고 구걸을 했어? 아니면 결혼이라도 하자고 하던?"

화가 나면 계급을 달아 명령조로 말하는 게 그녀의 특징이다.

"처음 만난 날부터 먼저 다가온 건 너였어. 애덤슨, 네가 먼저 내게 키스를 했고, 네가 먼저 날 자극했다고! 그런데 이제 와서 뭐라고? 날 상처 주기 싫어서 자지 않을 거라고? 도대체 날 뭐로 보는 거야, 이 개자식아!"

퍽 소리와 함께 주먹이 날아왔다. 바닥에 나동그라진 그를 보면서 유림은 기가 막힌 듯 씩씩거렸다.

겨우 주먹 하나에 저렇게 몸을 구르면서.

"날 지키겠다고?"

그녀는 바닥에서 일어서는 그를 말없이 노려보았다. 그래도 마지막 희망은 놓고 싶지 않다는 눈빛이었다.

평소처럼 생긋 웃으면서 능글맞게 키스해. 그것도 아니라면 '잘못했어요, 유림.' 하고 시무룩한 척 연기라도 해.

유림은 핏대가 선 목을 꼿꼿이 세우고선 케이의 변명을 기다렸다. 그러나 그는 멀쩡한 얼굴로 그녀를 빤히 응시할 뿐, 끝끝내 아무런 말도 하지 않았다. 얄미울 정도로 상처 하나 없는 눈빛은 오히려 무덤덤하기까지 했다.

농락당한 기분이었다.

우스꽝스런 광대가 되어 놀아난 느낌. 허탈함과 분노가 뒤섞인 울분이 심장을 꽉 조여들었다.

"꼴도 보기 싫으니까 당장 짐 싸서 나가!"

고함을 친 유림은 싸늘한 축객령만 남긴 채 울분에 찬 얼굴로 돌아섰다.

에어쉽을 타고 지면에 내려온 케이는 빈손으로 털썩 하차했다. 그가 내리기 무섭게 에어쉽은 상공을 향해 떠올랐다. 그리고 하얀 구름처럼 떠 있는 주택들 사이로 쾌속 질주하여 멀어졌다. 높이 사라져 가는 에어쉽 뒤로 꼬리구름이 길게 번졌다. 그 광경을 멍하니 바라보던 케이는 한쪽에 심어진 가로수들 앞으로 걸어왔다. 그는 나무 기둥에 털썩 기대며 손목에 찬 스마트 워치 버튼을 눌렀다.

– 부르셨습니까, 마스터.

"정유림 소위는 계획에서 제외한다."

– 그게 무슨…….

통신 너머의 상대는 갑작스러운 명에 당혹한 기색을 감추지 못했다.

"그녀를 권속 후보에서 배제한다고 말했다."

– 무슨 일이라도 있으셨던 겁니까?

케이는 말없이 주먹을 쥐었다 펴며 핏줄이 도드라진 손등을 바라보았다. 복잡해 보이는 눈동자에는 우울함이 맺혀 있었다. 해사하게 웃던 유림의 얼굴이 머릿속에 자꾸만 되감겼다.

— 낙원에 온 걸 환영한다.
— 죽지 마라, 중사.
— 8분 31초…… 시작.
— 케이가 없으면 굉장히 허전할 것 같아.

그는 주먹 쥔 손으로 가로수를 퍽 하고 내리쳤다. 답답한 숨이 연거푸 흘러 나왔다.

— 누군가에게 보호받고 있다는 느낌을 받은 지가 너무 오래돼서.

쑥스러운 듯 웃으며 고백하듯 털어놓던 그녀의 모습이 바늘처럼 가슴을 콕콕 찌른다. 어떻게 해야 할까? 그녀를 어떻게 해야…….
"유림은 안 돼."
– 입실론들의 능력이 통하지 않는 대상은 그녀밖에 없습니다. 잊으신 겁니까? 정 소위뿐입니다. 게다가 좀 전까지만 해도 분명 그녀를 안으려고 하지 않으…….
"배제해. 그녀는 포함시키지 않는다."
케이의 뜻은 확고했다. 그의 살벌하고 단호한 어조가 재고와 번복은 없다는 걸 드러냈다.
대화가 잠시 뚝 끊겼다. 그가 진심이란 걸 눈치챈 상대는 한층 조심스럽게 물었다.

– 감염 때문에 그러십니까?

침묵이 이어지자 남자는 설득조로 이어서 말했다.

– 강한 여자입니다. 괜찮을 겁니다.

"만에 하나 감염될 수도 있어. 만에 하나……."

죽을 수도 있다. 현재까지 바이러스에 노출된 여성들 중 살아남는 건 3%에서 4% 남짓. 특별한 여자라지만, 유림이 그 4%에 든다는 보장이 어디에도 없다. 설령 4% 안에 든다 하여도 전과 같은 모습이 아닐 가능성이 크다.

"델타처럼 될지도 몰라."

아까 자칫 그녀를 안았더라면 지금쯤 그는 스스로의 목을 조르고 있을지도 몰랐다. 순간의 본능을 억누르지 못했던 본인의 경솔함을 원망하며 그녀의 감염 여부를 매 분 매 초 확인하고 있겠지.

– 처음부터 그런 것들은 알고 계시지 않으셨습니까? 변종이 되거나 죽거나 둘 중 하나입니다. 새삼스레 뭘 이제 와서 그러시는지…….

뭔가 깨달은 듯 남자는 불현듯 말을 멈췄다. 그는 입을 떼었다가 다물기를 반복하며 잠시 생각을 정리했다.

– 마스터, 혹시.

남자는 설마 하는 어조로 나지막이 물었다.

– 정 소위를 진심으로 마음에 두신 겁니까?

Chapter 5

전체 송신: 이브의 가면무도회에 초대합니다.

(1) 일시: 2100년 3월 6일 오후 8시
(2) 장소: 황금의 바벨탑 내 공중 정원
(3) 복장: 턱시도와 이브닝드레스
가면을 챙겨 오지 않으신 분들은 주최 측에서 가면을 제공해 드립니다.

　어느덧 작전 당일이었다. 이브의 생일 파티 장소는 당초 알려진 대로 기억의 도시에서 행해졌다. 이것이 과연 우연인지 아니면 주최 측에서 의도적으로 꾸민 것인지는 알 수 없었지만, 주민들의 불안을 지우고 분위기를 환기시키는 데에는 성공적이었다. 얼마 전 소돔에서 일어난 일련의 사건들로 인해 황금의 바벨탑 매출은 급락했고, 그로 인해 가장 피해를 본 건 소돔의 주인 솔로몬이었다. 때문에 에덴 타워의 사람들은 위즈덤의 대표인 솔로몬이 이브 측에 로비를 하였을 거라는 추측도 넌지시 주고받았다.

이브—본명은 제인 헬렌 왓슨—의 생일 파티는 황금의 바벨탑 꼭대기 층에서 이루어졌다. 허공에 붕 떠 있는 돔 경기장처럼 생긴 이곳은 공중 정원이라 불렸다.

공중 정원은 오직 공연과 파티 개최를 위해서 만든 곳으로 에어쉽을 통해서만 드나들 수 있었다. 낙원의 주민들이 살면서 한 번쯤은—호스트의 입장에서든, 게스트의 입장에서든— 공중 정원에 와보길 바랄 정도로 이곳은 부와 권력의 상징이었다.

그런 공중 정원의 VVIP 대기실에선 제인의 히스테릭한 목소리가 카랑카랑 울려 퍼지고 있었다.

"내 생일 파티예요. 내가 주인공이라고요! 그런데 다른 사람이 나 대신 스포트라이트를 받는다고요? 그럼 이 파티에 대체 무슨 의미가 있는 거죠?"

그녀의 앞에는 모델 이브의 얼굴을 본떠 만든 위장용 마스크와 가발이 걸려 있었다. 인공피부와 동일한 재질의 마스크로 이걸 가면처럼 착용하면 피부에 자연스럽게 흡착된다.

"그렇게 경호에 자신이 없어요? 오베론이 이러던 게 하루 이틀도 아니고 왜 이렇게 유난을 떠는 거예요?"

"미즈 왓슨, 상황이 그렇게 단순하지 않습니다."

호크는 난감하다는 표정으로 말했다. 그 뒤에는 본래 경호 담당이었던 셰인이 곤란한 눈빛으로 서 있었다.

"나로 변장한 요원이 온갖 파티는 다 즐기고, 정작 주인공인 난 숨어 있으라는 거예요? 그럴 바엔 파티고 뭐고 다 취소해요!"

그때 출입문이 열리더니 유림이 모자를 눌러쓴 채 어슬렁어슬렁

들어왔다. 화장대 앞에 앉아 있던 제인은 유림을 보더니 잔뜩 성이 나 있던 얼굴을 미약하게나마 풀었다.

대기실 내부를 한 바퀴 빙그르르 훑어본 유림은 모자를 벗으며 호쾌하게 인사를 날렸다.

"왜들 그렇게 심각한 얼굴들이시죠?"

제인이 몸을 일으키며 유림에게로 다가갔다.

"정유림 소위, 맞죠?"

"예, 처음 뵙겠습니다, 이브."

유림은 가식적인 얼굴로 생긋 웃었다. 리사에 의하면 그녀는 본명으로 불리는 것보다 '이브'라 불리는 것을 선호한다고 했다. 예상대로 제인은 화사한 미소를 지으며 우아하게 손을 내밀었다.

"반가워요. 당신이 경호를 해 준다니 그나마 안심이네요. 브루클린의 성녀에 대한 소문은 익히 들었어요. 아주 진취적이고 고무적인 여성이라고요. 당신이라면 지금 이 사람들이 준비한 허무맹랑한 작전에 동의하진 않겠죠? 이딴 변장 마스크를 들이밀면서 날 대신해 다른 사람을 이브인 척 파티에 내보낸다지 뭐예요?"

"아, 사실 제가 그 다른 사람입니다."

유림은 덥석 그녀의 손을 잡고 악수를 하며 능청스럽게 웃었다. 제인은 배신당한 표정으로 유림을 노려보았다.

"뭐라고요?"

그녀는 분노에 찬 눈빛으로 주위를 둘러봤다. 다들 난감한지 그녀의 매서운 눈총을 피하며 딴청을 부리고 있었다. 묘해진 분위기 속에서 유림은 방긋방긋 웃었다.

호크는 때마침 등장해 준 유림을 기특하게 여기는 중이었다. 그는 뒷짐을 진 채 슬그머니 뒷걸음을 치더니 "그럼 뒷일을 맡기겠네, 소위."라는 말과 함께 잽싸게 대기실을 빠져나갔다. 이 기회를 놓칠 수 없는 셰인 역시 "정 교관, 수고!"라고 소리치며 미꾸라지처럼 얼른 퇴장했다.

제인의 얼굴은 다시 벌겋게 달아올라 있었다. 그녀는 울화가 치미는지 뿌리치듯 유림에게 잡힌 손을 거뒀다.

'짝!' 소리와 함께 손등을 맞은 유림은 이마에 참을 인忍을 새기며 억지 미소를 지었다. 분위기가 살벌해지자 드레이크가 벽에 기대 있던 몸을 일으켜 다가왔다. 유림은 손을 뻗어 그를 제지했다. 끼어들지 말라는 눈빛이었다.

"파티의 주인공은 나야. 다른 사람이 무대에 오르는 건 용납할 수 없어."

제인은 가녀린 목선에 핏대를 세우며 사납게 쏘아붙였다. 유림은 따끔따끔한 손등을 매만지며 긁힌 상처에 맺힌 핏방울을 닦아냈다.

왓슨가의 공주님 성격이 보기와는 달리 헐크 못지않다더니 과연 실망시키지 않는 성질머리였다. 그녀는 심호흡을 하며 여유로운 표정으로 입을 열었다.

"이게…… 사실은 이벤트입니다."

"이벤트?"

"제가 이브의 역할을 하는 동안 이브께서는 낙원의 관리자와 함께 깜짝 등장할 준비를 하시는 거죠. 메인이벤트는 그쪽입니다. 물론, 경호의 목적도 분명 존재합니다."

"그 사람하고 내가?"

"예."

잠시 생각하던 제인은 푸른 눈동자를 빛내며 웃었다. 왜 진작 말하지 않았냐는 표정이었다. 다행히도 그녀는 유림이 급조한 이벤트가 마음에 드는 듯했다.

"그건 괜찮네요."

순식간에 화가 가라앉은 제인은 언제 그랬냐는 듯 콧노래를 불렀다. 유림은 속으로 혀를 내둘렀다.

어린아이처럼 변덕스러운 여자군.

짜증이 솟구쳤지만 그렇다고 같이 울컥해서 발끈할 수는 없는 노릇이었다. 서럽지만 저 공주님한테 밉보여서 하등 좋을 게 없다.

그림자처럼 뒤에 서 있던 드레이크는 걱정스러운 얼굴로 유림에게 몰래 귓속말을 건넸다.

"소위님, 그런 이벤트는 계획에 없지 않습니까?"

"알게 뭐야. 대령님께서 알아서 해 주시겠지."

지금으로선 어떻게든 저 여자를 설득하는 게 우선이었다. 유림은 으쓱하며 신경 쓸 거 없다는 표정을 지었다. 드레이크는 '끙' 하고 팔짱을 낀 채 뒤로 물러섰다. 부디 호크 대령님의 매서운 질타가 애꿏은 자신에게 떨어지지 않기만을 바랄 뿐이었다.

제인은 흐트러졌던 머리를 다시 올리며 거울을 바라보았다. 잿빛이 도는 옅은 금발과 맞춘 듯한 실크 드레스가 살결 위를 흐르며 그녀의 야리야리한 몸매를 드러내고 있었다.

"어때요?"

"예쁘네요."

유림은 공허하게 웃으며 대답했다. 그녀는 제인이 돌아서자 바로 시큰둥한 얼굴로 시계를 바라보았다. 슬슬 준비할 시간이었다.

유림은 바닥에 떨어진 마스크와 가발을 집었다. 머리를 묶어서 가발 안으로 넣은 그녀는 제인의 뒤에 서서 거울을 보며 마스크를 얼굴에 썼다. 립스틱을 바르던 제인은 자신과 똑같은 얼굴로 서 있는 유림을 보며 소름 돋는다는 표정으로 얼굴을 찌푸렸다.

그녀는 뾰로통한 눈빛으로 물었다.

"난 언제쯤 등장하면 되죠?"

주인공 자리를 뺏길까 봐 두려운지 제인은 재차 확인했다.

"일단 제가 나서서 적들을 좀 도발해 볼 생각입니다. 유인책을 써 보고, 주변이 완전히 안전하다 느끼면 모시러 오겠습니다. 그때 관리자인 아담과 함께 진짜 낙원의 이브가 등장해 주시면 됩니다."

"좋아요."

집무관의 보고

정유림 소위는 제인 헬렌 왓슨의 경호 임무 중.
팀 호크는 오베론의 도발에 적극적으로 대응할 준비를 할 것.
스나이퍼들은 저격 위치로.

황금의 바벨탑 꼭대기에 위치한 연회장 '공중 정원'은 밤이면 특별한 경관을 빚는다.

글라스로 된 돔 형식의 뚜껑이 열리면 아름다운 밤하늘의 모습과 함께 하늘 높이 치솟는 거대 분수 쇼가 등장하고, 돔 천장에 배치

된 수로는 물을 떨어뜨리면서 넘실대는 폭포 절벽을 형성한다.

높이 70m 위에서 떨어지는 폭포수는 돔 내의 뜨거운 열기를 식혀 줄뿐더러 조명과 함께 낭만적인 연출을 자아내는 역할을 했다. 화려한 불빛과 함께 레이저처럼 발사하는 분수 쇼는 음악에 맞춰 춤을 추듯 움직였다.

오늘 파티의 테마는 가면무도회.

18세기 유럽의 느낌을 물씬 살린 분위기였다. 다들 치렁치렁한 드레스와 클래식한 턱시도를 입고 형형색색으로 디자인된 가면을 더해 한껏 멋을 부렸다. 아직 파티의 주인공이 나타나지 않은 시점에서 가장 이목을 끌고 있는 이는 최근 평의원직에 발탁된 노아 호크 대령이었다.

"안녕하십니까, 대령님?"

샴페인 잔을 들고 있던 호크는 낯선 목소리에 돌아보았다. 구릿빛 피부에 검은 머리 남자가 보조개를 넣은 채 웃고 있었다.

"조셉 에반스라고 합니다. 낙원 뉴스 특별보도부 편집장이죠."

조셉이 가슴 부위를 톡 건드리자 허공에 그의 신원을 나타내는 명함이 홀로그램으로 떠올랐다. 명함을 흘끗 본 호크는 접대용 미소를 지었다.

"나한테 무슨 볼일이라도?"

"평의원으로 탁용되신 것 축하드립니다. 잠시 개인 인터뷰 괜찮을까요?"

"그런 건 군 홍보부서에 따로 연락을 하고 날짜를 잡게."

"앗, 잠시만요! 정 소위님으로부터 혹시 언질 못 들으셨는지요?"

돌아서던 호크가 멈칫하며 다시 그를 쳐다보았다.

"호크 대령님과의 단독 인터뷰를 약속해 주셨는데 말입니다."

"정 소위가?"

"예."

빙글빙글 웃는 조셉을 보며 호크는 묘한 눈빛을 지었다. 조셉이 턱짓을 하며 폭포수 뒤편에 위치한 산책로를 가리키자, 호크는 지나가는 웨이터의 쟁반에 잔을 내려놓으며 그의 뒤를 따랐다.

그는 아직까지 잠잠한 주변 상공을 살폈다. 돔 천장과 에어쉽에는 대기 중인 저격수들이 언제 나타날지 모르는 적을 향해 신경을 곤두세우고 있었다.

"곧 이브가 등장한다. 다들 긴장을 놓지 말도록."

호크가 귀에 착용한 통신기에 대고 중얼거리자, 대원들의 응답이 들려왔다.

– 세인트3, 계속해서 엄호하겠습니다.

– 세인트4, 위치에서 대기 중입니다.

– 스네이크4, 적들의 머리를 날릴 준비 중입니다.

– 스네이크2, 현재 적들의 낌새는 보이지 않습니다.

"경계 태세를 늦추지 말게. 오늘 밤은 위기이자 기회일 테니."

– Yes, Sir.

호크는 잠시 통신을 끊고 조셉과 함께 정원으로 향했다. 그러는 사이, 어느새 파티는 화려한 개막식을 올리고 있었다.

"이브의 무도회에 오신 여러분을 진심으로 환영합니다!"

턱시도를 입고 검은 가면을 쓴 남자가 돔 천장에서 소형 에어쉽에 올라탄 채 천천히 내려오며 소리쳤다.

뚜껑이 개방된 에어쉽은 이벤트용으로 특별 제작된 것이다. 마이크를 통한 그의 목소리가 연회장 전체에 쩌렁쩌렁 울려 퍼졌다. 분위기는 바야흐로 한껏 무르익었다.

"오늘 이 자리를 빛내기 위해서 특별한 분들이 오셨습니다. 낙원의 여신들, 태양의 도시에서 오신 입실론님들을 큰 박수로 맞이해 주십시오!"

다들 환호성을 내질렀다. 간혹 어떤 남자들은 좋아서 어쩔 줄 몰라 하며 미리 준비해 온 꽃들을 던지기도 했다. 그들은 가뭄에 콩 나듯 모습을 드러내는 입실론들의 행보를 빠짐없이 체크하며 따라다니는 열혈 팬들이었다.

스무 명의 입실론이 열 명씩 나뉘어서 두 대의 에어쉽을 타고 양측 하늘에서 등장했다. 시폰 재질의 긴 드레스를 입은 그녀들은 고대 로마의 여신들처럼 보이기도 했다. 그녀들은 눈 주변에 반짝이는 크리스털들을 가면처럼 붙여서 우아함과 신비로움을 더했다.

지상에 내려온 입실론들이 에어쉽에서 하차하자, 사람들이 구름 떼처럼 몰려들었다. 그러자 어디선가 나타난 경호원들이 입실론들을 호위하며 군중들을 물리쳤다.

"자, 그리고 드디어 오늘의 주인공입니다! 아, 무슨 말이 더 필요할까요? 낙원의 요정, 에덴의 축복, 우리들의 이브입니다!"

오두방정을 떠는 사회자의 목소리가 어쩐지 낯설지 않았다. 연극을 하는 듯한 톤도 그렇고 저 과장된 몸짓도 그렇고. 어디서 봤더라? 기시감에 눈살을 찌푸리며 서 있던 유림은 얼굴에 쓴 은빛 가면을 제대로 고쳐 썼다.

그녀는 심호흡을 하며 무대로 이어지는 통로를 걸었다. 유리 바닥 밑으로 컴컴한 하늘과 불빛들이 보였다. 다리가 살짝 떨렸다.

고소공포증은 이미 오래전에 이겨 냈다고 생각했는데, 이렇게 문득문득 숨을 옥죄듯 전신을 덮쳐 오고는 했다.

괜찮아, 떨어지지 않아. 두려워할 것 없다. 침착하자.

이럴 때 옆에 그 녀석이 있어 줬더라면.

— 유림.

다정한 음성으로 뺨을 어루만지듯 귓가를 녹여 줬겠지. 부드럽게 이름을 불러 주면서, 입가를 달콤한 입술로 애무하면서, 그리고 눈이 마주치면 얄궂게도 아름다운 눈동자에 웃음을 건 채로.

자연스럽게 케이를 떠올리던 유림은 쓴웃음을 머금었다.

'나도 모르게 또 그 녀석 생각을……'

분했다. 텅 빈 집에서 종일 뭔가에 홀린 것처럼 그의 생각을 하던 걸로 모자라, 지금 이렇게 중요한 순간에조차 그의 목소리와 입술을 떠올리는 자신이 한심해서 견딜 수가 없었다.

오늘 일부러 늦게 온 것도 케이와 마주치는 걸 피하기 위해서였다. 작전상 동선이 겹칠 일도 없게 했다.

욱해서 내쫓아 버렸지만 정말 나가서 돌아오지 않기를 바란 건 아니었다. 내심 기대했지만 허탈하게도 케이는 끝끝내 집에 들어오지 않았다.

이렇게 된 이상 그녀 또한 더 이상의 미련은 없었다. 작전을 하다 마주쳐도 아무렇지 않은 듯 냉정하게 대할 것이다. 그럴 자신이 있었다. 곧 죽어도 그 녀석 앞에서 여자의 얼굴을 하지 않을 것이다.

유림은 입술을 사리문 채 발을 구르며 저주를 퍼부었다.

'나쁜 자식! 비겁하고, 치졸하고, 이기적인 새끼!'

역시 일찌감치 쫓아 버렸어야 했어.

유림은 후회 막심한 표정으로 이를 박박 갈면서 하얀 드레스 자락을 움켜쥐었다. 그녀는 익숙하지 않은 하이힐을 신은 채 비틀대며 걸어 나갔다.

"이브 님!"

"생일 축하해요!"

"축하드려요!"

화려한 폭죽이 바벨탑 위 검은 하늘을 밝게 수놓았다. 이브의 광고 영상이 홀로그램 입체 영상으로 연회장 곳곳에 상영되고 있었다.

로스트 헤븐.
선택받은 이들의 낙원.
이브가 당신을 기다립니다.

사람들이 꽃과 선물, 축하 메시지 등을 전달하고자 무대 앞으로 몰리며 북새통을 이뤘다. 안전을 위해 경호원들이 나섰고, 그 중심에는 셰인과 특보대원들이 있었다.

때맞춰 하얀 꽃무늬 등불들이 허공에 둥실 떠올랐다. 그 사이로 입실론들이 대열을 이루어 걸어왔다. 그녀들은 무대로 올라와 유림에게 꽃과 선물을 전하며 포옹을 나눴다.

차례로 한 명, 한 명 따뜻하게 안아 주던 유림은 마지막 순번으로 다가온 입실론과 마주 섰다. 그녀는 입실론들 중에서 유일하게 양손에 하얀 실크 장갑을 끼고 있었다. 그녀는 장갑을 낀 채 조심스럽게 유림과 포옹을 했다.

"출세했네? 이런 데도 다 오고."

유림은 그녀에게 귓속말로 속닥였다. 상대는 조금 놀란 듯 에메랄드빛 눈을 치켜뜨며 경계 어린 표정을 지었다.

"왜 이렇게 놀라?"

유림은 목소리를 낮춘 채 쿡쿡 웃으며 그녀를 불렀다.

"나야, 메리."

"설마……. 유림이니?"

유림은 대답 대신 가늘게 웃었다. 지금 그녀는 가면 속에 감춰진 눈동자 색을 제외하고선 제인과 똑같은 모습이었다. 메리는 신기한 듯 유림을 아래위로 훑어봤다.

"이건 또 무슨 비밀 작전인 거야?"

"총알받이 작전."

혹은 방패막이 작전. 자칫하면 개죽음당하는 작전.

유림은 그렇게 덧붙이며 심드렁한 표정으로 투덜거렸다.

"또 위험한 역할을 떠맡았구나."

메리가 걱정스러운 눈으로 말했다. 그녀는 유림의 손을 꼭 잡았다가 망설이듯 입술을 깨물었다. 어젯밤 꿈자리가 너무 흉흉해서 사실 종일 마음이 무겁던 차였다. 혹시 그건 유림에 관한 경고였을까? 그런 생각이 들자 불안감에 가슴이 더 쿵쿵 뛰었다.

메리는 두려움 가득한 목소리로 말문을 열었다.

"아무래도 느낌이 좋지 않아. 유림, 이번에는 각별히 조심을……."

그때 낯선 그림자의 접근을 발견한 메리의 눈이 커졌다. 그녀는 한 발짝 물러서며 몸을 움츠렸다. 유림이 가면 밑 콧잔등을 찌푸리며 뒤를 돌았다.

"생일 축하합니다, 이브."

낮고 조금 굵은 목소리였다. 자매의 조우를 방해한 남자는 쥐색 턱시도에 진한 향수 냄새가 났다. 유림은 떨떠름한 표정을 지었다.

무대 한가운데로 침투한 그는 마치 본인이 주인공인 양 아주 자연스러운 태도로 서 있었다.

6피트는 훌쩍 넘는 키, 은발에 가까운 애쉬드 블론드 헤어에 새파란 눈동자. 케이보다는 아주 조금 더 선이 굵지만 조각처럼 예쁜 인상인 건 비슷했다. 그러면서 조금 날 선 분위기를 두른, 창백한 인상이 몹시도 시린 느낌을 주는 남자였다.

유림은 주변의 소음이 차단된 채 장막처럼 내린 암흑 속에 그와 단둘이 있는 듯한 착각이 들었다. 그녀의 새까만 동공에 꽉 차게 들어선 그는 묘한 미소를 지었다. 섬뜩할 만큼 정돈된 웃음이었다.

유림이 그를 노려보며 관찰하는 사이 메리가 그녀에게 다가와 귓가에 재빨리 속삭였다.

"엘 카인. 왓슨 제약회사의 전 연구개발팀 팀장이야. 지금은 왓슨 제약회사 대표이사로 알려져 있어. 신종 바이러스 치료제 지브를 개발한 인물로 왓슨 그룹 내에서는 이례적으로 고속 승진을 했지. 왓슨의 신화를 쓴 남자야."

유림은 묘한 표정을 지었다. 그는 나이를 가늠하기 힘든 얼굴이었다. 처음에는 호크 대령과 비슷한 또래라 여겼는데 찬찬히 뜯어보니 훨씬 젊었다. 그리고 아주 잘생긴 사람이었다.

그런데 풍기는 분위기는 어쩐지 중후함이 느껴지기도 하고, 그러면서 아름다운 미청년처럼 보이기도 했다. 호크와 케이를 적절하게 섞어 놓은 듯한 인상이라고 해야 하나?

그는 주변 입실론들과 인사를 나누면서도 시선은 못 박힌 듯 그녀를 향하고 있었다. 유림 역시 눈싸움을 하듯 그를 쏘아보았다. 그러나 실상은 그의 강렬한 시선 속에 갇힌 것처럼 꼼짝도 할 수가 없었다.

그녀는 이와 흡사한 느낌을 알고 있었다. 붉은 선혈의 눈동자, 화이트 채플에서 그녀를 구해 줬던 정체불명의 남자. 그와 눈이 마주쳤을 때 느꼈던 감각과 소름 돋을 정도로 유사했다.

"선물, 드려도 될까요?"

유림의 앞에 다가온 엘 카인은 손가락을 들어 올렸다. 그의 긴 검지에는 다이아 목걸이가 걸려 있었다. 유림은 말없이 상냥하게 웃었다. 그러자 그는 자연스럽게 허리를 굽혀 그녀에게 목걸이를 걸어 주며 속삭였다.

"신선하군요, 검은 눈의 이브라니."

유림은 흠칫 놀라 그를 쳐다보았다. 설마 가면 속 눈동자를 본 건가?

그때 잠시 음악 뒤에 숨어 있던 사회자가 다시 무대 위로 빼꼼 고개를 내밀며 등장했다.

"오늘은 아주 특별한 분께서 오셨습니다. 다들 너무 놀라지 마시길 바랍니다. 정말 어렵게 모신 분이니까요!"

그의 말이 끝나기 무섭게 맞은편, 돔 천장 밑에 위치한 특별관람석에 '번쩍!' 하고 불이 켜졌다. 전면이 모두 방탄유리로 된 테라스였다. 오각뿔 형태의 크리스털 테라스는 마치 그녀가 목에 걸고 있는 다이아와 흡사한 형태였다.

그곳엔 한 남자가 서 있었다. 주머니에 손을 찔러 넣은 채 이쪽을 바라보고 있는 인영. 그의 옆에는 제복을 입은 군인 둘이 곁을 지키고 있었다. 평의원인가? 아니면 에덴 타워의 간부? 유림은 눈을 가늘게 좁히며 미간에 힘을 주었다.

"뭐라고 소개해 드려야 할까요? 그의 이름 앞에 붙는 수식어가 너무나도 많아서요. 이분은 오랫동안 베일에 싸인 채 에덴 타워의 지배자로서 많은 여성들의 상상력을 자극해 왔습니다. 그를 주인공으로 한 소설들이 쏟아져 나왔고, 각종 언론에서는 잊을 만하면 그의 정체에 관해 추측성 기사를 써 댔지만 누구도 그가 누군지 밝혀내지 못했다는 걸 잘 아실 겁니다."

군중이 술렁이며 동요했다. 다들 '설마?' 하는 표정으로 기대에 찬 눈빛을 짓고 있었다.

유림 역시 긴장한 표정으로 가면을 살짝 콧등에서 떼어 냈다. 정말 그자가 온 걸까? 연인인 이브를 축하해 주기 위해 드디어 공개 석상에 모습을 드러내기로 결정했단 말인가?

그녀는 호기심 가득한 표정을 짓다가 흘끗 눈앞의 남자를 쳐다보았다. 그 역시 그녀와 마찬가지로 흥미진진한 눈빛을 한 채 특별관람석을 응시하고 있었다. 그러나 그의 입가에는 이 모든 상황을 조롱하듯 비뚜름한 곡선이 맺혀 있었다.

"왓슨 3세가 공식적으로 인정하는 낙원의 사령탑, 그는 바로……."

모두가 손에 땀을 쥐며 뒷말을 기다리던 순간이었다. 누군가 하늘에 손가락질을 하며 말했다.

"어라?"

"저게 뭐지?"

어디선가 시뻘건 불꽃 하나가 혜성처럼 포물선을 그리며 상공을 가르고 있었다. 다들 '축포라도 터뜨리나 보다'라는 생각에 박수를 치며 환호성을 질렀다.

유림은 커다란 눈으로 멍하니 불길한 포물선을 바라보았다.

'저건 축포가 아닌데.'

굉장히 빠른 속도였다. 눈 깜짝할 사이에 하늘을 가로질러 온 불꽃. 마치 불덩이처럼 화염을 휘감은 그것은 순식간에 군중의 머리 위를 덮쳤다.

– 유림, 피해!

귀에 꽂은 통신기에서 다급한 음성이 터져 나왔다. 퍼뜩 정신을 차린 유림은 참았던 숨을 터뜨렸다. 그녀는 황급히 몸을 돌려서 재빨리 메리의 손을 잡고 뛰기 시작했다.

뭔가 이상한 낌새를 눈치챈 사람들은 어리둥절한 눈으로 돔 천장 밑을 향해 날아가는 불꽃을 바라보고 있었다. 몇몇은 그제야 뒤늦게 경악한 얼굴로 뒷걸음치다가 비명을 지르며 도망가기 시작했다.

콰쾅!

그리고 정확하게 특별관람석을 맞춘 불꽃은 굉음을 내며 거대한 폭발을 일으켰다.

"꺄아아악!"

"아아악!"

공포에 찬 비명이 여기저기서 터져 나오고, 산산조각 난 좌측의 돔 천장은 와장창창 무너져 내리기 시작했다. 글라스 덮개는 마치

깨진 유리창처럼 금이 간 채 조각조각 떨어져 나왔다. 그리고 이내 집채만 한 비수들이 우박처럼 사람들 머리 위로 사정없이 쏟아져 내렸다.

그것은 마치 신이 인간을 벌하기 위해 지상에 내린 불벼락처럼, 하늘에서 꽂히는 날카로운 흉기들의 향연이었다.

유림의 손을 잡고 뛰어가던 메리는 갑자기 '헉!' 하고 숨을 들이켜며 멈췄다.

"메리?"

하이힐을 벗어 던진 채 맨발로 뛰던 유림은 홱 그녀 쪽을 돌아보았다. 가쁜 숨을 몰아쉬는 메리의 관자놀이에 땀이 송골송골 맺혀 있었다.

"왜 그래?"

"시신이……."

메리는 손가락으로 바닥에 쓰러져 있는 입실론을 가리켰다. 바닥을 내려다본 유림의 눈이 굳었다. 메리는 손으로 입을 틀어막은 채 충격에 휩싸인 표정을 지었다. 숨진 입실론과 아는 사이인 모양이었다.

비명횡사한 입실론은 갑작스러운 죽음을 보여 주듯 눈을 뜬 채 입을 벌리고 있었다. 그녀의 이마 정중앙에는 총탄의 흔적이 고스란히 남은 채였다.

피슉!

"엎드려, 메리!"

황급히 몸을 숙인 유림은 동공을 좌우로 혼란스럽게 움직였다.

메리는 그녀의 뒤에 쪼그리고 앉았다. 그녀는 불편한 신발을 벗어 던지고 얼굴에 붙인 크리스털들도 떼어 냈다.

유림은 긴장한 자세로 턱에 힘을 주었다.

저격수다.

'대체 어디서 쏘고 있는 거지?'

이리저리 뛰어다니는 사람들 사이로 하나둘씩 픽픽 쓰러지는 입실론들이 보였다. 사각지대에 숨은 스나이퍼는 정확히 입실론의 머리만 노리고 있었다.

유림은 하늘을 올려다보았다. 광고와 현란한 레이저 현수막들로 휘황찬란하던 하늘은 짙은 어둠에 휩싸여 있었다. 몇몇 에어쉽들의 불빛만이 불안한 날벌레들처럼 움직일 뿐이었다.

유림은 통신을 하기 위해 입을 열었다.

"세인트1이 전원에게. 상공에 저격수가 있다. 세인트4는 상대를 최대한 빨리 제거하고, 세인트3은 공주님을 안전하게 대피시키도록. 저격수가 노리는 건 입실론이다. 스네이크1, 듣고 있나?"

– 스네이크1이다. 입실론들의 보호를 위해 이동 중이다.

– 세인트4, 상대 저격수의 위치 포인트를 파악하고 있다.

한편 반대편에서 통신을 듣고 있던 호크는 미간을 구기며 주먹을 움켜쥐었다. 그는 매서운 눈으로 폭파당한 특별관람석 쪽을 바라보았다. 흔적 하나 없이 잿더미가 되어 버린 사고 현장. 적은 낙원의 관리자를 노리고 폭격을 실행한 게 분명했다.

"인터뷰는 다음으로 미루는 게 좋겠군요. 대피 후에 다시 뵙도록 하죠."

당황한 듯 인사를 한 조셉은 황급히 자리를 떴다. 그의 뒷모습을 노려보던 호크는 눈초리에 살기를 담았다.

이쪽 산책로에는 무성한 정원수들이 동굴처럼 하늘을 휘덮고 있어서 상공을 확인할 수가 없다. 즉, 그가 산책로에서 하늘 쪽 시야를 확보할 수 없던 사이 포탄이 발사된 것이다. 이걸 과연 우연의 일치라고 봐야 할까?

"미즈 왓슨은?"

– 안전하게 보호, 이동 조치 중입니다.

드레이크의 대답을 들은 호크는 재빨리 산책로를 빠져나갔다. 그러던 중 뭔가를 발견한 그의 눈이 흐릿하게 번졌다.

악다구니가 오고 가는 상황 속에서 홀로 가시나무처럼 서 있는 남자가 보였다. 그의 주변에는 짙은 살기가 검은 소용돌이처럼 뿜어져 나오고 있었다. 남자는 호크를 발견하더니 주머니에 손을 찔러 넣은 채 빙그르 돌아섰다. 그의 몸을 휘감고 있던 검은 기운은 금세 부드럽게 사그라진 뒤였다.

"카인 님."

"노아?"

"무사하셨군요."

두 남자는 미소를 그리며 서로를 마주 보았다. 엘 카인은 해사하게 웃더니 말했다.

"만일을 대비해 가짜를 세우자는 세르게이 총사령관의 판단이 현명했어."

"죄송합니다. 제 불찰입니다."

엘 카인은 피식 웃으며 담배를 물었다. 옆에 있던 호크는 자연스럽게 불을 붙여 주었다.

조금 전 주변을 잠식했던 짙은 어둠은 그가 내뿜는 담배 연기 속으로 빨려 들어가고 있었다. 칠야가 어둠을 삼키듯, 태풍이 폭우를 지우듯, 그는 모든 것을 흡수하는 블랙홀이다.

"불찰? 실수와 불찰은 열성인자들이나 행하는 오류야."

그의 입술 사이로 담배 연기가 넘실넘실 춤추듯 흩어졌다. 허공에 번지는 하얀 물결을 따라 그의 시선도 움직였다.

"노아, 네가 그랬지? 우리들은 선구자라고."

엘 카인은 호크의 어깨를 잡았다. 순식간에 싸늘해진 눈초리가 가라앉은 음성으로 물었다.

"네 속셈이 뭔지는 궁금하지 않아. 다른 녀석들은 몰라도 내 눈은 속일 수 없지. 나는 한순간도 널 믿은 적이 없어. 단 한순간도……. 네가 뭘 꾸미고 계획하든, 결국은 내가 유일한 권주眷主가 될 거란 건 기정사실이야."

호크는 너털웃음을 터뜨렸다. 그는 당치도 않다는 듯 손을 내저으며 말했다.

"속이다니 그럴 리가 있겠습니까? 모든 것은 당신을 위해 존재합니다. 이 낙원도, 제 존재도."

엘 카인은 무표정한 얼굴로 그를 쳐다보았다. 그는 호크의 뺨에 난 십자 흉터를 바라보더니, "돌아가야겠군." 하고 중얼거렸다.

그의 명에 멀리서 에어쉽 하나가 쏜살같이 날아왔다. 군용으로 특수 제작된 에어쉽은 낮게 저공해 다가오더니 재빨리 그를 태운 채 먼지 속으로 사라졌다. 주민들이 죽든 말든, 저 혼자만 빠져나가는 카인을 보면서 호크는 실망스럽다는 눈초리를 지었다.

그는 살벌한 눈동자로 무대 쪽을 돌아보았다. 통신기에서 다시 미약한 잡음이 흘러나오고 있었다.

─ ……세인트1이다. 현재 입실론을 보호 중.

─ 스네이크4, 입실론의 신병을 넘겨받겠다.

유림과 셰인의 대화에 호크의 표정은 점차 어둡게 변했다. 상대는 말 그대로 '유령Ghost'처럼 움직이고 있었다. 그러나 주위 어딜 봐도 회색 기사단이나 고스트들의 모습은 보이지 않았다. 그는 통신기에 대고 나직이 물었다.

"포탄이 날아온 지점은 아직인가?"

─ 그게…… 이상합니다.

"이상하다니?"

─ 보고에 따르면 발포 지점이 아군 소속의 에어쉽으로 나온다고…….

"폭격을 행한 게 아군이라고?"

호크의 눈빛이 얼어붙었다. 그의 흉터가 분노로 일그러진 채 실룩거렸다. 적의 위치를 찾을 생각만 했지, 설마 그들의 칼날이 발치에서 이쪽을 겨누고 있을 줄은 예상하지 못했다.

'내 발밑 그림자에 숨어서 허를 찔렀단 말인가?'

호크는 어금니를 사리물고 싸늘한 눈으로 상공에 둥둥 떠 있는 에어쉽들을 죽일 듯 노려보았다.

같은 시각, 연회장 반대편은 아수라장과 다름없었다. 시체를 보고 놀라며 울음을 터뜨리는 사람들과 허겁지겁 몸을 피하는 이들 사이에서 유림과 메리는 몸을 낮춘 채 상황을 관찰했다.

"유령의 군주일까?"

"그럴지도."

"특별관람석에 아담이 있었잖아. 낙원의 관리자 말이야."

"나처럼 가짜를 세워 놨을 수도 있어."

유림은 어디서 주웠는지 쟁반 하나를 메리의 머리 위에 씌우며 말했다.

"우리도 몰랐던 정보를 오베론 측이 먼저 알고 있었다는 게 이상해. 이쪽에 정보원이 있지 않고서야……."

그녀는 스스로의 말에 멈칫하며 인상을 썼다.

'정보원?'

권력에 움직이고 돈에 배신을 때리는 게 용병들이라고는 하지만 평의회 직속 부대를 마다할 가능성이 얼마나 될까? 특별보안대와 특별수사대는 출세의 지름길 중에서도 고속도로 수준이라고 할 수 있는 요직이었다. 돈과 권력이라면 물불을 가리지 않는 용병들이 달콤한 출세가도를 버리는 건 기적에 가까웠다.

메리는 심각한 얼굴로 생각에 잠긴 유림을 보며 소곤거렸다.

"난 괜찮으니까 일단 가 봐. 따로 임무가 있지?"

전투 능력은 유림이 훨씬 뛰어나지만 메리 역시 작전부 기동수색대 소속이었다. 웬만한 병사들보다는 전반적으로 우수한 대처 능력을 갖춘 일류 요원이다. 제 몸 하나는 스스로 지킬 줄 아는 여자였다.

유림은 메리를 응시했다. 메리는 걱정 말라는 눈빛이었지만 선뜻 발걸음을 옮길 수 없었다.

그때, 몸을 숙이고 있던 그들 앞으로 반들반들한 구두를 신은 발이 뚜벅뚜벅 다가왔다. 그는 정확히 두 사람 앞에 멈춰 서더니 익살스러운 말투로 말을 건넸다.

"아름다운 아가씨들, 백마 탄 왕자님의 구출이라도 기다리고 있나요?"

말끔한 턱시도 차림의 남자였다. 빙그레 웃은 그는 두 사람을 향해 정중하게 손을 내밀었다.

"저쪽에 구조 에어쉽이 대기하고 있습니다. 저와 함께 가시죠."

남자의 얼굴을 훔쳐 본 유림은 흠칫 놀라 돌아서서 가면과 가발을 고쳐 썼다. 그는 좀 전까지 무대에서 파티를 진행하던 사회자였다. 메리는 의심이 가득한 눈초리로 그가 내민 손을 쏘아보았다. 그녀는 유림을 지키듯 앞으로 나서며 물었다.

"구조 에어쉽? STF가 왔나요?"

그는 그녀의 뒤에서 등을 돌린 채 서 있는 유림을 확인하더니 빙긋 웃었다.

"예, 입실론님. 그리고 뒤에 계신 분은…… 이브 님이시군요?"

빤히 알고 있었으면서.

메리는 못마땅한 눈빛으로 변죽 좋게 웃는 사회자를 노려보았다. 왠지 모르게 신경을 곤두세우게 하는 남자였다. 뒤에 서 있던 유림은 주위를 둘러보는 척하면서 메리가 끼고 있던 장갑을 슥 벗겼다. 그리고 신호를 주듯 그녀의 손등을 쿡 찔렀다.

"제가 안전하게 모시겠습니다."

"다른 사람들은요?"

"아, 다른 입실론분들도 계십니다."

메리는 화가 풀린 것처럼 미소를 지었다. 그러나 곁눈질로는 유림과 눈빛을 주고받고 있었다. 그녀는 자연스럽게 맨손을 내밀어 사회자의 손을 잡았다. 그리고 입실론답게 고압적인 태도로 명했다.

"안내하세요."

"알겠습니다."

메리의 손을 잡은 남자는 빠르게 걷기 시작했다. 그사이 메리는 정신을 집중했다. 맨손 피부에 와 닿는 사회자의 손은 적당한 온기로 따스했다.

그러나 곧 그녀의 낯빛이 묘하게 변하기 시작했다. 눈을 부릅뜬 그녀의 동공은 서서히 얼어붙고 있었다.

메리는 충격 어린 표정으로 남자의 뒤통수를 멈칫 바라보았다. 그녀는 돌연 그의 손을 확 뿌리치더니 뒤따라오던 유림을 향해 소리쳤다.

"이 남자, 안드로이드야!"

움찔, 멈춰 선 사회자가 싸늘한 눈으로 돌아섰다. 그는 안면 근육을 해괴하게 뒤틀면서 입술을 비릿하게 씹었다. 두 여자는 벌써 빠르게 반대 방향으로 내달리고 있었다. 그 모습이 기특하면서도 그의 눈에는 그저 가소롭게만 보였다.

입실론들은 특별한 능력들이 있다더니, 과연 놀라웠다. 이 몸이 안드로이드란 걸 꿰뚫어 볼 줄이야. 나름 이쪽에선 평화적인 방법으로 접근한 것이었는데, 제 손으로 전쟁 포를 터뜨리는군.

"하는 수 없지요. 그럼 제2단계를 진행해 볼까요?"

콰쾅!

두 번째 폭발음이 발생했다. 사람들은 비명을 지르며 중심을 잡기 위해 휘청거렸다.

지진이라도 난 듯 바닥이 와르르 무너져 내리고 있었다. 도미노처럼 부서지며 해체되는 공중 정원을 보며, 사회자는 안타깝다는 표정으로 웃었다.

"그 옛날 고대 폼페이의 최후를 보는 것 같군요. 멸망하는 도시는 언제나 아름답죠."

그리고 그 속에서 살아남고자 발버둥 치는 인간들의 말로는 비극적이지만 더없이 눈부셨다. 마치 폭죽이 터진 후 잠시 반짝이는 불꽃의 잔재처럼…… 그들의 짧은 절규는 삶보다 처절하고 역동적이었다.

"유림, 바닥이!"

타일처럼 차례차례 무너져 내리고 있었다. 메리의 외침에 유림은 어금니를 악물었다. 어떤 미친놈인지는 모르겠지만 아예 공중 정원을 폭파시키려고 작정한 모양이었다.

이곳에 초대받은 이들만 천여 명, 거기에다 경호원들과 직원들까지 합치면 사상자는 상상을 초월하게 될 것이다.

메리의 손을 잡고 뛰던 유림은 맞은편에서 낮게 날아오는 에어쉽한 기를 발견했다. 특별보안대였다. 에어쉽의 한쪽 문이 열리고 셰인이 몸을 밖으로 내밀었다. 그는 아래로 손을 뻗으며 소리쳤다.

"이쪽이야, 잡아!"

"필란 중위! 받아 주십시오!"

유림은 고함을 지르며 있는 힘을 다해 메리의 등을 떠밀었다. 그녀의 발밑은 이미 우수수 내려앉고 있었다. 셰인은 공중에 붕 떠오른 메리의 팔을 덥석 잡았다. 얼떨결에 셰인에게 매달린 메리는 확 아래를 내려다보았다.

그때 반대편 상공에서 스코프렌즈가 반짝 빛났다. 오싹한 느낌에 유림은 흘끗 뒤를 돌아보았다. 반짝이는 불빛이 보였다. 에어쉽인가?

에어쉽에 걸터앉아 있던 저격수는 스코프렌즈에 눈을 바짝 붙인 채 숨을 천천히 내쉬었다.

"열여섯 번째 목표물 발견, 제거에 돌입합니다."

활짝 열린 에어쉽 문밖으로는 입실론 열다섯 명의 목숨을 앗아간 총구가 툭 튀어나와 있었다.

저격수는 능숙하게 호흡을 멈춘 후 서늘한 눈가를 일그러뜨렸다. 이윽고 그는 망설임 없이 방아쇠를 당겼다. 총탄은 '피슉!' 하고 소리 없이 목표물을 향해 발사됐다.

총구의 방향을 확인한 유림의 눈이 커진 것도 그때였다.

그녀는 동물적인 감각을 발휘해 허공에 뜬 마지막 타일을 밟고 공중으로 도약했다. 그리고 방패처럼 온몸을 내던져 메리의 앞을 가로막았다.

"꺄아아악!"

메리는 창백한 낯빛으로 공포에 휩싸인 채 비명을 내질렀다.

"유림!"

가느다랗게 뿜어져 나온 선혈이 실처럼 허공에 흩어졌다. 동아줄을 놓쳐 버린 손은 하늘을 휘저으며 아래로 떨어지고 있었다.

"아아악! 안 돼! 유림!"

셰인은 울부짖는 메리를 억지로 잡아 태운 뒤 아래를 내려다보았다. 총탄에 맞은 유림은 이미 검은 하늘 밑으로 조그마한 인형처럼 추락하고 있었다.

"제길!"

셰인은 눈을 질끈 감았다가 이어질 저격에 대비해 황급히 문을 닫았다.

그 순간이었다.

스르르 닫히는 에어쉽의 문틈 새로 검은 그림자 하나가 훅 뛰어내리는 게 보였다. 그걸 본 셰인은 닫히는 문을 덥석 잡아 세웠다.

'뭐지?'

그는 다시 머리를 내밀고 밖을 내다보았다. 잘못 본 게 아니라면 분명 사람이었다.

정체불명의 인영은 중력의 법칙을 무시하는 것처럼 수직으로 몸을 세운 채 아래로 뚝 떨어지고 있었다. 어찌나 빠른 속도였는지 이미 시야에서 사라져 보이지 않았다.

셰인은 어리둥절한 눈으로 에어쉽 문을 닫았다. 그는 석연치 않은 표정으로 멍하니 생각에 잠겼다. 눈꺼풀이 몇 차례 잘게 떨렸다. 등골에 어름어름 소름이 피어오르고 있었다.

찰나였지만 검은 인영의 주인이 상공에서 이쪽을 흘끗 바라본 듯했다. 그리고 착각이 아니라면 스치듯 마주친 눈동자는.

'피처럼 붉은 눈동자.'

그날 소돔에서 마주쳤던 놈의 환영이라도 본 것일까? 다리에 쥐가 난 것처럼 종아리가 저릿했다. 아니, 후들거리는 거다. 셰인은 욱신거리는 오른팔을 왼손으로 움켜잡으며 어금니를 깨물었다.

환영 따위가 아니다. 폐부 깊숙한 곳에 위치한 그의 공포심을 끌어낸 것은, 그때 보았던 그 핏빛 동공이 틀림없었다고 외치고 있었다.

그래, 녀석은 아직도 낙원에 있었다. 그렇다면 세 번 마주치지 말라는 보장도 없지. 셰인은 주먹을 꽉 쥐며 광대뼈 위로 비릿한 웃음을 지었다. 다음번에 마주친다면 반드시 이 손으로 녀석을 잡고 말 것이다. 반드시.

Breaking News: 뉴스 속보입니다. 3월 6일 토요일 저녁 9시 12분경, 기억의 도시 내 공중 정원에서 테러 사건이 발생했습니다. 제1차 공격 지점은 공중 정원의 특별관람석이었습니다. 목격자의 증언에 의하면 폭발 당시 특별관람석에는 낙원의 관리자가 있었다고 합니다. 그리고 2차 폭격이 있던 곳은 모델 이브로 알려진 제인 헬렌 왓슨 양이 있던 무대 근처라고 하는데요. 아무래도 낙원의 핵심 인사를 노린 것이 아니냐는 의견에 목소리가 모이고 있습니다. 현재 공중 정원은 부양 시스템에 손상을 입어 지상으로 추락하고 있는 중입니다. 사상자 수는 벌써 백 단위를 넘어섰습니다. 이에 평의회는 비상사태를 선포하고 급히 주민들을 대피시키고 있는 실정입니다. 위즈덤의 솔로몬 대표는 피해자 구조 작업에 전폭적인 지원을 아끼지 않겠다고 공언했습니다. 화면에는 위즈덤의 안드로이드 부대가 투입되고 있는 상황이 보입니다. 한편 사건 현장에 있던 호크 의원은 혹시 모를 제3차 습격에 대비하여…….

— 노아 호크다. 스네이크1부터 상황 보고를 시작하게.

— 스네이크1, 현재 입실론 세 명을 보호 중. 에덴 타워 S승강장에 막 귀환 완료했습니다.

— 스네이크3, 상대 저격수의 포인트 확보에 실패했습니다. 적들은 철수한 것으로 보입니다.

— 세인트3, 미즈 왓슨은 안전합니다. STF로 신병 인도 완료.

— 세인트4, 마찬가지로 적 스나이퍼 포인트 확보에 실패했습니다. 송구합니다.

잠시 침묵이 내려 앉았다. 통신 너머로 긴장한 기류가 흘렀다. 다들 호크 대령이 잘게 내쉬는 숨소리로 그의 분노를 느끼는 듯했다.

– 정 소위는? 그녀를 마지막으로 본 건 누군가?

셰인이 재깍 대답하고 나섰다. 다만 그의 목소리는 반응 속도와 달리 한풀 꺾여 있었다.

– 접니다. 입실론 메리 님과 함께 있었는데, 정 소위는 2차 폭파에 그만…….

그는 차마 문장을 맺지 못하고 말끝을 흐렸다. 그러자 그의 옆에서 누군가 흐느끼는 듯한 목소리가 들려왔다. 메리인 듯했다.

– 죄송합니다.

셰인이 사과했다. 웬일로 그답지 않게 면목 없다는 어조였다. 어쨌든 그녀를 보호하는 건 스네이크 팀의 역할이었다. 팀 지휘관으로서 면책을 피할 도리는 없어 보였다. 호크는 이마를 짚으며 미간을 찌푸렸다.

그때였다.

누군가 다시 지직거리는 잡음과 함께 통신을 시도했다. 부드럽고 깊은 음성이 통신을 타고 흘렀다.

– 세인트2가 전원에게.

다들 놀란 듯 조용해졌다. 통신을 보낸 이는 작전 내내 잠자코 있던 애덤슨 중사였다. 줄곧 모습은커녕 숨소리 하나 드러내지 않던 그가 뜬금없이 등장한 것에 대해 모두 의아한 기색이었다.

– 적들의 퇴로를 발견했다.

누군가 "오." 하고 감탄사를 내뱉었다.

– 위치는 황금의 바벨탑 소돔과 이어진 지하 대피로다.

– 지하 대피로? 소돔에 그런 게 있다고?

– 그건 어떻게 찾아낸 거야?

토니가 미심쩍은 목소리로 묻자, 케이의 나직한 목소리가 이어졌다.

– 정 소위님의 GPS를 추적했다.

셰인이 이상하다는 말투로 의문을 제기했다.

– 정 소위의 GPS라면 우리가 이미 확인했어. 지금도 보고 있는데 추락 지점으로부터 이동 흔적은 보이지 않는 상태다.

– 통신기에 부착된 GPS가 아니라, 그녀가 체내로 삼킨 GPS 쪽이다.

– 체내 GPS? 그건 대체 어느 틈에…….

유림이 매일 아침 마시는 우유에는 초미세 위치 추적기가 함유되어 있었다. 물론 본인이 알고 마셨을 리는 만무했다. 리사와 케이만의 비밀이었으니까.

인체에는 무해한 것이고 오직 24시간만 유효한 장치였지만, 유림이 알았다가는 둘 다 죽은 목숨과 다름없었기에 철저히 함구했다. 시시때때로 모래의 도시를 방문하는 유림에게 만일의 사태가 벌어질 것을 대비해 쭉 먹여 오던 것이다. 그게 오늘 이렇게 요긴하게 쓰일 줄은 케이 자신도 미처 예상하지 못했다.

다들 반신반의하는 태도였다. 그러자 케이는 아예 각각의 요원들에게 유림의 위치 정보를 송신했다. 컴퓨터 음성이 전원의 통신기에서 흘러나왔다.

– 위치 정보를 수신합니다.

이윽고 모든 대원들의 눈앞에는 유림의 위치로부터 반경 1km를 표시하는 입체 지도가 펼쳐졌다. 그리고 그녀의 이동 경로가 붉은 점으로 이어지기 시작했다. 놀랍게도 그녀가 있는 곳은 공중 정원에서 수직으로 하강해 위치한 황금의 바벨탑 지하였다.

"훌륭하다, 애덤슨 중사!"

호크가 찬사를 날리자, 스네이크 조는 꿀 먹은 벙어리가 된 양 입을 다물었다. 호크는 이 기회를 놓칠 수 없다는 듯 단호한 어조로 명했다.

"제군들, 토끼가 미끼를 물었다. 지금부터 반격을 실시한다."

에덴 타워와 기억의 도시 각지에 흩어져 있던 팀 블랙 호크의 요원들은 통신을 통해 작전 재개에 응했다.

– 팀 세인트, 출격 준비.

– 팀 스네이크, 모래의 도시 최하층부로 이동합니다.

"적들에게 베풀 자비란 없다. 그들의 본거지를 초토화시키고 우리들의 성녀를 구출하도록."

– Roger that.

– Copy that.

"세인트2는 현 위치에서 대기한다. 지원 병력이 도착할 때까지 세인트1의 GPS 정보를 수신⋯⋯."

– 바로 추격하겠습니다.

케이가 호크의 명을 뚝 자르며 말했다.

– 지원은 토끼 굴 반대편으로 보내 주길 바랍니다.

"반대편?"

– 그들이 주로 이용하는 출입구는 모래의 도시 쪽에 있습니다. 기억의 도시 쪽은 제가 몰도록 하죠.

"애덤슨, 경솔한 행위는 금물이다! 자네는 전투 요원이 아니야!"

호크의 말에 동의한 나머지 팀원들도 케이를 설득하기 시작했다.

－ 중사님, 드레이크 앤더슨입니다. 소위님은 저와 나츠가 반드시 구출하겠습니다. 중사님께서는 우리 팀에 하나뿐인 통신 장교십니다. 중사님께서 안 계시면 소위님과 오베론의 추적이 불가능합니다.

－ 중사, 필란 중위다. 지금 나와 코즈메 하사가 그쪽으로 이동 중에 있으니 일단 대령님 명대로 대기하도록 해. 정 소위는 우리에게 맡겨.

케이는 무심한 표정으로 듣고 있었다. 팀원들이 계속 만류하자 그는 아예 귓속에 부착된 작은 점 형태의 통신기를 바닥에 툭 내버렸다.

－ 중사, 듣고 있나? 애덤슨!

－ ……중사님!

소탕 작전, 그딴 게 성공하든 말든 뭔 상관인가? 현재 그의 관심은 오로지 하나, 유림의 생사뿐이었다.

케이는 고개를 들어 굳게 닫힌 쇠문을 올려다보았다.

이곳은 소돔의 지하로 긴급 정거장과 방공호가 위치한 곳이었다. 하얀 비상등이 켜진 시멘트 길을 따라가자 '대피로'라고 써져 있는 회색 계단이 나타났다. 계단 아래에는 커다란 직사각형 쇠문이 위치하고 있었다. 쇠문 옆에는 출입구를 제어하는 지문 및 홍채 인식기가 설치된 게 보였다. 불이 꺼진 걸로 보아 지금은 작동하지 않는 듯했다. 케이는 문 중앙에 수동으로 열 수 있도록 달려 있는 손잡이를 움켜잡았다.

'과연.'

그는 아름다운 입술에 싸늘한 미소를 머금었다. 물리학적으로 성인 남자가 홀로 여는 건 절대 불가능한 구조와 무게였다. 그러나 바닥을 살펴보니 분명 누군가 열었다 닫은 흔적들이 남아 있었다.

그의 뇌리에는 무표정한 얼굴을 한 회색 기사단의 모습이 스쳐 지나갔다. 그래, 인간이 아닌 안드로이드라면 불가능한 일은 아니지.

케이는 오른손으로 잡은 손잡이를 좌측으로 간단히 끌어당겼다. 그러자 묵직한 쇠문이 끼익하며 입을 벌렸다. 문틈으로 어두운 안쪽이 보이기 시작하자 그는 손잡이를 잡은 손에 힘을 가했다.

수평으로 당긴 팔을 채찍질하듯 옆으로 보내자, 약 5톤 무게에 달하는 쇠문이 미닫이문처럼 손쉽게 굴러 가며 드르륵 열렸다. 바닥 시멘트를 긁는 마찰음이 끽끽거리며 울려 퍼졌다.

지하 대피로 내부는 불빛 하나 없이 침침한 암흑 동굴이었다. 흡사 두꺼비가 입을 벌리고 있는 듯한 모양새였다.

케이는 스마트 워치에 유림의 GPS를 띄웠다. 빨간 점이 그녀의 바이탈 사인처럼 깜빡이며 신호를 보내고 있었다.

그는 초조한 눈빛으로 어둠 속을 응시했다. 잠시 후 그는 그녀에게로 이끄는 붉은 점을 지침 삼아 망설임 없이 지하 미궁 속으로 뛰어들었다.

• • •

축 처진 몸에 달린 양팔이 시계추처럼 덜렁덜렁 움직였다. 망가진 꼭두각시처럼 사지가 뚝뚝 끊어지는 느낌이었다. 먹먹한 귓가에 조곤조곤한 말소리가 들려오기 시작했다.

"이브는…… 아직…… 뭐라고? 추적은…… 솔로몬 쪽은…… 없어?"

가느다랗고 얇은 목소리가 신경질적인 어조로 말을 이어 가고 있었다.

"⋯⋯듯합니다. 전 브로커일 뿐⋯⋯."

"시끄러워! 이쪽은⋯⋯ 란 말이야⋯⋯ 무튼 빨리 연락해 봐."

격앙된 목소리는 벽에 부딪치자 메아리치며 돌아왔다. 어둡고 폐쇄된 공간이란 걸 짐작할 수 있었다. 일정한 속도의 걸음걸이. 누군가 그녀의 몸을 옮기고 있었다.

'어떻게 된 거지?'

유림은 눈을 감은 채 몽롱한 의식 속을 더듬어 마지막 기억을 재생했다.

몸이 붕 뜬 채 아래로 무섭게 추락하고 있었다. 바닥에 튕긴 공이 하늘 높이 솟구쳐 올랐다가 인력에 의해 돌아오는 원리처럼, 그녀 역시 벗어날 수 없는 중력의 굴레에 끌려가는 중이었다. 단지 다른 점이 있다면, 그녀는 바닥에 닿는 순간 '통!' 튀어 오르는 공과 달리 으깨진 수박처럼 참혹한 몰골로 최후를 맞이할 것이란 점이었다.

— 유림, 피해!

이번에도 잘못 들은 게 아니라면, 그건 분명 케이의 목소리였다.

늘 절체절명의 순간에 환영처럼 나타나는 그의 실루엣. 잡힐 듯 사라져 버리는 신기루처럼 이번에도 그는 윤곽 없는 바람이 되어 그녀를 이끌고선 사라져 버렸다.

피슉.

어깨를 관통한 탄환과 함께 허공에 붕 뜨던 몸. 아래로 떨어질수록 가속이 붙는 게 느껴졌다. 등 뒤에서 불어닥치는 파풍이 요란할 정도로 윙윙거렸다.

포기한 채 죽음을 각오한 유림은 허공에 펄럭이는 드레스 자락을 멍하니 바라보고 있었다. 어쩐지 전에도 이 비슷한 일을 겪었던 것 같은 기시감이 들었다.

그녀는 스치는 기억을 좇아 갈가리 찢겨진 은빛 드레스 사이로 팔을 뻗었다. 그러다가 총상을 입은 어깨에서 통증이 느껴져 "으읏." 하고 신음을 내뱉었다. 핏방울이 불나방처럼 허공에 날리다가 그녀의 뺨에 실처럼 긴 선을 그리며 달라붙었다.

후드득.

얼굴과 가면 위로 떨어져 붙는 핏줄기가 점점 늘어났다. 이대로 바닥에 떨어지면 형체를 알아볼 수도 없는 모습으로 참혹하게 죽겠지? 그렇다면 부디 케이만은 자신의 시신을 보지 않았으면 했다.

죽음을 향해 추락하고 있는 와중에도 그에게 보일 최후를 우려하고 있는 제 자신이 바보처럼 느껴졌지만 정말 그 생각밖에 들지 않았다.

희한하게도 시간이 엿가락처럼 늘어지는 기분이었다. 하강하는 동안의 단 몇 초가 몇십 분처럼 느릿하게 흘렀다. 주마등처럼 무수히 많은 생각들이 소용돌이치며 의식을 스쳤다.

─ 꼴도 보기 싫으니까 당장 짐 싸서 나가.

사실 진심이 아니었다. 이렇게 될 줄 알았다면 자존심이고 뭐고 버린 채 말이라도 해 볼 걸. 케이, 케이, 케이…… 이렇게나 널 좋아한다고.

위이잉.

눈부신 라이트와 함께 들려온 엔진 소리가 바람에 얽혀 심벌즈처럼 귓가를 먹먹하게 만들었다. 검은 상공을 가르고 나타난 에어쉽이 전속력으로 그녀를 향해 날아왔다. 에어쉽 옆면에는 후드를 쓴 남자 두 명이 아슬아슬하게 매달린 채 팔을 뻗고 있었다.

– 목표물 포획.

묵직한 마찰음과 함께 머리에 뭔가 부딪치는 느낌을 받았다. 두개골이 쾅쾅 울리는 충격파와 함께 유림은 흐릿한 시야 사이로 흩날리는 잿빛 코트를 발견했다.

'회색…… 기사단?'

소리 없이 내뱉은 웅얼거림은 사고 회로가 꺼진 의식 속으로 훅 빨려 들어가 사라졌다.

회상을 마치자 머릿속이 한층 맑아졌다. 유림은 또렷해진 정신으로 눈꺼풀을 열었다. 이제야 상황이 파악됐다. 그녀는 추락 중에 납치를 당한 것이다.

손가락 끝과 발가락 끝을 살짝 움직여 보았다. 다행히도 몸이 마비되거나 결박된 상태는 아닌 듯했다. 주변 공기가 차가웠다. 바깥이 아닌 실내. 어둠에 적응하기 위해 동공이 차츰 확장되고 있었다.

유림은 다시 눈을 꼭 감았다. 일단은 정신을 잃은 척하는 게 좋을 듯했다.

"누군가 소돔 쪽 출입구를 개방했습니다."

"뭐? 누구? STF야?"

앳된 음성이 격앙된 어조로 물었다.

"빨리 확인해 봐."

"예."

그때 유림을 안고 가던 이가 눈치를 챈 듯 걸음을 멈췄다.

"정신이 드셨습니까?"

젠장. 미간을 구긴 유림은 한쪽 눈꺼풀을 슬쩍 들어 올렸다. 그러자 하얀 이를 드러낸 채 웃고 있는 사회자의 얼굴이 보였다.

'연기가 어설펐나?'

이왕 들킨 거 유림은 내려오겠다며 버둥거렸다. 사회자는 안고 있던 팔을 냉큼 풀었다. 덕분에 바닥에 쿵 떨어진 그녀는 오른쪽 어깨의 통증을 호소하며 그를 노려보았다.

"아, 맞다. 총상을 입으셨죠? 깜빡했습니다. 원하신다면 응급조치 정도는 해 드릴 수 있는데."

"필요 없어."

유림은 비틀거리며 바닥을 짚고 일어났다. 그녀의 공격적인 태도에 사회자는 정중히 양손을 들었다. 해칠 의도는 전혀 없다는 평화적인 행동이었다. 그 모습을 본 유림은 불쾌한 표정을 지은 채 입매를 비틀었다.

'깜빡했다고? 안드로이드 주제에?'

요즘 안드로이드들은 사람보다도 더 사람다운 게 특징인가 보다.

— 이 남자, 안드로이드야!

관찰력이 뛰어난 메리조차도 육안으로 판별하지 못했다. 소름이 돋았다. 이자는 다른 안드로이드처럼 인간을 흉내 내는 수준이 아니었다.

뭔가 달랐다.

그의 등 뒤로 열 맞춰 서 있는 회색 기사단이 녀석의 지휘를 받는 게 너무나 당연해 보일 정도로.

"너도 오베론 소속이야?"

"제가 기사단 중 하나로 보이시나요?"

그는 어깨를 으쓱거리며 물었다.

유림은 눈을 얄팍하게 찌푸렸다.

'이게 또 인간인 척하네.'

사회자는 제자리에서 빙그르르 돌며 재킷의 먼지를 털었다. 서커스도 아니고 갑자기 웬 재주 부리기야? 지금 이 상황이 녀석에게는 무대 위 쇼처럼 장난스럽게 느껴지는 모양이었다. 못마땅한 눈초리로 그를 보던 그녀는 갑자기 뭔가를 깨달은 듯한 표정을 지었다.

이 녀석, 어디서 봤나 했더니…… 화이트 채플에서 봤던 도박장의 마술사다.

"아군에 숨어든 쥐새끼가 너였군. 그래, 어쩐지…… 아무리 오베론이라 한들 정보원 없이는 힘든 일이었어."

유림은 머리카락을 귀 뒤로 넘기는 척하면서 통신기를 더듬었다. 젠장, 아까 추락하면서 떨어져 나간 듯했다.

그녀는 어두컴컴한 주위를 곁눈질로 살폈다. 주위의 불빛은 사회자의 신발 밑창에서 새어 나오는 라이트가 전부였다. 도대체 여기가 어디지? 그녀의 질문에 답하듯 누군가 친절하게 답해 주었다.

"그렇게 두리번거려도 소용없어. 여긴 낙원에서 제일 어둡고 깊은 곳이거든."

아까 정신을 잃은 와중에 들었던 가늘고 높은 목소리였다.

회색 기사단이 파도처럼 갈라지면서 길을 만들었다. 그러자 그 사이로 부유 체어 하나가 강물을 유영하듯 날아왔다. 어둠 속에서 번쩍이는 빛은 눈이 멀 듯 눈부셨다. 유림은 미간을 찌푸리며 팔로 앞을 가로막았다.

"혹시 들어 본 적 있어? 낙원 지하에 어마어마한 크기의 대피로가 존재한다는 거. 방공호 역할도 하는 이곳은 안타깝게도 시공 도중에 중단된 미완의 작품이지. 낙원의 관리자가 돌연 건설을 중지하고 출입구를 모두 폐쇄시켜 버렸거든. 당연히 왓슨의 눈도 이곳에선 무용지물이야. 낙원의 버려진 우물 같은 이곳을 우리는 라비린토스, 지하 미궁이라고 불러."

미궁에 한번 발을 들이면 고스트들조차도 출구를 찾기가 쉽지 않다. 하물며 모델 이브 따위, 에덴 타워 밖으론 홀로 나가지도 못한다는 여자가 도면도 없이 미궁을 탈출하기란, 델타에게 물리고 살아남을 확률보다도 낮았다.

"그러니 얌전히 있어. 자꾸 열 받게 굴면 여기에 확 버리고 갈 거야! 어둠 속에서 홀로 서서히 죽음과 대면하는 건 생각보다 무서운 일일걸? 인간이 제일 두려워하는 게 고독이라잖아?"

어둠 속에서 허공에 둥둥 뜬 의자의 주인이 서서히 모습을 드러냈다. 그녀의 얼굴을 확인한 유림의 눈이 차츰 굳었다. 그녀는 말문이 막힌 듯 "하." 탄식을 내뱉었다.

사랑스러운 곱슬머리에 동글동글한 눈동자. 표독스럽게 올라간 입꼬리가 성질 고약한 소공녀의 초상을 보는 듯했다.

그녀는 부유 체어 위에 반듯하게 서 있었다. 그러나 그녀의 신장은 일반 성인 여성의 상반신 정도에 불과했다. 게다가 난쟁이처럼 작은 몸은 네모난 형태로 팔다리가 붙어 있지 않았다.

정확히 말하면 어깨는 있는데 팔이 없었고, 골반까지 있는 하반신은 자그마한 두 발이 허벅지가 있을 자리에 붙어 있었다.

"네가 유령의 군주라고?"

그녀는 유림이 화이트 채플에서 '델타7'으로부터 구해 냈던 소녀였다. 아직은 앳된 얼굴, 나츠의 또래 정도 되려나?

"남자일 거라 생각했어? 아니면 어린애라서 놀랐나? 그것도 아니면 둘 다인가?"

소녀는 키득거리며 웃더니 돌연 사납게 치켜뜬 눈초리로 악에 받쳐 고함을 질렀다.

"그것도 아니라면 고매한 이브에게 있어 나같이 흉측한 애는 너무 충격적이라 그러시나? 어? 그래? 말해 봐! 왜 아무 말도 못해? 아, 낙원의 요정님께서는 미궁에 사는 괴물과는 말도 섞기 싫으시다? 그래, 인정하기 싫겠지. 우리는 낙원의 치부를 드러내는 더러운 쓰레기니까!"

소녀는 목에 핏줄이 설 정도로 바락바락 소리를 지르다가 헉헉거리며 숨을 골랐다. 금세 창백해진 얼굴을 보니 폐활량도 또래의 정상적인 아이들보다 달리는 듯했다.

소녀는 충혈된 눈으로 유림을 지그시 노려보았다. 그녀는 자근자근 입술을 씹더니 잠겨서 쉰 목소리로 말했다.

"라비린토스의 괴물 미노타우로스는 미궁에 들어온 영웅들을 몽

땅 잡아먹었어. 나는 어떨까? 당신을 살려 둘까, 아니면 죽여서 잡아먹을까? 어떻게 생각해, 이브?"

유림은 얼굴을 매만지며 '아참, 그렇지'라는 생각을 했다. 지금 그녀는 모델 이브였다. 저 아이의 분노는 낙원의 요정인 제인 왓슨을 향한 것이다.

유림은 소녀를 보호하고 있는 회색 기사들을 응시했다. 숫자는 여섯, 그들 각기의 능력은 델타 두어 마리를 충분히 상대할 정도다. 혼자서는 설령 자폭을 한다 해도 저들을 다 쓰러뜨리기엔 무리였다.

"글쎄. 그전에 영웅 테세우스가 구하러 오지 않을까?"

"흥, 나약한 공주님다운 대답이네."

소녀는 경멸조로 쏘아붙였다. 그녀에게서 흘러나오는 증오심은 단순한 원망이나 복수심 같은 게 아니었다. 유령의 군주가 낙원에 가지는 혐오감과 집착, 그 상반된 정서의 바탕이 문득 궁금해졌다.

그때 회색 기사들 중 하나가 급히 다가와 소녀에게 귓속말로 보고를 했다. 달갑지 않은 소식인지 그녀의 얼굴 표정이 삽시간에 굳었다. 그 광경을 보던 유림은 피식 웃으며 말을 건넸다.

"왜 그래? 테세우스가 진짜 오기라도 했대?"

소녀는 흘끔 유림을 쳐다보았다. 그녀는 입매를 들어 올리며 한쪽 얼굴 면을 비뚜름한 미소로 일그러뜨렸다.

예상외기는 했다.

어깨에 총상을 입고 피를 뚝뚝 흘리면서도 왓슨가의 공주님은 전혀 겁먹거나 기죽지 않았다. 오히려 나불나불 사람 속을 뒤집으면서 잘도 이죽거리고 있었다. 보나마나 살려 달라고 울면서 히스테리를 부릴 줄 알았는데, 뭘 믿고 저렇게 까부는 거지?

'뭔가 이상한데……'

소녀의 의심스러운 눈초리를 아는지 모르는지 유림은 계속해서 그녀를 도발했다.

"조심해, 미노타우로스. 공주를 납치한 악당의 말로는 늘 처참한 법이거든."

유림이 던진 농에 소녀는 눈초리를 다시 사납게 치켜세웠다.

한편, 한쪽에서 두 여자의 말싸움을 지켜보던 사회자는 묘한 눈빛으로 웃었다.

모델 이브는 온실 속의 화초다. 아무리 태생적으로 배짱이 두둑한 여자라 한들, 본인이 납치된 상황 속에서 저 정도의 여유를 부릴 수 있을까? 허세라고 치부하기엔 상대를 도발하는 솜씨가 아주 맹랑했다. 죽음의 문턱을 드나든 자에게서만 볼 수 있는 연륜이었다.

반면 유령의 군주는 매우 초조한 기색이었다. 그녀는 미간을 찡그리며 시간을 연신 확인했다.

"대체 어떻게 쫓아온 거지?"

소녀는 유림의 얼굴을 뚫어져라 쳐다보았다. 유림은 태연한 척 표정 연기를 하며 어깨를 으쓱거렸다.

"내 경호원들은 아주 우수하거든. 낙원 내 최고의 실력자들로만 뽑았어."

상황이 뜻한 바와 다르게 흘러가자 유령의 군주는 짜증을 내기 시작했다. 그녀는 작은 부유 체어 위에서 악다구니를 지르며 발을 굴렀다. 쿵쿵거리며 등받이에 몸을 부딪치는 그녀의 패악질에 유림은 놀란 눈을 깜빡였다.

아까부터 느꼈지만 스스로 감정 조절이 잘 안 되는 아이였다. 저런 애가 어떻게 오베론을 이끌고 있는지 의문스러울 정도다.

잠시 후 숨을 몰아쉰 소녀는 유림을 쏘아보더니 신경질적인 어조로 물었다.

"관리자 아담이 널 구하려 보낸 거야?"

"그럴지도? 그는 날 특별히 여기거든."

시큰둥하게 대답했지만 유림은 내심 안절부절못하고 있었다. 입으로는 열심히 허세를 떨면서 머릿속으로는 타개책을 궁리하느라 바빴다.

위치 추적기가 붙어 있던 귓속 통신기는 어디로 갔나 보이질 않으니 본부 측에서 그녀의 위치를 정확히 파악하고 있을 확률은 희박했다.

더욱이 지하에 이런 거대한 대피로가 있다는 건 완전히 예상 밖이었다. 아마 호크 대령도 지하 미궁의 존재는 모르고 있을 가능성이 컸다.

'대체 누가 온 거지?'

오베론의 군주는 이브의 경호 부대가 쫓아온 줄로만 알고 있다. 하지만 진짜 제인 왓슨은 현재 안전한 곳에 피신해 있으니 그녀의 경호 부대일 리가 없었다.

지금부터는 지휘 체계 없이 홀로 순발력과 기지를 발휘해서 순간순간을 타파해 가야 하는 실정이었다. 말 한마디에 목숨 줄이 왔다 갔다 하는 상황이다.

침착해라, 정유림.

"관리자 아담은 널 각별하게 여긴다고 들었어. 너와 그 남자는 그러니까…… 연인 사이라고 말이야."

이제야 그녀의 목적이 엿보였다. 유령의 군주가 원하는 건 낙원의 관리자인가? 아담의 이야기가 나오자 유령의 군주는 조심스러운 태도를 취하면서 그녀의 눈치를 살폈다.

유림은 슬쩍 질문을 던져 보기로 했다.

"그래서 날 납치한 거야? 날 이용해서 그와 거래를 하려고?"

예상대로 소녀는 속내를 술술 풀어 놓기 시작했다. 그녀 또한 이런 대화를 원했던 게 분명했다.

"인질 교환 조건으로 모래의 도시 자치권을 인정해 줬으면 해. 관리자가 주민들에게 공개적으로 발표해야 할 거야. 이곳을 평의회의 지휘에서 독립시킨 뒤 우리 오베론이 새로운 행정 체계를 만들 거라고."

하! 이 어찌나 순진한 발상인가. 낙원 내에서 독립적인 자치권이라니, 아담은 그렇다 쳐도 평의회가 절대 승인할 리 없었다.

"이해가 안 되는 게 있는데."

소녀는 뭐냐는 듯 까칠한 눈빛을 지었다.

"네가 정말 유령의 군주야?"

유림은 드레스 자락을 찢어 왼손과 입으로 어깨를 묶어 지혈하며 물었다.

"만약 내가 미들 타운의 불법 체류자 중 하나라면 절대 널 지도자로 인정하지 않을 것 같거든? 고스트들의 세계는 무력이 전부라고 들었어. 비록 네가 그들 사이에서 뜬구름 같은 카리스마를 가지고 있을지는 모르겠지만, 그 몸으로 누구 하나 때려눕힐 수나 있겠어? 실력이 증명되지 않은 군주를 누가 믿고 따를까? 저 로봇 기사단들로만 질서를 유지하는 건 한계가 있을 거야."

군대도 똑같다. 제아무리 가슴에 수많은 표창과 별을 달아도, 말 뿐인 지휘관은 병사들에게 있어 허수아비와 다를 바 없었다.

최전선에서 앞장서 적을 섬멸하고 공적을 쌓아 직접 그들 눈으로 확인하게끔 하는 게 그들의 신뢰와 존경을 얻는 데 가장 빠르고 효과적인 방법이다.

지휘관은 누구보다도 선봉에서 제 사병들을 위해 목숨을 걸어야 하는 자리인 것이다.

"뭘 의심하는진 모르겠지만 내가 유령의 군주야. 내가 바로 화이트 채플의 주인이고 고스트들의 영적 지도자지."

소녀는 발끈해서 말했다. 그 태도마저 유림은 석연치 않았다. 그러나 그 이상 깊게 파고들 생각은 없었다. 유림은 알겠다며 성의 없이 고개를 끄덕였다.

그나저나 이렇게 열심히 시간을 벌고 있는데, 사령본부는 대체 뭘 하고 있는 거야? 출혈 때문에 정신이 멍해지고 있었다. 제발 지원 부대 좀 빨리 보내 줬으면 좋겠는데.

끼이익! 키아악! 끼아아아악!

깜짝 놀란 유림은 휙 뒤로 돌았다.

끼끼끼긱! 끼아악!
캬아아아악!

귀청을 찢어발기는 울음소리. 손톱으로 벽을 긁는 듯한 소름 끼치는 절규의 주인공은⋯⋯.

"델타다!"

소녀 역시 당황한 듯한 기색이었다. 그녀는 부유 체어 위에서 짤막한 몸을 곧추세웠다. 회색 기사단이 그녀를 빙 둘러싼 채 상황 분석을 하기 시작했다.

"음성 분석 결과 99.2% 확률로 델타임을 추정."

"델타가 어떻게 미궁에 들어와 있는 거야?"

미궁의 출입구는 각각의 도시 지하에 위치하고 있다. 그것들 중 오베론이 뚫은 곳은 모래의 도시와 기억의 도시 쪽뿐이었다. 기억의 도시 쪽은 출입할 때마다 문을 개폐하도록 조치해 놨고, 모래의 도시 쪽은 드나들기 쉽게 입구를 허물어 놓은 상태였다.

"델타가 출현한 방향은 기억의 도시와 정반대편인 동쪽 지역입니다."

"동쪽은 에덴 타워가 있는 곳이잖아."

무슨 소리냐는 듯 소리치던 소녀는 멈칫 굳은 얼굴로 말을 멈췄다. 그녀는 유림을 빤히 쳐다보며 중얼거렸다.

"이상해. 이브가 여기에 있는데 관리자는 어째서 델타를 푼 거지?"

그녀는 앞뒤가 맞지 않는 상황을 머릿속에서 정리하며 다시 입술을 질근질근 씹었다.

낙원의 관리자가 미궁에 델타를 풀었다. 그럼 좀 전에 우릴 쫓아 들어온 침입자는? 그자도 관리자가 보낸 거였잖아. 델타와 마주치면 어쩌려고 그러는 거지? 추격대뿐만 아니라 이브도 위험해질 수 있는 짓을 왜…….

소녀는 피가 나는 입술을 꽉 깨물며 유림을 노려보았다.

"저 여자, 가면 좀 벗겨 봐."

회색 기사단 중 하나가 다가와 유림이 쓴 가면을 홱 떼어 냈다. 그녀를 물끄러미 관찰하던 소녀의 눈이 커졌다.

"이브의 눈동자는…… 푸르스름하지 않나?"

영상 광고에서 툭하면 뭐 세상에 하나밖에 없는 카리브 해의 보석이라고 칭송하던 게 떠올랐다. 그런데 눈앞에 있는 여자의 눈동자는 검은색이었다. 아무리 미궁 속이 어둡다 해도 사파이어색이 아닌 건 확실했다.

소녀는 분한 듯 얼굴을 일그러뜨렸다.

"가짜잖아."

그녀가 어금니를 으득거리며 소리치기 무섭게 회색 기사들이 유림을 향해 달려들었다. 은연중 전투 준비를 하고 있던 유림은 잽싸게 뒤로 땅을 짚고 제비 돌면서 그들 중 하나의 턱을 사정없이 후려 갈겼다.

집무관의 보고

팀 스네이크가 화이트 채플에서 지하로 이어진 대피로를 발견.
오베론의 지하 미궁이라 간주, 소탕 부대의 진입을 허가한다.

그 시각, 호크는 모래의 도시에 위치한 사령본부에 와 있었다.

그는 모래의 도시 하층부에 도착한 대원들과 영상으로 작전을 논의했다.

"그럼 선발대로 드레이크와 나츠 자네들이 앞서고, 팀 스네이크는 후발대로 남도록. 정 소위의 GPS 신호는 살아 있나?"

— 예, 아까부터 같은 위치에 머무르고 있습니다.

"좋아, 진입하게. 필란 중위에게 현장 지휘를 넘긴다."

— 스네이크1, 현장 지휘권을 넘겨받습니다.

호크는 통신을 끊고 화면을 응시했다. 낙원의 밑바닥에 대피로가 있다는 건 알고 있었지만 오베론이 미완의 통로를 이용해 낙원을 누비고 다니고 있을 줄은 꿈에도 예상하지 못했다.

'만만치 않군.'

공중 정원을 폭발시키고 입실론 열다섯의 목숨을 앗아 갔다. 대담한 작전이었다. 평의회에 뒤통수를 맞은 것에 대한 보복 행위라고 덮어 줄 수가 없는 수준이다.

이건 전쟁 선포와 다름없었다. 이미 뉴스를 통해 공중 정원 테러는 전 세계로 보도됐다. 다들 평의회와 로스티아벤의 대처를 눈여겨보고 있을 것이다. 즉 이 기회에 오베론의 은신처를 덮치고 그들의 세력을 아예 뿌리째 뽑지 않으면 전 세계적으로 비난받을 거란 얘기였다.

그때였다.

사령부실 문이 벌컥 열리더니 병사들이 우르르 실내를 덮쳤다. 호크는 무장을 한 채 그를 에워싼 병사들을 보며 의아한 표정을 지었다.

"무슨 일인가?"

"호크 의원, 바쁜데 방해해서 미안하군."

병사들 뒤로 등장한 인물은 로스티아벤의 사령탑, 우리야 세르게이 장군이었다. 유일하게 가슴에 별 네 개를 달고 있는 그는 군부 내에서도 최고의 권력을 휘두르는, 피라미드의 정점에 선 인물이다.

"자네를 살인 교사 및 테러 혐의로 긴급 체포하는 바일세."

우리야의 말에 병사들은 일제히 총을 빼 들고 호크를 향해 총구를 척척 겨눴다. 호크는 굳은 얼굴로 소리쳤다.

"이게 무슨 짓들인가!"

살기를 밴 그의 목소리가 쩌렁쩌렁 울려 퍼졌다. 그의 기에 압도당한 병사들은 흠칫하며 주춤거렸지만 손에 든 총을 버리진 않았다. 아무리 전설의 블랙 호크라 하여도 그들 뒤에 버티고 서 있는 우리야 총사령관을 이길 순 없을 거라 생각했기 때문이다. 우리야는 흘끗 주위를 보더니 목의 단추를 하나 풀며 말했다.

"정유림 소위."

그가 던진 이름에 호크는 무표정한 얼굴로 대응했다. 오히려 그는 눈썹을 살짝 치켜세우며 '그녀는 왜?'라는 듯한 눈빛이었다. 우리야는 잠시 뜸을 들이더니 고압적인 자세로 말을 이었다.

"그녀가 평의원들을 죽인 암살범이라는 제보가 입수되었네. 확인 결과 빼도 박도 못할 수준으로 거의 확실하더군. 대령은 평소 정 소위와 굉장히 가까웠다지?"

"그렇습니다만."

"게다가 평의원이 살해된 직후, 죽은 의원의 공석을 차지한 것도 자네였고 말이야. 이걸 우연이라고 봐야 하나?"

"그러니까 지금 총사령관님께서는 제가 평의원직에 오르기 위해 정유림 소위에게 살인 교사를 했다고 주장하시는 겁니까?"

"그렇게 추정되고 있는 상황이지."

호크는 복잡한 듯한 표정으로 한숨을 내쉬며 이마를 짚었다.

"제 대원들이 작전 중에 있습니다. 일단 지휘는 마저 하게 해 주십시오."

"불허한다. 공중 정원 테러 사건의 배후로 귀관이 의심되는 와중에 작전 지휘를 맡길 순 없다는 게 윗선의 판단이야."

호크는 답답한 눈빛으로 어금니를 악물었다.

"오베론의 은신처를 찾았습니다. 이대로 그냥 흘려보내실 겁니까?"

"귀관과 오베론이 한패가 아니라는 걸 어떻게 증명할 텐가? 특별 관람석을 폭파시키고 입실론들을 죽인 저격수가 있던 에어쉽은 바로 자네 부대 소속이었어. 이건 어떻게 설명할 셈이고? 게다가 평의원 살해 사건의 용의자인 정 소위는 이미 오베론과 접촉한 적이 있더군. 화이트 채플에서 말이야. 그리고 이것 또한 우연인진 알 수 없지만 자네 역시 그날 화이트 채플 아레나에 갔었다며? 아무도 모르게 다녀오려 한 것 같지만 운 좋게도 자네를 본 목격자가 있었지 뭔가? 일련의 궤적들이 모두 귀관을 지목하고 있는 상황이네."

"정 소위가 암살 용의자라고 제보한 게 누굽니까?"

"그건 말해 줄 수 없다는 걸 자네도 잘 알 거라 생각하는데."

우리야가 눈짓을 주자 병사들이 포위를 한층 좁혔다. 호크는 그를 원으로 빙 둘러싼 병사들을 보며 기가 막힌 표정을 지었다. 그의 뺨에 난 상처 위로 눈 밑 근육이 꿈틀댔다. 그 모습이 위협적으로 느껴졌는지 우리야는 미간을 찌푸리며 못마땅한 표정을 지었다.

"체포해."

병사 하나가 전기 수갑을 들고 오자 호크는 주머니에 손을 찔러 넣은 채 그를 쳐다보았다. 그의 냉랭한 눈빛에 움찔한 병사는 우리야의 눈치를 살폈다.

"그래도 평의회 측에서 자네를 존중하는 의미로 다른 이가 아닌 날 보냈다는 점을 알아주게."

우리야는 미소인지 경멸인지 알 수 없는 표정으로 입가를 비틀었다. 호크는 비릿한 눈빛으로 그를 노려보았다.

허울 좋은 소리.

천하의 블랙 호크가 손목에 수갑이 채워진 채 질질 끌려 나가는 걸 옆에서 비웃고 싶었던 것뿐이지 않은가?

호크는 천천히 다가오는 병사에게 순순히 양팔을 들어 올렸다. 병사는 그의 팔을 뒤쪽으로 보낸 뒤 은색 수갑을 채웠다.

"델타 투입은 완료했나?"

"예."

얌전히 그들을 따라나서던 호크가 멈칫 서더니 뒤를 휙 돌아보았다.

"델타라니요?"

우리야는 흠칫한 얼굴로 그를 쳐다보았다.

"델타를 투입한 겁니까? 미궁에는 정 소위 외에 다른 병사들도 있다고 했을 텐데요."

"전장에서 승리를 위한 소수의 희생은 불가피한 일이야. 자네도 그 정도는 알고 있을 텐데? 자네 부대원들의 숫자는 겨우 여섯일세. 그중 셋은 부상을 입고 있지. 오베론의 회색 기사단 실력은 익히 들어 알고 있겠지만, 자네 부대로는 승산이 없어. 게다가 자네와

정 소위가 오베론과 한패가 아니라는 걸 어떻게 확신할 수 있겠나."

"당신들이 델타로 무슨 실험을 하던 알 바 아니지만, 군사 작전에 그들을 이용하는 건 안 됩니다. 아군과 적군을 구분조차 하지 못하는 이들인데 어떻게 작전에 투입할 생각을 하는 겁니까?"

우리야는 말없이 호크를 쳐다보더니 피곤한 눈빛으로 내보내라는 손짓을 했다. 그러자 호크는 병사들을 밀치며 거친 어조로 외쳤다.

"세르게이 총사령관!"

"평화적으로 하지, 호크 대령. 내가 자네에게 폭력을 써야 하겠나? 그래도 인간적으로 대접해 줄 때 협조하는 게 좋을 거야. 날 자극하지 말게."

호크는 눈을 부릅뜬 채 우리야를 빤히 응시했다. 그는 어느새 지휘관석에 서서 화면을 응시하고 있었다.

"걱정 말게. 오베론은 내가 책임지고 근절시켜 줄 테니. 굳이 우리 병사들의 피를 볼 필요가 있나? 짐승들끼리 싸우게 두면 될 것을."

호크는 자신의 몸을 붙잡고 있는 병사들의 팔을 슥 내려다보더니 미간을 비틀며 돌아섰다. 그는 곁눈질로 우리야의 뒷모습을 노려보면서 뚜벅뚜벅 걸어 나갔다.

우리야는 흡족한 미소를 지으며 느긋하게 지휘관석 스크린의 통신 버튼을 눌렀다. 그러자 작전 중인 팀 호크의 모습이 화면에 나타났다. 그는 묵직한 목소리로 입을 열었다.

"사령본부가 전원에게 알린다."

모래의 도시에서 임무를 수행 중이던 대원들은 호크가 아닌 다른 이의 목소리에 어리둥절한 표정을 지었다.

– 본관은 우리야 세르게이 총사령관이다. 현 시점부터 호크 대령의 지휘권을 이어받아 작전 지휘를 하겠다. 귀관들은 내 지시를 최우선 과제로 여기고 잘 협조해 주기를 바란다.

– 영광입니다, 총사령관님. 저는 현장 지휘관인 셰인 필란 중위입니다. 외람된 질문이지만, 어째서 호크 대령님이 아닌 총사령관님께서 작전 지휘를 하시는 건지 여쭤도 되겠습니까?

이미 대피로 안에 진입해 있던 드레이크와 나츠는 서로 눈빛을 주고받으며 숨을 죽인 채 통신을 듣고 있었다.

– 호크 대령은 더 이상 작전에 참여할 수 없게 되었다. 사정 설명은 후에 집무관을 통해 듣도록. 지금은 작전 수행이 우선이다. 현재 미궁 안에 진입한 대원들이 있나?

드레이크가 단정한 음성으로 대답했다.

"서전트 드레이크 앤더슨, 서전트 나츠 시게노. 현재 미궁 내부에 위치하고 있습니다."

– 즉시 되돌아오게. 그리고 모래의 도시 대피로 쪽 입구는 아예 폭파시키도록 한다.

"하지만 안에 아직 소위님과 중사님이 있습니다. 현재 두 사람은 오베론의 핵심 간부와 함께 그들 은신처에 있을 거라 짐작됩니다. 호크 대령님께선 정 소위의 GPS를 추적해서 즉시……."

– 작전 내용이 변경됐다. 대피로에는 다른 부대를 투입했으니 살고 싶다면 당장 거기서 빠져 나와라.

나츠와 드레이크는 알 수 없다는 표정을 지었다. 그들은 3D 투시 안경에 비친 겹겹이 쌓인 벽을 보며 고민했다. 이 어둠 속에 그들 외에 다른 부대가 있단 말인가?

키이이익!

끼아악!

두 사람은 굳은 얼굴로 총을 번쩍 들었다. 서로 등을 붙인 채 정면에 총구를 겨눈 둘은 호흡을 멈추고 좌우를 살폈다. 다시 멀리서 델타의 울음소리가 끽끽거리며 벽을 긁듯 울려 퍼졌다.

"세인트3이 본부에. 지하 대피로 내에 델타가 있다. 개체 수는 확인되지 않음."

- 팀 세인트는 지금 즉시 입구로 복귀하라는 명이다. 약 2분 뒤 대피로 출입구를 폭파하고 봉쇄한다.

나츠는 입술을 깨물며 총구를 움켜쥐었다. 드레이크는 할 수 없다는 표정을 지었다. 그는 돌아서서 왔던 길을 되돌아가기 시작했다. 그의 등을 쳐다보던 나츠는 별안간 통신기를 잡아 빼더니 어둠 속을 향해 달리기 시작했다. 깜짝 놀란 드레이크는 황급히 소리쳤다.

"나츠! 뭐하는 거야?"

나츠는 잠시 뜀을 멈추더니 분하다는 얼굴로 대답했다.

"안에 중사님이 있어요. 소위님도 계시고요."

"본부에서 복귀하라잖아."

"드레이크 씨는 가세요."

그는 작은 주먹을 움켜쥐었다. 명령 불복종은 중죄였다. 특히나 명령을 내린 이는 로스티아벤의 총사령관인 우리야였다. 그럼에도 나츠는 뜻을 굽히지 않겠다는 기색으로 확고한 눈빛을 지었다.

어차피 케이가 아니었다면 진작 죽었을 목숨이다. 그는 평소 여리던 모습과 어울리지 않게 단호한 어조로 외쳤다.

"저는 이곳에 두 분을 버리고 갈 수 없습니다."

나츠는 3D 투시 안경을 고쳐 쓰고 미궁 안쪽을 향해 뛰었다. 그의 뒷모습을 놀란 듯 멍하니 바라보던 드레이크는 그의 이름을 외쳤다.

"나츠!"

그는 복잡한 한숨을 내쉬더니 손으로 얼굴을 쓸었다. 잠시 갈팡질팡한 눈빛으로 주위를 보던 드레이크는 못내 총을 들었다. 그리고 나츠의 뒤를 따라 달리기 시작했다.

델타.

신종 바이러스 변형에 감염된 여자들 중 살아남은 이들을 일컫는 말이다. 감염된 남자들은 무조건 사망한다. 입실론의 경우에도 남성은 존재하지 않는다.

최초의 델타는 2085년 겨울, 맨해튼에서 발견되었다. 델타는 신종 바이러스 변형에 대한 항체를 가지고는 있었지만 왓슨 제약회사는 그들의 항체로 백신을 개발하는 데에 실패했다.

연구에 따르면 델타들은 습기가 많고 어두운 곳을 좋아한다고 한다. 그들에게 있어서 어둠은 오히려 무기였다. 후각과 청각이 두드러지게 발달한 그녀들은 암흑의 미로를 제집 놀이터처럼 여겼다.

끼이익, 끼악.

키아아아악.

유림은 날카로운 고음의 울음소리에 미간을 찌푸리며 움직임을 멈췄다. 이미 한차례 회색 기사단과의 격렬한 몸싸움으로 인해 가발과 인두겁은 벗겨졌다.

그녀는 얼굴에 덕지덕지 남아 있는 위장 마스크를 떼어 냈다. 거추장스러운 드레스 자락도 북북 찢어 버렸다. 남은 회색 기사들은 다섯. 고작 한 명을 상대하고 나니 체력의 반 이상이 고갈된 느낌이었다. 어찌 보면 델타보다도 까다로운 상대였다.

남은 기사들 역시 유림을 흘끗 쳐다보더니 델타의 동태를 살피는 눈치였다. 그들의 울음소리가 점점 잦아지고 있었다. 가만히 귀를 기울이던 유림은 심각한 눈빛으로 중얼거렸다.

"서로 소통을 하고 있어."

울음소리가 점차 가까워지고 있다. 길을 찾아서 이쪽으로 접근하고 있는 것이다. 그녀는 기사단과 오베론의 군주에게 제안했다.

"잠시 휴전하지?"

"휴전?"

소녀가 비딱한 눈초리로 되물었다. 내키지 않는다는 듯 코웃음을 치기도 했다. 유림은 그녀가 허세를 부리고 있다는 걸 알아챘다. 그녀는 아까부터 어둠 속을 힐끔거리며 불안함을 내비치고 있었다. 화이트 채플에서 그 악몽을 겪었으니 아무렇지 않은 척하긴 힘들겠지.

유림은 팔짱을 끼고 서서 답답하다는 어조로 말했다.

"저 소리 안 들려? 한두 마리가 아니야. 게다가……."

왠지 조직적으로 움직인다는 생각이 들었다. 델타들의 최대 약점은 낮은 지능이다. 반대로 말하면 그들이 부족한 조직력과 전술만 보강한다면 엄청난 적수가 될 수 있다는 의미였다.

"그녀의 말이 맞습니다. 일단은 공동의 적부터 해치우죠. 데드캣이 한편이 되어 준다면 당신도 꽤 든든할 겁니다."

뒤편에 서 있던 사회자가 말했다. 소녀는 의심스러운 눈초리로 그와 유림을 번갈아 쏘아보더니 "데드캣?" 하고 되물었다.

"검은 고양이의 움직임은 한 번 보면 잊기 어렵거든요."

사회자와 눈이 마주친 유림은 뜨끔한 눈빛으로 입을 다물었다. 소녀는 그제야 뭔가 기억이 났는지 유림을 물끄러미 응시했다.

"설마 화이트 채플의 챔피언……."

"적습!"

"후방입니다."

회색 기사들의 외침에 유림은 좌르르 반원을 그리며 뒤로 돌았다. 사회자는 "데드캣!" 하고 외치며 그녀에게 검을 하나 던졌다. 유림이 얼떨결에 받자 그는 찡긋 윙크를 날리며 말했다.

"브루클린의 성녀의 손에 검이 없으면 서운하죠."

유림은 짜증 섞인 눈초리로 돌아섰다. 대체 저 약삭빠르고 가증스러운 녀석의 정체가 뭘지 생각 중이었다.

"델타야? 아니면 추격 부대야?"

유령의 군주가 불안한 목소리로 물었다.

"열원 분석에 따르면 델타로 추정됩니다."

"두 마리, 세 마리, 네 마리, 아니 다섯 마리……."

어둠 속에서 찢어지는 듯한 비명 소리가 울려 퍼졌다. 귀청이 떨어질 듯했다. 그들은 코앞까지 다가와 있었다. 시멘트 벽을 기는 듯한 소리가 들려왔다. 바닥을 구르며 달려오는 진동도 느껴졌다.

유림은 마치 이 년 전의 브루클린으로 돌아간 듯한 기분이 들었다. 그녀는 손에 쥔 총검을 응시했다. 소총에 꽂아 쓰는 대검으로 낡은 구식의 탄띠용 검이었다. 실전에 써 본 적은 없는 종류였다. 델타의 두꺼운 피갑을 뚫을 수 있을까? 안면이나 목을 노려야 할 듯했다.

"나이트3, 전방에 적 열원 감지."

모두 숨을 죽이고 정면을 무섭게 노려보았다. 어둠 속에서 델타의 거친 숨소리가 들려왔다. 검을 쥔 손이 미끄러질 정도로 자꾸만 땀이 맺혔다.

콰쾅!

'폭발음?'

예상치 못한 폭음에 아주 잠시, 아군의 주의가 분산됐다. 그리고 그 찰나의 순간이었다.

"크아아아악!"

어둠 속에서 악어처럼 입을 벌리고 나타난 델타들이 순식간에 회색 기사 한 명을 갈가리 찢어발겼다. 사지가 뜯긴 채 몸을 뒤틀던 그는 하얀 거품과 수액을 토해 내며 거꾸러졌다. 그게 시발점이 되어 이내 격렬한 전투가 이어졌다.

전투가 시작된 지 채 몇 분도 지나지 않아 유림은 깨달았다. 델타들은 안드로이드를 표적으로 삼지 않는다. 그들의 관심은 오로지 인간이었다. 그들은 회색 기사단보다 유림과 소녀를 노렸다. 필사적으로 소녀를 보호하는 회색 기사단과의 충돌은 그 연장선의 일이었다.

유림은 한쪽 구석으로 눈길을 보냈다. 이 난투 속에서 홀로 평화로운 이가 있었으니, 바로 사회자였다. 그는 모든 풍파를 비켜 가는 고목처럼 가만히 서 있었다. 심지어 경기를 관람하는 관중처럼 입가에 즐거운 미소를 머금기까지 했다. 델타들은 그에게 일말의 관심조차 없었다. 옆을 슥 지나치면서 살기조차 띄우지 않았다.

역시 그는 안드로이드가 분명했다. 다시 봐도 소름 끼쳤다. 인간보다 더 인간다운 안드로이드라니.

반면 제 몸 하나 가누지 못하는 유령의 군주는 갓 태어난 짐승 새끼처럼 그들에게 있어 훌륭한 먹잇감이었다. 또한 그들은 유림보다 유령의 군주가 더 약하다는 걸 눈치챈 지 오래였다. 이들은 유림이 제압하기 힘에 겨운 상대라는 걸 깨닫자마자, 합심하여 팔다리가 없는 소녀에게로 달려들었다. 좁은 통로에서 바닥과 천장을 자유자재로 이동하는 그들을 막는 건 회색 기사단에게도 버거운 일이었다.

그때 뒤편에서 빠르게 천장을 기어 와 단번에 중앙까지 파고든 델타 하나가 고성을 지르며 소녀가 탄 부유 체어 위로 뛰어들었다. 유림은 순식간에 머리 위로 지나간 그림자를 보고선 잇새로 욕설을 내뱉었다.

그녀는 정면에 대치 중이던 델타의 안면을 밟고 공중으로 뛰어올랐다. 그리고 허공에서 몸을 뒤집어 천장을 밟고 방금 지나간 델타의 머리 위를 덮쳤다. 유림은 부유 체어 위로 착지한 델타의 어깨에 올라타 허벅지로 그녀의 목을 졸랐다. 이어서 하늘 높이 든 대검으로 델타의 정수리를 겨냥하여 단숨에 내리꽂았다.

그 순간, 그녀의 손이 허공에서 움찔 얼어붙었다. 유림의 눈동자가 볼록하게 부푼 델타의 복부로 향한 채 충격으로 굳어 있었다.

그녀의 뇌리에는 보름달처럼 둥그런 배에 검이 박힌 채 죽어 있던 델타7의 모습이 떠올랐다. 그렁그렁한 눈에 초점을 잃고선 멍하니 허공을 보고 있던 그녀의 시체가.

"정신 차려, 데드캣!"

누군가 넋이 나간 그녀의 귀청에 대고 소리쳤다. 아, 얄미운 사회자의 목소리다. 번뜩 정신을 차린 유림은 억지로 힘을 주며 높이 쥔 칼자루를 델타의 머리에 푹 찔러 넣었다. 붉은 피가 튀었다. 눈을 질끈 감은 그녀는 입술을 꽉 깨물었다.

부유 체어 아래를 기어서 빠져나가던 유령의 군주가 어깨 너머를 돌아본 것도 바로 그때였다. 그녀의 동그란 눈망울이 얼어붙은 채 흠칫 커졌다. 델타의 정수리에 박아 넣은 검을 뽑고 있는 유림의 뒤로 검은 그림자가 훅 나타난 것이 보였다.

"어…… 저기…….

경고를 해 주고 싶었지만 방향을 가리킬 손이 없었다. 소녀는 입술을 뻐끔거리며 목청을 키워 보았지만 목소리가 잘 나오지 않았다. 유림은 눈을 질끈 감은 채 괴로운 얼굴로 칼을 뽑고 있었다.

한순간의 주저가 활촉이 되어 돌아오는 법.

적에게 연민을 느끼는 거야말로 전장에서 가장 어리석은 짓이다.

호크 대령이 늘 강조하는 강령이었다. 전투에 뛰어들 때마다 그렇게 새기고 또 새기던 말이었는데, 일순의 나약함이 이렇게 그녀의 목을 조를 줄은 몰랐다.

죽음의 숨결은 찰나의 방심을 파고들어 그녀의 목뒤를 서늘하게 적시며 다가왔다.

"아아악!"

소녀의 눈은 충격으로 커진 채 눈앞의 광경에 못 박혔다. 유림이 비명을 지르며 목뒤를 덮친 델타와 엉켜 구르고 있었다. 피에 젖은 그녀의 모습이 점차 멀어졌다. 어느새 다가온 사회자가 소녀를 품에 안은 채 빠르게 달리고 있었다.

"데드캣…… 저 여자도 구해야……."

화이트 채플에 이어 두 번이나 자신을 구해 준 유림이었다. 소녀는 머뭇거리며 말끝을 흐렸다.

"이미 늦었습니다."

사회자는 냉정하리만큼 단칼에 대답했다. 그는 차가운 눈으로 뒤를 흘끔 보더니 미련 없이 다시 고개를 돌렸다. 반면 사회자의 품에 안긴 소녀는 마지막까지 유림에게서 눈을 떼지 못했다. 유림의 등에 올라탄 델타가 커다란 엄니를 그녀의 목덜미에 박은 채 살점을 물어뜯고 있었다.

"아악!"

목과 어깨 사이에서 느껴지는 날카로운 통증이 혈관까지 파고드는 듯했다. 상흔 부위는 마치 화상을 입은 것처럼 뜨거웠다.

유림은 멍하니 커진 동공으로 허공을 응시하더니 "하아, 하아." 가쁜 숨을 내쉬었다. 그녀가 비틀거리며 "흐아앗!" 고성과 함께 칼을 휘두르자 델타는 훌쩍 뒤로 물러났다. 그녀는 크르렁거리며 유림을 노려보더니 어둠 속으로 몸을 감췄다.

"캬아아악!"

"키끼긱긱!"

"크커걱!"

반대편에서 기사단과 접전을 벌이던 델타들이 갑작스런 비명과 함께 양쪽으로 '쿵!' 하고 우르르 나가떨어졌다. 벽에 거대한 몸을 부딪친 그들은 꽥 소리를 내며 일어서지 못했다.

뭔가가 '투르르' 굴러왔다.

델타 한 마리가 목이 잘린 채 바윗돌처럼 바닥을 구르고 있었다. 나머지 녀석들도 더 이상 움직이지 않았다. 그들의 모가지가 일제히 덜렁거리며 반쯤 잘려 있었다. 순식간에 대여섯 마리의 델타가 목이 잘린 채 즉사한 것이다.

누군가 그 시체 더미 사이를 우아하게 걸어왔다. 한쪽 팔이 뜯긴 회색 기사는 기계적으로 반응하며 공격 태세를 갖췄다.

"기억의 도시 입구 쪽 침입자 발견."

유림은 몽롱한 눈으로 그쪽을 쳐다보았다.

"제거하겠습니다."

두려움을 모르는 회색 기사는 총검을 들고 달려들었다. 그 순간, 어둠 속에서 뭔가 휙 움직이더니 회색 기사의 몸을 정확히 양 갈래로 갈랐다. 움직임을 멈춘 회색 기사는 공중에 하얀 수액을 분수처럼 뿜어내더니 해초처럼 흐물거리며 바닥에 털썩 쓰러졌다.

어둠 속에서 나타난 남자의 실루엣은 팔다리가 길고 전체적으로 선이 아름다웠다. 그는 마치 악귀들을 멸하러 온 천사처럼 아름다운 얼굴로 괴수들을 무심히 훑어보았다. 혼전 속에서 그가 밟는 앞길만 흡사 투명한 햇살이 내리비치는 듯 윤광이 흐르는 착각마저 일었다.

유림은 꿈을 꾸듯 멍한 표정이었다. 이번에는 환영이 아니겠지. 정말 너겠지?

"케이?"

유림의 가녀린 목소리에 그가 멈칫 걸음을 멈췄다. 서서히 돌며 그녀를 발견한 그의 입가에 은은한 곡선이 피어올랐다.

그러나 재회의 환희도 잠시, 미소를 띠던 그의 눈동자가 얼어붙은 채 일그러지기 시작했다. 그의 갈색 동공에는 델타에게 물린 유림의 모습이 충격과 함께 선명하게 맺혔다.

유림은 케이의 굳은 표정을 보고서야 번뜩 깨달았다. 그녀는 피에 젖은 두 손을 내려다보더니 주춤주춤 뒤로 물러섰다. 유림은 슬픈 눈빛으로 애써 씁쓸하게 웃으며 말했다.

"이쪽으론 오지 마, 케이."

그는 숨이 멎은 표정이었다. 좀처럼 감정을 나타내지 않는 눈동자엔 세상이 다 끝난 듯한 절망이 어렸다.

고통스럽게 일렁이던 그의 눈빛이 충혈되듯 벌게졌다. 그는 단호하게 입술을 다물더니 성큼성큼 다가왔다.

"안 돼."

그녀는 델타에게 물어뜯긴 목을 손으로 틀어막으며 소리쳤다.

"감염될 거야. 오지 말라고!"

피투성이인 채로 울부짖던 유림은 힘없는 몸으로 뒷걸음질 쳤다. 최대한 그에게서 떨어지려는 듯이. 그러자 케이는 달려와 그녀를 품에 와락 안았다. 그리고 그녀가 미처 피할 틈도 없이 여린 턱을 잡고 거칠게 입을 맞췄다.

"읍!"

버둥거리던 유림은 그의 품에 쏙 안긴 채 사시나무처럼 몸을 떨었다. 그녀의 뺨을 타고 흐르는 눈물이 가녀린 턱에 또르르 맺혔다. 물어뜯듯 유림의 입술을 빨던 케이는 흐르는 핏방울과 섞인 눈물을 혀로 핥았다.

짧은 입맞춤은 옭아매는 격정처럼 입술에 흔적을 남겼다. 유림은 가쁜 숨을 몰아쉬며 고개를 들었다. 그의 입가에 피가 묻어 있었다. 그녀는 충격에 휩싸인 채 덜덜 떨었다.

대체 내가 무슨 짓을 한 거지?

그의 입술부터 뺨까지 붓으로 그린 것처럼 붉은 피가 잔뜩 묻어 있었다.

"케이! 피, 피가……."

유림은 창백한 얼굴로 말을 잇지 못했다. 그녀는 무너질 듯 후들 거리는 다리로 서서 눈물을 흘리기 시작했다.

케이는 말없이 그녀의 목덜미를 가만히 어루만졌다. 델타에게 물린 자국이 하얀 목선과 어깨 사이에 선명하게 남아 있었다. 그는 이를 사리물었다. 입가에 묻은 피에서 씁쓸한 맛이 났다.

"아…… 아아……."

유림은 울음을 터뜨리며 말을 잇지 못했다. 그녀는 그의 이름을 부르며 어쩔 줄 몰라 흐느꼈다.

"진정해요, 유림."

"이 멍청아! 감염되면 어쩌려고 이런 짓을 했어! 대체 왜!"

그녀는 버럭 화를 내다가 울먹이며 고개를 숙였다. 자책을 하는 기색이었다. 입술을 꽉 깨문 채 눈물을 흘리는 유림을 보던 케이는 그녀를 가만히 끌어안았다.

그대는 과연 신이 내린 축복일까.

아니면 그를 벌하기 위한 시련일까.

"상관없어요."

그가 흐릿하게 웃었다. 속이 비칠 것처럼 투명한 유리알 같은 눈동자. 그 아름다운 눈으로 뚫어져라 응시하는 케이의 시선에 유림은 빨려 들어갈 것 같다는 생각을 했다.

그저 바라보는 것만으로도 이렇게 짙은 소유욕을 표현할 수 있다면, 당신에게 안기는 건 어떤 느낌일까?

"유림과 함께 있을 수만 있다면."

그는 천천히 허리를 숙여 숭배하듯 그녀에게 입을 맞췄다. 하지 말라고 밀어내야 하는데 거부할 수가 없었다.

유림은 양팔로 그의 목을 끌어안았다. 숨 막히는 키스를 나누는 그의 입술이 마음을 안정시켜 주는 듯했다. 입안을 더듬는 그의 혀가 불안과 공포로 달음박질하는 심장을 달래며 어루만져 주는 기분이었다.

"그만…… 정말 감염될 거야."

유림은 어렵사리 그를 밀쳐 내며 속삭였다. 검은 속눈썹 끝에 방울방울 매달린 눈물이 후드득 떨어지고 있었다. 늘 총기로 반짝이던 그녀의 눈동자가 불 꺼진 방처럼 침침했다.

"난 감염되지 않아요."

케이는 걱정 말라는 듯 다정하게 말했다. 유림은 또 말도 안 되는 허세를 부리는 그를 원망스럽게 쳐다보았다.

"왜? 아예 죽지 않는다고도 해 보시지?"

"그것도 맞는 말이네요."

그녀는 잠시 황당하다는 표정을 지었다. 이 상황에서도 저런 농담이 나오다니, 어떻게 보면 대단한 녀석이었다.

"난 불사신이거든요."

그는 평소와 다름없이 예쁘게 생긋 웃었다. 그녀를 안심시켜 주려는 의도였다면 절반은 성공이었다. 유림은 눈물진 눈으로 잠시나마 허탈한 듯 웃었다.

"하여간 허풍은."

피식거리던 그녀는 갑자기 다리가 풀썩 꺾이며 휘청거렸다. 몸에 힘이 쭉 빠지는 느낌이었다.

피를 너무 많이 흘렸나?

정신이 아득해져 갔다. 멍하니 천장을 응시한 그녀의 눈동자가 초점을 잃고 흐려졌다. 의식이 수면 아래로 잠기듯 무겁게 가라앉았다.

유림이 갈대처럼 쓰러지며 몸을 뒤로 젖히자, 케이는 걱정스러운 얼굴로 그녀의 허리를 잡았다.

"유림?"

유림은 약에 취한 듯한 얼굴로 감기는 눈을 힘겹게 깜빡였다. 의식을 잃지 않기 위해 눈꺼풀에 힘을 주어 봤지만 힘겨운 모양이었다.

"케이, 나와 한 약속 기억하지?"

그는 대답 대신 다리에 힘이 풀린 유림을 얼른 품에 안았다.

"화이트 채플에서 한 것 말이야."

— 죽지 마라, 중사.

줄곧 침착하던 그의 동공이 불안정하게 흔들리기 시작했다. 대체 그녀가 무슨 말을 꺼내려고 약속을 들먹이는지 괜히 불안했다. 유림은 스르르 눈을 감으며 졸린 목소리로 중얼거렸다.

"날 두고 가."

말도 안 되는 요구에 케이의 얼굴이 무표정하게 굳었다. 그는 솟구치는 감정을 억누르며 최대한 차분한 목소리로 말했다.

"지금 내가 그 말을 들어줄 거라 생각해요?"

"명령이다, 중사."

그의 눈이 흠칫 커졌다. 그녀는 정신을 잃기 전에 다짐을 받고 싶은 듯한 눈치였다. 그렇다고 해서 그가 순순히 알았다고 대답할 리 없었다. 눈을 감은 유림은 마지막으로 힘없는 목소리를 허공에 흩뿌렸다.

"……어서 가."

— 어서 도망쳐.

— 내가 시간을 벌게.

기억 속 앙상한 몸으로 소리치던 소녀의 목소리가 불현듯 울려 퍼졌다. 그 시절, 작고 어렸던 소년은 소녀의 방패 뒤에 숨어서 무엇 하나 하질 못했다.

하지만 그는 더 이상 그때의 무기력했던 소년이 아니었다.

툭 떨어진 유림의 팔이 털렁털렁 움직였다. 정신을 잃은 그녀의 뺨에는 식은땀이 성글성글 맺혀 있었다. 델타에게 물린 여성의 말로는 둘 중 하나였다. 죽거나 살아남아 델타가 되거나.

그러나 그는 그 둘 중 무엇도 받아들일 수 없었다.

유림은 죽어서도, 델타가 되어서도 안 된다. 어떤 마음으로 그녀를 놓았었는데, 이렇게 허무하게 보낼 수는 없다. 델타든 입실론이

든 그녀가 다른 이의 권속이 되는 것 또한 절대로 용납할 수 없었다.

그녀는 오롯이 그의 것이다.

잠시 그녀의 어깨 상처를 바라보던 케이의 눈매에 결심이 어렸다. 이윽고 그는 어둠 속을 유영하듯 걷기 시작했다. 후에 유림에게 그 어떤 원망과 질타를 받아도 상관없었다. 이대로 그녀를 잃는 것보단 나았다.

유림을 안은 케이의 그림자가 미궁의 검은 안개 너머로 자취를 감추자, 어둠 속에 몸을 숨긴 채 숨죽이고 있던 델타 한 마리가 개구리처럼 폴짝 튀어나왔다. 그녀의 입가엔 유림의 목을 물어뜯고 남은 피가 지저분하게 묻어 있었다.

목구멍 사이로 으르렁거린 그녀는 바닥에 몸을 납작 엎드린 채 둘이 사라진 방향 쪽을 노려보았다. 그리고 슬금슬금 벽을 기며 그들의 뒤를 따라가기 시작했다.

로스트 헤븐 북동쪽에는 일명 '폐쇄 도시'라 불리는 제한 구역이 존재한다. 이곳은 낙원의 주민들에게 있어서 철저하게 출입이 금지된 구역이었다. 북동부 지역을 폐쇄한 이유에 대해서는 여러 가지 일설이 돌았다. 혹자는 인체에 치명적인 해를 끼치는 오염 물질이 유출되었기 때문이라고 하고, 혹자는 지하에 은밀하게 군사 기밀 단지가 조성되어 있어서라고 주장했다.

들리는 소문에 의하면 구 왓슨 연구소가 위치하고 있었던 곳이 바로 이곳 폐쇄 도시였다고 한다. 구 왓슨 연구소에서는 신약 개발에 관련된 임상 실험들이 이루어지고 있었는데, 실험체에 치명적인 문제가 발생하면서 연구소도 함께 문을 닫게 되었다는 일설이었다.

'출입 금지'라고 쓰여 있는 철조망 너머에는 흉가처럼 스산하게 서 있는 구 연구소 건물들이 바스러진 담뱃갑처럼 일렬로 위치해 있었다. 간혹 호기심 많은 모래의 도시 아이들이 무턱대고 폐쇄 도시 근처를 어슬렁거리기도 하는데, 그들 말로는 구 연구소 건물에 가끔 불이 들어온다고 했다. 물론 그럴 리가 없다고 일축하는 어른들 말에 아이들은 자기들끼리 소곤거리며 으스스한 유언비어를 자아냈다.

"폐쇄 도시의 망령을 본 적 있어?"

"지팡이를 짚고 다니는 꼽추 말이지?"

저들끼리 담력 시험을 하면서 기웃거린 철조망 너머로 얼핏얼핏 목격된 백발의 꼽추. 아른거리는 그림자로만 나타난 꼽추는 폐쇄 도시의 망령으로 불렸다. 확인되지 않는 풍설이었지만 아이들 사이에서는 갖가지 추측이 난무하기 시작했다.

"구 왓슨 연구소에서 사고로 죽은 과학자의 원령이래."

"사실은 연구소에서 인공적으로 만든 실험체라던데? 프랑켄슈타인처럼 말이야. 좀비가 돼서 살아 돌아다니는 게 아닐까?"

과연 진실이 무엇일지는 폐쇄 도시를 덮고 있는 철조망이 사라지지 않고서야 수면 위로 떠오르기 힘들 테지만 소문은 꼬리에 꼬리를 물고 점차 허무맹랑하게 커져만 갔다.

어둠에 잠긴 구 왓슨 연구소 A동 3층.

파스스…….

파스스슥!

거미줄과 먼지가 뒤엉킨 복도 중앙에는 푸른빛이 전기를 일으키듯 번쩍이더니 이내 거품처럼 사라졌다. 누군가 구 왓슨 연구소의 메인 시스템을 가동시키고 있었다. 안타깝게도 에너지 부족으로 복도 경계 시스템은 제대로 작동이 되지 않는 듯했다. 푸른 홀로그램 시스템은 형체를 이루다가 무너지듯 먼지처럼 작은 입자가 되어 공중으로 분해돼 사라졌다.

"밧세바!"

암흑 속에서 한 남자의 목소리가 쉰 채로 울려 퍼졌다. 그는 어둠 속을 헤엄치듯 휘청거리며 달리고 있었다. 나이는 오십 대 후반 무렵. 어깨뼈와 광대뼈가 도드라져 보일 정도로 앙상하게 마른 체형의 소유자였다. 그는 마른 장작처럼 가는 다리로 넘어질 듯 뛰어오더니 복도 중간에 위치한 유리문을 수동으로 벌컥 열었다.

"밧세바!"

"왜 이리 호들갑이야?"

하얀 가운을 입은 남자의 왼 가슴에는 'Doctor Lee'라는 직책과 이름이 검은색에 은사가 섞인 실로 수놓아져 있었다.

천장에 들어온 희미한 등이 회색 방을 어스름하게 밝혔다. 꽤 안락해 보이는 공간의 구석에는 몸집이 작은 노파 하나가 전자 담배를 입에 문 채 뻐끔거리며 몸을 구부정히 숙이고 앉아 있었다.

노파는 자못 못마땅한 시선으로 리 박사를 응시했다. 그녀의 게슴츠레한 눈은 주름진 채 두툼한 눈꺼풀로 반쯤 가려져 있었다. 허연 눈자위 위로는 누르스름한 기가 보였다. 얼핏 보기에도 앞으로 살날이 얼마 남지 않은 낯빛이었다.

그녀는 평화로운 독서 시간을 방해한 리 박사에게 짜증이 난 모양이었다. 잿빛이 뒤섞인 긴 백발은 쪽진 머리를 해서 올렸는데 지푸라기처럼 푸석푸석해 보였다. 그럼에도 노파의 걸걸한 목소리에는 상대를 제압하는 힘이 있었다. 지팡이를 짚지 않고서는 걷기도 힘든 몸이었지만 늙은 여인은 눈빛만으로도 순식간에 공간을 장악하는 법을 알았다.

"대체 무슨 일이냐고 묻고 있잖아!"

"지하 대피로 출입구가…… 여, 열렸어."

담뱃대를 잡고 있던 밧세바[22]의 손이 움찔 굳었다. 그녀는 흔들리는 눈으로 리 박사를 쳐다보았다. 리 박사는 푹 꺼진 이마 위로 해초처럼 엉킨 머리칼을 쓸어 넘겼다. 그는 새우처럼 마른 몸으로 숨을 거세게 몰아쉬었다. 다급하게 뛰어 온 탓인지, 아니면 지레 겁을 먹은 것인지 분간이 힘들 정도로 흥분한 표정이었다.

"대피로가?"

밧세바는 의자를 잡아서 책상 앞으로 끌었다. 그녀가 투명한 책상 표면에 손바닥을 대자 벽면 스크린에 불빛이 들어왔다. 이어서 연구동 곳곳에 위치한 카메라 영상이 조각조각 나뉘어 사각 액자 형태로 화면에 나타나기 시작했다.

"저길 봐!"

어느새 밧세바의 어깨 옆으로 다가온 리 박사가 손가락으로 화면을 가리켰다.

3층 복도를 가리키는 카메라 앞을 검은 그림자 하나가 돌풍처럼 스쳐 지나가고 있었다. 괴한의 움직임은 어찌나 빠른지 감시 카메라는 미처 침입자의 윤곽을 제대로 잡지도 못했다. 밧세바의 눈이 차츰 커졌다. 정지 화면으로 뭉그러진 침입자의 모습을 바라보면서 리 박사는 오들오들 두려움에 떨었다.

---

22 밧세바: 성경 신화에서 우리야의 아내로 등장한다. 우리야는 다윗 왕의 충신이었는데 다윗 왕이 목욕하는 밧세바를 보고 한눈에 반해 그로부터 아내를 빼앗아 버린다. 이로 인해 우리야와 다윗 왕 사이에 갈등이 빚어진다.

"델타야! 델타가 틀림없어!"

굳게 닫힌 대피로의 문을 열고 번개 같은 속도로 지하 3층에서 지상 3층까지 이동해 오는 침입자.

이런 몸놀림이 가능한 건 델타밖에 없었다. 비교적 차분하게 앉아 있던 밧세바의 얼굴에도 당혹감이 스쳤다. 그녀는 지팡이를 짚고 일어서며 혼란스러운 얼굴로 중얼거렸다.

"웁실론들을 대피시켜야……."

그러나 이내 그녀의 표정이 불안하게 구겨졌다.

'대피시킨들 그녀들이 델타의 공격에서 벗어날 수 있을까?'

아직 젊고 아름다운 외모를 유지하고 있는 이들도 있지만 대부분은 심신이 약해질 대로 약해져서 칠십 대 노인과 다를 바 없는 여인들이었다.

쾅!

난데없이 문밖에서 커다란 소음이 울려 퍼지자, 리 박사는 흠칫 떨면서 손으로 입을 틀어막았다. 그의 짐작이 맞다면 복도 끝에 위치한 비상 통로 출입문이 날아가는 소리가 틀림없었다. 그 두꺼운 철문을 날려 버리다니, 역시 이런 괴력이 가능한 건 델타밖에 없었다.

"밧세바, 도망쳐야 해."

리 박사는 입을 오므리고선 개미만 한 목소리로 속삭였다. 그의 핏줄이 선 눈에는 공포가 가득했다. 밧세바는 일단 전등을 껐다. 그리고 지팡이를 꽉 쥔 채 천천히 문 쪽으로 다가갔다.

"경고음을 울리자. 소리로 이들을 유인하는 거야."

"쉬이."

노파는 구부러진 검지를 보랏빛 입술에 대며 리 박사를 조용히 시켰다. 그리고 차분한 눈빛으로 미간에 힘을 준 채 조용히 문밖을 향해 귀를 기울였다.

조용하다.

델타 특유의 울부짖는 소리나 바닥을 기는 듯한 소음이 전혀 들리지 않았다. 그래서 더욱 불안했다.

"바, 밧세바."

"조용히 하라니까."

"경고음을 울려야 해. 주, 주의를 분산시켜야……."

리 박사는 극도로 불안한 증세를 보였다. 그는 손가락을 덜덜 떨면서 듬성듬성 흰 머리가 난 머리칼을 벅벅 문지르더니 이내 제자리에서 빙글빙글 돌기 시작했다. 그리고 손톱을 잘근잘근 씹으며 중얼거렸다.

"도, 도망가야 해. 달아나야 해. 흐, 흐윽…… 죽게 될 거야."

흐느끼는 듯한 소리를 내던 리 박사는 허둥대며 컴퓨터 화면 밑 제어 보드를 터치했다.

덜컹거리는 소리가 나자, 밧세바는 깜짝 놀라 휙 뒤를 돌아보았다. 리 박사는 제가 건드려 놓고 겁에 질린 표정으로 굳은 채 서 있었다. 귀가 좋은 델타가 그 작은 소음을 놓칠 리 없었다. 밧세바는 지팡이를 들며 소리쳤다.

"경고음! 어서!"

삐이이이이이.

건물 밖에서 요란한 사이렌 소리가 울려 퍼졌다. 심장을 두근두근하게 만들 만큼 요란하고 위협적인 경보였다.

몇 초가 흘렀다. 과연 델타들이 경보 소리를 따라 바깥으로 뛰쳐나갔을까? 밧세바와 리 박사는 숨을 죽인 채 조용히 눈빛을 교환했다. 밧세바가 천천히 고개를 끄덕이자 리 박사는 몸을 낮추고 살그머니 출입문을 향해 다가갔다.

그런데 그 순간이었다.

우당탕!

쇠문이 바닥에 떨어지는 소리가 요란하게 울려 퍼졌다. 리 박사가 들어오면서 굳게 잠가 놨던 문이었다.

밧세바와 리 박사는 머리를 손으로 감싼 채 떨어져 나간 문을 멍하니 쳐다보았다. 그들은 앞에 드리워진 그림자를 향해 고개를 들었다.

거기엔 한 남자가 서 있었다. 비라도 맞고 온 것처럼 을씨년스러운 공기에 몸이 젖은 채로 소리 없이 고요히, 그러나 남자의 부드러운 갈색 눈동자는 빛을 잃은 등잔처럼 황량했다.

지금 그의 모습을 본다면 유림은 평소의 툴툴거림은 제쳐 둔 채, 일단 그를 꼭 안아 주었을 것이다. 언젠가 나눠 주었던 부드러운 벌칙의 온기처럼.

"당신은……."

밧세바는 불쑥 나타난 케이의 등장에 너무 놀란 나머지 말을 잇지 못했다. 그녀는 지팡이를 짚고 일어서다가 눈초리를 길게 늘이며 케이가 품에 안은 인영을 쳐다보았다.

흑발의 그녀는 동양인이었다.

찢겨진 은빛 드레스에 피투성이 맨발. 여자는 의식이 없는 듯 축 늘어져서 그의 품에 안겨 있었다. 길게 엉킨 채 흘러내린 그녀의 머리칼 사이로 사투를 벌인 유혈의 흔적이 보였다.

"가, 감염자다!"

한쪽에서 유림을 들어보던 리 박사는 겁에 질린 목소리로 소리치며 블라인드가 쳐진 창문으로 달려가 몸을 붙였다. 그는 불안정한 눈빛으로 "끅끅!" 하며 괴상한 신음 소리를 내뱉었다. 그리고 온몸의 관절을 꺾으며 기이하게 웅크린 채 벽에 더 바짝 몸을 붙였다. 밧세바 역시 쉽게 손을 대지 못하며 의아한 표정으로 케이에게 물었다.

"어떻게 된 겁니까?"

"델타에게 물렸다."

밧세바는 유림의 머리칼을 들춰서 목덜미를 자세히 내려다보았다. 그녀는 이내 매부리처럼 휘어진 코를 찡그리더니 얇은 입술을 꾹 다물었다. 상처의 깊이를 보아하니 이미 돌이킬 수 없는 수준이었다.

조각상처럼 미동 없이 서 있던 남자는 방 안쪽으로 향했다. 작은 코너를 돌자 책상 뒤로 낡은 침대가 하나 놓여 있었다. 그는 유림을 침대 위에 조심스럽게 눕혔다.

늙은 밧세바는 종잡을 수 없다는 표정을 지었다. 그녀의 기억 속 남자는 늘 차가운 눈빛과 무표정한 가면을 얼굴에 쓰고 있었다. 그랬던 그에게서 저런 인간적인 면모를 보게 될 줄은 꿈에도 상상하지 못했다.

삐이이이이이이.

바깥에서는 여전히 사이렌이 울리고 있었다. 밧세바는 블라인드가 쳐진 창밖을 흘끗 보다가 한숨을 내쉬며 곁눈질로 케이를 응시했다.

그들을 공포에 빠뜨린 건 델타가 아니었다. 온유한 눈빛에 감정 없는 얼굴을 하고 서 있는 저 남자다.

"누구?"

리 박사가 다가와 밧세바에게 귓속말로 물었다. 박사의 알사탕처럼 툭 튀어나온 눈이 불만스럽게 케이를 노려보고 있었다. 더 정확히 말하면 그의 뒤에 눕혀진 유림을 말이었다.

"감염자는 이곳에 있어선 안 돼."

그러자 리 박사를 흘끗 본 케이가 높낮이 없는 목소리로 대답했다.

"당신 옆에 서 있는 그녀 또한 감염자라는 사실을 모르진 않을 텐데. 그렇지 않나, 입실론 밧세바?"

그의 예상치 못한 지적에 리 박사는 눈살을 찌푸렸다. 밧세바는 무거운 눈빛을 지은 채 침묵했다. 리 박사는 밧세바의 눈치를 살피더니 케이를 노려보면서 오징어를 씹듯 입술을 질겅였다.

"우리 대화를 어떻게 들은 거지? 델타도 아니면서……."

밧세바만 들을 수 있게 아주 작은 목소리로 속삭였는데 그걸 듣다니. 그러고 보니 카메라가 포착하지 못했던 움직임의 주인공도 저 남자였던 건가? 대체 누군데 밧세바에게 저렇게까지 무례하게 행동하는 거지?

의문 어린 눈으로 케이를 노려보던 리 박사는 그와 시선이 마주치자 어깨를 움츠리며 고개를 회피했다. 그러면서도 밧세바를 걸고넘어진 케이의 말에 구시렁대며 반박하는 걸 잊지 않았다.

"입실론들은 델타와 달라, 다르다고! 그들은 선택받은 존재야. 저주받은 여자들과는 다르지. 그리고 밧세바는 더 이상 감염자가 아니야!"

입실론 밧세바.

한때 최초의 입실론이라 불렸던 그녀는 태양의 도시를 설계하고 입실론들의 낙원 이주 계획을 세웠던 로스트 헤븐의 초창기 멤버였다. 왓슨 제약회사에 있어서 절대적 공로자와 다름없는 그녀가 이렇게 백발 꼽추가 되어 폐쇄 도시 속에 숨어 살게 되리라곤 누구도 예상하지 못했을 것이다.

그러나 이건 그녀가 원한 일이었다.

케이와 밧세바의 눈빛이 다시 교차했다. 늙은 노파의 눈초리는 가늘게 늘어지더니 유림을 향했다. 밧세바는 노련한 시선으로 그녀의 몸 여기저기를 분석하듯 뜯어보았다.

날렵해 보이는 몸매, 발달한 근육, 손에 보이는 굳은살들과 허벅지 밑에 보이는 흉터.

여자는 군인이다.

밧세바는 조용한 음성으로 물었다.

"누굽니까?"

케이는 대답 대신 고요한 눈빛을 내주었다.

밧세바는 마치 잔물결이 치는 호수 아래로 얼음덩이가 가라앉는 것을 보는 듯한 환상에 젖었다. 검은 호수를 내려다보는 자신의 발도 그 속으로 빨려 들어갈 것만 같은 느낌, 아니, 공포.

그것은 첨탑 꼭대기에 살고 있는 그 남자의 눈 속을 들여다볼 때의 느낌과 흡사했다.

다만 그자의 눈동자 속에는 시린 눈보라와 살을 에는 듯한 칼바람이 몰아쳤다면, 케이의 유리알 같은 눈동자 속에는 시베리아 벌판의 노을이 물들어 있었다.

불꽃이 물처럼 흐를 수 있다면, 그 불살이 일렁이는 모습은 바로 이와 같을 것이다.

투명한 가을 햇살이 내려앉은 듯한 부드러운 암갈색 눈동자에 비치는 붉은 연기, 그 정제된 화염 속에 기꺼이 몸을 던지고자 했던 여인들은 한둘이 아니었을 테지.

"내가 모시는 상관."

단정하고도 부드러운 음성이 귓가에 박히는 화살처럼 날아들었다. 밧세바는 잘못 들었나 싶어 놀란 얼굴로 그를 쳐다보았다.

'상관이라고? 이 남자가 누군가를 모신다니…….'

농담으로 치부하기엔 그의 모습이 너무 낯설었다. 유림의 뺨을 조심스럽게 어루만지는 케이를 보며 밧세바는 헛웃음을 흘렸다.

십 년이 넘는 세월이 흘렀건만 신비로운 청년은 여전히 아름다웠다. 아니, 더 눈부셨다. 아폴론의 현신이 지상에 모습을 드러냈다고 믿었던 그날처럼.

"상관이라면……."

"꼭 살려야 하는 사람이지."

그는 입매를 이지러뜨리며 웃었다. 그것은 언뜻 보기에도 감정을 억누르기 위해 짓는 억지 미소였다. 처음 등장했을 때의 그 황량한 눈빛을 보지 못했더라면 그의 초조한 속내를 전혀 눈치채지 못했을지도 모른다.

그의 눈 속에 담긴 슬픈 온기의 정체, 그건 저 여자가 확실했다.

헛웃음을 흘리던 밧세바의 입가는 어느새 딱딱하게 굳어 있었다. 옆에서 동요와 심려가 뒤섞인 채 어찌할 바를 모르고 얼어붙어 있는 케이의 눈초리처럼 말이었다.

"하지만 이미 델타에게 물려서 방도가……."

"물린 지 겨우 몇 분밖에 지나지 않았어. 아직 늦지 않았다."

밧세바의 눈썹이 의문으로 굽이쳤다. 델타에게 물리면 죽거나 그들의 동족이 되거나 둘 중 하나였다. 치료제도 없는 마당에 무엇이 늦지 않았단 말인가?

그러나 그녀의 생각과 달리 케이의 표정은 확고했다. 반드시 살리고 말겠다는 의지가 엿보일 정도였다. 부질없는 희망에 기반한 자기 최면인 것일까? 아니면 정말 다른 방도라도 있는 것일까?

호기심 어린 표정을 짓던 밧세바는 질문을 하려던 입술을 꾹 다물었다.

그의 표정이 살벌하게 변한 채 창백하게 굳어 있었다.

유림의 안색과 호흡이 한층 더 나빠진 게 그 까닭이었다. 이윽고 으스스한 기운이 방 안을 휘젓기 시작했다. 갑자기 기온이 뚝 떨어진 것처럼 차가워진 공기에 한쪽 구석에 서 있던 리 박사는 부르르 몸을 떨었다.

케이와 눈이 마주친 밧세바는 그가 내뿜는 싸늘한 기운을 포착했다. 서둘러 치료를 시작하라는 위협 아닌 재촉이었다. 그녀는 식은땀을 흘리며 지팡이로 리 박사를 툭툭 건드렸다. 이미 겁먹은 표정의 박사는 괴물이라도 보듯 충혈된 눈으로 케이를 쳐다보고 있었다. 그녀는 박사에게 단호한 어조로 말했다.

"일단 상처 봉합부터 합시다."

"시, 싫어! 감염자잖아."

그는 자라처럼 하얀 가운 속으로 목을 움츠리며 거세게 고개를 내저었다. 케이가 다가와 리 박사의 팔을 거세게 움켜잡았다. 박사는 잡힌 팔이 아픈지 어린아이처럼 얼굴을 찡그리며 버둥거렸다. 이윽고 케이의 입술 사이로 부드러운 음성이 밤공기처럼 은은하게 흘러나왔다. 그는 달래듯 제안했다.

"공평하게 이렇게 하죠."

그는 고개를 조금 더 숙여서 리 박사의 귓가에 입술을 가져다대었다. 그의 싸늘한 숨결이 귓불을 적시자 박사는 입술을 덜덜 떨었다.

"그녀가 무사하면 당신도 무사할 거라 약속하겠습니다. 하지만."

그가 힘주어 말한 마지막 단어를 리 박사는 저도 모르게 따라 읊었다.

"하, 하지만?"

"그녀가 잘못되면 당신도 온전하진 못할 겁니다."

"그게 무슨……."

말도 안 되는 소리냐고 반박하려던 박사의 눈이 움찔 멈췄다. 코앞에 다가온 갈색 눈동자가 핏빛으로 돌변해 있었다.

"난 내가 한 약속은 반드시 지켜요."

박사는 심장이 멈춘 듯한 표정으로 숨을 들이켰다. 이 비슷한 말을 전에도 들었던 것 같은데.

— 약속 지켜요.

부드럽게 경고하던 소년의 미성이 머릿속에 두통처럼 울려 퍼졌다. 그는 머리를 부여잡고 중얼중얼 혼잣말을 하기 시작했다.

"그래, 난 약속을 했어, 약속을……."

뭔가, 아주 중요한 무언가를 잊고 있는 기분이었다. 리 박사는 손바닥으로 자신의 머리를 때리며 제자리를 빠르게 빙글빙글 돌았다.

"약속을 했어, 아담과 약속을 했어……."

그는 초조함에 손톱을 깨물었다. 뭔가를 약속했고 그걸 끝마치지 못했다. 잘 기억나진 않지만 불안이 엄습했다. 밤하늘에 걸터앉은 소년이 그를 원망스럽게 노려보고 있었다.

"정신 차려!"

케이가 그의 어깨를 잡아 세웠다. 깜짝 놀란 리 박사는 "힉!" 하고 소스라치며 눈을 휘둥그레 떴다.

케이는 한숨을 내쉬었다. 리 박사는 혼란스러운 표정으로 자신을 멍하니 쳐다보고 있었다. 이 미치광이를 정말 믿어도 될까?

그는 백짓장처럼 파리한 유림의 얼굴을 응시했다. 그녀의 얼굴에 핏기가 하나도 없었다. 간담이 서늘해졌다. 지체할 시간이 없었다. 케이는 리 박사의 어깨를 두들기며 나직이 명했다.

"시작하시죠, 닥터 리."

델타의 울음소리보다 섬뜩한 그의 속삭임이 경종을 울렸다. 박사는 저도 모르게 고개를 끄덕이고 말았다.

구 왓슨 연구소 A동 5층 'Clean Room'.

리 박사는 유림을 5층에 위치한 자신의 연구실로 옮겼다. 봉합 수술 정도는 의료 기계가 하는 것이 일반적이었지만 폐쇄 도시는 전력 시스템도 제대로 돌지 않는 곳이었다.

계단으로 올라온 케이는 박사를 따라 비상문을 통과했다. 문 위쪽에는 '에어샤워: 무균복 착용'이라는 안내문이 붙어 있었다.

"바, 밖에서 기다려 주, 주십시오."

수술대 앞에 선 박사는 장갑을 끼면서 어눌한 어조로 말했다. 그는 케이의 시선을 피하며 거미처럼 앙상한 손을 오므렸다 펴기를 반복했다. 박사의 보랏빛 입술은 바짝 말라서 긴장한 기색을 감추지 못했다. 케이는 미심쩍은 눈빛으로 서 있다가 마지못해 유리문 밖으로 나갔다.

그는 팔짱을 낀 채 벽에 기대고 서서 이중 쇠문으로 차단된 수술실 문을 지그시 바라보았다.

22세기의 수술은 대부분 인공지능 시스템이 수행하는 편이었다. 인간이 직접 손으로 하는 수술은 과거의 유물로 취급받는 시대에, 정신도 온전하지 못한 미치광이 박사의 손에 수술 집도를 맡기고서 그의 마음이 평온할 리가 없었다.

어스름한 비상등 사이로 밧세바가 한발 늦게 도착했다. 주위를 두리번거리던 그녀는 무표정한 케이의 얼굴을 흘끗 들여다보더니 바로 그의 불편한 심기를 읽어 냈다.

"너무 심려 마시지요. 그래도 한때 의학계에서 최고의 위치에 있던 남자입니다. 실수하는 일은 없을 겁니다."

사실 상처 봉합은 문제가 아니었다. 감염 여부가 관건이다.

다리가 성하지 못한 밧세바는 지팡이에 의존해 걸어오더니 숨을 골랐다. 그녀는 박사와 유림이 있을 수술실 쪽을 흘겨보며 먼지가 자욱한 대기 의자에 앉았다.

케이는 '한때'라고 일컬은 그녀의 말을 곱씹으며 물었다.

"여전히 제정신은 아니더군."

그러자 밧세바는 착잡한 어조로 입을 떼었다.

"가여운 이카로스지요. 신이 되고 싶어서 한 날갯짓에 결국 자신이 미쳐 버린 꼴이 되었으니, 참으로 애석한 일입니다."

신화에 등장하는 이카로스는 미노타우로스가 갇혀 있던 미궁에 아버지와 함께 갇히게 된다. 그들은 밀랍으로 날개를 만들어 탈출하는데, 이카로스는 너무 높게 날지 말라는 아버지의 충고를 무시하고 자만하여 날아오르다가 결국 햇빛에 밀랍이 녹아 추락하여 죽는다.

일순 스스로를 태양신으로 여긴 걸까? 개미처럼 보이는 지상의 인간들을 내려다보며 우쭐한 것일지도 모른다. 본인의 지식과 해박함에 방심한 이카로스는 안타깝게도 방종의 대가를 제 목숨으로 치렀다.

"박사의 모래시계는 여전히 금이 간 채 멈춰 있습니다. 내일이면 그는 또 오늘 일을 잊겠지요."

그것이 리 박사가 지옥 같은 삶을 견뎌 내는 방식이었다.

과거의 환영에 사로잡힌 채 매일 악몽 속을 사는 남자. 그는 망가진 시계추 위에 앉아 흔들흔들 과거의 끈에 매달려 살아가고 있었다.

폐쇄 도시의 망령에 얽매인 자는 아마도 리 박사, 그가 아닐까? 그는 폐허가 된 이 연구소처럼 과거의 영광과 고통 속에서 점차 부식되어 가고 있었다.

밧세바는 말없이 고요한 케이를 보며 생각에 잠겼다. 그는 햇살을 한 줌씩 담아 빚은 것처럼 금방이라도 사라질 듯 투명한 윤곽을 지녔다. 살랑이며 흔들리는 갈색 머리칼 사이로 보이는 조각 같은 콧날과 장밋빛 입술.

볼 때마다 넋을 잃고 바라보게 되지만 그나마 이성을 유지할 수 있는 까닭은 세월에 바스러진 젊음의 상실 덕일 것이다. 이를 다행이라 간주해야 할지 아니면 애석하게 여겨야 할지 그녀는 스스로가 우스울 뿐이었다.

"그 남자는 같이 안 온 겁니까?"

밧세바가 화제를 돌려 질문을 던졌다. 케이는 대답 대신 그녀를 흘끗 쳐다보았다.

"군부의 높으신 양반 말입니다. 다 죽어 가던 당신을 데려와 다짜고짜 맡겼던 그 사람, 그간 여러 차례 공을 세워 낙원의 영웅이 되어 있더군요."

리 박사와 달리 아직 정신이 또렷한 그녀는 그날을 똑똑히 기억하고 있었다.

왓슨 3세가 해킹당하고 에덴 타워의 보안이 완전 해제되었던 그날의 분위기는 매우 어수선했다. 여러 차례 폭발음이 들렸고 하늘을 가르는 섬광도 목격했다.

그래도 자신과는 상관없는 일이라 여기고 있던 차, 제복을 입은 군인 하나가 별안간 물에 홀딱 젖은 채 들이닥쳤다.

그의 등에는 소년이라 해야 할지 청년이라 해야 할지 모를 남자가 벌거벗은 채 업혀 있었다. 남자의 안색은 시체처럼 창백했다. 그녀는 그가 이미 죽었다고 생각했다. 그럼에도 곁눈질로 관찰한 남자의 모습에서 눈을 뗄 수가 없었다.

'그게 벌써 십오 년 전이라니.'

세월이 이렇게도 다르게 흐를 수 있는 것일까? 반백 년은 흐른 듯 늙어 버린 그녀와 달리, 그는 바로 어제 만났던 것처럼 기억 속

그날과 변함없는 모습이었다.

"시간의 굴레가 당신만 피해 가나 봅니다."

밧세바가 어스름한 미소로 말하자 케이는 그녀를 응시했다. 그의 머릿속에도 잠시 옛 기억이 흐르기 시작했다.

주름이 자글자글한 노파의 눈초리는 예전만큼 총명하지 못했다. 어깨선에서 찰랑이던 흑발은 푸석한 백발이 되어 엉켜 있었고, 동양인 특유의 신비로움을 자랑하던 얼굴에선 거칠거칠한 성질머리가 묻어나왔다.

"왜 돌아온 겁니까?"

밧세바는 걱정이 섞인 눈빛으로 물었다.

"당신이 낙원에 있다는 걸 알면 그가 가만있지 않을 겁니다. 어찌 되었든 그에게 있어 당신은 이브를 훔쳐 간 도둑과 다름없으니 말이지요."

"도둑?"

케이는 쿡 웃으며 턱을 괴었다. 그는 무표정한 눈으로 어둠에 잠긴 허공을 바라보며 읊조리듯 중얼거렸다.

"도둑맞은 건 이쪽이지."

밧세바는 불길한 눈초리를 지었다. 15년 만에 조우한 그는 아름다운 단도에서 날 선 대검이 되어 있었다.

그것도 칼날에 독을 잔뜩 바른 채로.

"죄를 지은 아담과 이브는 결국 낙원에서 쫓겨나지 않던가?"

케이는 무심한 눈빛으로 의미 모를 말을 중얼거렸다.

쫓겨난 아담과 이브.

밧세바의 눈이 일렁였다. 그 말에 왜 자신이 뜨끔하게 되는지.

낙원에서 쫓겨났다고 죄인은 아니라고 말하고 싶었다. 모두가 결백하다고 이 사회가 완벽할 순 없듯이.

한편 수술실 안쪽에 있던 리 박사는 막 봉합을 끝마친 참이었다. 마지막 붕대를 감은 그는 참았던 숨을 한꺼번에 들이마셨다.

그의 이마에는 식은땀이 성글성글 맺혔다. 환자의 상처 부위가 생각보다 깊었다. 델타가 제대로 물어 박은 것이다. 이 정도 수준이라면 감염은 100% 확실했다. 팔다리면 몰라도 안면, 어깨, 목, 복부는 어떻게 할 도리가 없다.

델타에 물려 감염된 이들은 1단계엔 심신이 불안정해지고 공격적인 언행을 보이며, 2단계 초기엔 지적 능력의 퇴행과 언어 능력의 상실, 후기에는 육체적 변화까지 일어나기 시작한다. 세포 조직부터 시작해서 골격과 치아까지 변화를 이루며 감염자는 이 시기에 극심한 고통을 경험한다. 마지막으로 3단계, 신체 변화를 거친 감염자는 돌연변이종으로 각성하여 인간을 공격 대상으로 여긴다.

감염자들이 최종 각성까지 도달하는 데에 걸리는 시간은 개개인마다 차이가 존재했다. 연령이 어릴수록 그리고 심신이 건강할수록 변이 속도가 빠르다는 게 정설이었다. 박사는 눈앞에 누워 있는 유림 역시 변이가 꽤 빠른 축에 속할 것이라 예상했다.

"이게 뭐지?"

가장 먼저 시신경이 퇴행하기 때문에 그녀의 눈 안쪽을 살피던 중이었다. 그는 뭔가를 발견했는지 허리를 구부정하게 구부렸다. 박사가 쓴 수술 집도용 안경이 자동적으로 유림의 각막과 시신경을 스캔하고 탐색했다.

집도용 안경이 띄운 3D 입체 영상을 보니 그녀의 각막과 홍채 사이에 수술로 삽입된 렌즈가 보였다. 그것을 본 리 박사는 눈을 껌뻑이며 고개를 더 깊숙이 숙였다. 그는 그녀의 눈에 마취용 점안액을 떨어뜨렸다. 이어서 유림의 눈 안쪽에서 뭔가를 집어 낸 그는 렌즈를 빤히 살피다가 다시 유림의 얼굴을 쳐다보더니 놀라서 우당탕 뒤로 넘어갔다.

"뭐, 뭐야!"

그녀가 눈을 똑바로 뜬 채 그를 쳐다보고 있었다. 유림은 인상을 쓰며 수술대를 짚고 몸을 일으켰다. 당황한 리 박사는 바닥에 주저앉은 채 엉덩이를 뒤로 슬금슬금 내뺐다. 그러자 유림은 그의 손목을 덥석 움켜잡았다. 화들짝 놀란 박사는 소리 없는 비명을 내질렀다. 파랗게 질린 얼굴로 입을 뻐끔거리던 그는 금방이라도 거품을 물고 졸도할 기색이었다. 놓아 달라며 손을 뺐지만 그녀의 거센 손아귀에서 빠져나갈 수 있을 리가 만무했다.

"여기가…… 어디지?"

유림이 어지러운 듯 이마를 짚으며 물었다. 그녀의 안색은 금방이라도 픽 쓰러질 듯 창백했다. 리 박사는 공포에 질린 얼굴로 멍하니 그녀를 쳐다보고 있었다.

"당신은 누구야?"

이어진 그녀의 질문에도 그는 귀신이라도 본 듯 망연자실했다.

"누구냐고!"

유림이 버럭 소리치자 리 박사는 정신이 화들짝 돌아온 표정을 지었다. 동시에 술에 취한 것처럼 흐리멍덩하던 그의 눈동자도 또렷하게 초점을 되찾기 시작했다.

"이, 이럴 수가……."

늘 꿈속에서 허우적대며 살아왔던 박사였다. 그랬던 그는 아주 오랜만에 지상에 발을 디딘 듯한 기분을 느꼈다. 전신이 오싹하게 젖은 채 강물 속 기억을 꺼냈다.

"페, 페트로……."

페트로비치 박사의 딸.

실험체 이브.

"살아 있었던 건가?"

유림은 오른쪽 눈이 간지러운지 손등으로 눈두덩을 세차게 문질렀다.

그녀가 실눈을 뜬 반대편 왼쪽 눈동자는 칠흑처럼 새까맣게 검었다. 그러나 깜빡거리다가 뜬 오른쪽 눈동자는 핏빛으로 짙게 젖은 붉은빛이었다.

– 2권에서 계속